KB115534

근대 문화지형과

만해 한용운

| 한용운 다시 읽기 |

근대 문화지형과 만해 한용운

한용운 다시 읽기

초판인쇄 2020년 8월 31일 **초판발행** 2020년 9월 7일

지은이 이선이 **펴낸이** 박성모 **펴낸곳** 소명출판 **출판등록** 제13-522호

주소 서울시 서초구 서초중앙로6길 15, 2층

전화 02-585-7840 **팩스** 02-585-7848 **전자우편** somyungbooks@daum.net **홈페이지** www.somyong.co.kr

값 28,000원

ISBN 979-11-5905-527-0 93810

경희대학교
현대문학연구소
총서 2

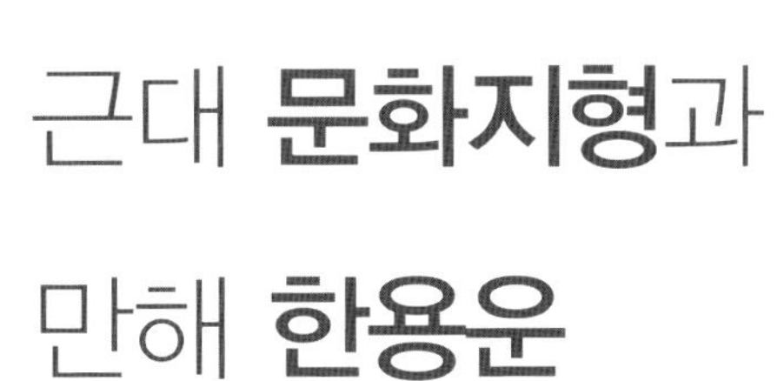

| 한용운 다시 읽기 |

이선이 지음

Re-reading Han Young-Un

일러두기

- 이 책에서는 『증보한용운전집』(전 6권, 신구문화사, 1979)을 저본으로 삼았다. 본문에는 『전집』으로 표기하고 권수를 병기하였다. 전집에 수록되지 않은 글을 인용할 경우에는 현대문에 맞게 고쳤다.
- 가독성을 고려하여 고유명사로 인식될 수 있는 단어는 띄어쓰기 없이 붙여 썼다(예 : 불교근대화운동).

책머리에

1

대학 시절 충남 홍성에 소재한 한용운 생가로 답사를 다녀오면서 노트에 끄적거린 상념들을 지금도 기억하고 있다. 이처럼 궁벽진 시골에서 태어났으니 순진할 법한 사나이가 왜 임신한 아내를 두고 집을 나가 출가해버렸을까? 이건 윤리적으로 미성숙한 사람의 행동으로 볼 수 있는 건 아닐까? 중생의 아픔과 함께하고자 했던 유마維摩의 삶, 그 삶을 흠모했던 사람과 회임한 아내를 두고 홀연히 출가해버린 사람이 한 사람의 생애 속에 공존할 수 있는 것인가? 이런 작지만 인간적인 질문 없이 그를 위대한 저항시인이라고만 말해도 되는 것일까? 그날 내 뇌리를 파고들던 상념은 대강 이런 내용이었다. 답사를 다녀온 이후 한용운의 인간적인 진면목이 늘 궁금했다. 가장 먼저 와 닿았던 이 의문들이 오랜 시간 나를 떠나지 않는 질문이 되었다.

시간이 흘러 한용운 문학을 연구대상으로 박사논문을 준비하면서 그에 관한 2차 텍스트들을 읽어나가는 동안 의구심은 커져갔다. 찬사를 넘어서서 우상화 혹은 신격화로 이어지는 글들에서 인간 한용운을 찾아보기는 어려웠다. 비록 좌충우돌의 연속이라 하더라도 자기시대를 치열하게 살아내고자 발버둥친 한용운의 인간적 고뇌와 행적을 엿보고 싶었다. 그러기 위해서는 한편으로는 그가 살다 간 시대적 상황 속으로 깊이 파고들면서, 다른 한편으로는 그를 호명해낸 역사적 맥락을 면밀하게 읽어내야 했다. 상황과 인간, 맥락과 삶의 접붙이기가 여기 수록한 글을 쓰는 동안 내가 견지하고자 했던 입장이다.

이 책은 3부로 구성되어 있다. 제1부는 식민지 근대공간이라는 특수한 시공간을 살아내면서 한용운이 자기시대를 어떻게 인식했는가라는 물음에 대한 해답을 찾아간 여정이다. 제2부에서는 근대의 문화지형 안에서 한용운이 어떻게 활동했는가를 그의 문학적 글쓰기를 중심으로 살펴보았다. 제1부와 제2부에서는 자기시대를 치열하게 살아내면서 한용운이 모색했던 여정을 좇으며, 그가 남긴 족적이 오늘날 우리에게 어떤 의미가 있는지를 살피고자 하였다. 제3부에서는 해방 이후 한용운과 그의 작품에 대한 인식이 어떻게 형성되어 왔는가를 실증적으로 들여다보았다. 특히 여기서는 인간 한용운에 대한 이해 방식이나 그의 작품이 정전화되는 과정에 초점을 맞추었다. 긴 시간을 두고 쓴 글들이라 몇 편은 충분히 발효되지 못한 채 벌써 묵은내가 나는 글이 되었다. 하지만 부족한 것은 그것대로 나름의 의미를 갖는다고 위로하며 한 자리에 앉혔다.

2

한용운은 김소월, 윤동주, 김수영과 함께 한국 근현대시사에서 가장 많이 연구된 시인 가운데 한 명이다. 양과 질에서 상당한 성과를 축적해 왔지만, 아직 공백으로 남아 있거나 잘못 알려진 내용도 적지 않다. 한용운 연구에 있어서 가장 기초적인 자료가 되는 전집부터 다시 살필 필요가 있다. 전집에 법호法號라고 적시하고 있는 '만해萬海'가 그의 아호雅號라는 사실부터가 재고의 필요성을 말해준다. 그의 법호는 용운龍雲이다. 한용운 관련 자료를 시기별로 검토해 보면 이를 확인할 수 있다. 1904년 강원도 건봉사에 건립된 '건봉사만일연회연기비乾鳳寺萬日蓮會緣起碑'에는 '용운

봉완龍雲奉玩'이라고 법호와 법명이 제시되어 있고, 운허용하耘虛龍夏가 국내에서 처음으로 편찬한 『불교사전』(법보원, 1961)에도 법명은 봉완, 법호는 용운으로 소개되어 있다. 탑골공원에 세워진 「만해용운당대선사비萬海龍雲堂大禪師碑」의 비문도 운허가 썼는데, 여기에도 법호를 용운, 아호를 만해라고 밝혀 두었다. 만해가 한용운의 아호임은 1932년에 수양동우회의 기관지였던 『동광』에서 작성한 현대인명사전에도 명시되어 있다. 당시 이 잡지사에서는 지명도 있는 유명 인사들에 관한 기본적인 이력을 사전 형식으로 작성하여 수록한 바 있는데, 한용운을 소개하면서 '불교사佛敎社 한용운韓龍雲'이라고 표제어를 제시하고 아호는 만해라고 적시하였다. 하지만 『한용운전집』 6권에 수록된 연보에서 만해가 법호라고 소개되면서 혼란이 야기되었다. 그렇다면 한용운은 언제부터 만해라는 아호를 사용한 것일까? 한용운이 만해라는 아호를 사용한 것은 1911년에 창립된 한시 창작단체이자 이 단체에서 발간하던 잡지명이기도 한 '신해음사'의 회원으로 활동하면서부터이다. 『신해음사 임자집』(제5호)에 실린 회원명부에서 한용운의 이름을 확인할 수 있다. 이 단체는 시인의 이름과 호를 병기하는 것을 원칙으로 하고 있었고, 한용운이 만해라는 아호를 사용한 시기도 이 단체의 회원으로 한시를 발표하면서부터였던 것으로 추정된다. 이와 관련한 자세한 내용은 제2부 2장에서 상술하였다.

1973년에 『한용운전집』(전 6권)이 발간된 후, 1979년에는 새로 발굴된 자료를 추가하고 초간본에 수록된 글 가운데 한용운의 글이 아닌 것으로 판명된 것을 삭제하여 『증보한용운전집』이 발간되었다. 하지만 이 증보판에도 재고가 필요한 글들이 여러 편 수록되어 있다. 한용운의 글로 볼 수 없는 자료들이 수록되어 있는가 하면 글의 출처와 발표일에도 오류가 적지 않다. 이런 문제가 해결되기도 전에 2006년에 불교문화연구원이라는 곳에서 1973년에 발간된 초간본을 영인하여 재출간하면서 혼란을 가중시켰다. 근자에 한용운 관련 연구논문에는 이 영인본이 기본 자료로 활용되기도 한다. 증보판 전집이 절판된 상태라 구하기 어렵고 또 비교적 최근에 발간되었다는 점에서 신뢰할 만한 자료라고 판단하여 신진연구자들이 이 영인본을 활용하고 있는 것으로 보인다. 하지만 여기에는 증보판 발간 시에 수정 및 보완을 거친 내용조차 반영되지 않아서 불필요한 논란을 초래하고 있다. 2011년에는 『한용운문학전집』(전 6권)이 간행되었는데 여기에 수록된 한용운 연보와 작품 연보에도 오류가 적지 않아 전체적인 확인 작업이 필요했다.

이 책에 수록한 글들을 쓰면서 기발행된 전집의 문제점을 인지하고 기초 자료를 확인하는 데 많은 시간을 보냈다. 증보판이 나온 이후에 진행된 연구에서 밝혀진 새로운 사실을 가능한 한 충실하게 반영하여 한용운 연보와 작품・논설・설문・인터뷰 목록을 작성하였다. 이 책의 말미에 붙여 둔 부록은 지금까지 밝혀진 내용과 확인가능한 자료를 일일이 대조한 결과를 반영한 것이다. 이 작업을 하면서 새로운 전집 출간이 필요한 시점임을 절감하게 되었다. 오늘날 불교계와 문학계뿐만 아니라 한용운과 인연이 있는 지방자치단체에서 그의 업적을 기리는 행사를 여럿 개최하고 있다. 이러한 가시적인 행사도 중요하지만 가장 필요한 작업은 기본적인 사실을 확정하고 누락된 원고를 모아 내실 있는 전집을 새로 발간하는 일이 아닐까 싶다. 뜻있는 분들이 모여 빠른 시간 안에 일층 보완된 한용운 전집이 출간될 수 있기를 기대해 본다.

한용운의 행적과 관련해서도 엄밀한 연구가 필요한 시점이다. 한용운의 삶을 저항이라는 면에만 국한시킬 필요는 없을 것이다. 그는 『삼천리』나 『별건곤』 같은 대중적인 잡지에 지속적으로 글을 발표하거나 인터뷰에 응했고, 대중독자를 위한 신문연재소설을 발표하기도 하였다. 그는 당대의 문화공간 안에서 폭넓은 스펙트럼을 보이면서 활동을 전개해 나갔다. 특히 잡지 『삼천리』는 친일행적으로 비판의 대상이 되고 있는 김동환이 주도한 잡지였고 한용운은 이 잡지에 상당히 오랜 기간에 걸쳐 이런저런 산문과 시를 발표하였으며 대담과 설문에도 여러 차례 응했다. 이런 맥락의 연장선상에서 1941년 8월에 대동아전쟁의 지지 여론을 조성하기 위해 김동환의 주도로 개최된 임전대책협의회에 한용운이 참석한 일도 면밀하게 들여다보아야 할 행적이다. 이 일만을 가지고 한용운에게 친일 혐의를 덧씌울 필요는 없지만, 있었던 사실에 대해 묵과하는 것도 역사를 왜곡하는 일이 될 수 있다는 점에서 섬세한 해석이 요구되는 지점이다. 이 사실만으로 한용운의 생애가 저항과 협력 사이를 오갔다고 확언하기는 어렵다. 하지만 지금까지의 연구가 저항의 측면만을 강조해 왔다는 사실을 고려할 때, 그가 자기시대를 어떻게 살아냈는가에 대해서 실체적 진실을 밝힐 필요는 있을 것이다. 한편, 그에 대한 입체적 조망을 위해서는 근대불교사에서 친일 혐의로부터 자유롭지 못한 일제 말기의 선학원禪學院 관련 연구도 다차원적으로 진행될 필요가 있다. 선학원은 한용운이 출옥 후 십 년을 기거한 곳이고 이후에도 지속적으로 관여한 곳이기 때문이다. 이곳이 친일에 앞장섰다면 일제 말기에 한용운의 행적에 대해서도 당연히 의문이 증폭될 수밖에 없다. 따라서 여러 정황들을 추적하며 맥락적 이해를 심화할 필요가 제기된다. 이 문제와 관련하여 고민하던 중에, 재일조선인 소설가 김석범의 선학원 관련 증언과 이 증언을 작품화한 소설 『1945년 여름』을 접하면서 여러 맥락들을 다시 상상해 볼 수 있었다. 이에 대해서는 제1부 6장에서 논의를 진행하였지만, 더욱 심화된 연구가 진행될 필요가 있다. 이와 관련한 연구가 지금까지 제대로 진행되지 못한 데는 분단시대의 이데올로기가 만들어낸 이념의 굴절상이 여기에도 미치고 있기 때문이 아닌가 싶다. 몽양 여운형과의 관계나 해방과 한국전쟁을 거치면서 북으로 간 승려들과의 관계에 대해서도 시야를 넓혀 면밀한 고찰이 필요하다. 앞으로 한용운을 중심에 두고 근대불교사뿐만 아니라 더 넓게는 근대사의 여러 인물 간의 관계망을 거시적인 맥락 속에서 살피는 작업이 진행되어야 할 것이다. 이렇게 보면 향후 한용운에 대한 연구는 여전히 발화되지 못한 채 침묵하고 있는 우리 근대사의 지층을 탐사하는 작업과 적극적으로 조우할 때 그의 진면목을 열어젖힐 수 있을 듯하다.

3

돌이켜 보면 한용운이라는 이름을 처음 만난 것은 초등학교 3학년 무렵이었다. 나는 그 무렵 시인의 길을 가고 싶다는 열망을 가지면서 닥치는 대로 문자를 탐식하는 광독의 시절로 접어들고 있었다. 하지만 한용운이라는 이름을 책을 통해 처음 접한 것은 아니었다. 당시 펜글씨 연습에 열심이던 언니가 우리 집 화장실 문에 붙여 둔 아름다운 시편들 가운데에는 「님의 침묵」이라는 시도 있었다. 한용운이라는 시인과의 첫 대면은 지극히 사적이고 은밀하기에 무한한 상상이 가능했던 그곳에서 시작되었다.

그 시절 나는 김소월, 윤동주, 주요한 등 한국 근대시사의 대표적인 시인들의 시를 화장실에서 암송하곤 했다. 시적 정서와 메시지를 이해하는

데 있어서 대개의 시편들의 경우 별반 어려움을 느끼지 못했지만, 유독 두 편의 시는 도무지 이해가 불가능했다. 유치환의 「바위」와 한용운의 「님의 침묵」이라는 독해 불능의 시. "내 죽으면 한 개 바위가 되리라"는 좋았는데 "억년 비정의 함묵"이라는 구절로 이어지는 순간, 당시 초등학생이었던 내게는 이 시어들이 도무지 알 수 없는 외계어로 다가왔다. 느낌은 달랐지만 시인이 말하려는 바를 종잡을 수 없었던 또 한편의 시가 바로 「님의 침묵」이었다. 진청색 잉크로 써내려 간 단정한 글씨체를 손바닥에 재미삼아 따라 써보며 읽고 또 읽었던 "님은 갔지마는 나는 님을 보내지 아니하였습니다"나 "우리는 만날 때에 떠날 것을 염려하는 것과 같이 떠날 때에 다시 만날 것을 믿습니다"라는 시적 진술은 그 깊이를 헤아리기에는 아득한 심연의 문장들이었다. 하루에도 몇 번씩 들락거리던 그 고독의 공간에서 나는 시 「님의 침묵」을 읽으며 알 수 없는 시인의 내면을 처음으로 기웃거리기 시작했다. 내가 시인의 꿈을 가지기 시작할 무렵 한용운은 그렇게 내게로 왔다.

질문이 있어야 공부를 하게 되고 공부를 하다 보면 다시 질문이 생긴다는 말이 새삼 떠오른다. 한용운 문학을 대상으로 박사논문을 제출한 지 벌써 이십 년이 흘렀다. 내심 어린 시절에 마주한 저 독해 불능의 시구를 해석해 보겠다는 열망으로 박사논문에 달려들었지만, 논문을 마무리하면서 더 많은 질문을 갖게 되었었다. 박사논문이 이월시킨 여러 물음들과 대면하며 나름의 해답을 찾고자 애를 썼지만 지금 내게 남은 것은 또다시 적지 않은 질문들뿐이다.

4

이 연구서를 쓰게 된 인연을 생각해 보면 고마운 분들이 너무 많다. 대학원 지도교수로 한용운과의 인연을 맺어주신 김재홍 선생님의 각별한 사랑과 격려는 잊을 수 없다. 선생님께서 설악산 백담사와 연구실을 오가며 만해학 연구의 지평을 넓히려 애쓰신 모습은 지울 수 없는 기억의 한 장면이다. 또한 역사학자 김광식 선생님께도 감사의 마음을 전하고 싶다. 한용운 관련 자료를 지속적으로 발굴해 주신 덕분에 해석의 지평을 넓히고 그를 이해하는 데 많은 도움을 받았다. 오랜 시간이 걸린 연보 작성에 도움을 준 백지윤 선생께도 고마운 마음 전하며 좋은 연구자로 성장하기를 내내 응원한다. 이 밖에도 한용운의 자필이력서를 탈초해 주신 최병준 선생님, 사진을 제공해 주신 삼성출판박물관에도 감사의 뜻을 전한다. 이번에도 소명출판의 신세를 지게 되었다. 동아시아 인문학의 구축과 연대를 위해 애쓰시는 박성모 사장님께 감사의 정을 전하고 싶다. 이 글을 쓰는 동안 영원한 이별이 진정한 만남이기도 하다는 깊은 의미를 깨우쳐주신 양경임梁敬任 · 이채훈李采薰 두 어머님과 작별하였다. 두 분의 소박하지만 정성스러운 삶에 이 책을 바친다.

2020년 초여름 서천書川의 노을을 바라보며

이선이 합장

차례

제1부

한용운의 근대인식 방법

1장 자유에서 자존으로, 평등에서 평화로

2장 '문명'과 '민족'을 통해 본 만해의 근대 이해

3장 한용운의 근대불교 인식과 그 의미

4장 '사랑'을 통해 본 한용운의 근대인식

5장 만해문학과 생명가치의 구현 방식

6장 한용운의 만주 체험과 그 의미

1장

자유에서 자존으로, 평등에서 평화로

1. 자기시대를 살아간다는 것

만해萬海 한용운韓龍雲(1879~1944)은 구한말에서 일제강점기까지 격변하는 정세 속에서 어둠의 시대를 살다 간 인물이다. 그는 독립운동가이자 시인이며 조선불교의 근대화운동을 주도한 실천적 종교인으로 평가된다. 이러한 평가는 그가 3·1운동을 주도한 민족대표 33인의 한 사람이라는 점, 한국 근대시사에서 소월의 시집 『진달래꽃』(1925)과 더불어 1920년대를 대표하는 시집 『님의 침묵沈黙』(1926)을 상재하여 한국시를 근대시의 반열에 올려놓았다는 점, 『조선불교유신론朝鮮佛教維新論』(1913)의 집필과 잡지 『유심惟心』 및 『불교佛教』 등을 통해 불교근대화의 실천적인 방안을 적극적으로 모색했다는 객관적 사실에 근거하고 있다.

하지만 한용운에 대한 기존 평가가 반드시 객관적 사실에만 기대고 있는 것은 아니다. 해방 이후 한용운에 대한 관심은 지배이데올로기로 활용된 민족주의에 힘입은 바가 적지 않다. 이 과정에서 문학, 독립운동, 불교 각각의 진영에서는 그를 저항적 민족주의를 대표하는 인물로 자리매김해 왔다. 이러한 평가 전부가 과장이라고 볼 수는 없지만, 많은 부분에서 그의 실상을 간과해 온 것도 사실이다. 지금까지 한용운에 관한 수많은 연구에도 불구하고 그가 남긴 많은 저작과 저술들이 어떤 맥락에서 집필되었으며, 66세의 짧지 않은 생애 동안 그가 어떤 모색을 해 나갔는지에 대해서는 아직 그 전모를 파악하지 못하고 있다. 일례를 들어보면 이렇다. 기존 연구는 일제 말기의 한용운이 어떤 행적을 보였는가를 실증적으로 포착하기보다는 저항의 측면에서만 인식해 왔다. 하지만 저항의 아이콘인 한용운도 대중잡지 『삼천리』를 발간하던 시인 김동환이 1941년 8월에 개최한 임전대책협의회臨戰對策協議會에 참석하였다. 이 회의를 통해 임전대책협의회는 하나의 상설 단체가 되어 황국식민화에 앞장섰고, 이후 조선임전보국단朝鮮臨戰報國團으로 개칭하여 노골적으로 친일행위를 전개하였다. 한용운이 조선임전보국단에 참여한 것은 아니었고 그가 직접적으로 친일행위에 연루된 바도 없지만, 1941년 8월 25일에 부민관에서 개최된 삼천리사 주최의 임전대책협의회에 참석했었다는 점은 분명한 사실로서 기록으로 남아 있다.[1] 이 회의는 120여 명의 인사가 참여한 대규모 행사였고[2] 그가 주도적인 역할을 한 것은 아니었다. 하지만 적어도 비타협민족주의자라는 논리를 앞세우면서 그가 타락한 세계와 담을 쌓고 고결하게 정신의 지절을 지켰다는 이분법만으로는 이러한 행적이 설명되지 않는 것은 분명하다. 따라서 우

---

1 「本社主催大座談會 臨戰對策協議會, 百二十人士가 府民館에서 會合－協議會出席人士＝百二十名의 氏名」, 『삼천리』 13-11, 1941, 48쪽.

2 잡지에는 120명이라고 되어 있지만, 이와 관련한 연구를 진행한 김도형은 회의에 초청된 인사가 총 196명이었고 불참자가 35명이라고 밝히고 있다. 그는 불참자를 세 부류로 나누고, 개인 사정으로 불참한 친일 성향의 인사(최남선, 방응모 등), 회의에 찬동하지 않는 민족주의자 또는 사회주의자계열의 인사(정인보, 홍명희, 여운형 등), 반일 성향은 없지만 불참한 인사(이관구, 최두선 등)로 분류하고 있다. 김도형, 「조선임전보국단연구」, 성균관대 석사논문, 2011, 27~28쪽.

리는 한용운을 충돌하는 이념의 틈바구니 속에서 자신의 길을 모색하며, 자기시대를 치열하게 살아낸 한 사람의 인간으로 다시 이해할 필요가 있다. 비타협민족주의자라는 논리가 한용운의 위대함을 드러내기보다는 오히려 그가 어둠의 시대를 살아내면서 무엇을 고민했는가를 정직하게 바라보지 못하게 하는 가림막이 될 수 있기 때문이다. 우리가 눈여겨보아야 할 사실은, 그가 어떤 모색과 방황을 거치며 자기시대를 뜨거운 가슴으로 살아냈는가 하는 점이다. 이 여정에는 여러 가지 오점이 있을 수 있고 실수나 오판도 있을 수 있다. 임전대책협의회에 참석한 일도 생애의 한 오점에 해당한다. 물론 이 사실만으로 한용운의 삶이 보여준 항일의식이 부정될 수는 없다. 그렇다고 회의 참석 자체를 부정할 수도 없다. 이처럼 상충하는 사태들을 있는 그대로 인식하지 않으면, 인간 한용운과 그의 고뇌는 실종되어 버리고 견고한 이데올로기만이 죽어버린 역사의 외피를 감싸게 될 것이다. 이런 점에서 한용운을 저항적 민족주의를 대표하는 인물로 규정하면서 망각하거나 놓친 것이 무엇인지에 대한 반성과 물음은 여전히 유효한 문제의식으로 남아 있다.

한편, 탈민족주의적 시각이 대두된 1990년대 이후부터는 근대에 대한 실증적 논의가 활성화되면서 한용운의 사상 형성 과정을 구체적으로 입증하는 연구가 주를 이루었다. 하지만 이러한 일련의 연구 또한 한용운의 근대인식에 대한 면밀한 분석에 근거하기보다는 기존 민족주의 시각의 변형과 심화 양상을 보이면서, 그의 사상이 주체적인 근대인식의 결과였음을 입증하는 데만 초점이 맞추어져 왔다. 1990년대 이후 활발하게 진행되어 온 근대연구의 문제점에 대해서는 학계에서 뜨거운 논란이 진행된 바 있다. 특히 그간의 근대연구의 주된 흐름이 새로운 전통의 발명으로 경도됨에 따라, 이들 연구가 근대를 지나치게 특권화하고 있다는 비판이 강하게 제기되기도 하였다.[3] 이 비판의 요지는 이렇다. 새로운 인식의 발생과 확산이라는 점에서 근대로의 이행 과정이 대단히 중요한 시기일 수는 있지만, 이 시기 지식인의 사유가 온전히 새로운 발명의 결과인가 하는 의구심을 갖지 않을 수 없다는 것이다. 이러한 비판은 충분히 귀기울여 볼 만한 지적이다. 물론 근대발명론에 대한 문제 제기가 곧바로 기존의 '전통계승론'의 입장과 다르지 않다는 재비판도 가능할 수 있다. 하지만 이 논의에서 우리가 주목해야 할 점은 '근대발명론'의 담론적 확산이 근대로의 이행 과정에서 수행된 전통의 호출을 망각 혹은 억압하거나, 또는 동아시아에서 근대 모색의 실증적 현실을 외면하고 있지는 않은가 하는 점이다. 우리에게 전통의 호출이 또 하나의 권력으로 환원되지 않으면서 서구적 근대에 대한 저항가능성의 발견 혹은 동아시아 나름의 또 다른 근대에 대한 모색으로 이어진 바는 없는가 하는 물음은, 근대가 야기한 다기한 문제에 직면해 있는 우리에게 생산적으로 근대를 다시 읽어내는 성찰의 시선을 모색하는 일이기 때문이다. 이러한 문제설정은 단순히 근대로의 이행 과정에서 우리가 인식한 전통의 내용이 전통으로의 완벽한 복귀나 전통에 대한 완전한 부정이라는 이분법적 인식을 넘어서는 길이기도 하다. 실제로 근대로의 전환기에 제국주의의 길로 접어든 일본이나 부분적으로 식민지의 길로 접어든 중국의 근대지식인들이 전통으로의 귀환이나 서구적인 근

3 2008년부터 진행된 바 있는 황종연에 대한 김홍규의 비판이 대표적이라 할 수 있다. 이에 대해서는 임형택 외의 『전통—근대가 만들어낸 또 하나의 권력』(전통문화연구소, 2010)을 참조.

대체제를 수용하는 데 적극적일 수 있었던 것에 반해, 열강의 각축장이 되면서 일제의 식민지로 전락해 간 한국적 경험에서 전통은 근대와 더불어 쉽게 수용할 수도 그렇다고 쉽게 부정할 수도 없는 무엇이었다.

전통의 계승과 극복, 서구의 수용과 부정이라는 태도는 근대에 접어들면서 동아시아가 경험한 엇비슷한 현실로서 삼국이 큰 차이를 드러내지 않는 것처럼 보이기도 한다. 하지만 그 실상을 들여다보면 역사적 실재화의 방식은 매끄러운 표면을 갖기보다는 이질적인 맥락들이 상호 절합articulation되면서 다양한 양상을 보이는 것도 사실이다. 새로운 인식의 형성 과정이란 새롭게 유입된 가치와 기존 가치가 뒤섞이면서 수용과 변형, 부정과 극복을 통해 생성되는 독특한 인식의 지평들이고, 이 지평은 국가나 계층에 따라 갈급한 바가 다르다는 점에서 이질적일 수밖에 없기 때문이다. 탈식민주의 논자들이 강조하는 문화의 혼종성hybridity과 재전유reappropriation라는 관점에서 동아시아의 근대 형성을 들여다보면, 동서東西와 신구新舊가 만나는 접점에서 발생하는 다양한 변형과 창발의 구체적인 경험이 실재하고 있다. 우리의 경우, 식민지적 무의식의 내면화와 이에 대한 저항이 뒤섞이면서 불명료하고 비대칭적인 질료들로 근대라는 공간을 빚어내는 형국이 중국이나 일본과는 사뭇 달랐고, 암중모색하며 새로운 삶의 논리를 찾아 나가는 몸부림도 간절하고 절박했다. 한용운의 근대인식을 문제 삼는 이유도 바로 여기에 있다. 동아시아의 전근대적 가치를 충실히 견지하는 한편, 서구적 근대 가치의 수용에도 적극적이었던 한용운이 동서의 만남, 전통과 근대의 만남을 어떻게 수행해 나갔는가는 근대 초 한국에서의 근대인식 양상을 살피는 데 구체적인 일례이기 때문이다. 무엇보다 전통적인 동양적 가치와 서구적 가치가 봉합되면서 울퉁불퉁한 봉합선을 드러내는 한용운의 근대인식을 들여다보는 일은, 선명한 논리로 설명되지 않는 식민지 근대인의 생존의 미학을, 그 아름다운 흉터를 성찰하는 일이다. 이 성찰은 결국 자기시대를 치열하게 살아낸다는 것이 어떤 의미인가를 되새기는 일이라는 점에서 현재를 향하고 있다.

여기에서는 한용운의 근대인식이 가장 잘 드러나는 『조선불교유신론』(1913)과 「조선독립朝鮮獨立에 대對한 감상感想의 대요大要」(1919)[4]를 읽어보고자 한다.[5] 이 두 편의 글을 정치하게 읽어 나가는 과정에서 한용운이 전통을 어떻게 호명하며 이를 서구적 근대와 어떻게 결합해내는가를 살피게 될 것이다. 이를 통해 그가 모색한 다른 근대의 길이 어떠한 사유의 여정을 거치면서 도달한 지평이었는지를 가늠해 보게 될 것이다. 특히 한용운이 인식한 세계 발전의 지향점은 무엇이었으며, 그 연장선상에서 '자유'와 '평등'이라는 핵심어로 인식된 서구적 근대 가치를 한용운이 어떻게 전유하는가를 살피고자 한다.

---

4 이 글은 「조선독립의 서」, 「조선독립 이유서」, 「조선독립 감상의 개요」 등으로 다양하게 불리기도 하는데, 여기서는 『독립신문』에 수록된 제목을 그대로 따르고자 한다. 『전집』에는 「조선독립의 서」로 수록되어 있다. 이 글의 명칭에 대해서는 김광식이 「한용운의 「朝鮮獨立의 書」 연구」(김재홍 외, 『만해사상과 동아시아 근대담론 연구』, 시학, 2011)에서 상세히 밝히고 있다.

5 이 책에서는 신구문화사에서 1979년에 출간된 『증보한용운전집(增補韓龍雲全集)』(전6권)을 기본 텍스트로 삼았다. 이 증보판 전집에서는 1973년에 출간된 전집에 누락된 자료가 보완되었을 뿐만 아니라 초간본에 잘못 수록된 글이 삭제되었다. 삭제된 글은 제2권에 수록된 잡지 『불교(佛教)』의 권두언(1937.3~1938.11)이며 총 14편이다. 2006년에 불교문화연구원에서 간행한 전집은 1973년도에 출판된 초간본을 그대로 간행함에 따라 증보판에 보완된 자료가 빠져 있으며 한용운의 글이 아닌 것으로 밝혀진 잡지 『불교』의 권두언이 그대로 수록되어 있다. 한편, 저자는 『증보한용운전집』을 살펴보면서 두 가지 문제점을 발견하였다. 첫째는 한용운의 글이 아닌 것으로 판단되는 글이 수록되어 있다는 점과 둘째는 수록된 글의 출처가 잘못 표기된 경우가 많다는 사실이다. 이를 바로잡기 위하여 이 책의 말미에 자료 확인을 다시 한 후 새롭게 정리한 작품연보를 붙여두었다.

2. '진화進化'와 '변화變化'의 낙차

시기별로 조금씩 변화를 보이기는 하지만 한용운이 근대를 인식하는 데 있어서 가장 큰 영향을 받은 서구사상은 사회진화론이다. 널리 알려진 바대로 진화론은 생물진화론과 사회진화론이 상호 영향을 끼치면서 서구의 제국주의를 추동하는 중요한 사회인식 방법의 하나가 되었다.[6] 한용운에게 근대는 곧 이러한 진화론적 세계인식이 지배하는 공간으로 인식되었으며, 진화는 곧 중세적 질서로부터의 이탈을 정당화하는 이론적 근거가 된다. 하지만 서구적 진화론이 한용운의 근대인식에 그대로 수용된 것은 아니었다.

한용운이 진화론을 수용하는 과정에서 '진화'라는 용어는 '변화'로 번역된다. 우승열패라는 '진화의 세계사'를 '변화의 세계사'로 변용하면서, 한용운은 '도덕과 종교'를 준거로 삼아 세계 발전의 궁극적 지향점을 전망해낸다. 여기서 '변화'라는 용어는 한용운이 '진화'와 '문명'이라는 당시의 유행담론에 대해 나름의 소화력을 발휘하여 선택한 번역어였다. 한용운이 어떻게 '진화'를 인식했는가를 가장 잘 보여주는 글로, 한용운이 적극적으로 사회적 활동을 전개하기 시작한 시기에 쓴 「중추원헌의서中樞院獻議書」의 한 대목을 읽어보자.

---

6 이 시기 동아시아의 사회진화론 수용 과정과 대응 양상에 대해서는 박성진의 『사회진화론의 수용 양상』(선인, 2003), 이승환의 「근대 동양에서 사회진화론을 둘러싼 담론」(『유교 담론의 지형학』, 푸른숲, 2004), 전복희의 『사회진화론과 국가사상』(한울아카데미, 2010), 김제란의 「한중일 근대불교의 사회진화론에 대한 대응양식 비교」(『시대와 철학』 21-2, 한국철학사상연구회, 2010) 등에서 자세하게 논의되고 있다.

엎드려 생각건대, 인간계의 일에 있어서는 변화보다 좋은 것이 없고, 변화하지 않는 것보다 나쁜 것은 없는가 합니다. 한번 정해진 채 조금도 변할 줄을 모른다면, 천지 사이에 존재하는 사람들을 오늘에 앉아 다시 볼 수는 없었을 것입니다. 천지는 잘 변화합니다. 그러기에 만물이 거기에서 생겨납니다. 만물도 잘 변화합니다. 그러기에 낳고 낳아 다할 줄을 모르는 것입니다. 이같이 낳고 낳아 다함이 없고 잘 변화를 계속하면 그 진화(進化)의 묘(妙)가 날로 번창해 가는 것이어서 (…중략…) 그러므로 변화야말로 진화의 불이법문(不二法門)이라 하겠으니, 변화하지 않는대서야 무엇을 할 수 있겠습니까.[7]

불교개혁의 필요성을 공식적으로 제기한 이 글에서 한용운은 진화를 『주역周易』의 주된 개념어이자 세계인식 방법인 천지만물의 변화와 생성 논리로 이해한다. 즉 진화론을 동양의 전통적 우주 변화 원리와 동일하게 이해함으로써 진화는 곧바로 '변變'으로 치환된다. 『주역』에서 주周는 상하사방의 공간적 주위에 해당하고 역易은 계속해서 변하는 시간적 변혁을 뜻한다.[8] 여기서 중요한 개념인 '변화'는 변혁을 뜻하는 용어인데, 이러한 '역'을 바라보는 관점에는 크게 세 가지가 있다. 첫째는 모든 것을 변화로 보는 변역의 입장에서 역을 정의하는 관점이고, 둘째는 변역 속에는 불변의 것이 있다고 보는 불역不易의 관점이 그것이다. 마지막으로 간이簡易라고 하여 변화하는 천지자연의 이치는 간단하다는 것을 강조하는 관점이 있다.[9] 변화易를 바라보는 이들 세 관점 사이에

7 「朝鮮佛教維新論－중추원 헌의서(中樞院獻議書)」, 『전집』 2, 87쪽.
8 김석진, 『대산주역강의』 1, 한길사, 1999, 40쪽.

놓인 다소간의 차이에도 불구하고 세계를 변화의 관점에서 인식한다는 점에서는 세 관점이 대동소이하다. 한편 사회진화론에서 진화는 일종의 사회성장 혹은 사회발전을 의미하는 용어이자 환경에 대한 적응여부로 사회발전을 이해하는 개념이다. 따라서 『주역』의 '변화'와 진화론의 '진화'는 표면적으로는 세계의 변전을 포착한다는 면에서 유사성을 갖지만 내용적인 면에서는 분명한 차이를 갖는다. 『주역』에서는 조화와 순환의 원리로 세계의 변화를 이해한다면, 진화론에서 진화는 적자생존이라는 대립의 논리로 세계의 변화를 이해한다. 이처럼 분명한 내용적인 차이를 갖고 있는 개념을 한용운은 동일한 것으로 인식하고 있는 것이다. 진화론 수용의 예에서 알 수 있듯이, 한용운은 서구사상을 받아들이는 데 있어서 그 대역어를 동양의 고전 속에서 찾고, 이를 근대 공간 안으로 호출하여 근대적으로 재인식하는 방식으로 서구사상을 수용해 나갔다.

한편, 한용운은 서양 근대사상의 핵심을 진화론에서 찾는 동시에 서구적 근대를 물질문명과 등가화하고 그 한계를 물질문명이 갖는 한계에서 찾는다. 그는 "물질문명은 인생 구경究竟의 문명이 아닌즉, 다시 일보를 나아가 정신문명에 나아감은 자연의 추세"(「조선청년과 수양」)라며 물질적 변화를 넘어선 고등한 인간의 정신문명을 우리가 지향해야 할 궁극적 지향점으로 노정한다. 이러한 한용운의 진화론 수용 방식은 근대와 조우하며 동아시아 삼국의 개신유학자들이 물질 우위의 진화보다는 도덕문명이 우위에 놓이는 세계의 진화를 구상해 나간 것과 같은 맥

9 위의 책, 33쪽.

락에 놓인다. 하지만 유교의 근대적 재맥락화와 맥을 같이하는 한용운의 이러한 인식에서 우리가 여기에서 눈여겨보아야 할 점이 있는데, 그가 사회진화론의 '진화'를 왜 '변화'로 번역해야 했는가 하는 점이 그것이다.

한용운은 당시 동서양의 지적 흐름 전반에 대해 상당한 식견을 갖고 있었으며 시대적 변화에 매우 민감하게 촉각을 곤두세우고 있었던 것으로 보인다. 그가 서양의 사상에 대해 소개되는 글들을 열심히 좇아 읽으며 시대의 변화상을 감지하고 있었다는 사실은 『조선불교유신론』의 다음과 같은 고백을 통해서도 확인할 수 있다.

> 이 밖에도 플라톤의 대동설(大同說), 루소의 평등론(平等論), 육상산(陸象山)과 왕양명(王陽明)의 선학(禪學) 따위는 다 부처님의 사상에 부합하는 바가 있다. 이상은 동서철학(東西哲學)의 불교와 일치하는 면을 대강 더듬어 본 것이다. 그러나 나는 서양 철학자의 저서에 관한 한 조금도 읽은 바가 없고, 어쩌다가 눈에 띈 것은 그 단언척구(單言隻句)가 샛별과도 같이 많은 사람의 여러 책에 번역 소개된 것에 지나지 않는다. 그 전모(全貌)를 보지 못한 것이 못내 안타까울 뿐이다.[10]

한용운은 서양철학자의 저서를 읽은 바는 없다고 고백하고 있다. 다만 그는 여기저기에 번역되어 실린 글들을 통해 서양철학에 대한 식견을 쌓은 것으로 보인다. 이처럼 한용운이 서양철학에 대해서 번역된 글

---

10 「朝鮮佛敎維新論－佛敎의 性質」, 『전집』 2, 42쪽.

을 찾아 읽으며 서양을 이해해 나갔다면 그가 서양을 이해하는 창구 역할을 한 번역서는 어떤 것이었을까?

한용운이 서양을 이해하고 수용하는 창구 역할을 한 지식인은 중국의 량치차오梁啓超(1873~1929)였다. 그는 구한말 한국 지식인들의 근대인식 형성에 큰 영향을 끼친 대표적인 인물이다. 량치차오와 한용운은 유가주의의 이상인 도덕주의를 인류가 추구할 궁극적인 이상세계로 상정했다는 점에서 유토피아적 전망을 공유하고 있다. 이들은 모두 서구의 진화론이 갖는 문제점을 약육강식이나 우승열패를 정당화하는 논리로 보고 이를 인간사회에 곧바로 적용할 수 있는 원리는 아니라며 비판적 거리를 두었다. 그러면서 이들은 도덕주의라는 이상을 궁극의 이상으로 상정하고 있었다. 하지만 둘 사이에는 분명한 시각차가 있었다. 량치차오가 도덕주의를 구현할 방안으로 강고한 국가주의를 설정했다면,[11] 한용운은 국가주의를 넘어서서 도덕과 종교를 최종 심급으로 상정했다. 『조선불교유신론』에는 사회진화론에 대한 한용운의 이러한 입장이 분명하게 드러나 있다.

> 서양 말에 '공법(公法) 천 마디가 대포 일문(一門)만 못하다'는 것이 있다. 이것을 철학적으로 부연해 말하면, 진리가 세력만 못하다는 이야기가 된다. 나는 처음 이 말을 들었을 적에 저도 모르게 그 말이 하도 속된지라 스스로 문명한 사람의 말에 낄 수 없다고 생각했었다. 그러나 세상의 풍조가 오늘날 같이 경쟁이 심함을 보고 만 뒤에는 비로소 속되지 않을 뿐 아니

11 이혜경, 『천하관과 근대화론－양계초를 중심으로』, 문학과지성사, 2002, 193~204쪽 참조.

라, 요즘 세상의 문명의 불이법문(不二法門)으로 삼기에 족함을 알았다. 사물의 존망성쇠(存亡盛衰)를 겪어 동서양 역사 중에 참담한 자취를 남긴 것들은 어쩌나 그리도 공법에 의해서가 아니라 대포에 의해 그렇게 되고, 진리에서 나온 것이 아니라 세력에서 나온 일들이었는지를 나는 자주 보았던 것이며, 결코 한 번 본 것이 아니었다. 이같이 서양인의 이 말이 전 세계의 금과옥조(金科玉條)가 되고도 남음이 있음을 부정할 길 없다. 이런 것은, 굳이 말한다면 야만적 문명이라고나 해야 할 것이니, 적어도 도덕과 종교에 입각해 있는 사람이라면 이를 찬양하지는 않을 것이다.[12]

"문명의 불이법문"이라는 표현에서 알 수 있듯이, 한용운은 사회진화론을 역사의 대세로 인식하고 있다. 하지만 그는 힘의 우위만을 강조하는 사회적 '진화'의 논리를 넘어서고자 한다. 한용운은 이를 위해 유가와 도가를 중심으로 하는 동양적 가치덕목인 '도덕'에 종교를 결합시킨 형태를 이상적인 사회사상의 준거로 삼는다. 여기서 잣대가 되는 종교는 당연히 불교이다. 즉 한용운은 유가적 도덕주의를 내세우면서 여기에 불교적 인식을 더하여 윤리적이고 도덕적인 세계 발전의 지향점을 상정한다. 하지만 그가 말하는 도덕과 종교가 구체적으로 무엇을 지칭하는지, 또 도덕과 종교가 어떤 차이를 갖는지에 대해서 그는 따로 언급하지 않는다. 따라서 여기에서 그가 말한 도덕과 종교의 차이가 무엇인지를 구체적으로 규명하기는 어렵다.

하지만 그가 쓴 다른 글을 참조해 보면, 한용운은 서구적 근대인식으

12 「朝鮮佛教維新論－布教」, 『전집』 2, 60쪽.

로서 '진화'를 세계 변화의 자발성과 능동성으로 이해하고 이를 적극적으로 수용하는 한편, 유가적 도덕주의와 불교적 이상세계를 결합하여 진화의 궁극적인 지향점으로 상정하고 있음을 알 수 있다. 즉 역사의 발전 과정이라고 이해한 진화론에서 '변화'를 취하고, 이러한 변화의 궁극적 지향점은 약육강식이나 우승열패가 아닌 다른 방식의 삶을 상상하고 있는 것이다. 그는 추상적 이상주의의 입장에 서서 현실의 변화를 모색하였다. 그가 종교인이라는 점에서 낙관적인 이상주의를 인류의 비전으로 삼는 것은 자연스럽고 충분히 이해 가능한 선택으로 볼 수 있다. 그러나 유교와 불교가 결합된 이상세계는 종교의 범주를 벗어나 있는 것도 사실이다. 승려 한용운이 불교적 이상향인 정토淨土를 궁극적 지향점으로 삼지 않고 왜 정신문명의 내용을 도덕에서 찾고자 했느냐 하는 점이 문제가 될 수 있다. 그가 동아시아적 유토피아의 하나인 왕도정치의 실현이나 대동사회의 윤리적 기둥을 떠받치고 있는 도덕주의에 기대어 세계 발전을 인식하고 있었다는 점은, 반유교反儒教 내지는 유교로부터의 해방을 모색하던 구한말의 불교계 내부 사정을 감안하면 분명 일탈적인 면모가 아닐 수 없다. 그렇다면 승려의 신분을 가진 그가 이처럼 도덕주의에 대한 확고한 믿음을 가질 수 있었던 이유는 무엇일까? 이 질문에 대한 해결의 실마리는 『조선불교유신론』의 다음과 같은 인식에서 찾아볼 수 있다.

> 불교는 그렇지 않다. 중생이 미신에서 헤어나지 못할까 두려워하는 까닭에, 경(經)에 '깨달음으로 준칙(準則)을 삼는다'하셨고, 또 '중생으로 하여금 부처님의 지혜의 바다에 들어가게 하기 위함'이라 하셨으며, (…중

략…) 그리고 천당・지옥의 주장과 불생불멸(不生不滅)의 말이 있기는 있는 터이나, 그 취지인즉 다른 종교와 다르다. 무엇이 다른가. 경에 이르기를 '지옥과 천당이 다 정토(淨土)가 된다'고 하셨고, 또 '중생의 마음이 보살의 정토'라 하셨다. 이것으로 미루어 생각하면, 불교에서 말하는 천당은 상식으로 생각되는 그런 천당이 아니라 자기 마음속에 건설되는 천당이며, 지옥도 죽어서 간다는 그런 뜻의 지옥이 아님을 알 수 있다.[13]

불교에서 깨달음의 궁극에 '중생심衆生心'을 놓을 때, 중생의 마음이란 불생불멸하는 '진여眞如'라는 불교적 용어와 동의어가 된다. 중생의 마음이 곧 부처의 마음이라는 불교의 교리에서 볼 때, '진여'를 불생불멸의 초월적 실재로 가정하면 이는 '진화(변화)'의 논리와는 충돌하는 논리적 딜레마에 빠지게 된다. 이러한 딜레마로 인해 한용운은 언제나 인식 주체인 인간을 중심에 두고, 천명天命을 담지한 존재이자 도를 실천하는 윤리적 주체로 인간을 파악하는 유가적인 인식을 포기할 수 없었던 것이 아닐까?

언뜻 보면 불교가 근대공간에서 새롭게 구축되는 시대어로 번역되어야 할 때 그 대역어對譯語를 찾기는 수월하지 않았고, 한용운은 이러한 난제를 해결하기 위해 동양의 또 다른 전통인 유가에서 그 대역어를 찾았을 수밖에 없었던 것으로 이해할 수 있다. 하지만 논리적으로 보면 유가와 불교의 결합은 상당한 내적 필연성을 갖고 있다. 도덕주의라는 이상이 변화의 궁극적인 목표라면, 이를 실현할 수 있는 구체적인 방법으로

13 「朝鮮佛敎維新論－佛敎의 性質」, 위의 책, 37쪽.

는 불교적인 구세주의救世主義가 현실적인 능동성을 가질 수 있고, 이런 맥락에서 도덕과 종교가 동전의 양면처럼 한용운에게는 동시적으로 요구되었던 것으로 볼 수 있기 때문이다. 도덕주의가 세계 변화의 전체 설계도라면 불교는 자아해탈에서 세계구원까지를 포함하는 실천의 동력이었고, 이 둘은 그의 논리 안에서 상호 보완적으로 결합될 수 있었다. 도덕주의만으로는 행동하는 실천적 동력을 만들 수 없고, 불교만으로는 변화하는 세계상을 하나의 전망으로 담아낼 수 없는 딜레마, 여기에서 한용운이 유가와 불교의 어색하지만 행복한 만남을 통해 자신만의 주체적인 근대인식을 해 나갔다고 하겠다. 이처럼 한용운이 사회진화론에 편승하여 약육강식, 우승열패라는 제국의 시선에 흡수되지 않기 위해 오랫동안 불교를 탄압해온 유교를 비판의 대상으로 삼기보다는 오히려 적극적 대화상대로 삼으면서 둘의 결합을 통해 식민지 불교인이 가질 수 있는 나름의 시선을 견지할 수 있었던 것은 그에게는 큰 행운이라 할 수 있다. 하지만 서구적 '진화'가 '변화'로 번역되는 과정에는 간과할 수 없는 의미상의 낙차가 있었으며, 이 낙차야말로 서구를 욕망하면서 서구로부터 벗어나려는 욕망의 주체이자 탈주의 주체를 동시에 연기演技한 한용운이, 근대라는 공간에서 실천의 장을 열어나갈 수 있었던 틈새라 할 수 있다.

3. '자유自由'와 '평등平等'의 절합

한용운이 서구의 근대사상을 수용하면서 가장 적극적으로 차용한 개념은 '자유'와 '평등'이다. 자유와 평등은 근대 시민사회의 구성원리이자 근대사회가 지향하는 궁극적 가치이기도 하다. 특히 서구의 근대사회에서 자유는 개인의 사회적, 경제적 자유 추구의 권리를 의미하기도 한다. 이러한 자유의 개념은 자연법에 속하는 본성으로서의 자유를 강조한 고전적 자유주의자 존 로크John Locke(1632~1704)에서부터 출발하여 인간의 사회적 자유를 강조한 J. S. 밀John Stuart Mill(1806~1873)로 이어지는 서구의 자유주의 계보가 근대적으로 재인식된 결과라 할 수 있다. 평등도 근대사회에 접어들어 새롭게 강조된 개념이다. 법 앞의 평등을 넘어 신분상의 평등을 주장하면서 근대사회의 구성원리가 된 이 개념은, 천부의 평등성 개념에서부터 형식적 평등과 실질적 평등, 기회의 평등과 결과의 평등으로 논의가 구체화되면서 공정성과 정의를 실현하는 다양한 방법과 결합되어 근대사회의 구성원리로 인식되었다.

그렇다면 한용운은 이러한 서구적인 '자유'와 '평등'의 개념을 어떻게 인식했을까? 우선, 그가 인식한 자유의 의미를 살펴보자. 한용운의 자유인식은 불교에서 시공간을 초월한 절대진리를 의미하는 진여의 개념적 변용으로 보인다. 『조선불교유신론』에는 한용운이 자유의 개념을 어떻게 설정하고 있는가를 여실히 보여주는 다음과 같은 대목이 나온다.

> 도덕적 성질에 있어서야 누가 조금이라도 자유롭지 않은 것이 있다고 하겠는가. 도덕적 성질은 생기는 일도, 없어지는 일도 없어서 공간과 시간

에 제한받거나 구속되거나 하지 않는다. 그것은 과거도 미래도 없고 항상 현재뿐인 것인 바, 사람이 각자 이 공간 시간을 초월한 자유권(본성)에 의지하여 스스로 도덕적 성질을 만들어내게 마련이다.[14]

한용운은 인간의 본성이 자유롭다는 전제하에서 서구의 자유 개념을 본성에 접목시킨다. 물론 여기에서 본성은 도덕적이라는 점이 전제되어 있기 때문에 자유는 언제나 도덕에 합치되어야 한다고 보았다. 이러한 인식을 전제로 그는 자유를 참된 자유와 약탈적 자유로 나누어 인식한다. "참된 자유는 남의 자유를 침해하지 않음을 한계로 삼는 것으로서 약탈적 자유는 평화를 깨뜨리는 야만적 자유가 되는 것이다"(「조선독립에 대한 감상의 대요」)라는 언술에서도 알 수 있듯이, 한용운의 자유 이해에는 타인의 자유에 대해 침해하지 않는 한에서의 자유라는 일국一國 내적 자유에 대한 문제와 국가 간의 무력 침략에 대한 비판을 담은 국가 간 평화 유지의 문제가 동시에 연관되어 있다. 즉 서구 근대의 자유가 신으로부터 인간을 분리시키고 인간의 사회적 권리를 법과 제도로 보호하는 과정에서 중요하게 부상한 개인적인 차원의 개념이라면, 한용운에게서 자유는 개인뿐만 아니라 민족과 국가라는 집단적 차원을 동시에 포함한다는 차이를 갖는다.

특히 한용운의 자유인식에서 흥미로운 사실은 자유를 철저하게 인간 본성으로 이해하고, 이것을 다시 민족의 본성으로 확대 적용해 나간다는 점이다. 즉 그의 자유에 대한 인식에는 개인과 집단적 주체로서의 민

14 위의 글, 39쪽.

족이 어떠한 차이도 보이지 않으며 등가적으로 파악된다. 한용운은 「조선독립에 대한 감상의 대요」에서 조선독립선언의 이유로 ① 민족자존성, ② 조국사상, ③ 자유주의, ④ 세계에 대한 의무를 제시한다. 여기에서 우리는 한용운이 인식한 자유의 개념이 어떤 것인가를 명확하게 살필 수 있다. 한용운은 민족자존성을 강조하면서 자존은 자유와 분명히 다른 개념이라고 전제한다. 그는 무엇이 다르다고 보았을까? 같은 민족의 자존성은 일종의 본성으로서, "같은 무리는 저희끼리 사랑하여 자존自存을 누리는 까닭에 자존의 배후에는 자연히 배타가 있는 것이다. 여기서 배타라 함은 자존의 범위 안에 드는 남의 간섭을 방어하는 것을 의미하며 자존의 범위를 넘어서까지 배척함을 뜻하는 것이 아니다. 따라서 자존의 범위를 넘어 남을 배척하는 것은 배척이 아니라 침략이다"[15]라고 그는 보았다. 이러한 인식은, 밀이 "자유라는 이름에 바로 들어맞는 유일한 자유는, 우리가 다른 사람들로부터 그 행복을 빼앗으려고 하지 않는 한, 또한 행복을 얻으려는 다른 사람들의 노력을 저지하려고 하지 않는 한, 우리들 자신의 방법으로 우리들 자신의 행복을 탐구하는 자유"[16]라고 본 서구의 개인적 자유 개념과 유사하다. 한용운이 인식한 집단적 주체로서 민족은 자유의 주체인 개인의 개념적 전용이라 할 수 있다. 하지만 이 전용의 과정에서 새롭게 삽입된 시각은, 주체로서의 개인이 도외시하고 있는 타자화된 삶이 집단적으로 주어졌을 때 이 문제를 어떻게 해결할 것인가에 대한 사회적 상상력이다. 개인적 자유와 민족적 자유가 등가를 이루는 한용운의 자유에 대한 이해에는 본성으로서의 자유라

15 「朝鮮獨立의 書－조선독립 선언의 이유」, 『전집』 1, 350쪽.
16 스마일즈 밀, 남용우 · 이상구 역, 『자조론 · 자유론』, 을유문화사, 1994, 368쪽.

는 인식과 함께, 억압받는 자로서 억압에 대한 정당한 저항의 실천이라는 사회적 자유의 문제가 포함되어 있다. 따라서 일본 제국주의에 대한 한용운의 저항에는 본성으로서의 자유와 사회적 자유의 정당성이 저항의 근거로 자리하고 있다. 「조선독립에 대한 감상의 대요」에 이러한 인식이 언급된 부분을 살펴보자.

> 어느 민족을 막론하고 문명 정도의 차이는 있을지언정 피가 없는 민족은 없는 법이다. 이렇게 피를 가진 민족으로서 어찌 영구히 남의 노예가 됨을 달게 받겠으며 나아가 독립자존을 도모하지 않겠는가. 그러므로 군국주의, 즉 침략주의는 인류의 행복을 희생시키는 가장 흉악한 마술에 지나지 않는다. 어찌 이 같은 군국주의가 무궁한 생명을 유지할 수 있겠는가. 이론보다 사실이 그렇다.[17]

한용운은 자유의 주체를 개인에서 민족으로 옮겨놓는다. '피를 가진 민족'이라는 수사적 표현을 통해 민족이라는 집단을 집단적 생명으로 구체화한다. 물론 이러한 인식은 당시 윌슨Thomas Woodrow Wilson(1856~1924)이 주장한 민족자결권을 자유의 중요한 내용으로 이해해 나간 결과로 볼 수 있다. 하지만 민족을 혈연공동체로 인식하는 일반적인 인식에서 더 나아가 본성을 가진 하나의 생명체로 인식하는 방식은, 민족이 다른 민족에 대해 주체성을 발휘하는 근거가 된다. 개인에게 자유가 본성이듯이 민족에게도 자유는 본성이므로 이를 박탈할 수 없다는 논리가 성

17 「朝鮮獨立의 書－개론」, 『전집』 1, 347쪽.

립하게 되기 때문이다. 여기서 흥미로운 것은 이러한 한용운의 자유에 대한 이해 과정에서 자유는 자존의 문제로 이행된다는 점이다.[18] 앞서 언급했듯이 그는 근대의 시민적 자유 개념을 개인과 민족 모두에게 차별 없이 적용한다. 그러면서 그는 인간의 고유한 권리를 자유로, 집합적 주체인 민족의 자유는 자존으로 그 의미를 변용한다. 자유가 탈구속성을 강조한 해방 지향적인 개념이라면 자존은 자유에 존엄을 결합함으로써 스스로에 대한 사랑을 전제한 개념이다.[19] 이러한 차이점은 미세한 차이로 볼 수 있지만, 자존은 도덕적 동기를 자기애라는 사랑에서 찾고 있다는 점에서 자유보다는 도덕주의에 합치하는 개념으로 볼 수 있다. 하지만 실상에 있어서는 이러한 미세한 차이에도 불구하고 자유와 자존은 이음동의어로 인식되면서 민족독립의 근거가 되기도 한다. 서구의 개인적 차원의 자유 개념을 민족적 차원까지 확대하여 적용하고, 여기에 도덕적 본성으로서 자유성을 결합시킨 한용운의 자유인식은 개인과 공동체를 분리해서 인식하지 않는 동아시아의 전통적 사유방식을 그대로 보여주고 있다고 하겠다. 그가 서구적 개념어인 '자유'를 공동체를 위한 실천에 강조점을 찍어두고 수용한 것은 개인과 공동체를 분리해서 바라보지 않았기 때문에 가능한 결과라 할 수 있다. 이는 개별자로서 개인이 갖는 단독성은 생사의 존재론적 차원에서 인식

---

18 한용운의 인식에서 민족과 국가는 분리되지 않는다. 이는 그가 민족을 국가의 우위에 놓은 결과라기보다는 식민지 현실에서 조선민족이라는 말이 피식민의 삶을 감당해야 하는 당대 조선인을 표상하는 일반적인 용어였기 때문일 것이다.

19 한용운의 '자존'에 대한 이해는 량치차오가 『신민설(新民說)』 12절 「자존」에서 논의한 바와 유사하다. 량치차오는 자존을 하나의 공적인 결과를 내는 공덕으로 보고 있는데, 한용운은 자존을 하나의 덕으로 본다는 점에서 량치차오와 유사하게 이 개념을 사용하고 있으나 국가와 연결시키는 량치차오에 비해 추상적인 도덕윤리로 이 개념을 사용하고 있다. 양계초, 이혜경 역, 『신민설』, 서울대 출판부, 2014, 305~335쪽 참조.

될 수는 있지만 사회적 존재로서는 성립 불가능한 개념임을 직시한 결과이며, 개인과 공동체를 분리하지 않고 함께 포착해 나가려는 인식이라는 점에서 보다 본질적인 울림을 가능하게 하는 측면이 있다.

> 남들은 자유를 사랑한다지마는 나는 복종을 좋아하여요
> 자유를 모르는 것은 아니지만 당신에게는 복종만 하고 싶어요
> 복종하고 싶은데 복종하는 것은 아름다운 자유보다도 달금합니다 그것이 나의 행복입니다
>
> 그러나 당신이 나더러 다른 사람을 복종하라면 그것만은 복종할 수가 없습니다
> 다른 사람을 복종하려면 당신에게 복종할 수가 없는 까닭입니다
>
> —시 「복종」 전문

한용운이 자유를 복종으로 전유함으로써 한층 깊은 자유의 의미를 포착해낼 수 있는 것도 이런 맥락에서 읽어낼 수 있다. 일차적으로 그가 복종을 앞세울 수 있었던 것은 자유의 자발성에 대한 믿음에 기인한다. 하지만 그는 자발성의 강도를 중시하였고, 여기서 강도는 진실의 밀도라는 점에서 표면적인 자유에 대한 집착을 넘어선다. 그에게서 자유는 '~로부터의 자유'라는 해방적인 속성보다 '~를 향한 자유'라는 적극성을 중심에 둔 개념이며, 그것은 대상에 대한 강한 정서적 지향을 전제로 하는 자유라는 점에서 개인이라는 범주를 넘어서는 지점을 상정하고 있다. '자존'이 갖는 의미는 바로 여기에서 발생한다.

물론 이러한 자유가 집단적 주체인 민족에도 그대로 적용될 수 있는 것인가에 대해서는 얼마든지 비판이 가능하다. 왜냐하면 자유가 자발성을 그 내용으로 할 때, 문제는 자발성의 대상이 무엇인가에 대한 고민이 선행될 수밖에 없기 때문이다. 한용운처럼 민족을 그 대상으로 삼을 때, 집합적 주체로서 민족이 타자를 배제하지 않는 공동체여야 한다는 윤리를 강제할 어떤 조건도 자유의 자발성만으로는 확보되지 않는 것이 사실이다. 하지만 '자존'에는 이러한 '자유'가 갖는 한계를 넘어서려는 정서적 의지가 내재해 있다는 점에서 그 울림은 남다르다.

다음으로, 한용운이 인식한 '평등'의 의미를 살펴보자. 한용운은 『조선불교유신론』에서 불교의 핵심적인 요체가 '평등'에 있음을 강조한다. 한용운이 불교를 평등주의로 읽어낸 데는 자유의 개념 이해에서도 그러했듯이 량치차오의 영향이 적지 않은 것으로 보인다. 량치차오는 1902년에 발표한 「불교와 정치의 관계를 논함論佛教與群治之關係」(『신민총보』 23)에서 불교의 우수한 점을 다음의 여섯 가지로 제시한 바 있다. 첫째는 미신이 아니라 지적인 신앙이라는 점, 둘째는 겸선으로 독선이 아니라는 점, 셋째는 현세적으로 염세적이 아니라는 점, 넷째는 무한하며 유한하지 않다는 점, 다섯째는 평등하며 차별하지 않는다는 점, 여섯째는 자력으로 타력이 아니라는 점이 그것이다.[20] 이러한 량치차오의 인식은 한용운이 불교의 특징을 규명한 것과 상당 부분 유사성을 보인다는 점에서 둘의 영향관계는 매우 직접적이다. 하지만 량치차오는 강권적인 국가를 이상적인 정치체로 상정하고 있어서 그의 사유체계에서

20 이혜경, 앞의 책, 254~255쪽.

불교적인 평등의 의미는 그다지 큰 의미를 갖지는 못한다. 이에 반해 한용운은 불교의 핵심적인 요체를 평등주의와 구세주의라고 전제하고, 『조선불교유신론』에서 평등주의를 시종일관 강조한다.

> 근세의 자유주의(自由主義)와 세계주의(世界主義)가 사실은 평등한 이 진리에서 나온 것이라 할 수 있다. 자유의 법칙을 논하는 말에, '자유란 남의 자유를 침범하지 않는 것으로써 한계를 삼는다'고 한 것이 있다. 사람들이 각자 자유를 보유하여 남의 자유를 침범하지 않는다면, 나의 자유가 다른 사람의 자유와 동일하고, 저 사람의 자유가 이 사람의 자유와 동일해서, 각자의 자유가 모두 수평선처럼 가지런하게 될 것이며, 이리하여 각자의 자유에 사소한 차이도 없고 보면 평등의 이상이 이보다 더한 것이 무엇이 있겠는가.
>
> 또 세계주의는 자국과 타국, 이 주(洲)와 저 주, 이 인종과 저 인종을 논하지 않고 똑같이 한 집안으로 보고 형제로 여겨, 서로 경쟁함이 없고 침탈(侵奪)함이 없어서 세계 다스리기를 한 집안을 다스리는 것같이 함을 이름이니, 이 같다면 평등이라 해야 할 것인가, 아니라 해야 할 것인가.[21]

서구 근대의 자유론과 같이 자유와 평등이 상호 보완관계에 있는 개념이라는 점은 한용운의 근대인식에서도 그대로 포착된다. 하지만 한용운은 평등을 자유보다 우위에 두고 있다는 점에서 차이점을 보인다. 그는 같은 글에서 평등을 '공간과 시간을 초월하여 얽매임이 없는 자유로운

---

21 「朝鮮佛敎維新論－佛敎의 主義」, 『전집』 2, 44~45쪽.

진리'로 정의한다. 이는 그가 본성으로서 자유를 파악하는 방식과 동일한데, 한용운은 평등을 역사적인 개념으로 인식하지 않는다. 한용운이 평등이라는 개념을 인식하는 방식은 불교의 무차별적인 평등이라는 개념에 닿아 있다. 그에게서 평등은 개인적 차원, 국가적 차원뿐만 아니라 자연적 차원, 우주적 차원까지 확대된 개념으로서, 자유의 평등이라는 역사적 문맥이 탈각된 개념으로 인식된다. "「님」만 님이 아니라 기룬 것은 다 님이다. 중생衆生이 석가釋迦의 님이라면 철학哲學은 칸트의 님이다. 장미화薔薇花의 님이 봄비라면 마시니의 님은 이태리伊太利다"(「군말」)라고 할 때, 그는 사해동포주의를 넘어서서 일종의 만유평등의 지점까지를 염두에 두고 있다. 하지만 이처럼 만유평등의 견지에서 세계를 인식할 때, 평등이라는 개념은 탈사회적이고 추상적인 무시간적 개념으로 인식됨으로써 그 역사적 의미를 훼손당한다. 따라서 평등에 대한 한용운의 인식은 자유와는 달리 사회적 의미를 획득하지 못하고 초월적인 세계인식으로 지평을 옮겨가게 된다.

> 그렇다면 금후의 세계는 다름 아닌 불교의 세계라고 할 수 있다. 무슨 까닭으로 불교의 세계라고 하는 것인가. 평등한 때문이며 자유로운 때문이며 세계가 동일하게 되는 때문에 불교의 세계라고 이르는 것이다. 그러나 부처님의 평등정신이야 어찌 이에 그칠 뿐이겠는가. 무수한 화장세계(華藏世界)와, 이런 세계 속에 있는 하나하나의 물건, 하나하나의 일을 하나도 빠뜨림이 없이 모두 평등하게 만드시는 터이다.[22]

22 위의 글, 45쪽.

한용운에게 자유라는 개념은 하나의 본성으로 이해되는 동시에 제국주의 열강의 침략적 현실에 대한 저항과 극복이라는 시대인식을 수반한 역사적인 문맥 안에서 인식되었다. 하지만 평등은 불교라는 종교의 세계인식을 역사적 현실에 그대로 적용하고 있어 역사의 문맥을 벗어나고 있다. 이처럼 한용운의 인식에서 자유와 평등이라는 근대적 가치는 역사성과 탈역사성이 상당한 균열상을 드러내며 불균질한 상태로 접합되는 양상을 보인다. 이는 한용운이 근대적 개념어를 주관적이고 임의적으로 내면화한 측면을 단적으로 보여주는 예이다. 하지만 한용운의 서구 가치에 대한 이해가 이처럼 부정확하고 비논리적인 면을 보인다고 해서 그의 논리적 균열이 현실적인 실천력을 가지지 못한 것은 아니었다.

여기서 우리는 그가 평등의 탈사회화를 어떻게 재사회화시키는지 살펴볼 필요가 있다. 그는 평등주의를 구세주의와 결합시키면서 평등의 의미를 역사적 공간으로 소환한다. 구세주의의 입장에서 재인식할 때만이, 평등이라는 개념은 사회적 의미를 획득할 수 있기 때문이다. 하지만 이때 평등 개념은 서구적 개념이 그대로 수용된 것이 아니라 개념적 변용이 일어난 것이다. 왜냐하면 식민지 지식인에게는 현실의 불평등과 차별을 조정하고 보완할 다른 개념이 필요했기 때문이다. 이 지점이 바로 한용운에게 평화라는 인식이 탄생하는 자리이다. 한용운의 평화에 대한 인식은 불교에서 강조하고 있는 평등의 절대성을 상대적인 평등 개념으로 전환하는 과정에서 포착된다.

평화의 정신은 평등에 있으므로 평등은 자유의 상대가 된다. 따라서 위압적인 평화는 굴욕이 될 뿐이니 참된 자유는 반드시 평화를 동반하고, 참된 평화는 반드시 자유를 함께 해야 한다. 실로 자유와 평화는 전인류의 요구라 할 것이다.[23]

인용문처럼 평등이 점차 평화로 변용되면서 한용운의 현실인식은 보다 명료해진다. 그가 평등 개념보다는 평화라는 개념에 천착할수록 폭력적 현실에 대한 비판의 입지가 확보되고, 종교인으로서 현실에 대한 실천의 폭을 넓힐 수 있었기 때문이다.

이상에서 살핀 바와 같이, 한용운이 인식한 자유와 평등이라는 개념은 개인과 민족과 인류, 더 나아가서는 우주만물을 아우르는 절대 자유와 절대 평등의 불교적인 인식과 근대 시민국가에서 요구되는 권리로서의 자유와 평등 개념이 탈맥락화와 재맥락화의 양상을 보이며 비대칭적으로 의미를 획득해 나갔다고 하겠다. 이러한 절합의 다기한 양상은 무차별적 평등을 강조하는 불교의 논리로는 역사적인 현실대응력이 생기기 어렵기 때문에 발생한 필연적 결과라 할 수 있다. 특히 민족을 단위로 세계의 공존방식을 사유할 때, 평등주의보다는 평화주의가 현실적 구체성을 확보할 수 있음은 자연스러운 논리의 귀결로 보인다. 하지만 자유에서 자존으로, 평등에서 평화로의 전환이라는 의미론적 이동移動에 불교와 근대의 딜레마가 있는 것도 사실이다. 자유와 평등이라는 근대의 시민적 가치로는 근대의 민족국가체제의 무력 충돌을 무마시킬 수 없으며, 이때 평화체제에 대한 모색이 정치적 단위 간의 갈

23 「朝鮮獨立의 書」, 『전집』 1, 346쪽.

등을 해결할 수 있는 하나의 방안이 될 수도 있을 것이다. 물론 민족의 자유와 평화를 최우선 과제로 삼은 것은, 한용운이 당시에 진행된 파리 평화회의에서 윌슨이 제안한 민족자결주의를 수용한 결과로 볼 수 있다. 하지만 윌슨의 평화주의는 민족국가체제를 확립하고 이를 토대로 국가 간 평등을 유지하면 이것이 항구적 평화를 가능하게 한다고 본 평화구상이었다. 이처럼 평화에 대한 인식은 국제질서에 대한 모색이 전제되지 않고는 영원한 이상주의로 흐를 수밖에 없다. 한용운이 평등을 평화로 치환할 때에도 일종의 민족연맹 수준에서 공존공영하는 세계주의를 염두에 두고는 있었지만 이것이 구체적인 정치체 모색으로 이어지지는 않았다. 한용운이 구체적인 정치체제에 대한 모색 없이 원초적인 민족을 단위로 세계주의를 설정하는 한에서 그의 근대인식은 낭만적인 현실인식의 수준 이상의 것은 아니라고 할 수 있다. 하지만 그가 지적한 바대로 이것이 '실현성 없는 공론空論'일 수 있음에도 불구하고 식민지 조선에서 이러한 이상이 적지 않은 실천적 위력을 가질 수 있었던 이유는 무엇일까? 그것은 한용운의 근대인식에 지속적으로 '자유'와 '평등'을 추동하는 근원적인 에너지로서 구세주의가 자리하고 있었기 때문은 아니었을까? 그가 「조선독립에 대한 감상의 대요」에서 미래 세계의 구상을 '자존적 평화주의'에서 찾고 있음은 이러한 맥락에서 이해할 수 있다. 하지만 구세주의란 종교적 실천의 문제이기 때문에 논리로는 선명하게 해명되기 어렵고, 이와 동일한 맥락에서 자존과 평화의 공존이라는 아이디어는 논리를 넘어서는 지점에 놓여 있어서 종교적 인간의 탄생을 예기한다.

4. 침묵의 탄생이 의미하는 것

오랫동안 한국불교를 인식하는 하나의 프리즘은 호국불교의 전통이었다. 이는 통일신라의 사상적 기반을 제공한 것이 불교라는 논리에도 적용되어 왔다. 하지만 이러한 인식은 인식의 단위 자체가 민족과 국가라는 개념에 얽매여 있어 보편적 인류애를 담아내는 불교의 기본 정신을 놓치고 있다는 비판으로부터 자유롭지 못하다. 한 민족이나 국가의 특수한 상황을 반영하여 종교가 그 실천의 방식을 달리할 수는 있어도, 궁극적인 지향점은 언제나 범인류적 보편가치라는 사실에는 의문의 여지가 있을 수 없기 때문이다. 특히 근대에 접어들어 강고한 민족주의와 국가주의의 대두로 '민족'과 '국가'의 절대가치화는 근대인의 사유를 얽매는 족쇄가 되어 왔다. 이런 점에서 한용운이 식민지 조선을 구하기 위해 독립운동에 뛰어든 것이 민족주의의 발로라 하더라도 이것은 강고한 민족주의를 향한 투신이 아니라 평화에 기반을 둔 세계주의라는 인류사적 보편가치를 향한 도정이었다는 점은 한국불교가 기억해야 할 지점이다.

하지만 여기에서 우리가 기억해야 할 보다 중요한 점은, 한용운이 이러한 보편가치를 추구했다는 사실에 있기보다는 이러한 인식을 가지고 세계를 사유하기를 멈추지 않았다는 점에 있을 것이다. 그는 제1차 세계대전의 결과를 연합국의 승리로 보지 않고 오히려 독일 민중이 억압에 대한 항거로서 이루어낸 자유의 승리로 인식하였다. 이러한 한용운의 독법은 그것이 당시에 유행하던 사회주의의 영향이라 하더라도 '변화'와 '자유'와 '평화'를 동시에 견지했기 때문에 가능한 것이었다. 그가 진화와 자유와 평등이라는 지극히 서구적 근대개념들을 수용하면서도, 동시에 세계의 존재법칙으로서 인간의 본성에 대한 천착을 지속했고, 이 과정에서 동아시아적 전통을 근대적으로 재인식하는 데 적극적이었다는 점이야말로 한용운의 근대인식에서 가장 빛나는 대목이 아닐 수 없다. 한용운이 독일의 패배를 독일 민중의 승리로 파악한 것은 이러한 동아시아적 가치의 근대적 재맥락화라는 시각에서 세계를 읽어낸 결과라 할 수 있다. 무엇보다 이는 개별자인 중생과 식민지 조선인이라는 민족적 주체와 인류라는 집합적 주체 모두가 자유와 평등의 본성을 갖고 있다는 인간에 대한 확고한 믿음이 전제될 때 가능한 인식일 수 있다. 하지만 근대공간 안에서 '나(개인)=민족=인류'의 등식은 이를 구체화할 수 있는 현실적인 정치체에 대한 모색 없이는 성립 불가능한 무엇이다. 이러한 현실의 길이 막혔을 때 한용운은 미적인 것으로 발걸음을 옮겨 놓을 수밖에 없었을 것이다. 생존의 미학이 탄생하는 순간은 이 지점에 놓여 있다.

시집 『님의 침묵』은 한용운이 폭압의 세계에서 침묵으로밖에 전할 수 없는 진실을 노래한 시집이다. 따라서 이 시집에는 현실적으로 명료하게 설명될 수 없는 삶의 진실에 대한 전언이 담겨 있다. 이 전언이 가능한 것은 한용운이 서구적 가치와 전통적 동양의 가치를 접합시키는 과정에서 끝내 포기할 수 없었던 무엇, 그것이 도덕주의이든 평화주의이든 아니면 다른 무엇이든지 간에 윤리적인 것을 포기하지 않았다는 사실과 깊이 연관된다. '칼과 황금'의 시대에 이러한 윤리에 대한 믿음은 침묵의 언어로밖에는 존재할 수 없다는 점에서 그의 시가 침묵의 노래라는 점은 어쩌면 당연한 것인지도 모른다. 언제나 미적인 것은 현실법칙에서 수용해내지 못하는 인간의 진실을 담아내는 양식임은 여기에서도 그대로 적용된다.

한용운의 근대인식에서는 유교와 불교 모두에서 포착해낸 인간 본성에 대한 믿음을 근대적 삶의 질서에 적용하고자 한 흔적을 도처에서 읽어낼 수 있다. 이러한 근대인식들은 서구의 근대적인 인식과는 적지 않은 분열과 괴리를 보이는 것이 사실이다. 하지만 한용운의 근대인식에서 여전히 문제적인 지점은 윤리에 대한 견고한 믿음이라 할 수 있다. 이 윤리의 몫을 되새기는 작업은 한용운이 보여준 근대인식의 무수한 오점들에도 불구하고 그에게서 우리가 되살려 나가야 할 중요한 전언을 잊지 않는 것이라 할 수 있다.

2장

'문명'과 '민족'을 통해 본 만해의 근대 이해

1. 문명의 위계화와 내면화

한일병합으로 국권이 강탈되던 1910년에 원고가 완성되고 1913년에 발간된 『조선불교유신론』은 조선불교의 근대화를 주장한 이론적이고 실제적인 지침서이다. 조선시대에 접어들면서 극도로 위축된 조선불교를 유신維新하고자 집필한 이 저작은, '유신'이라는 제목이 암시하듯 한용운의 근대화에 대한 강한 열망을 담아내고 있다. 이 저작은 저자의 근대를 향한 열망이 생산한 혹은 그 열망 자체를 생산하고 있는 텍스트이다.

널리 알려진 바처럼 우리에게 근대는 문명이라는 치장을 하고 도래하였다. 구한말 근대를 전파하는 데 크게 기여한 『독립신문』에는 근대화가 곧 문명의 이상을 실현하는 길이라는 신념이 도처에서 발견된다. 한용운 또한 이러한 문명개화에 대한 인식에 상당히 공감하고 있었다. 『조선불교유신론』의 서문에는 "이 논이 문명국 사람의 처지에서 보기에는 실로 무용지장물無用之長物로 비칠 것"[1]이라며, 문명국을 이상으로 설정하고 여

1 「朝鮮佛敎維新論－緖論」, 『전집』 2, 35쪽.

기에 이르지 못한 조선이라는 인식을 전제로 논의가 시작되고 있다. 당시 문명화에 대한 이해는 미개국, 반개화국, 문명국이라는 문명의 위계화를 전제로 삼고 있었다. 문명의 위계화는 개화의 선구자라 할 수 있는 유길준俞吉濬(1856~1914)에서부터 발견되는 근대 이해의 방식으로, 이상적인 문명국의 실현이라는 비전을 제시하며 조선을 문명화의 길로 인도하는 척도가 되었다.[2] 한용운은 이러한 문명의 위계화를 인류 발전의 당위적인 수순으로 받아들이고 문명화에 적극적인 수용의 자세를 취한다.

그렇다면 문명의 위계화가 이처럼 널리 유포될 수 있었던 이유는 무엇일까? 기본적으로 '서구=근대=문명'이라는 도식 자체는 전통적인 동양적 도덕문명의 이상과 합치하는 바가 적지 않았다. 『주역』에 언급된 바에 따르면 동양에서 문명이란 인류적 이상의 구현으로, 도덕문명에 대한 이상을 함의하고 있다.[3] 따라서 기존의 동양적 문명에 비하여 서구적 근대문명은 물질문명으로서의 성격이 강하지만, 진정한 문명국은 이 둘이 적절하게 조화된 이상적인 세계라는 인식이 이 시기 문명담론을 추동하고 있었다. 실제로 당시 개화지식인들은 개인의 자유권·평등권의 실현과 교육을 통한 사회개화 및 만민공법에 의한 평화적 국제질서 유지를 문명국의 이상으로 보았다. 이러한 개화론자들의 근대적 문명에 대한 이해는 상당히 이상주의적인 성격을 지닌 것이었다. 그렇다면 동양적 도덕문명과 서양의 물질문명이 결합되면서 별반 거부감 없이 수용된 문명에 대한 내면화가 『조선불교유신론』에는 어떻게 드러나는지 살펴보자.

---

2 정선태, 「『독립신문』의 조선·조선인론」, 이화여대 한국문화연구원 편, 『근대계몽기 지식 개념의 수용과 그 변용』, 소명출판, 2004 참조.

3 임형택, 「한국문화에 대한 역사적 인식 논리」, 『실사구시의 한국학』, 창비, 2000 참조.

2. '문명화=불교화'라는 전제와 문명의 이상理想

한용운의 근대 이해는 불교가 지닌 근대적 성격을 규명하는 일에서부터 시작된다. 한용운은 자신이 믿고 있는 불교가 얼마나 '문명의 이상'을 담고 있는 근대적인 것인가를 증명하는 작업을 『조선불교유신론』의 출발점으로 삼는다. 이러한 인식에는 '문명화=진보주의=불교'라는 등식이 전제되어 있다.

> 오늘 불교의 유신(維新)을 논하고자 하는 사람은 마땅히 먼저 불교의 성질이 어떤지를 살피고, 이것을 현재의 상태와 미래의 상황에 비추어 검토해야 하며, 그런 다음에야 이 문제를 다룰 수 있다. 왜 그런가. 금후의 세계는 진보를 그치지 않아서 진정한 문명의 이상에 도달하지 않고는 그 걸음을 멈추지 않을 추세에 있으며, 만약 불교가 장래의 문명에 적합지 않을 경우에는 죽음에서 살려 내는 기술을 터득하여 마르틴 루터나 크롬웰 같은 이를 지하에서 불러 일으켜서 불교를 유신코자 한다 해도 반드시 실패할 것이기 때문이다. 그래서 불교가 종교로서 우수한지 어떤지와, 미래사회에 적합할지 어떨지를 곰곰이 생각하게 되는데, 불교는 인류문명에 있어서 손색이 있기는커녕 도리어 특출한 점이 있다는 것이 나의 결론이다.[4]

구한말 조선불교는 이중의 난제에 직면해 있었다. 첫째는 유교에 의해 극도로 위축된 불교를 회복하는 일이요, 둘째는 근대 혹은 문명의 이름

---

4 「朝鮮佛教維新論－佛教의 性質」, 『전집』 2, 35~36쪽.

으로 밀려오는 기독교에 적절하게 대응하는 일이었다. 그러나 이 두 가지 난제 중에서 한용운이 판단하기에 근대불교가 적극적으로 대응해 나가야 할 극복대상은 문명화의 기치를 내걸고 밀려오는 기독교였다. 한용운은 문명이라는 이름으로 유입되는 서구종교에 대응해 나가고자 근대를 자기화하는 방식으로 '불교=근대적 종교'라는 전략을 통해 변화하는 현실에 대응해 나간다.

이를 위해 한용운은 불교의 근대성을 부각시키고 서양종교의 미신성에 대해 비판의 날을 세운다. 그 내용에 해당하는 것이 타 종교(서양종교)의 미신성 비판과 영생永生 개념에 대한 불교적 재해석이다. 한용운은 밀려오는 서양종교가 불교를 타파의 대상으로 공격하는 방식을 기독교를 비판하는 방식으로 되돌리면서, 불생불멸不生不滅하는 진여의 철학을 내세워 불교를 미신의 종교라고 하는 비판에 대응해 나간다. 당시 기독교인들은 불교나 토속신앙을 미신이라고 보고 있었고, 미신타파에 초점을 맞추어 우리의 전통적인 신앙에 대해 비판의 날을 세웠다.[5] 기독교의 이러한 비판에 대해 한용운은 불교야말로 가장 근대적인 요소들을 함유하고 있다는 논리로 대응한다. 즉 한용운에게 있어서 서구의 근대성 일반은 불교라는 종교 안에 이미 구비되어 있는 무엇이었다. 문명화의 논리로 치장한 근대세계가 한용운에게 쉽게 수용될 수 있었던 이유도 문명이란 개념이 서구에서 유입된 무엇이 아니라 이미 불교 안에 내재되어 있

5 박노자는 「개화기의 국민담론과 그 속의 타자들」이라는 글에서 초기 내셔널리스트들이 개화에 방해가 되는 이들을 비국민으로 배제해 나간 예들을 보여주고 있다. 이러한 비국민 속에는 승려도 포함되어 있으며, 당시 『독립신문』의 필진 중에는 기독교적인 입장에서 전통 마을 신앙이나 불교를 우상숭배로 본 경우도 있다. 이화여대 한국문화연구원 편, 앞의 책, 251쪽 참조.

는 개념이라고 본 이러한 인식 때문이다.

> 대저 중생계(衆生界)가 다함이 없기에 종교계가 다함이 없고, 철학계가 또한 다함이 없는 것이니, 다만 문명의 정도가 날로 향상되면 종교와 철학이 점차 높은 차원(次元)으로 발전하게 될 것이며, 그때에야 그릇된 철학적 견해나 그릇된 신앙 같은 것이야 어찌 눈에 띌 줄이 있겠는가. 종교요 철학인 불교는 미래의 도덕·문명의 원료품(原料品) 구실을 착실히 하게 될 것이다.[6]

한용운은 미래사회를 도덕문명에 의해 추동되는 사회로 보고 불교에 이러한 요소가 충분히 함유되어 있다고 강조한다. 이처럼 한용운은 근대의 역사전개 과정을 도덕문명의 실현 과정으로 이해하였기 때문에 문명화의 논리가 제국주의 논리와 맞닿아 있음을 직시하지는 못하였다. 이와 같이 이 시기에 한용운의 근대 이해 수준은 다양한 경로로 유입되는 근대에 대한 피상적인 지식을 단순하게 이해하는 정도에 머무르고 있었다. "나는 서양 철학자의 저서에 관한 한 조금도 읽은 바가 없"[7]다는 고백에서도 알 수 있듯이, 한용운은 당대의 신문과 잡지 등에서 일방적으로 전달하는 근대상近代像을 무비판적으로 수용했다. 이런 상태에서 량치차오의 글을 읽고 문명화와 진보사관에 대한 지식을 습득하고 여기에 공감한 한용운은 문명을 선취하고 있으나 이를 자각하지 못하고 있는 조선불교의 유신을 적극적으로 주창하게 된다.[8] 이 시기에 그는 서양의 문

6 「朝鮮佛敎維新論－佛敎의 性質」, 『전집』 2, 43쪽.
7 위의 글, 42쪽.

명화 논리가 동양의 도덕문명과는 상당한 차이가 있음을 인식하지 못한 채 동양적인 도덕문명의 실현이라는 측면에서 서양 근대를 받아들이고 있었다.

한용운이 이처럼 불교 안에 근대성이 충분히 함유되어 있다고 본 인식은 평등과 자유 개념에 대한 논리화를 통해 구체화된다. 그는 불교의 핵심적인 원리를 '평등주의平等主義'에서 찾았다. 사물과 현상 등에서 나타나는 물리적 법칙에 의한 제한을 불평등으로 보고, 이와 대립하는 개념으로 시공을 초월하여 얽매임이 없는 자유로운 진리를 평등으로 정의하였다. 즉 '현상=불평등'이고 '진리=평등'이라고 전제한 뒤, 근대적인 '자유주의'와 '세계주의'가 불교적 평등주의에 상응하는 개념이라고 보았다.

당시 자유주의는 『독립신문』을 통해 전파되어 대중들에게 수용된 이념으로 주로 재산권을 갖는 개인의 자유가 그 핵심내용으로 이해되고 있었다.[9] 이러한 초기 자유주의 사상은 J. S. 밀의 『자유론』이 수용된 결과로, 밀은 그의 『자유론』에서 개인의 자발적 자유의지를 강조하기보다는 타인의 자유를 침해하지 않는 공민의 자유를 강조하였다. 밀에 따르면, 자유라는 이름에 합당한 유일한 자유는 다른 사람들로부터 그 행복을 빼

8 한용운이 근대를 얼마나 피상적으로 이해했는가는 불교가 곧 철학이라는 그의 주장에서 살필 수 있다. 널리 알려진 바대로 한용운이 불교를 철학으로 이해하는 데 결정적인 역할을 한 것은 량치차오의 『음빙실문집』(1903)이다. 당시 량치차오는 일본에 유입된 서양의 사조들을 정리하여 『음빙실문집』이라는 책으로 묶어 구한말 우리 지식인의 개화사상에 큰 영향을 주었다. 한용운이 량치차오에 유독 관심을 가진 것은 그가 동서양의 철학을 비교하며 불교에 대해 옹호하는 바가 인상적으로 다가왔기 때문이었던 것으로 보인다. 한용운이 유독 철학으로서 불교를 인식한 것은 이러한 량치차오에게 영향을 받은 것이라 할 수 있다. 황종동, 「양계초 연구」, 영남대 박사논문, 1982 참조.

9 이나미, 『한국 자유주의의 기원』, 책세상, 2001 참조.

앗으려고 하지 않는 한, 행복을 얻으려는 다른 사람들의 노력을 저지하려고 하지 않는 한에서 그 의미를 가진다.[10] 그러나 실상 이러한 자유주의는 무한경쟁과 적자생존의 사회진화론과 결부되면서 제국주의 논리와 결합하게 된다. 따라서 일본 제국주의 통치하에 놓인 식민지 조선인인 한용운이 인식한 자유주의란 일종의 허상에 지나지 않는다고 할 수 있다. 또한 그는 세계주의를 낭만적으로 이해하여 일종의 사해동포주의로 인식하고 있는데, 이는 제국주의적 근대의 실상을 적시하지 못한 채 현실을 순진하게 파악한 결과였다. 이 시기 세계주의는 자본주의적 시장경제 원리가 제국주의적 모습으로 전일적인 근대세계체제와 국가주의를 주도해 가는 역사적 과정에 놓여 있었다. 물론 한용운은 자신의 논의가 오늘에 있어서는 비록 실현성 없는 공론에 지나지 않는다고 회의적인 면모를 보이기도 한다. 그러나 한용운의 기본적인 근대 이해는 문명화가 지속되면 이러한 이상은 반드시 실현될 수밖에 없다는 믿음에 기초하고 있다.

그렇다면 한용운이 인식한 문명의 이상은 무엇일까? 앞에서도 언급했듯이 한용운은 기본적으로 '문명=진보주의=불교'라는 도식으로 당대의 시대흐름을 인식하고 있었기 때문에, 인류의 문명적 이상을 현상을 초월한 진리에서 찾는 정신적인 것으로 보았다. 그가 종교인이라는 점에서 현실에 대한 이러한 관념적이고 피상적인 인식은 태생적인 한계라고 볼 수도 있다. 하지만 보다 본질적으로는 한용운의 근대 이해의 출발점이 동양의 관념적이고 정신주의적인 도덕문명의 실현이라는 이상

10 스마일즈 밀, 남용우 · 이상구 역, 『자조론 · 자유론』, 을유문화사, 1994, 368쪽.

에 발을 딛고 있었고, 이 지점에서 서구적 근대를 바라보고 있었기 때문에 역사적인 근대를 명징하게 통찰하는 데 실패했다고 볼 수 있다. 한용운의 이러한 근대인식은 구한말 개신유학자들의 문명사관과 일치하는 것으로, 조선도 문명을 받아들이면 문명사회에 도달할 수 있다고 보았던 이들의 낙관적 근대 이해는 당시의 조선을 둘러싸고 전개되던 급박한 현실에 비추어 볼 때 너무나 이상주의적인 성격을 띠는 것이었다.[11]

실제로 문명사관은 구한말 개화지식인에게 적극 수용되어 봉건적 인습을 타파하는 데 기여한 바가 적지 않다. 1875년 일본에서 발간되어 문명화 담론을 주도한 후쿠자와 유키치福澤諭吉의 『문명론의 개략文明論之概略』이 구한말 조선의 지식인들에게 전해지면서 문명사관에 대한 맹종은 주류 담론을 형성해 나가고 있었다.[12] 한용운도 이러한 유키치의 문명론을 인용하고 있는데, "공법公法 천 마디가 대포 일문一門만 못하다"[13]는 유키치의 말은 구한말 조선에 널리 퍼져 일종의 유행어가 되었다. 그러나 한용운이 이 텍스트를 쓴 1910년 무렵은 구한말과는 달리 일본의 식민주의가 노골적으로 본색을 드러내기 시작한 시기였고, 유길준 등의 개화파들이 문명사관에 입각해 진보와 계몽을 주장하던 시기와는 상당한 시간차가 있다. 따라서 한용운의 이러한 근대 이해는 현실과 유리되어 문명화의 이상만을 좇는 형국이라 할 수 있다. 조선의 불교를 유신하려는 그의 노력은 사회진화론이 곧 제국주의의 논리와 다르지 않

11 이원영, 「개화파의 정치사상」, 이재석 외, 『한국정치사상사』, 집문당, 2002 참조.
12 김춘식, 「사회진화론의 유입과 「朝鮮佛教維新論」」, 『근대성과 민족문학의 경계』, 역락, 2003 참조.
13 한용운은 정확한 출처를 밝히지 않고 '서양 말로(西之言에)'라고 밝히고 있다. 『전집』 2, 60쪽.

음을 인식하지 못하고 문명화의 논리를 내면화하는 태도로 일관하였다. 그렇다면 이처럼 한용운이 '야만적 문명'을 목도하면서도 문명이 더욱 진보하면 이를 극복할 수 있을 것이라는 낙관주의적 입장을 견지하였던 까닭은 무엇일까? 근본적인 원인은 한용운이 근대를 이해하는 출발점이 '불교=근대'라는 등식을 전제로 삼고 있었다는 점에서 찾을 수 있다. 이 전제로부터 한용운의 근대 이해가 시작되었기 때문에 한용운은 근대를 비판할 자리를 스스로 제거해버리게 된다. 성급한 동일시의 함정이 한용운의 근대 이해에 내재되어 있었던 것이다. 적어도 1910년 전후까지 한용운의 근대인식은 이 차원에 머물러 있었다고 하겠다.

3. 민족의 내면화 방식

「조선독립에 대한 감상의 대요」는 3·1운동으로 인해 투옥된 한용운이 일본 검사의 심문에 논리적으로 답변하기 위해 작성한 논설이다.[14] 이 글은 최남선이 쓴 「기미독립선언문」과 장덕수가 쓴 『동아일보』 창간사인 「주지主旨를 선명宣明하노라」와 함께 근현대 3대 명문名文으로 손꼽히는[15] 뛰어난 문장력을 보여주고 있다. 무엇보다 이 글에는 『조선불교유신론』과는 사뭇 달라진 현실인식이 반영되어 있다. 1919년 3·1운동은 문명의 이상을 피상적으로 추구하던 한용운에게 '만민공법이 대포

---

14 이 글의 명칭에 대해서는 이 책의 제1부 1장 「자유에서 자존으로, 평등에서 평화로」 각주 4를 참고할 것.

15 이러한 내용은 동아미디어그룹 공식 블로그인 『동네』의 「동네역사관」 게시물 중 「D-Story 1—창간 당시」(http://dongne.donga.com(검색일 2019.12.10))에 언급되어 있다.

한 자루만 못하다'는 제국주의를 온몸으로 실감하게 한 역사적 사건이 되었을 법하다. 그러므로 3·1운동에 참가하면서 경험한 식민지 민족현실에 대한 자각이 옥중에서 집필한 이 글에 반영된 것은 너무도 당연하다. 이 논설에는 당시의 세계사적 변화를 한용운이 어떻게 이해해 갔는가 하는 점이 비교적 자세히 상술되어 있다. 한용운에게 민족은 이미 치러진 희생과 여전히 치를 준비가 되어 있는 희생의 욕구에 의해 구성된 거대한 결속체[16]로서, 자연발생적으로 만들어진 집단이자 자발적 희생정신으로 결속한 집합체로 이해되기 시작하였다.

우리 근대사에서 민족에 대한 자각은 을사보호조약 이후 대두된 인식이다. 민족이란 대한제국시기에 형성된 국가주의와 신민臣民의 개념이 와해되면서 국권상실에 따른 역사적 치유의 한 방식으로 새롭게 부각된 개념이라 할 수 있다. 백성이 국민으로 호명되었지만 호명의 주체인 국가가 상실된 상태였기에 민족은 이 틈을 비집고 역사의 문면에 부상한다. 1905년을 정점으로 전면화된 민족에 대한 인식이 주류담론으로 자리 잡는 과정에서 민족에 대한 이해는 다양한 방식으로 내면화되어 나간다. 이러한 노선 가운데 근대 초기에 민족담론을 주도해 나간 박은식, 신채호 등의 민족사학자들은 제국주의의 근본 논리인 사회진화론의 약육강식·우승열패 논리를 내적으로 수용하고 있었다.[17] 이들의 민족에 대한 인식은 민족국가를 매개로 한 민족주의를 지향했고, 사회진화론은 역사의 당위로 받아들이고 있었기 때문에 불가피하게 민족제국주의의 길을 노정하고 있었다. 이들과 달리 한용운은 제국주의와

16 에르네스트 르낭, 신행선 역, 『민족이란 무엇인가』, 책세상, 2002, 81쪽.
17 박노자, 앞의 글, 244쪽.

는 어떤 방식으로도 타협할 수 없다는 평화적 입장을 고수했기 때문에 국가를 매개로 하지 않는 민족을 모색하는 길을 취하게 된다.

만해 한용운에 대한 기존의 연구들이 상당 부분 민족이데올로기에 함몰된 면이 있음은 널리 알려진 바다.[18] 이처럼 민족담론의 자장 안에서 이루어진 한용운에 대한 해석과 평가는 민족주의적 시선이 포착한 혹은 포착해내고 싶어 한 자기이해의 범주를 넘어서지 못하였다. 한 시대에 대한 인식론적 지평은 당대의 인식론적 지층에 발 디디고 있다는 점에서 이를 전부 비판의 대상으로만 치부해버릴 수는 없겠지만, 그럼에도 불구하고 이러한 민족이데올로기가 무엇을 왜곡하고 간과하였는가는 조명될 필요가 있을 것이다. 실제로 민족이데올로기는 한용운을 민족주의자라는 이름으로 호명하며 지나치게 신화화한 측면이 적지 않다. 이러한 신화화가 갖는 가장 큰 문제는 실상을 조작하고 필요에 따라 재배치함으로써 대상의 진면목을 소거시켜 버린다는 점이다. 한용운이 민족을 어떻게 인식해 나갔는가에 대한 고찰이 필요한 이유가 바로 여기에 있다. 이를 위해서는 국가상실이라는 우리의 특수성을 전제로 "민족≠국가라는 상황이 발생시킨 한국문학의 다양한 이념과 형식들을 계보화"[19]하는 작업을 통해 지배이데올로기로 변질된 민족주의가

---

18 한용운 연구가 본격화된 1970년대는 저항민족주의적 관점에서 국학연구에 대한 관심이 증대되던 시기였고, 이 시기에 집중 조명된 한용운에 대한 평가는 시인, 승려, 독립운동가의 어느 면을 부각하느냐에 따라 다소간의 차이는 있지만 대체로 저항민족주의적 관점을 크게 벗어나지 않고 있다. 이러한 연구 경향은 이후의 연구에서도 계속되고 있다. 기실 1960년대 이후 강화일로로 치달은 민족주의 이데올로기에 의해 한용운, 이육사, 윤동주 등의 시인이 민족시인이라는 이름으로 근대시사에 크게 부각되었다는 점은 주지의 사실이다. 한용운 연구사는 김재홍의 「萬海 硏究 略史」(『만해학보』 창간호, 만해학회, 1992)를 참조함.

19 류보선, 「민족≠국가라는 상황과 한국 근대문학의 정치적 (무)의식」, 서울시립대 인문

간과해 온 부분들을 복원해 나가는 작업이 선행되어야 할 것이다. 한용운을 대상으로 놓고 논의된 민족주의가 문제시되는 것도 이러한 맥락에서이다. 그렇다면 한용운이 인식한 민족의 실체를 「조선독립에 대한 감상의 대요」를 통해 면밀히 들여다보고, 이를 통해 한용운의 근대 이해의 내용을 살펴보자.

4. 본성으로서의 민족과 민중적 민족의 발견

한용운에게 민족이란 역사적 전개 과정을 통해 형성된 공동체가 아니라 인간의 본성으로부터 발원하여 자연스럽게 형성되는 집단적 공속의식共屬意識의 결과물이다. 그는 조선독립을 선언하는 이유도 일제가 인간의 본성을 억압했기 때문이며, 선언의 당위성도 이로부터 발생한다고 보았다. 한용운이 주장하는 이러한 민족의 특성은 근대적 개인이 갖는 자유 개념을 민족에 그대로 적용한 것이라 할 수 있다.

> 이것은 배타성이 주체가 되어 그런 것이 아니라 같은 무리는 저희끼리 사랑하여 자존(自存)을 누리는 까닭에 자존의 배후에는 자연히 배타가 있는 것이다. 여기서 배타라 함은 자존의 범위 안에 드는 남의 간섭을 방어하는 것을 의미하며 자존의 범위를 넘어서까지 배척함을 뜻하는 것이 아니다. 따라서 자존의 범위를 넘어 남을 배척하는 것은 배척이 아니라 침략이다.[20]

과학연구소 편, 『한국 근대문학과 민족-국가 담론』, 소명출판, 2005, 25쪽.

20 「朝鮮獨立의 書-조선 독립 선언의 이유」, 『전집』 1, 350쪽.

한용운은 다른 사람의 자유를 구속하지 않는 한에서 개인의 자유를 최대한 향유하고자 한 J. S. 밀의 자유 개념을 민족 이해 방식에도 적용한다. 초기의 자유주의에서 주장하는 개인적 자유를 민족에 적용하며 한용운은 이러한 자유에의 의지가 곧 인간의 본성이라고 보았다. 또한 그는 이러한 본성이 역사적으로 표출된 예를 '조국사상祖國思想'에서 찾는다. 한용운의 조국에 대한 인식은 그것이 하나의 체계적인 사상이라기보다는 '반만년의 역사를 가진 나라'라는 역사적 공동체의식에 근거하고 있다. 한편, 한용운은 국권이 피탈당한 상태에서 강조될 수밖에 없는 민족을 "월나라의 새는 남녘의 나무 가지를 생각하고 호마胡馬는 북풍을 그리워하는 것이니 이는 그 본바탕을 잊지 않기 때문"이라는 인간의 본성적 귀향의지 혹은 귀속의지로 이해하고 있다. 이처럼 그가 민족이나 조국이라는 개념을 이해하는 방식에는 인간의 본성과 역사적 산물이라는 인식이 서로 길항하는 상태를 비논리적으로 봉합해버린 균열상을 드러내고 있다. 이처럼 본성과 역사성의 균열과 봉합이 혼재하지만 그의 민족 이해의 무게중심은 민족이라는 집단을 본성의 결과로 파악하는 데 있었다.

> 어느 민족을 막론하고 문명 정도의 차이는 있을지언정 피가 없는 민족은 없는 법이다. 이렇게 피를 가진 민족으로서 어찌 영구히 남의 노예가 됨을 달게 받겠으며 나아가 독립 자존을 도모하지 않겠는가.[21]

21 「朝鮮獨立의 書-개론」, 위의 책, 347쪽.

한용운이 인식한 본성으로서의 민족 개념은 개념 그 자체에 이미 당위적이고 열정적인 저항의 개념을 함유하고 있다. 내부적 통합과 외부로부터의 독립성을 동시적으로 추구하려는 근대 민족주의 스펙트럼에 비추어 볼 때, 한용운이 강조하는 본성으로서의 민족 개념은 본질주의적 성격을 강조하는 개념이라는 점에서 외부적인 독립성의 추구에 좀 더 합치된다. 내부적 통합의 논리는 언어와 문화 등을 공유하는 역사적 기억 공동체성을 강조하는 것이 일반적이기 때문이다. 하지만 이러한 객관적인 민족 이해 방식은 역사라는 변화 가능성을 인정하고 있기 때문에 외부적인 적에 대한 저항성이 본성에 근거한 주관적인 민족 이해에 비해 미약할 수 있다. 이에 반해 본성을 강조하는 방식은 민족을 필수불가결하고 본질적인 것으로 이해한다는 점에서 일제에 대한 저항성을 강조하는 개념 이해라고 볼 수 있다. 민족은 곧 본성이기에 선택의 대상이 아니라 필연이요 운명이라는 점이 한용운의 민족 이해 방식이었다.

한편, 이러한 한용운의 민족 이해가 보이는 또 다른 특징적인 면을 고려해 볼 필요가 있는데, 그는 민족을 본질화하면서도 근대국가를 매개로 삼지는 않았다는 점이다. 우리의 민족주의는 대개 국가를 매개로 한 민족국가를 추구하였고 이러한 입장은 민족제국주의라는 비판으로부터 자유롭지 못하였다. 종교인이었던 한용운은 신채호나 박은식 등의 민족사학자들이 견지한 민족제국주의의 길과는 노선을 달리한다. 한용운이 이들과 같은 민족 개념을 취했다면 이러한 논리는 결국 내부적 결속을 강조하며 외부적 저항을 충동한 민족제국주의를 내적으로 승인하는 형국이 되고 말았을 것이다. 그러나 한용운은 민족을 본질화하고 이를 통해 본성을 보호하려는 최소주의적 입장을 견지함으로써 제국주의를 넘어서고자 하였다. 한용운은 국가주의가 아닌 민족의 나아갈 방향을 조국사상이라는 일층 전통적인 노선을 통해 모색해 나갔다. 한용운이 이해한 본성으로서의 민족이나 조국사상은 국가주의가 곧 제국주의를 욕망하는 근대국가의 모순에서 벗어나기 위해 선택한 동양 전통으로의 회귀에 다름 아니었다.

그렇다면 평화주의 노선을 지향한 한용운이 민족적 저항을 인식하고 실천하는 데 있어서 자극제가 된 것은 무엇일까? 한용운은 「조선독립에 대한 감상의 대요」에서 당시의 세계사적 변화에 대해 장황하게 설명하고 있다. 그 주된 논점은 제국주의를 멸망시킨 힘의 실체가 무엇인가를 밝히는 데 있었다. 한용운은 제1차 세계대전에서 독일이 패망한 사실과 러시아혁명에 이은 독일혁명에 주목하며 이들 역사적 사건의 주된 원인을 민중의 자발적 혁명성에서 찾고 있다.

한용운이 세계정세를 이렇게 파악한 이유는 군국주의의 패배는 역사의 필연적인 법칙이라고 인식했기 때문이다. 정의와 도의에 입각한 국제질서를 이상적 문명사회의 비전으로 인식하고 있었던 한용운에게 연합국의 승리는 결국 전쟁이라는 무력충돌의 결과라는 점에서 본질적인 문제해결 방법이 될 수 없었다. 이처럼 독일의 군국주의와 연합국 측의 군국주의를 동시에 부정할 수밖에 없는 한용운에게 의미 있게 다가온 세계사적 변화는 사회주의혁명이었다. 한용운은 제1차 세계대전을 민중혁명의 필연적 승리로 이해했다. 한용운은 이러한 민중혁명을 통한 사회주의의 승리를 3·1운동이 추구한 국제평화주의로 나아가는 역사적 계기로 인식하고 있었다.

독일혁명은 사회당의 손으로 이룩된 것인 만큼 그 유래가 오래고 또한 러시아혁명의 자극을 받은 바 없지 않을 것이다. 그러나 통괄적으로 말하면 전쟁의 쓰라림을 느끼고 군국주의의 잘못을 통감한 사람들이 전쟁을 스스로 파기하고 군국주의의 칼을 분질러 그 자살을 도모함으로써 공화혁명(共和革命)의 성공을 얻고 평화적인 새 운명을 개척한 것이다. 연합국은 이 틈을 타 어부지리(漁父之利)를 얻은 데 불과하다.[22]

한용운은 러시아혁명과 독일혁명에서 분출한 민중의 자발적 항거를 역사발전의 필연으로 보고 조선 독립의 당위성을 여기에서 찾고 있다. 3·1운동이 국제평화주의에 의거한 이상적인 민족운동이었음은 「기미독립선언문」에 이미 천명되어 있는 바다. 그러나 한용운이 이러한 국제평화주의로 가는 역사적 과정을 사회주의혁명에서 찾고 있었음은 눈여겨볼 필요가 있다. 사회주의가 저항민족주의로 이어지는 예를 한용운에게서도 발견할 수 있기 때문이다.

1920년대 접어들어 식민지 조선의 주류담론이 된 사회주의는 국가주의적 민족주의가 갖는 제국주의적 속성에 대한 비판에서 그 이론적 근거를 찾고 있었다. 사회주의는 저항적 민족주의가 갖는 극단적인 폭력이 제국주의적 속성과 닮은꼴을 하고 있다는 비판이 선택한 하나의 대안이었다. 한용운에게 이러한 사회주의혁명은 평화를 갈망하는 민중의 위력을 발견하는 역사적 계기가 된다. 물론 한용운이 이해한 민중은 본성적으로 폭력에 저항하고 억압에 항거하는 힘의 실체였다. 그러므

---

22 위의 글, 348쪽.

로 이러한 민중이 프롤레타리아의 계급적 자각이라는 사회주의적 맥락 안에서 이해된 것은 아니다. 다만 제국주의에 대한 저항이라는 측면에서 한용운은 민중을 민족과 일치시키며 당시의 세계정세를 이해해 나가고 있었다고 볼 수 있다.

한용운은 3·1운동에 적극 가담하며 누구보다 강한 민족주의적 성향을 드러낸 바 있다. 그러나 한용운의 민족주의는 국가주의와 합치되지 않을 뿐더러 민족을 자각하는 데 있어서도 사회주의혁명으로부터 상당한 자극을 받았다. 실제로 근대적 국가주의는 제국주의의 속성을 내면화하고 있다는 점에서 민족이라는 순수한 열정을 무기로 순응과 획일화를 강요하는 정치형태였다. 이에 반해 한용운이 인식한 민족주의는 오히려 민중적 민족주의라 명명할 수 있는 사회주의적인 길을 향하고 있다는 점에서 흥미로운 인식의 지점을 제공한다. 물론 한용운도 1925년 즈음에는 "사회혁명도 지금까지 러시아라는 국가 안에 있는 것이외다"[23]라며, 국가가 전제되지 못하면 사회주의도 실현될 수 없다는 인식을 보인다. 그러나 그가 「조선독립에 대한 감상의 대요」를 쓴 당시에는 사회주의를 피상적으로 인식하고 있었고, 국가를 매개하지 않고 오직 자유를 갈망하는 민중의 혁명적 기운을 통해 폭력적 세계에 저항하고자 하였기 때문에 민중과 민족을 동일시하며 민족 개념을 이해해 나간 것으로 판단된다.

23 「사회운동과 민족운동」, 『전집』 1, 379쪽.

5. 근대 너머로 가는 길

식민지 근대공간에서 열정적으로 삶을 살아낸 한용운을 이해하는 데 있어서 그가 근대를 어떻게 인식했는가는 중요한 문제가 아닐 수 없다. 근대에 대한 이해가 곧 한용운의 사상과 실천의 모태가 되기 때문이다. 한용운이 식민지 근대를 인식해 나가는 과정에는 문명에 대한 막연한 동경에서 민족의 자각이라는 인식론적 변화가 혼재해 있다.

적어도 1910년대 초반까지 한용운은 근대세계를 문명의 이상이 전개되는 역사적 과정으로 이해하는 순진하면서도 낙관적인 인식 수준을 보였다. 문명의 이상실현이라는 선망의 눈으로 근대를 인식하는 한용운은, 자유주의와 세계주의를 사회진화론에 입각한 약육강식의 현실법칙으로 이해하지는 못하였다. 그러나 3·1운동이라는 역사적 경험은 대개의 근대지식인이 그러하듯, 피식민 민족이 민족적 자아를 발견하게 되는 사건이 되었다. 이를 경험하면서 한용운은 근대세계가 자신이 동경한 문명국의 세계질서인 '정의'와 '도의'에 기반을 둔 평화로운 세계가 아님을 자각하게 된다. 따라서 이러한 모순을 어떻게 해결할 것인가가 한용운에게 역사적 난제로 인식되었을 것이다. 이러한 문제의식이 한용운의 '민족'에 대한 이해가 발생하는 지점이라 할 수 있다.

민족은 한용운이 3·1운동 이후 근대를 이해하는 핵심어가 된다. 그러나 한용운은 근대세계를 구성하는 정치적 주체이자 역사적 주체로서 민족을 이해하기보다는 인간의 본성이라는 면에서 이를 이해하였다. 이러한 입장에 선 한용운에게 러시아와 독일 등에서 발발한 사회주의 혁명은 제국주의에 대한 민중의 항거라는 측면에서 자유를 향한 인간

본성의 표출로 인식된다. 이처럼 한용운이 사회주의와 민족주의를 하나로 합치하여 이해할 수 있었던 것은 억압 없는 삶에 대한 강고한 믿음이 그의 사상적 전제로 자리하고 있었기 때문이라 할 수 있다.

그렇다면 한용운이 이처럼 낙관적으로 세계를 이해할 수 있었던 까닭은 무엇일까? 인류가 결국 도덕문명의 실현으로 나아갈 것이라고 믿었던 문명의 이상에 대한 믿음이나, 평화체제로 나아갈 것이라는 낭만주의적 신념은 그의 종교적 소망을 역사 속에 투사한 결과였다. 이러한 한용운의 관념적이고 낙관적인 믿음은 약육강식의 현실법칙이 야기한 식민지 근대공간에서는 너무나 순진하고도 소원한 희망이 아닐 수 없었다. 한용운이 종교적 명상의 아우라aura를 지닌 서정시로 발걸음을 옮긴 것은 그의 이러한 근대인식이 선택한 필연적 노정이라 할 수 있다. 시집 『님의 침묵』이 함축하고 있는 전언들이 근대 이전이거나 근대 이후를 향하고 있는 이유는 바로 한용운의 이러한 근대 이해의 결과이다. 우리가 한용운으로부터 탈근대 논의를 시작할 수 있는 까닭도 이러한 사정에 기인한다.

3장

한용운의 근대불교 인식과 그 의미

1. 근대와 불교의 만남

근대近代가 모든 인식의 기원일 수는 없다 하더라도 기존의 인식을 새롭게 하고 재정비하는 데 중요한 분수령이자 분기점이 된 것은 부정할 수 없는 사실이다. 한국사에 있어서 중요한 문화적 전통으로 확고한 역사적 위상을 가진 불교의 경우에도, 근대전환기에 경험하게 된 변화는 새로운 불교 인식이라는 점에서 예외는 아니었다. 전근대적 불교에서 근대불교로의 전환은 일차적으로는 근대적 형식과 내용을 가진 종교로의 전환을 의미하는 것이다. 문화적 전통이 확고할수록 새로운 문화와의 조우 과정에서 필연적으로 다양한 변용이 발생한다는 점을 생각할 때, 근대불교로의 전환은 한국불교가 서구적인 종교개념과 길항하면서 스스로 근대적 전통을 만들어 나가는 혁신 과정이었다고 볼 수 있다. 한용운의 『조선불교유신론』은 이러한 한국불교의 근대적 자각을 뚜렷하게 보여주는 대표적인 텍스트로서, 근대 한국불교가 어떻게 스스로를 인식했는가 하는 사유의 한 전형을 보여준다는 점에서 중요한 의미를 갖는다.

1876년의 개항과 1895년에 단행된 승려의 도성출입금지령都城出入禁止令 해제를 필두로 숭유억불崇儒抑佛로 인해 교세가 극도로 위축되었던 조선불교는 새로운 근대적 종교지형 안으로 발을 들여놓기 시작하였다. 한국불교가 근대로의 전환을 시작한 근대불교의 기점을 어디에 둘 것인가 하는 점에 대한 논의는 논자의 입장에 따라 조금씩 다르다. 이들 논의를 대별해 보면, 1895년 기점설, 1897년 기점설, 1899년 기점설로 삼분된다. 1895년 기점설은 승려의 도성출입금지령이 해제된 시점을 그 기원으로 삼는 경우이며, 1897년 기점설은 국호를 대한제국으로 개명하고 근대적인 제도를 도입한 시기로 근대불교의 기원을 한국사 일반에 일치시켜 인식한 경우이며, 1899년 기점설은 사찰관리에 국가가 적극 개입하면서 근대적 사찰관리를 제도화한 원흥사元興寺 설립 시기를 그 기원으로 삼는 경우이다.[1] 논자에 따라 조금씩 상이한 인식을 보이고는 있지만 근대불교의 기점에 대한 논쟁은 논의상의 역사적 시차가 별반 없다는 점에서, 1890년대 중반 무렵이 한국불교가 본격적으로 근대불교로의 전환을 도모하기 시작한 시기임을 확인시켜 주고 있다. 이 시기부터 한국불교는 근대불교로서의 정체성을 정립하기 위한 노력을 경주하게 된다. 따라서 1895년에서 일제강점기 전체를 포함하는 시기까지는, 한국불교가 근대적 불교로 거듭나기 위한 제도개혁과 자기혁신을 지속해 나간 이른바 근대불교로의 전환기라 할 수 있다. 무엇보다 한국불교의 입장에서 이 시기는 조선왕조의 억불정책으로 인해 위축된 교세를 확장하고 허술한 교단을 정비할 수 있는 기회의 시간이자 동시에 기

---

1 송현주, 「근대한국불교 개혁운동에서 의례의 문제」, 『종교와 문화』 6, 서울대 종교문제연구소, 2000, 159~161쪽 참조.

독교의 교세확장으로 인해 문화적 전통을 담당해 왔던 불교가 갖는 위상을 위협받는 위기의 순간이었다.

조선시대를 거치면서 왕실지원의 불교, 민중의 생활불교, 고승불교로 명맥을 유지해 오던 조선불교는 18세기 중후반에 접어들면서 새로운 기운이 싹트기 시작했다. 유학자들 사이에 유불儒佛을 조화시키는 분위기가 만연하고, 김정희 등으로 대표되는 재가 불자 중심의 거사불교居士佛教가 대두되면서 불교는 점차 하나의 생활신앙이자 일종의 수신학修身學으로 그 생명력을 유지하고 확산시켜 나갔다.[2] 이러한 사회적 분위기는 19세기 말 근대전환기에 접어들면서 새로운 변화를 요청받게 된다. 근대적인 종교로서의 자각이 그것인데, 이 시기에 이르러 우리 불교는 근대적 종교정체성을 자문自問하기에 이른 것이다.

전통적으로 한국불교는 유교와 도교뿐만 아니라 토착신앙인 샤머니즘을 적극적으로 습합하면서 나름의 신앙체계를 형성해 왔다. 근대에 접어들면서 한국불교를 체계적으로 탐구한 최남선이 한국불교의 특징을 선교회통禪教會通의 '통불교通佛教'[3]라고 명명한 것에서도 알 수 있듯이, 한국불교는 이질적인 것의 수용 내지는 접합에 있어서 나름의 포용력과 소화 능력을 갖고 있었다.[4] 이러한 한국불교가 서구적 근대와의

---

2 한상길, 「개화사상의 형성과 근대불교」, 동국대 불교문화연구원 편, 『동아시아불교, 근대와의 만남』, 동국대 출판부, 2008, 17~19쪽 참조.

3 최남선, 「조선불교(朝鮮佛教)—동방문화사상(東方文化史上)에 있는 그 지위(地位)」, 『최남선전집』 2, 현암사, 1974, 546~572쪽 참조.

4 육당의 통불교론에 대해서는 지속적인 비판이 제기된 바 있다. 한국불교의 성격을 정의하기에는 이 개념이 지나치게 확대해석되었다는 심재룡의 비판이 있었고, 일본의 통불교론을 이식한 것이라는 비판도 제기된 바 있다. 그러나 한국불교의 역사적 전개를 보면 불교가 종파주의적 양상을 드러내기보다는 이를 종합하고 통합하는 담론 생산에 적극적이었다는 점, 여타의 신앙과의 습합에 있어서도 유연성을 보였다는 점에서 통불교론

만남, 특히 종교라는 개념으로 무장한 서구종교와의 만남에서 어떠한 정체성을 갖게 되는가는 근대불교의 성격을 이해하는 데 있어서 중요한 내용에 해당한다.

근대불교로의 전환기에 한국불교의 대표적인 개혁승改革僧으로 평가되는 한용운의 근대불교 인식 방법이 어떠했는가에 대한 천착은, 근대 전환기에 한국불교가 근대적인 불교로 스스로를 인식해 나가는 한 전형을 살필 수 있다는 점에서 중요한 의미를 갖는다. 그동안 근대적 종교지형의 변화 속에서 근대불교가 어떻게 스스로의 정체성을 형성해 나갔는가 하는 문제는 학계의 관심이 되어 왔다.[5] 그러나 아직 개별 불교 개혁론자의 구체적인 인식에 대한 집중적인 연구가 미진할 뿐만 아니라, 한용운의 경우만 하더라도 그의 근대불교 인식을 근대인식 전반과 관련지어 조망해내지 못했다는 점에서 보다 면밀한 분석이 필요한 시점이다. 특히 한용운이 제출한 최초의 저작에 해당하는 『조선불교유신론』에서 그의 근대불교 인식 방법과 내용을 규명하는 것은, 불교사상에 기대어 근대와의 치열한 싸움을 지속한 한용운의 사상적 원상原象을 확인한다는 점에서 적지 않은 의미를 갖는다.

은 여전히 한국불교를 이해하는 하나의 열쇠말이라고 볼 수 있다.

5 대표적인 연구로 송현주의 「근대 한국불교의 종교정체성 인식」(강돈구 외, 『근대성의 형성과 종교지형의 변동』 1, 한국학중앙연구원 종교문화연구소, 2005)과 「한용운의 불교·종교 담론에 나타난 근대사상 수용과 재구성」(『종교문화비평』 11, 한국종교문화연구소, 2007)을 꼽을 수 있다.

2. 한용운의 근대불교 인식

한용운의 근대불교 인식이 체계적으로 드러난 글은 1910년에 집필을 끝내고 1913년에 출간한 『조선불교유신론』이다. 이 텍스트는 한용운의 개인사에 있어서 최초의 저작이라는 의미를 갖지만, 한국 근대불교사에 있어서도 체계적으로 제출된 선구적인 근대적 개혁론이라는 의미를 갖고 있다. 한국 근대불교사에서 대표적인 개혁론으로는, 1912년에 발표된 권상로의 「조선불교개혁론朝鮮佛教改革論」, 1913년에 발표된 한용운의 『조선불교유신론』, 1922년에 발표된 이영재의 「조선불교혁신론朝鮮佛教革新論」, 1935년에 발표된 박중빈의 『조선불교혁신론朝鮮佛教革新論』 등을 꼽을 수 있다.[6] 이 가운데 한용운의 저작이 유독 주목되는 이유는 이 글이 실제로 집필된 때가 1910년이고, 1913년에 한 권의 단행본으로 출판되었다는 점에서 확인할 수 있다. 시기적으로 근대불교 개혁론의 기원적 성격을 갖는 점도 있지만, 대개의 불교개혁론이 신문이나 잡지에 연재된 단편적인 글이거나 소략하게 개혁방안을 제시한 데 비해, 한용운의 『조선불교유신론』은 체계적이고 본격적으로 근대적 불교개혁 방안을 모색하고 있다는 점에서 주목을 요한다. 그러나 이 텍스트가 문제적이라고 할 수 있는 보다 본질적인 이유는 한용운이 여기에서 불교의 근대적인 성격과 근대불교의 특징에 대해 본격적이고도 구체적으로 논의를 시도하고 있기 때문이다.

총 17장으로 구성되어 있는 이 텍스트의 핵심적인 내용을 대별해 보

6 한국 근대불교의 개혁론에 대해서는 김귀성의 「한국 근대불교의 개혁론과 교육개혁」(『원불교학』 9, 한국원불교학회, 2003, 316~317쪽)을 참조함.

면 크게 두 부분으로 나누어지는데, 불교의 성격과 특징을 근대성과 결부지어 규명하고자 한 전반부와 실제 조선불교가 제도상으로 개선할 점을 열거하며 근대불교로 새롭게 나아갈 유신의 구체적 방안을 제시하고 있는 후반부로 나눌 수 있다. 여기에서 내용의 많은 부분을 차지하고 있는 승려 교육, 포교, 승단 운영 등 다양한 제도 개선 방안을 다룬 부분을 제외하면, 불교의 근대적 정체성 인식을 담고 있는 핵심적 내용에 해당하는 부분은 「불교의 성질論佛教之性質」과 「불교의 주의論佛教之主義」라는 제목을 단 두 편의 글이다. 그렇다면 한용운이 이 두 편의 글을 통해 규명하고 있는 근대불교의 성격과 특징을 중심으로 그의 근대불교 인식 내용과 그 의미를 살펴보자.

1) '철학적 종교'로서의 불교 인식과 그 의미

근대적 종교지형이 형성되어 가는 과정에서[7] 한용운이 한국불교를 인식하는 방식에는 가치로서의 근대와 제도로서의 근대에 대한 긍정과 부정의 상반된 인식이 상충하고 있다. 이러한 균열은 일차적으로 근대

---

7 송현주에 따르면 '종교'라는 말은 19세기 말 서양의 종교학이 일본에 소개되면서 서양어인 'religion'이 번역 과정을 거쳐 정착되었다고 한다. 이 논문에서 인용하고 있는 小口偉一・堀一郎 감수의 『종교학사전』(동경대 출판회, 1973)에 따르면, 불교에서 '종(宗)'과 '교(敎)'의 기원은 당(唐)의 실차난타(實叉難陀)가 번역한 『대승입능가경(大乘入楞伽經)』에서 찾을 수 있다고 한다. 여기에서 '종교'는 궁극적 깨달음에 대한 가르침을 의미한다. 그러나 기독교에서 '종교'는 신앙의 대상인 신의 개념이 필수적이라는 점에서 '종교'에 대한 동서양의 상이한 맥락이 근대공간에서 충돌한 것으로 볼 수 있다. 한편 윌프레드 캔트웰 스미스에 따르면, 서양에서도 종교의 시대인 중세까지는 종교에 대해 책을 쓴 이가 없다고 한다. 근세에 접어들어 문예부흥과 더불어 종교개혁과 함께 '종교'의 개념이 정착 및 확대되었으며, 구체적으로 '종교'의 개념이 비약적인 발전을 이룬 것은 19세기에 이르러서라고 그는 보고 있다. 송현주, 「근대 한국불교의 종교정체성 인식」, 강돈구 외, 앞의 책; 윌프레드 캔트웰 스미스, 길희성 역, 『종교의 의미와 목적』, 분도출판사, 1991 참조.

에 대한 명확한 인식을 갖기가 쉽지 않았을 1910년대 전후의 시대적 한계에서 비롯한 것으로 볼 수 있다. 근대를 하나의 가치체계로 인식할 것인가 아니면 제도체계로 인식할 것인가 하는 문제는 근대와의 일정한 거리 갖기가 가능할 때 비로소 정확한 판단이 내려질 수 있기 때문이다. 한용운의 경우, 이러한 거리 갖기가 현실적으로 불가능한 상황이었기 때문에 그의 불교 인식에는 근대에 대한 낭만적 동경과 비판적 탈주가 동시적으로 나타난다. 승려의 도성출입금지로 상징되는 제도적 탄압 대상이었던 조선불교의 입장에서 보면, 합리성에 근거한 제도로서의 근대는 불교의 재건을 위해 적극적으로 수용해야 할 내용이었다. 그러나 가치로서의 근대, 즉 서구적 가치로 유입되었던 자유와 평등의 가치에 대해서는 불교가 상당히 우월한 인식을 함유하고 있다고 보고 이를 비판적으로 인식하는 이중성을 보인다. 이러한 균열 속에서 한용운은 근대불교를 학문으로서의 불학佛學과 종교로서의 불교佛教가 접목된 '철학적 종교'로 파악한다. 그 구체적인 논의 과정을 살펴보면 다음과 같다.

우선, 한용운은 학술이나 사회 각 방면에서 유신의 소리가 높으나 조선불교에서는 유신의 소리가 들리지 않는 현실을 질타하며 조선불교의 유신을 위해서는 불교에 대한 새로운 인식이 필요하다고 역설한다. 그는 "불교가 종교로서 우수한지 어떠한지, 미래사회에 적합할지 어떨지를 곰곰이 생각"해야 한다며 「불교의 성질」을 논의하기 시작한다. 즉 불교가 갖는 근대종교로서의 성격과 미래적 가능성에 대한 조망이 그가 불교를 근대적으로 재인식하는 중요한 준거가 되었음을 알 수 있다.

이를 위해 일차적으로 한용운은 불교의 종교성을 명확하게 규명하기 위한 방법으로 불교와 서양종교와의 비교를 통해 이 둘이 갖는 차이점을 부각시킨다.

①

그러기에 희망이 행여나 크지 못할까 걱정한 나머지 임시로 욕심을 낼 만한 달콤한 것을 무형의 세계에 만들어 놓고, 답답한 중생들로 하여금 믿게 하고 희망을 걸게 한 것이 불교를 제외한 여러 종교의 발상의 온상이 되었다. 예수교의 천당, 유태교가 받드는 신(神), 마호멧교의 영생(永生) 따위가 이것이니, 다 깊이 세상을 근심한 데서 나온 것이라고 하겠다.

그러나 어디까지나 속임수의 말로 일관하여 천당이 과연 있는지 없는지, 받드는 신이 정말인지 거짓인지, 영생(永生)의 약속이 사실인지 어떤지에 대해 조금도 냉정히 검토함이 없이 아무것도 모르는 채 미신을 지녀 내려오니, 이는 사람을 이끌어 우매의 구렁으로 몰아넣는 것이라 아니할 수 없다.[8]

②

불교는 그렇지 않다. 중생이 미신에서 헤어나지 못할까 두려워하는 까닭에, 경(經)에 '깨달음으로 준칙(準則)을 삼는다' 하셨고 (…중략…) 불교에서 말하는 천당은 상식으로 생각되는 그런 천당이 아니라 자기 마음속에 건설되는 천당이며, 지옥도 죽어서 간다는 그런 뜻의 지옥이 아님을 알 수 있다. (…중략…) 또 불생 불멸은 다른 종교의 영생(永生) 등속과는 다르다. 그것은 참으로 원만한 깨달음의 세계의 주인공이며, 불교를 대표

8 「朝鮮佛教維新論－佛教의 性質」, 『전집』 2, 36쪽.

하는 유일무이한 개념이라 할 수 있다. 저 죽은 자를 모두 살려 놓는다는 따위는 암우(暗愚)하기 그지없는 밥통이나 하는 소리다. 세로는 삼세(三世)를 포함하되 오래다 하지 않고, 가로는 시방(十方)에 걸치되 크게 안 여겨서, 멀리 감각 기관과 그 대상을 초탈하여 고요하면서도 항상 작용하는 것을 진여(眞如)라 이른다.[9]

한용운은 서구종교들이 내세우는 천당과 영생 등의 내세來世에 대한 믿음이 미신에 지나지 않는다고 비판한다. 이는 기독교가 불교에 대해 미신과 우상숭배의 행태를 보인다고 비판한 것[10]에 대한 정서적 저항으로 볼 수 있다. 한용운은 서구종교를 미신이라고 비판하며 이에 반해 불교는 지혜로 믿는 종교라는 사실을 대비시킨다. 특히 불교는 서구종교에 비해 참된 자아인 진아眞我가 스스로 깨달음을 찾아 나가는 자력의 종교라는 사실이 강조된다. 자력신앙과 타력신앙으로 불교와 서구종교를 대별하면서 한용운은 스스로 깨달음을 향해 나가는 불교의 우수함을 역설한다.

한용운의 이러한 입장은 중국의 대표적인 근대지식인인 량치차오의 불교 평가를 논거로 삼고 있다. 신앙의 대상으로 절대 유일신을 상정하는 서구적 방식은 동아시아 종교 전통에서 보면 상당히 이질적인 면모라 할 수 있다. 동아시아의 유불선儒佛仙 전통은 서구적인 유일신의 전통과는 다른 방식으로 고유한 종교성을 형성하고 발전시켜 왔기 때문이다. 따라서 근대 초입에 들어 동양으로 유입된 서구종교가 동아시아

9 위의 글, 37쪽.
10 송현주, 「근대 한국불교의 종교정체성 인식」, 강돈구 외, 앞의 책, 217쪽.

의 유불선이 종교가 아니라고 비판하는 것은 서구적 종교관에서 보면 자연스러운 귀결이지만, 장구한 문화적 전통을 가진 우리 입장에서 볼 때, 이러한 논리를 저항감 없이 수용하기는 어려웠을 것이다.

당시의 기독교가 불교를 종교로서 함량미달이라고 보면서 비판하는 관점은 크게 두 가지로 대별해 볼 수 있다. 하나는 불교를 종교가 아닌 미신으로 보는 관점이고 다른 하나는 불교를 종교가 아닌 철학으로 보는 입장이다. 한용운은 불교가 미신이라는 기독교계의 비판에 대해서는 불교가 종교성을 지니고 있음을 입증하는 방식으로, 철학이라는 비판에 대해서는 고등한 철학성을 지니고 있음을 입증하는 방식으로 대응해 나갔다. 한용운이나 량치차오는 모두 불교가 대단히 고등한 철학이라는 논리로 불교의 근대성을 해명하고자 하였다. 특히 한용운은 철학성哲學性 자체가 불교의 고유한 성격이자 특징이며, 불교의 철학성은 신앙 주체가 갖는 자발성과 깨달음에 대한 자유의지를 의미한다고 보았다. 이는 불교의 종교성이 무엇인가를 분명히 제시한 것으로 볼 수 있다.

이처럼 불교와 서구종교와의 차이를 부각시킨 후, 한용운은 불교의 철학성이 서양철학과 어떠한 차이를 갖는가에 주목한다. 서양철학과 불교를 비교하는 데 있어서, 한용운은 량치차오를 비판적으로 재인용한다. 량치차오에 따르면 불교와 칸트의 논의는 모두 도덕적 성질을 지닌 진정한 자아가 본성으로서의 자유의지를 갖고 있다는 점에 주목한다는 점에서 유사하다. 그러나 칸트의 논의는 개별적 자아 차원으로 제한되어 있다는 점에서 보편적 자아에 대한 개념이 부재하다고 보았다. 량치차오는 불교의 경우, 보편적 자아를 인정한다는 점이 칸트와는 다르다고 판단하였다. 그렇다면 한용운은 이러한 량치차오의 논의를 어떻게 인식했을까? 한용운은 량치차오가 본 칸트와 불교의 논리 비교에 대해 한편으로는 동의하지만 다른 한편으로는 입장을 달리한다.

한용운은 칸트의 인식체계에는 없는 보편적 자아가 불교에는 있음을 인식한 량치차오의 입장을 인정하면서도, 동시에 보편적 자아만을 강조한 량치차오를 비판한다. 그는 량치차오와 달리 개별적 자아와 보편적 자아가 독립적으로 존재하는 것이 아니라 '상즉상리相卽相離'의 연관성을 갖고 있다는 점을 강조한다.

> 부처님이 성불했으면서도 중생 탓으로 성불하시지 못한다면 중생이 되어 있으면서 부처님 때문에 중생이 될 수 없음이 명백하다. 왜 그런가. 마음과 부처와 중생이 셋이면서 기실은 하나인데, 누구는 부처가 되고 누구는 중생이 되는가. 이는 소위 상즉상리(相卽相離)의 관계여서 하나가 곧 만, 만이 곧 하나라고 할 수 있다. 부처라 하고 중생이라 하여 그 사이에 한계를 긋는다는 것은 다만 공중의 꽃이나 제2의 달과도 같아 기실 무의미할 뿐이다.[11]

"마음과 부처와 중생이 셋이면서 하나"라는 한용운의 인식은, 진여眞如와 무명無明이 이원적으로 대립되는 것이 아니라 상호관계적 개념으로 공존한다는 인식과 맞닿아 있다. 나와 세계가 하나로 연결되는 상호 연관성을 가지면서 서로의 존재에 개입한다는 인식은, 한용운이 한국 근대불교를 정립하는 데 있어서 가장 핵심적으로 부여한 철학적 요체라

11 「朝鮮佛敎維新論－佛敎의 性質」,『전집』 2, 41쪽.

할 수 있다. 이러한 상호 연관성을 극단까지 밀고 나갈 수 있을 때, 한국불교는 개별과 보편, 수행과 실천이라는 서로 다른 지평이 서로 혼융되면서 상구보리上求菩提 하화중생下化衆生하는 동체사상同體思想의 분출로 나아갈 수 있기 때문이다. 한용운이 근대불교의 철학성을 논하면서 서양철학에 맞세우고자 한 이러한 불교의 핵심적 요체는 한국 근대불교의 사상적 기반을 만드는 데 중요한 시각을 제공하고 있다. 서양종교와 서양철학과의 비판적 대화를 통해 한용운은 신앙 주체의 자발적 의지와 세계의 상호 관계성을 근대불교의 정체로 포착해낸다. 우리 불교의 성질을 여기에서 찾음으로써 한용운은 한국불교가 서구적 종교개념에 나포되지 않고 독자성을 갖는 종교로 존립할 수 있는 논리적 입지를 마련한 것이다. 이 과정에서 중요하게 인식된 부분이 바로 '마음'이다.

일반적으로 종교의 세 가지 요소라고 꼽는 신앙대상, 신념체계, 종교집단이라는 측면에서 보면, 불교는 분명 종교라고 볼 수 있다. 다만 신앙의 대상이 인격화된 유일신이 아니며 신성시하는 대상 자체가 인격신의 개념으로 정착되지 않았다는 점에서 서양종교와는 상이한 면모를 보인다. 우주의 궁극적 실재를 인격체적인 것으로 파악하느냐 혹은 탈인격체적인 것으로 보느냐는 유대교, 기독교, 이슬람교 같은 유일신 신앙의 종교와 불교, 힌두교, 유교, 도교와 같은 아시아적 종교를 가르는 결정적 차이이다.[12] 한용운은 서구종교에 있어서 인격신에 해당하는 것이 우리에게도 있다고 주장하기보다는 궁극적 실재와 인격신의 분명한 차이를 인식하고 이를 부각시키는 전략을 선택한다. 궁극적 실재를

12 길희성, 「존 힉의 철학적 종교다원주의론」, 길희성 외, 『전통 · 근대 · 탈근대의 철학적 조명』, 철학과현실사, 1999, 334쪽.

사유하는 것이 궁극을 믿는 불교의 '종교'적 특징이라면, 뭇 중생들의 내적 연관성을 사유하는 것이 '철학'적 불교의 특징에 해당한다. 이 두 요소를 매개하는 가장 중요한 개념이 '마음'이다. "마음과 부처와 중생이 셋이면서 기실은 하나"라고 할 때, 부처와 중생을 사유하고 매개하는 마음의 현상에 대한 인식이야말로 근대불교가 '철학'과 만나면서 재해석을 시도한 지점이라 하겠다. 그렇다면 근대 한국불교가 포착해낸 '마음'은 어떤 모습일까?

마음은 궁극적 실재와 현상적 현현 사이에 존재하면서, 이를 동시에 매개하는 개념으로 볼 수 있다. 이런 점에서 마음은 이성에 기댄 분석적 사유가 도달한 합리성의 그늘 혹은 빈틈을 엿보는 혜안으로서 새롭게 해석될 근대불교의 용어라 할 수 있다. 특히 불교를 철학적이라고 볼 때, '마음'의 재인식은 불교 논리학으로 평가되는 유식철학唯識哲學의 사유방식과 비교해 볼 필요가 있다. 실제로 근대전환기에 한·중·일 동양 삼국에서 유식철학은 관심의 대상이 되었다. 중국 근대사상사의 가장 중요한 특징으로 유식불교의 부흥[13]이 꼽힌다는 점을 염두에 둘 때, 이는 서양 논리에 대한 동양적 대항 논리의 개발이라는 점에서 이해할 수 있을 것이다.

유식사상은 부파불교의 유견有見과 중관학파의 공견空見의 종합을 통해 사유의 치우침에서 벗어나게 하려는 자각이 만들어낸 사상이다.[14] 나가

13 김제란, 「동·서학의 매개로서의 유식학 연구와 그 성행」, 동국대 불교문화연구원 편, 앞의 책, 245쪽.

14 반야사상과 중관학파가 보여주는 부정(否定)의 사유는 현실과 매개되지 않을 때, 허무주의로 빠질 위험이 농후하다. 무자성공(無自性空)은 자칫 개념까지도 부정하면서 궁극적 깨달음으로 단박에 질주해 들어갈 수 있지만, 그러나 또한 동시에 이는 공(空)에 집착하게 될 때, 자기반성 내지는 자기부정의 기제를 상실하게 될 수도 있다. 인간의 인

르주나Nāgārjuna, 龍樹의 『중론中論』이 공견에 빠지게 하는 점을 비판하며 이를 경계하기 위해 공空이 실천되는 장場으로서의 식識의 존재를 인정하는[15] 유식사상은, 한용운이 '마음'을 통해 수행과 실천을 동시에 견지한 방식과 유사성을 갖는다. 이러한 인식 방법은 실제로 동서양의 종교가 만나는 지점에서 자연스럽게 발생하는 현상이기도 하다. 동양종교에 조예가 깊었던 종교학자 루돌프 옷토Rudolf Otto(1869~1937)가, 종교가 가지고 있는 신비하고 성스러우며 초월적인 감정, 그의 표현을 빌리면 누멘numen적 감정[16]을 강조하며 서구의 분석적이며 선악 이분법적인 종교 인식을 비판한 것도 같은 맥락에서 이해될 수 있다. 한용운은 교리와 신학을 강조하는 방식으로 근대불교를 정립하기보다는, 종교이면서 동시에 철학인 불교에 대한 관심을 '마음'의 속성을 통해 규명하고 이를 근대적 불교 인식의 준거로 삼고자 하였다. 한용운의 대표시 가운데 하나인 시 「알 수 없어요」는 철학적 종교로서의 근대불교가 주목한 세계상을 형상적 언어로 다음과 같이 표현하고 있다.

바람도 없는 공중에 수직(垂直)의 파문(波紋)을 내이며 고요히 떨어지는 오동잎은 누구의 발자취입니까.

지리한 장마 끝에 서풍에 몰려가는 무서운 검은 구름의 터진 틈으로 언

식론적 한계를 자각하게 하는 부정의 사유 자체가 인식 그 자체를 부정함으로써 독단에 빠지게 될 수도 있기 때문이다.

15 횡산굉일(横山紘一), 묘주 역, 『유식철학』, 경서원, 1997, 252쪽.

16 옷토는 '성스러운 것'을 인식하고 인정하는 일은 종교적인 영역에서만 일어나는 고유한 가치평가의 행위로서, 이것이 윤리로 파급되지만 발생 자체는 종교 영역에서만 가능하다고 주장한다. 이러한 '성스러운 것'은 개념적 파악으로는 접근할 수 없는 하나의 불가언적인 것으로 그는 보았다. 루돌프 옷토, 길희성 역, 『성스러움의 의미』, 분도출판사, 1987, 37~40쪽.

뜻언뜻 보이는 푸른 하늘은 누구의 얼굴입니까.

꽃도 없는 깊은 나무에 푸른 이끼를 거쳐서 옛 탑(塔) 위의 고요한 하늘을 스치는 알 수 없는 향기는 누구의 입김입니까.

근원은 알지도 못할 곳에서 나서 돌부리를 울리고 가늘게 흐르는 적은 시내는 굽이굽이 누구의 노래입니까.

연꽃 같은 발꿈치로 가이없는 바다를 밟고, 옥 같은 손으로 끝없는 하늘을 만지면서 떨어지는 날을 곱게 단장하는 저녁놀은 누구의 시(詩)입니까.

타고 남은 재가 다시 기름이 됩니다. 그칠 줄을 모르고 타는 나의 가슴은 누구의 밤을 지키는 약한 등불입니까.

—시 「알 수 없어요」 전문

이 시는 궁극적 실재의 존재 그 자체는 알 수 없지만 궁극적 실재는 끊임없이 존재를 현현한다는 사실을 보여주고 있다. 시적 자아는 알 수 없는 궁극적 실재인 '누구'를 향해 열려 있다. 다만 그것은 일차적으로는 알 수 없는 존재이다. 그러나 궁극적 실재를 향해 열려 있는 시적 자아는 현상을 통해 궁극적 실재를 감지한다는 점에서 '누구'는 인식할 수 있는 존재이다. 이 유무有無의 변증 사이에 한용운은 근대불교의 '마음'을 위치시키고자 하였다. "마음 그 밖에 사물이 따로 있을 턱이 없으니, 어찌 마음과 관계없는 독립적인 객관의 존재를 인정할 수 있으랴"[17]라고 마음을 강조하면서, 그는 마음의 정체를 밝히기 위해 종교와 철학을 동시에 포섭한다. 마음의 정체를 밝히는 길을 참선參禪이라고 규정하며, 그는

17 「朝鮮佛敎維新論－參禪」, 『전집』 2, 52쪽.

"참선은 체體요 철학은 용用이며, 참선은 스스로 밝히는 것이요 철학은 연구며, 참선은 돈오頓悟요 철학은 점오漸悟다"[18]라고 보았다. 이런 맥락에서 '마음'은 "그칠 줄을 모르고 타는 나의 가슴"이면서 동시에 어둠을 견디게 하는 "등불"로 인식되었다. 시집 『님의 침묵』이 '님'의 부재와 현존을 동시에 노래하는 역설paradox을 통해 사랑의 증도가證道歌가 된 것은 종교이자 철학으로 인식된 근대불교의 자기인식 논리를 작품 속에 투영한 결과라 할 수 있다. 그가 실천적 교학자[19]로서 평가되는 것도 이 맥락에서 이해할 수 있을 것이다.

2) 사회적 실천을 위한 불교 인식과 그 의미 – '평등주의'와 '구세주의'

『조선불교유신론』에서 한용운의 근대불교 인식을 살필 수 있는 또 한 편의 중요한 글은 「불교佛教의 주의主義」이다. 여기에서 한용운은 불교의 핵심적인 교리를 '평등주의'와 '구세주의'로 제시한다. 우선 그가 주장한 '평등주의'에서 평등의 개념을 살펴보자.

앞 장에서도 언급했지만, 한용운에게 평등과 불평등이라는 개념은 근대 시민사회에서 중요한 가치로 대두한 새로운 개념이 아니었다. 그는 불평등과 평등의 개념을 다음과 같이 밝히고 있다. "불평등한 견지란 어떤 것인가. 사물・현상이 이르는 바 필연必然의 법치에 의해 제한"을 받는 것이라고 보고, 이에 반해 "평등한 견지란 무엇인가. 공간과 시간

18 위의 글, 54쪽.
19 근대불교학의 정립에 대한 논의에서 이봉춘은 근대 불교지성을 전통 교학자, 실천적 교학자, 유학 출신의 신진학자, 일본학자로 구분하였다. 한용운은 이 가운데 실천적 교학자로 분류되었다. 이봉춘, 「불교지성의 연구활동과 근대불교학 정립」, 『불교학보』 48, 동국대 불교문화연구원, 2008.

을 초월하여 얽매임이 없는 자유로운 진리를 이름이다"[20]라고 정의하고 있다. 즉 한용운은 사물과 현상이 갖는 필연적인 물리적 법칙에 의한 제한을 불평등으로 보고, 이와 대립하는 개념으로 시공을 초월하여 얽매임이 없는 자유로운 진리를 평등으로 정의하고 있다. 이를 정리하면 '현상=불평등'이고 '진리=평등'이라는 등식이 성립된다. 한용운이 진여와 해탈이 곧 자유이자 진리라고 본 인식과 이 등식을 연결시켜 보면 진여와 진리, 자유와 평등 모두를 한용운은 같은 개념으로 인식하고 있었음을 알 수 있다.

그렇다면 실제로 한용운이 평등을 내세우며 불교를 재인식한 방식은 어떠했는지 살펴보자. 한용운이 불교의 핵심적 교리를 평등으로 재인식할 때, 이는 세계를 차별 없이 인식할 수 있는 하나의 인식론적 전제가 된다. 그는 1924년에 잡지 『개벽』과의 인터뷰에서 "불교의 교지教旨는 평등입니다. 석가의 말씀에 의하면 사람이나 물物은 다 각기 불성佛性을 가졌는데, 그것은 평등입니다"[21]라고 거듭 강조한 바 있다. 이처럼 한용운에게 '평등'은 만유불성이라는 관점에서 자연스럽게 도출된 개념으로서, 그의 '평등주의'는 사회적 불평등으로부터 벗어나기 위한 근대적 평등권에 대한 자각을 중심에 둔 개념과는 차원을 달리한다. 오히려 이 개념은 인간 본성이 지닌 자유의지에 의미의 무게중심이 놓여 있다고 볼 수 있다. 이런 측면에서 한용운의 '평등'에 대한 불교적 인식은 대단히 관념적이고, 동시에 일층 본질적인 특징을 갖는다. 그가 '평등'을 얼마나 피상적이고 관념적으로 사유했는가 하는 점은 '평등주의'를

20 「朝鮮佛教維新論－佛教의 主義」, 『전집』 2, 44쪽.
21 「내가 믿는 佛教」, 위의 책, 288쪽.

당대의 현실과 연결하는 지점에서 극명하게 드러난다.

> 근세의 자유주의(自由主義)와 세계주의(世界主義)가 사실은 평등한 이 진리에서 나온 것이라 할 수 있다. 자유의 법칙을 논하는 말에, '자유란 남의 자유를 침범하지 않는 것으로써 한계를 삼는다'고 한 것이 있다. 사람들이 각자 자유를 보유하여 남의 자유를 침범하지 않는다면, 나의 자유가 다른 사람의 자유와 동일하고, 저 사람의 자유가 이 사람의 자유와 동일해서, 각자의 자유가 모두 수평선처럼 가지런하게 될 것이며, 이리하여 각자의 자유에 사소한 차이도 없고 보면 평등의 이상이 이보다 더한 것이 무엇이 있겠는가.
>
> 또 세계주의는 자국과 타국, 이 주(洲)와 저 주, 이 인종과 저 인종을 논하지 않고 똑같이 한 집안으로 보고 형제로 여겨, 서로 경쟁함이 없고 침탈(侵奪)함이 없어서 세계 다스리기를 한 집안을 다스리는 것같이 함을 이름이니, 이 같다면 평등이라 해야 할 것인가, 아니라 해야 할 것인가.[22]

한용운은 근대적인 '자유주의'와 '세계주의'가 불교적 '평등주의'에 상응하는 개념이라고 보았다. 이러한 논리적 비약이 가능한 이유는 사해동포주의라는 이상을 전제해 두고, 이 이상을 향해 세계가 진보해 나갈 것이라는 낙관적인 인식이 있었기 때문인데, 이는 당대의 사회진화론적 관점을 한용운이 무비판적으로 불교에 적용한 결과로 보인다. 즉 이 시기 한용운에게 근대는 역사적 실재가 아니라 추상화된 이상으로

---

22 「朝鮮佛教維新論－佛教의 主義」, 위의 책, 44~45쪽.

이해된 측면이 크다. 따라서 한용운에게 불교는 곧 이상화된 근대 그 자체로 인식되는 양상을 보인다. 그는 불교가 근대적 성격을 갖는다는 주장에서 한걸음 더 나아가 근대가 가진 모든 것은 이미 불교 안에 충족되어 있다고 주장한다. 그러나 불교가 가장 근대적인 사상을 함유한 종교라는 논리로의 귀결은 역사적 근대에 대한 실상을 제대로 파악하는 데 장애가 될 뿐 아니라 역사적 근대를 왜곡하는 결과로 치닫게 된다. 인용문에서 알 수 있듯이, 불교의 '평등주의'가 근대세계의 자유주의[23]와 같은 맥락에서 이해되고, 제국주의의 논리에 나포된 세계주의가 세계평화공존으로 이해되는 것은 모두 한용운의 피상적이고 낙관적인 근대인식의 결과라 할 수 있다. 또한 이처럼 한용운은 근대를 낭만적으로 인식함에 따라 미래적인 모든 것이 불교 안에 있다는 불교지상주의적 태도를 보이기까지 한다. 이런 맥락에서 한용운의 '평등주의'는 근대 한국불교에 있어서 역사적 자기이해의 불철저성을 보여주는 한 예라 할 수 있다. 이런 점은 오늘날 불교를 중심에 둔 탈근대 논의에서도 그대로 답습되고 있다. 탈근대 논의에서 주로 제기되는 서양사상의 한계를 넘어서는 대안으로서 불교에 대한 주목이나 불교야말로 미래적인 사유라고 인식하는 논의 등이 대표적인 예라 하겠다.

하지만 한용운은 3·1운동을 경험하면서 서서히 역사적 근대에 대한 성찰을 내면화하게 된다. 종교의 지평 위에서 도출해낸 '평등주의'가 사회적 지평으로 전환되는 데는 3·1운동의 실패와 일제강점하의 식민주의에 대한 직접적인 체험이 중요한 계기가 되었을 것이다. 1920년대 이

---

23 자유주의는 개인의 자유를 보편적 가치로 인식하고 이것에 기초한 사회제도를 꽃피운 근대 유럽의 사상적 경향으로, 개인의 자발성을 우선시하는 경향을 통칭한다.

후 한용운이 대중불교, 민중불교, 불교사회주의 등으로 관심을 구체화시켜 간 것은 사회적 불평등에 대한 구체적인 자각의 결과로 볼 수 있다. 사회적 불평등을 인식하는 과정에서 역사적 현실에 대한 자각은 매우 중요한 체험이자 계기였지만, 한용운은 이러한 상황도 철저히 '마음'과 결부시켜 극복 방안을 모색해 나간다. 그는 감옥에서 느낀 바를 밝힌 『동아일보』와의 인터뷰에서 "지옥에서 극락을 구하라"[24]며 고통의 칼날을 밟는 과정을 통해 인간은 정신적 성숙을 이루어 나갈 수 있다고 소회를 밝힌다. 이러한 정신의 성숙은 각자의 '마음'의 자각에 불교적 요체가 놓여 있다는 사실에서 출발한다.

그렇다면 지극히 주관적이고 개별적인 '마음'이 어떻게 집합적 주체로서 '민중'을 향하게 되는 것일까? 이러한 지향을 구체화하는 데 있어서 3·1운동이라는 역사적 경험은 매우 중요한 계기로 작용한 듯하다. 적어도 1910년을 전후한 시기까지 한용운의 불교 인식은 근대의 역사적인 지형 안에서 불교를 사유하는 지점까지 나아가지는 못한 것으로 판단된다. 다만 한용운이 불교의 핵심적인 교리를 '평등주의'로 파악한 것은, 근대불교가 사회적 종교로 재탄생하는 과정에서 요구되는 사회적 실천을 위한 적절한 논리생산이라는 점에서 중요한 의미를 갖는다. 이러한 논리가 역사적 현실과 만났을 때 활동하는 역사의 한 장면이 될 수 있었음은 3·1운동에서 한용운의 활약이 말해주는 바이다.

한편, 한용운이 '평등주의'와 함께 불교의 중요한 교지로 본 것은 '구세주의'다. 이는 종교의 사회적 실천을 도외시하는 적멸교로 조롱받는

24 「地獄에서 極樂을 求하라」, 『동아일보』, 1921.12.24.

불교 비판에 대한 대응 논리로 제출된 사회적 실천 논리라 할 수 있다. '구세주의'는 출출세간出出世間의 입장을 견지해 온 대승불교의 오랜 정신이지만, 동시에 한용운이 근대불교의 사회적 책무를 강조하고자 새롭게 전통 속에서 호명해낸 개념이라 할 수 있다. '구세적救世的으로 입니입수入泥入水'하는 구세주의는 일제강점기 동안 교단 내적으로는 대중불교운동으로, 교단 외적으로는 식민통치하에서 신음하는 민족의 독립운동에 당위성을 제공하는 민족불교의 논리로 확대되어 나간다. '구세주의'가 불교의 핵심적인 교리라는 한용운의 불교 인식은 '평등주의'와 마찬가지로 한국 근대불교가 사회적 실천으로 나아가기 위한 사회화 방안을 염두에 둔 개념이라 할 수 있다. 그러나 한용운이 구세주의를 논의하는 방식에서도 그의 논리적인 피상성은 적지 않게 노출된다.

> 불교의 또 하나의 특징인 구세주의(救世主義)란 무엇인가. 그것은 이기주의(利己主義)의 반대 개념이다. 불교를 논하는 사람들이 흔히 불교는 자기 한몸만을 위하는 종교라고 하거니와, 이는 불교를 충분히 이해한 것이라고 할 수 없다. 왜냐하면 자기 한몸만을 위하는 것은 불교와는 정반대의 태도인 까닭이다.[25]

일신의 안위를 추구하는 종교가 아닌 세상을 구제하고자 하는 구세적 염원이 불교사상에서 핵심이 된다는 점에 한용운은 주목하고 있다. 이는 염세교와 적멸교라는 당대의 불교 비판에 대하여 '구세주의'로 맞서

---

25 「朝鮮佛教維新論－佛教의 主義」, 『전집』 2, 45쪽.

고자 한 한용운의 의도를 읽을 수 있는 대목이다. 그러나 '평등주의'에 대한 그의 주장이 그러했듯이 '구세주의'에 대한 체계적 논의는 논리적으로 뒷받침되지 못하였다. 철학적 종교로서 근대불교에 대한 논의가 「불교의 성질」에서 본격적이고 논리적으로 진행되었다면, 「불교의 주의」는 내용도 소략할 뿐만 아니라 논의 자체도 정치精緻하게 전개되지 못했다. 그 이유는 한용운이 근대불교를 인식하는 데 전제로 삼은 '불교=근대'라는 등식에서 찾을 수 있을 것이다.[26] 한용운은 미래사회를 도덕문명에 의해 추동되는 사회로 보고 불교에 이러한 요소가 충분하기 때문에, 물질문명이라는 서구를 극복할 수 있는 요소가 도덕문명으로서의 불교임을 자처했다. 하지만 근대불교의 사회적 인식 논리와 실천 논리에 해당하는 '평등주의'와 '구세주의'는 근대 자체의 성찰로 이어질 때 진정한 의미를 가질 수 있는 개념들이다. 한용운의 근대불교 인식에는 역사적 근대에 대한 천착이 결여되어 있었기 때문에 그 논의 또한 심도 있게 진행되지 못하고 동어반복적으로 불교를 자화자찬하는 형국이 되고 말았다. '평등주의'와 '구세주의'는 불교가 염세주의적이고 이기적인, 즉 반사회적인 종교라는 비판에서 벗어날 수 있는 근대적 실천 논리의 생산이라는 점에서는 나름의 의미를 갖는다. 하지만 정교한 논리로 이러한 주장을 뒷받침하기에는 한용운의 근대인식이 매우 피상적인 수준에 머물러 있었다. 다만 여기서 중요하게 보아야 할 점은 종교를 인간과 사회를 초월하는 지점에서 포착하지 않고 철저히 사회내적 현상으로 파악해 나가는 한용운의 관점이다.

---

26 이선이, 「'문명'과 '민족'을 통해 본 만해의 근대 이해」, 『만해학연구』 3, 만해학술원, 2007, 39쪽.

나는 나룻배.
당신은 행인(行人).

당신은 흙발로 나를 짓밟습니다.
나는 당신을 안고 물을 건너갑니다.
나는 당신을 안으면 깊으나 얕으나 급한 여울이나 건너갑니다.

만일 당신이 아니 오시면 나는 바람을 쐬고 눈비를 맞으며 밤에서 낮까지 당신을 기다리고 있습니다.
당신은 물만 건너면 나를 돌아보지도 않고 가십니다 그려.

그러나 당신이 언제든지 오실 줄만은 알어요.
나는 당신을 기다리면서 날마다 날마다 낡아갑니다.

나는 나룻배.
당신은 행인(行人).

—시 「나룻배와 행인(行人)」 전문

민중불교에 대한 한용운의 인식은 교리와 제도 모두에서 근대불교의 민중화를 추구하자는 실천 방향으로 이어지는데, 이러한 인식이 시적으로 형상화된 예가 시 「나룻배와 행인」이다. 중생 구제를 실천하는 보살행은 이타주의를 몸소 실천함으로써 세계를 구원할 수 있다. 불교에 대한 근대적 재인식으로서의 '평등주의'와 '구세주의'라는 내용 설정은, 인용한 시에서 '나룻배'가 보여주는 사회적 실천으로 구체화된다. 해탈에 자족하는 것이 아니라 자비행慈悲行을 통해 이타적인 행위로 사회를 구제하고자 하는 태도가 대승불교 사회학의 방법론이라 할 때, 한용운은 이를 '구세주의'로 명확하게 언명하였다. "신앙생활은 자기부정이 아니오, 실로 자기의 확대요 연장이다"[27]라고 본 한용운은 수행을 능동적 실천으로 전환시킬 방안으로 '구세주의'를 근대불교의 중요한 요소로 제시한 것이다. 조선불교의 고립독행孤立獨行을 극복하기 위한 전략으로 '구세주의'가 강조되었고 이를 통해 사회적 실천을 강조한 한용운의 근대불교 인식은, 한국불교의 사회적 위상을 정립하는 중요한 밑거름이 되었다고 볼 수 있다.

3. 맺음말

한용운에게 근대는 도달해야 할 미래이자 동시에 이미 도달한 과거라는 균열을 가진 대상으로 인식되었다. 이러한 균열상은 근대불교에 대한 그의 인식을 가장 잘 담고 있는 『조선불교유신론』을 통해 확인할 수 있다. 이 유신을 향한 열망의 글에서 한용운은 근대불교의 성격을 어떻게 파악할 것이며, 이를 사회적으로 실천할 수 있는 방안은 무엇인가를 구체적이고도 체계적으로 모색하고 있다. 서구적 종교 논리에 흡수되지 않으면서, 당대 불교의 폐해를 극복하고자 했던 한용운이 근대

27 「信仰에 대하여」, 『전집』 2, 304쪽.

불교의 내용으로 도출해낸 개념은 자력종교, 만물의 상호 연관성(마음), 평등주의, 구세주의로 요약된다. 이러한 한용운의 근대불교 인식은 이후 한용운의 글쓰기와 사회적 실천에 있어서 지속적으로 의미 있는 방향타 구실을 했을 뿐만 아니라, 근대불교의 정체성 형성에도 중요한 이정표가 되었다는 점에서 시사하는 바가 크다.

특히 한용운은 『조선불교유신론』에서 불교의 정체성을 근대적으로 재정립하면서, 개인적인 측면에서는 깨달음 혹은 진리를 향한 자발적인 구도의 열정을, 사회적인 측면에서는 세계를 상호 연관된 관계적 존재로 인식하는 관계성의 원리를 강조하였다. 또한 이러한 인식을 사회적으로 실천할 수 있는 교리적 전제로 '평등주의'와 '구세주의'를 불교의 핵심적인 내용으로 강조함으로써 근대불교가 지향할 방향을 제시하였다. 하지만 한용운은 이 텍스트에서 근대불교가 향후 추구해야 할 지향점에 대해서는 비교적 분명하게 제시했지만, 역사적 근대에 대한 실체적 이해라는 측면에서는 상당히 미흡한 인식을 보였다. 다만 근대전환기에 종교적 위기와 민족적 위기를 직감하면서 한용운이 제출한 불교에 대한 근대적 인식은, 근대를 피상적으로 좇거나 전통으로 회귀하는 방식이 아니라 전통과 근대를 창발적으로 습합하여 근대를 넘어서려는 창조적 힘을 보여주고 있다는 점에서 주체적인 근대 모색의 한 예를 보여준다고 평가할 수 있을 것이다.

3·1운동 이후 한용운은 제국주의 및 민족주의를 포함한 근대자유주의가 기대고 있는 힘의 논리에 저항하기 위해 그의 근대적인 불교 인식을 토대로 평화에 대한 옹호를 중요한 지향점으로 추구해 나간다. 서양적 근대가치가 자유, 평등, 인권, 합리성 등을 궁극적 가치로 강조한 반

면, 한용운이 도출한 동양적 근대가치로서 평화는 인간의 자유의지에 기반을 둔 사회적 실천의 극대화 방식이면서, 억압 없는 세계를 모색하는 사유의 한 실천이라는 의미를 갖는다. 그가 취한 민족주의가 제국주의가 아니라 세계주의와 만날 수 있었던 것은 이러한 불교의 근대적 인식에서 비롯한 것으로 볼 수 있다. 한용운의 이러한 면모는 근대의 중심부와 먼 거리를 갖는 주변부 근대에 위치한 한국 근대불교가 성취할 수 있었던 한국적 근대성의 중요한 내용이라는 점에서 그 역사적 의의는 결코 작지 않다. 이러한 한용운의 인식과 행보를 제대로 평가하기 위해서는 향후 동아시아의 서로 다른 근대 불교사상들과 비교 사상사적 측면에서 보다 심도 있는 규명을 위한 논의가 진행될 필요가 있을 것이다.

4장

'사랑'을 통해 본 한용운의 근대인식

1. 근대적 문화기획과 한용운

최근 만해 한용운에 대한 연구는 우리 근대의 실증적 분석을 진행해 온 학계의 근대연구 성과에 힘입어 그의 사상과 문학이 함유하고 있는 근대성의 내용과 한계를 살피는 작업에 집중되어 왔다.[1] 이들 연구가 주된 분석 대상으로 삼은 것은 주로 문학 외적 텍스트였다. 즉 『조선불교유신론』(1913), 『십현담주해十玄談註解』(1926), 「조선독립朝鮮獨立에 대對한 감상感想의 대요大要」(1919)를 포함한 논설과 주해가 연구자들의 주된 관심 대상이었다. 이처럼 한용운의 근대사상에 대한 조명이 연구의 주된 흐름을 차지하고 있지만, 그의 문학에 나타난 근대인식에 대해서는 크게 관심을 갖지 못한 것이 현실이다. 그러나 한용운의 문학 선택은 그가 기왕에 추진해 온 불교근대화운동의 연장선상에 놓여 있을 뿐만 아니라 당대 활발하게 진행되었던 근대문화로의 이행이라는 시대적 정황과도 깊은 연관

1 이 작업은 주로 만해학술원에서 발간한 『만해학연구』를 중심으로 진행되어 왔다. 특히 한용운의 근대인식에 대해서는 제4호와 제5호에서 집중적으로 다루었는데, 만해사상의 근대성에 대한 논의는 전통성과 탈근대성 논의와 함께 그 의의 및 한계를 규명하였다. 대표적인 논의로는 배병삼, 인권환, 장시기, 이선이, 고봉준 등의 논의가 있다.

성을 갖는다. 이런 점에서 한용운의 문학은 그가 어떻게 근대를 인식했는가를 구체적으로 살필 수 있는 중요한 텍스트라 할 수 있다.

한용운이 본격적으로 근대문학을 창작하기 시작한 것은 그의 생애사에 비추어 볼 때, 얼마간 단절과 비약이 존재한다. 그가 근대적 형식을 갖추고 본격적으로 창작을 시작한 시기는 문사文士로서는 늦은 나이에 해당하는 사십대 중반이었다. 그렇다고 그가 전문적인 시인이나 소설가가 되고자 한 것은 아니었다. 실제로 한용운은 1920년대 중반에 접어들면서 제법 윤곽을 드러내기 시작한 이른바 초기 문단과도 별로 교류를 하지 않은 것으로 알려져 있다. 초기 문단의 문사들에 비해 한용운은 한 세대 앞선 세대라는 사실도 그 이유겠지만, 그가 근대문학이라는 제도 안에서 문인으로서의 정체성을 욕망하지 않았다는 점도 주된 이유로 볼 수 있다. 그렇다면 한용운이 근대문학 창작을 선택한 각별한 이유는 무엇이었을까?

제도로서의 문학 안에 포섭되기를 바라지 않았다 하더라도, 한용운은 당시 근대문학이라는 제도가 갖는 기능과 위력에 대해서는 충분히 실감하고 있었던 것으로 판단된다. 우선, 그가 『유심』(1918)이라는 잡지를 발간한 일에서부터 이러한 정황은 포착된다. 잡지 『유심』은 포교를 염두에 둔 종교잡지로 발간되었다기보다는 대중독자의 계몽을 지향하는 대중적 종합지로서의 성격을 보인다. 여기에는 다수의 수양 관련 논설류의 글과 함께 근대소설이 실렸고 근대시에 가까운 운문 형식의 글을 한용운이 직접 창작하여 게재하는 등 문학에 대한 그의 관심이 남달랐음을 확인할 수 있다. 한용운은 당대 문화적 변화에 누구보다 발 빠르게 대응해 나갔다. 대중적 잡지인 『유심』의 발간뿐만 아니라 일간지 『시대일보時代日

報』를 인수하여 민중계몽을 주도하고자 도모한 일이나, 민립대학 설립을 위한 추진단체 참가, 한글운동에 대한 적극적 지지, 여자단발론女子斷髮論에 대한 지지[2] 등은 이를 입증하는 대표적인 예이다. 이처럼 한용운이 근대문학을 본격적으로 창작하게 된 것은, 근대문학의 위력과 독서대중의 출현이라는 당대 문화계의 변화를 실감하면서 새롭게 형성되는 근대문화에 대해 적극적으로 개입하고자 한 의지의 소산으로 볼 수 있다.

물론 지금까지의 연구에서 한용운의 문학작품을 당대 문화 풍조 속에 배치하고 이를 재사유하려는 움직임이 없었던 것은 아니다. 그의 신문연재 소설이나 시집이 당대 문화장文化場 혹은 문학장文學場과 어떤 영향을 주고받았는가를 살피려는 몇몇의 시도가 있었다.[3] 이들 연구는 1920년대를 전후하여 문화적 근대기획의 일환으로 독서대중에게 확산된 연애담론 및 문학장의 형성 과정에 주목하며 한용운의 소설과 시를 당대 문화 현장과의 교섭 과정 속에서 읽어내고자 한 작업이다. 그러나 이러한 연구는 아직 시도 단계에 머물고 있으며, 당시의 문화적 풍조가

---

2 1927년 7월 3일 자 『동아일보』의 「一人一話」란에 소개된 한용운의 인터뷰 내용을 보면, 그는 신여성의 자각을 강조한다. 그 내용 가운데 여성의 단발이 여성해방운동의 일종이라고 보고, 그는 단발했던 여성들이 줄어드는 현상을 자각이 부족한 것이라고 비판한다. 「女性의 自覺이 人類解放要素」, 『동아일보』, 1927.7.3.

3 대표적인 연구로는 권보드래의 「연애열의 시대와 한용운의 '님'」(『연애의 시대』, 현실문화연구, 2003), 소래섭의 「'당신'의 발견과 그 문화적 의미」(『민족문학사연구』 35, 민족문학사학회, 2007), 이선이의 「만해시와 당대시의 연관관계에 대한 일고찰-시어 '님'을 중심으로」(『한국시학연구』 20, 한국시학회, 2007)를 꼽을 수 있다. 권보드래는 한용운의 신문연재 소설에서 당대 연애담론과의 관련성을 정치하게 논의하면서 한용운의 문학을 당대 자유연애론에 대한 반명제라는 각도에서 읽어내고 있다. 소래섭은 시집 『님의 침묵』에서 '당신'이라는 시어에 주목하며 당시 연애편지에서 사용되던 사랑의 언어인 '당신'이 빈번하게 사용되었다는 점을 부각시키며 시집 『님의 침묵』이 당대 새로운 문화인 연애담론과 연관된다는 점을 밝힌 바 있다. 저자는 한용운의 시집 창작이 1920년대 초·중반의 문단과 갖는 관련성에 주목하며 당대시와의 영향관계를 시어 '님'을 중심으로 규명하면서, 한용운의 시를 당시의 문화계 혹은 문단과의 관련성을 중심으로 고찰하였다.

한용운 문학에 영향을 미치고 있다는 사실을 확인하는 차원에 머무르고 있어 심도 있는 논의를 필요로 한다. 따라서 여기에서는 한용운의 문학에 있어서 핵심적 주제인 '사랑'을 중심으로 그가 당시 활발하게 형성 중이던 근대문화를 어떻게 만들어 나가고자 했는가를 살피고, 이러한 근대문화에 대한 인식이 갖는 의의와 한계를 살펴보고자 한다.

2. 사랑의 근대적 함의

사랑이 사회적 의제가 된 것은 지극히 근대적인 현상이다. 물론 사랑에 관한 담론을 논의하는 데 있어서 가질 수 있는 두 가지 관점, 즉 사랑이라는 감정을 제도가 추동하고 견인하는 특정 시기의 산물로 볼 것인가 아니면 초역사적인 인간 본성으로 볼 것인가 하는 점은 쉽게 합의점을 찾기가 어렵다. 일반적으로 사랑의 감정은 인간의 본성이자 본질이라는 인식이 절대적이다. 하지만 그것이 사회적으로 표출되는 방식은 사회적 제한 혹은 허용과 연관된다. 사랑이 사회적 의제가 된다는 점은 이런 맥락에서이다. 특히 다양한 사랑의 층위 가운데 남녀 간의 사랑은 특정한 제도가 생산하고 학습해 온 결과로 볼 수 있다. 전통적으로 남녀 간의 사랑은 제도적으로 허용되는 부부간의 사랑인 반려애伴侶愛, 미혼남녀의 사랑인 연애戀愛, 유곽에서 나누는 기생과의 풍류적風流的 사랑으로 대별된다. 이 가운데 제도가 허용한 사랑은 반려애와 풍류적 사랑의 영역이었고, 미혼남녀의 자유로운 연애는 자유결혼에 대한 인식이 생겨나면서 비로소 제도적으로 허용된 영역이다. 근대적 사랑이 가족구속적 결혼에서 탈피하여 다른 어떤 기준에도 의존하지 않는 자기준거적 사랑으로서 열정을 발견하는[4] 장이 된 것은, 연애라는 근대적 제도가 사랑의 정서를 학습하는 사회적 장치가 되면서부터였다. 따라서 근대공간에서 미혼남녀가 사랑의 정서를 표출하는 장이 연애라고 할 때, 연애는 근대적 사랑의 감성을 훈련하는 가장 중요한 제도라고 할 수 있다. 실제로 식민지 조선에 자유연애 담론이 사회적으로 확산되기 이전까지 조선사회는 연애문화가 사회적으로 형성되지 못한 상태였다. 조선에 남녀 간의 사랑의 정서가 부재했다는 것은 다음과 같은 일본인의 진술에서도 확인할 수 있다.

> 남녀관계의 애정을 육욕(肉慾)의 방면에서만 보지 않고 끈끈하게 얽힌 정의 느낌을 고상하게 신성화하여 시화(詩化)한 것을 연애라고 한다. (…중략…) 무릇 연애는 여성에 대한 존경과 여성의 자유를 인정하지 않으면 존재할 수 없는 것이다. 그런데 조선인은 이 두 가지를 결코 인정하지 않았고, 여자를 다만 육체 일방면(一方面)에서만 관찰하여, 남자의 장난감으로만 보거나 상스럽지 못한 사물로 보아, 선비나 상인이 길에서 여자를 만나면 불길하게 생각하였고, 여자들이 이들과 만나면 등을 돌리고 길가로 피하는 풍습이 생겼다. 이런 상태에서 어찌 연애사상이 발달할 여지가 있었겠는가.[5]

---

4 서영채, 『사랑의 문법』, 민음사, 2004, 44쪽.

5 今村鞆, 「연애에 관한 것이 전혀 없다」, 『조선풍속집』, 1913, 국사편찬위원회 한국사데이터베이스 참조.

연애로 인한 미혼남녀의 사랑의 감정은 여성을 사회적 주체로 인식할 때 비로소 성립될 수 있다. 1910년대 초반까지 조선사회에서 연애 감정이란 여전히 부재하는 사회적 정서였고, 따라서 자유연애의 유입은 여성을 사회적 주체로 호명해내는 근대화 기획의 일환이 되었다. 자유연애론이 계몽의 기획에서 중요한 의제가 된 것은 이러한 이유 때문이다. 초기문단을 회상하는 자리에서 박영희朴英熙(1901~미상)가 '자아의 해방과 정서의 해방'이라는 일종의 사회운동으로 사랑이라는 새로운 세계에 심취할 수 있는 정서를 배우게 되었음을 회고하는 진술에서도 이러한 정황을 확인할 수 있다.[6] 사랑이란 감정 자체는 근대인의 전유물은 아니지만, 근대적 사랑의 표출방식은 근대라는 새로운 공간 안에서 근대적 주체가 탄생하는 과정을 통해 형성된 문화적 감정이자 현상이라 할 수 있다. 이처럼 근대적 주체는 사랑을 통해 근대적 주체로 거듭날 수 있었던 것이다.

그렇다면 이들이 획득하고자 한 근대성의 실체는 무엇이었을까? 그것은 일차적으로 근대민주주의 사상의 핵심인 자유와 평등의 가치라 할 수 있다. 특히 프랑스혁명 당시 인권선언 제4조에 명시된 자유의 문제는 칸트 이래 근대적 주체가 획득하고자 한 참된 가치라 할 수 있다. 평등 또한 근대적 사회원리로서 정치적 평등과 경제적 평등을 문제 삼으며 근대사회를 이끈 주된 관념의 하나이다. 이성과 합리성에 기반을 두고 성립된 근대사회가 민주적인 사회운영 원리로 내세운 자유와 평등이라는 가치는, 인간의 보편적 감정인 사랑을 근대적 제도로 수용하

---

6 이동희・노상래 편, 「초창기(初創期)의 문단측면사(文壇側面史)」, 『박영희전집』 2, 영남대 출판부, 1997, 292~293쪽.

는 데도 중요한 원리로 작용하였다. 이러한 인식의 제도화된 결과가 자유연애와 자유결혼이며, 이 제도를 지탱하는 정서가 사랑이라 할 수 있다. 특히 결혼은 사랑을 전제로 한 연애를 통과한 후에 획득하고 도달하게 되는 귀착지이기 때문에 연애가 남녀의 자유로운 교제와 감정적 결합을 맺는 중요한 방식으로 인식되게 된다. 따라서 연애는 사랑의 대상에 대한 자유로운 선택권과 동등한 주체로서의 평등권을 실현하는 문화적 학습의 장이 된다. 이처럼 연애라는 제도는 자유와 평등의 관념을 연애감정 속에 투사해냄으로써 근대적 주체를 생산하는 사회적 기제가 되었다.

특히 1910년대 중반에서 1920년대는 식민지 조선에서 자유연애에 관한 담론이 가장 활발하게 제기된 시기이다.[7] 일례로 1927년에 잡지 『별건곤』(12월호)에는 '연애독본 · 결혼교과서'라는 특집물이 수록될 정도로 연애와 결혼, 특히 자유연애와 자유결혼은 근대적으로 학습해야 할 내용으로 인식되었다.

그렇다면 당대 식민지 조선에서 이러한 연애에 대한 인식이 실제로 어떠했는지 살펴보자. 앞서 살폈듯이 연애는 근대라는 시기의 역사적 현상이었기에 근대문학과 그 기원을 공유하고 있다. 근대문학은 연애감정을 생산하는 주요 매체였고 연애를 가능하게 하는 사회 · 문화적 조건들은 근대문학의 조건들이기도 했다.[8] 연애를 주요 서사로 다루면서 근대적 주체를 탄생시키고자 한 이광수의 경우, 그의 창작 동기에는 연애감정이 부재하는 조선사회에 대한 개탄이 자리 잡고 있었다.

---

7 권보드래, 앞의 책, 213쪽.

8 김동식, 「연애와 근대성」, 『민족문학사연구』 18, 민족문학사학회, 2001, 302쪽.

> 나는 조선인이로소이다. 사랑이란 말은 듣고, 맛은 못 본 조선인이로소이다. 조선에 어찌 남녀가 없사오리까마는 조선 남녀는 아직 사랑으로 만나본 일이 없나이다. 조선인의 흉중에 어찌 애정이 없사오리까마는 조선인의 애정은 두 잎도 피기 전에 사회의 관습과 도덕이라는 바위로 눌리어 그만 말라 죽고 말았나이다. 조선인은 과연 사랑이라는 것을 모르는 국민이로소이다.[9]

이광수李光洙(1892~1950)는 사랑을 모르는 국민이라는 탄식을 늘어놓으며, 이러한 현상이 애정에 대한 관습과 도덕의 말살에 기인한다는 점을 문제 삼고 있다. 이광수가 근대문학을 선택한 것은 관습과 도덕에 억눌려 사랑의 감정을 모르는 조선의 현실을 개조하기 위한 계몽의 기획에 따른 결과였다. 따라서 그는 소설을 통해 자유연애를 전파하는 사랑의 전도사 역할을 수행해 나갔다. 전근대적 결혼 풍습이 갖는 타율성과 애정 없는 남녀관계를 문제 삼으면서 그는 구습타파를 목표로 근대적 사랑의 숭고한 아름다움을 그려 나갔다. 이때 연애는 충만한 사랑이 가능한 제도화된 현실로 자리매김하게 되는데, 이광수의 소설은 이러한 연애감정을 학습하는 중요한 장이자 연애를 추동하는 힘이 되고, 연애소설의 광범위한 독자층 확보는 연애열의 시대를 열어 나갔다.

한편, 이러한 연애 열풍의 반작용으로 신풍조인 연애가 경박한 문화로 소비되는 방식에 대한 반성의 목소리도 동시에 제기되었다. 현진건玄鎭健(1900~1943)의 「빈처」의 주인공은 이를 다음과 같이 고백하고 있다.

---

9 이광수, 「어린 벗에게」, 『청춘』 9, 1919, 191쪽.

내가 외국으로 돌아단일 때에 소위 신풍조에 띠어 까닭업시 구식 여자가 실혓섯다. 그래서 나의 일즉이 장가든 것을 매우 후회하엿다. 어떤 남학생과 어떤 여학생이 서로 연애를 주고 밧고 한다는 이악이를 들을 적마다 공연히 가슴이 뛰놀며 부럽기도 하고 비감스럽기도 하엿섯다.

그러나 나ㅅ살이 들어갈스록 그런 생각도 업서지고 집에 돌아와 안해를 격거보니 의외에 그에게 따뜻한 맛과 순결한 맛을 발견하엿다. 그의 사랑이야말로 이기적 사랑이 아니고 헌신적 사랑이엇다.[10]

신여성과 신남성을 중심으로 자유연애에 대한 열광이 사랑의 새로운 풍속도로 부상할 때, 현진건은 신풍조의 사랑은 이기적인 사랑이며 전통적인 반려애에는 헌신적인 사랑이 있음을 강조하며 전통적 여성상을 호출하기에 이른다. 이러한 전통과 근대의 상충 속에서 당시 젊은 남녀의 연애행각은 사회적 이슈가 되며 정서문화의 새로운 지각변동을 예고하고 있었다.

그렇다면 이 시기 자유연애 담론에서 부각되었던 쟁점은 무엇이었을까? 그것은 크게 세 가지로 대별해 볼 수 있다. 첫째는 자유연애에서 문제가 된 것은 육체적 결합과 영적 결합을 분리시킬 수 있는가 하는 점이었다. 둘째는 자유로운 연애가 반드시 결혼으로 귀결되는가 하는 문제가 제기되었는데, 이는 과연 연애와 결혼을 분리시켜 인식할 수 있는가 하는 문제를 제기한 것으로 볼 수 있다. 셋째는 당시의 주된 연애감정인 낭만적 사랑이 과연 영원한 것인가 아니면 순간적인 감정인가

10 현진건, 「빈처」, 『개벽』 7, 1921, 166쪽.

하는 문제였다. 이를 요약해 보면, 당시의 자유연애론은 성의 문제, 결혼의 문제, 사랑의 영원성 문제를 중심으로 자유연애라는 근대적 제도를 어떻게 인식해야 할지에 관해 다양한 모색을 시도했던 것으로 보인다. 따라서 이들 세 요소가 서로 상충하면서 우리의 근대적 개인은 사랑의 항로를 모색해 나갔다고 볼 수 있다. 사회학자 앤서니 기든스는 사회의 구조변동은 친밀성intimacy[11]의 구조변동과 연관되며, 친밀성의 구조변동을 사회적 의사소통의 민주화 과정으로 읽어낼 수 있다고 보았다. 이처럼 근대로의 사회적 이행이 정서적 변동과 상동관계를 이루고 있음을 전제할 때, 우리가 만들어 나가고자 한 친밀성의 실체는 무엇이었을까? 다양한 모색이 상이한 방식으로 표현되었지만, 우리는 대체로 개인의 자율성에 대한 존중과 사랑의 진지함이 결합되는 방식으로 친밀성의 근대적 형식을 조형해 나가고자 한 것으로 볼 수 있다. 그렇다면 한용운은 이러한 근대적 사랑을 어떻게 인식해 나갔을까?

3. 만해문학에 나타난 '사랑'과 근대인식

시집 『님의 침묵』(1926)은 한국 근대시사에서 사랑의 정서를 본격적으로 다룬 최초의 시집이라 할 수 있다. 『님의 침묵』 이전에 출간된 시집으로는 김억의 『해파리의 노래』(1923), 주요한의 『아름다운 새벽』(1924), 변영로의 『조선의 마음』(1924), 노자영의 『처녀의 화환』(1924), 박영희의 『흑

11 앤서니 기든스, 배은경 · 황정미 역, 『현대사회의 성 · 사랑 · 에로티시즘』, 새물결, 2003 참조.

방비곡』(1924), 김소월의 『진달래꽃』(1925), 김동환의 『국경의 밤』(1925) 등이 전부여서, 그 수가 열 권을 넘지 못하는 상태였다. 이들 시집을 살펴보면, 주로 '님', '당신', '그대' 등을 중심 시어로 삼아 사랑의 감정을 전면에 내세운 경우도 적지 않았지만, 근대적인 친밀감의 정서표출 방식인 사랑love의 감정을 본격적으로 다룬 예로는 한용운의 시집이 그 기원을 차지한다.[12] 물론 김억의 시집 『해파리의 노래』나 김소월의 시집 『진달래꽃』에도 사랑의 정서가 관류하고 있지만, 그 내용면에서 볼 때 일관되게 열정적 사랑이 표출된 것으로 보기는 어렵다는 점에서 『님의 침묵』은 여타의 시집과는 분명한 차이를 갖는다.

한용운은 이 시집에서 사랑을 단순히 시적 소재 차원에서 활용하는 것을 넘어서서 사랑의 감정 그 자체를 작품의 주제이자 소재로 삼고 있다. 이는 근대적 감정 형성이라는 면에서 문화사적 해명을 요하는 대목으로, 시집 『님의 침묵』에 나타난 '사랑'은 근대의 감정문화 혹은 정서문화의 핵심어를 중심시어이자 주제로 차용했다고 볼 수 있다. 특히 이러한 사랑의 정서가 갖는 의미를 당대의 연애문화가 근대적 개인성을 정서적으로 추동한 근대적 기제였다는 사실과 결부시켜 보면, 그의 시에서 사랑은 근대성의 발견과 밀접하게 연관성을 갖는다. 연애의 시대라 명명되기에 이른[13] 1920년대의 시사적詩史的 사건이라 할 수 있는 시집 『님의 침묵』은 이런 맥락에서 문화사적 차원의 해명을 요한다. 이러

12 시집 『님의 침묵』에서 시의 제목 및 '군말'과 '독자에게'까지 포함하여 '님'이라는 시어는 222회, '당신'이라는 시어는 267회 사용되고 있다. '당신'이 '님'보다 많이 사용되고 있음을 알 수 있다. '님'이 나타나는 시가 39편, '당신'이 나타나는 경우가 34편이라는 점 등을 염두에 둘 때, 표제로서 '님'이 제시되었지만 '당신' 또한 '님'에 상응하는 비중을 차지하고 있다고 볼 수 있다.

13 권보드래는 1920년대를 '연애의 시대'라고 명명한 바 있다(권보드래, 앞의 책).

한 해명을 위해 사랑에 대한 언술이 비교적 직접적으로 표출되고 있는 소설과 시집 『님의 침묵』을 상보적으로 읽어나갈 필요가 있을 것이다.

한용운이 한문체 글쓰기에서 한글체 글쓰기로의 전면적 전환을 시도하며 창작한 소설 「죽음」에는 작가의 사랑에 대한 인식이 비교적 선명하게 제시되어 있다. 1924년에 창작한 것으로 알려진 이 작품은 문학에 관한 근대적인 창작기법을 습득하기 위해 새로운 글쓰기의 모색을 시도한 일종의 습작소설이다. 또한 그 주제나 소재, 문체적인 면에서 연이어 집필한 시집 『님의 침묵』과 적지 않은 연관성을 갖는다. 창작 시기로 볼 때, 소설 「죽음」(1924년 창작, 미발표)은 시집 『님의 침묵』(1925년 창작, 1926년 발간)과 가장 근거리에 놓이는 작품으로서, 두 텍스트는 주제 및 세부적인 표현이 유사할 뿐만 아니라 시적 화자와 소설의 주인공의 어조 또한 상당 부분 유사하다. 특히 이 두 텍스트에는 당시 청년들의 사랑에 대한 인식과 연애 풍속에 대한 한용운의 남다른 비판의식이 드러나 있다. 무엇보다 이들 작품을 통해 한용운은 진정한 사랑이란 무엇인가를 작품의 전체 주제로 제시하고 있어서, 한용운이 당시의 연애문화를 어떻게 인식하고 있는지를 살필 수 있는 의미 있는 텍스트라고 할 수 있다.

1) 소설 「죽음」에서의 '사랑'

3·1운동으로 옥고를 치르고 나온 후, 한글체 글쓰기에 주력하며 한용운은 1924년에 소설 「죽음」을 집필한다. 비록 이 작품이 지면에 발표되지는 못하였지만, 여기에는 1930년대에 신문에 연재한 장편소설 「흑풍」, 「후회」, 「박명」의 소설적 모티프가 상당 부분 녹아있다는 점에

서 일종의 한용운 소설의 원형성이 담겨 있다. 이 작품이 연재라는 외적 강제에 의해 창작된 것이 아니라 자발적인 집필이었다는 점에서 작품의 창작에는 일종의 내발적 욕구가 있었던 것으로 추측된다. 앞서 언급했듯이, 한문체 혹은 국한문혼용체로 글쓰기를 해오던 한용운이 한글체 글쓰기로 전환하게 된 것은 당시 근대소설을 소비하려는 독서대중의 출현에 대한 문화적 자각이 있었기 때문으로 볼 수 있다. 이들 독서대중에게 문학이 갖는 위력을 충분히 실감했기 때문에 소설 창작에 대한 도전이 가능했을 것이다. 즉 한용운의 소설 창작에는 일종의 문화적 감각이 동기로 자리하고 있는 바, 소설 「죽음」에서 주제로 사랑을 다룬 것은 당시의 주류 문화담론으로 부상한 자유연애에 대한 작가적 비평감각의 소산으로 볼 수 있다.

이 소설의 대강의 줄거리는 이렇다. 일찍 어머니를 여의고 계모의 구박을 받으면서 성장한 주인공 최영옥은 혼기에 접어들어 기혼남이자 부자집 탕아인 정성열의 집요한 구애를 받는다. 하지만 최영옥은 가난하지만 자신에게 인격적인 감화를 주는 김성철이라는 인물을 사랑하게 되고 온갖 회유와 방해에도 불구하고 그와 결혼하기에 이른다. 이 소설의 서사는 두 층위에서 진행되는데, 계모와 정성열이 김성철과의 사랑을 방해하며 최영옥을 괴롭히는 고난서사와 이에 의연하게 대처하며 김성철과의 사랑을 지켜 나가는 극복서사가 그것이다. 이 소설은 비열한 술수로 남편 김성철을 죽인 정성열을 최영옥이 죽임으로 응징하고 스스로도 목숨을 끊는 것으로 비극적인 결말에 이른다. 고난서사와 극복서사가 교직되면서 진실한 사랑이라는 주제의식은 오롯하게 드러난다.

이 소설에는 당대 새로운 풍속인 연애와 청년들의 연애문화에 대한 작가의 비판이 도처에 표출되어 있다. 이러한 비판은 소설의 도입부에 나오는 구시대 여성인 최영옥의 어머니가 남긴 유언에서부터 확인된다. 그녀는 딸 영옥에게 남긴 유언에서 첫째로 여자지만 반드시 학교에 다닐 것과 둘째로 자유연애로 배우자를 정하더라도 아버지의 동의를 구할 것과 셋째로 배우자 결정에 있어서 돈이나 인물보다는 인격을 우선시할 것을 제시한다. 이 유언을 통해 확인할 수 있는 것은 어머니가 딸 영옥의 삶에서 가장 중요하게 생각하는 것이 교육과 결혼이라는 점이다. 영옥의 어머니는 딸 영옥을 교육받은 신여성으로 키우고자 하지만 그렇다고 당시에 유행하고 있는 자유연애와 자유결혼을 그대로 수용하지는 않겠다는 의지를 분명하게 드러내고 있다. 어머니의 유언에 담겨 있는 결혼에 대한 관념은 다분히 작가인 한용운의 시각과 일치한다고 할 수 있다. 한용운은 당대의 자유연애 풍조에 대해 비판적인 시각을 갖고 있었다. 이는 일차적으로 소설에서 가장 부정적 인물로 그리고 있는 정성열을 묘사하는 장면에서 확인할 수 있다. 한용운은 '도일하여 조도전대학 문과를 나와 낭만주의 시인을 자처하는 정성열'을 부정적인 인물의 전형으로 그려낸다. 작가의 직접적인 개입이 드러난 다음과 같은 진술에서 이러한 시각은 분명하게 노출된다.

> 아! 사랑, 아름다운 사랑은 새로운 윤리와 도덕의 황금으로 뼈를 만들고 학문과 지식의 비단으로 옷을 입힌 연애 지상주의와 신식 혼인에만 있는 것이 아니라, 나무로 깎은 오리로 폐백을 드리고 붉은 실과 푸른 실로 백년 언약을 붙들어 매는 구식 혼인에도 없지 않은 것이다.[14]

한용운은 당시 새로운 문화적 트렌드로 부상한 자유연애와 자유결혼을 정면으로 비판하고 있다. 이러한 비판은 "여학생들이 품행이 부정한 일도 많고 자유결혼의 이름을 빙자하고 여러 가지 폐해가 적지 아니해서 일반학생들의 풍기문제"[15]가 날로 심해진 것에 일차적인 원인이 있다. 한용운은 사랑을 자유연애라는 근대적 제도가 만들어낸 남녀 간 친밀감의 정서임을 인정하면서도 동시에 구식제도로 묶인 부부애에도 이러한 사랑의 감정이 존재하고 있음을 강조한다. 특히 한용운은 이 소설에서 순결한 사랑과 추잡한 정욕을 대립시키며 정조를 지키지 않는 것은 추잡한 정욕의 발로이므로 사랑이 아니라고 주장한다. 이는 정성열과 최영옥의 대화에서 분명하게 확인할 수 있는 대목이다. 기혼남인 정성열은 다음과 같이 사랑의 신성성과 자율성을 강조하며 영옥에게 열렬한 사랑을 갈구한다.

> 여자의 정조는 반드시 최초의 정식혼인에만 있는 것은 아닙니다. 여자가 어떠한 사람을 사랑하든지 한 남자에 대한 사랑을 변치만 않으면 그것이 정조입니다. 그뿐 아니라 철학적으로 본다면 편협한 정조라는 것은 문제입니다.[16]

자유연애나 자유결혼이 정조론과 관련되어 당대 풍속교정으로 논의가 옮겨가면서 1930년대에는 '정조가 취미라'[17]는 나혜석과 같은 신여

14 「죽음」, 『전집』 6, 299쪽.
15 위의 글, 298쪽.
16 위의 글, 321쪽.
17 나혜석, 「신생활에 들면서」, 『삼천리』 7-2, 1935.

성의 주장이 가능하기도 했다. 이런 시대 분위기를 감안한다면, 정성열의 주장은 당대의 신풍속을 주도하는 신세대의 입장을 대변하고 있음을 알 수 있다. 이에 대해 주인공 최영옥은 정성열의 자유정조론을 비판하며 자유로운 정조 관념은 '여자를 인격으로 보지 않고 기계로 보는 것'이라고 비판한다. 영옥의 이러한 주장은 기본적으로 인간의 육체와 영혼을 분리된 것으로 볼 수 없다는 인식에 근거한 것으로, 자유로운 정조란 영육을 분리된 것으로 본다는 점에서 인간에 대한 이해 방식이 잘못되었다고 비판한다. 영옥은 이처럼 영육일치라는 차원에서 남녀간의 사랑을 보았기 때문에, 그녀에게 사랑이란 인간이 영원성과 미적 향상을 추구하는 행위로 이해된다.

소설 「죽음」에 드러나는 한용운의 사랑에 대한 인식은 한편에서는 근대적인 제도로서의 자유연애와 자유결혼을 인정하면서도, 다른 한편으로는 진정한 사랑의 가치는 영육의 일치에 근거한 사랑의 영원성을 추구함으로써 완성될 수 있다는 믿음에 기초하고 있었다. 그렇다면 한용운의 이러한 인식의 기원은 어디에서 찾을 수 있는 것일까? 한용운이 그려내는 사랑은 동양 고전의 하나인 『시경詩經』에서부터 찾아볼 수 있는 부부애로서, 남자에 대한 여자의 일방적인 그리움의 정서에 근거하는[18] 전통적인 사랑의 형식을 계승하고 있는 것이다. 이와 같은 사랑에 대한 이해는 그의 소설 전편에서 한번 맺은 부부간의 사랑을 끝까지 지키는 모습으로 형상화된다. 한용운이 「죽음」에서 보여주는 이 같은 사랑에 대한 인식은 십 년 정도의 시간차를 두고 1930년대에 발표한 신

18 장징, 임수빈 역, 『근대 중국과 연애의 발견』, 소나무, 2007, 27~30쪽 참조.

문연재 소설에서도 반복적으로 드러난다. 소설 「박명」의 연재를 시작하며 그는 "이러한 여성을 그리는 나는 결코 그 여성을 옛날 열녀 관념으로써 그리려는 것이 아니고 다만 한 사람의 인간이 다른 한 사람을 위해서 처음에 먹었던 마음을 끝까지 변하지 않고 완전히 자기를 포기하면서 남을 섬긴다, 이 고귀하고 거룩한 심정을 그려보려는 것입니다"[19] 라며 진정한 사랑이란 무엇인가라는 질문을 작품의 주제로 담아낸다.

한용운은 사랑의 본질을 변하지 않는 마음에서 찾고자 한다. 이러한 사랑에 대한 인식에서 문제가 될 수 있는 점은 최초의 사랑의 감정은 어떻게 생겨날 수 있을까 하는 물음이다. 자유연애가 자유결혼으로 이어지고 이러한 선택에 대한 책임이 사랑을 지고지순의 가치로 절대화하는 방식을 통해 승화된다고 할 때, 최초의 사랑이 발생하는 방식이 사랑의 결정적 요소가 될 수 있기 때문에 사랑의 감정이 어떻게 생겨나는가 하는 점은 자유연애에서 대단히 중요한 의미를 갖게 된다.

한용운의 소설에서 진정한 사랑의 감정이란 자유로운 선택을 전제로 대상에 대한 인격적 감화에서 생겨나는 정서적 반응이다. 인격을 사랑의 출발점으로 설정한다는 점에서 한용운이 인식한 사랑은 도덕적 윤리를 전제로 한 감정교류에 강조점이 놓인다는 것을 알 수 있다. 사랑을 인격에 바탕을 둔 정서적 공감이라고 할 때, 당시 사회적 논쟁이었던 영혼과 육체의 분리 가능성, 연애와 결혼의 분리 가능성, 사랑의 영원성에 대한 의구심은 한 차원 승화된 윤리의 장으로 수렴된다. 실상 동양에서 인격은 이 모든 것들을 이성적으로 통어할 수 있는 정신적 힘

19 「장편소설 「薄命」 연재예고-작자의 말」, 『전집』 6, 6쪽.

을 의미하기 때문이다. 무엇보다 사랑이 인격적 감화에서 촉발된다고 할 때, 여기서 사랑이란 전근대사회에서 인간을 평가하는 기준으로서 도덕성과 근대사회에서 인간 가치의 중요한 덕목인 자율성이 결합된 형식이라 할 수 있다.

이처럼 한용운의 소설에서 사랑은 인격적 감화에 의해 촉발된 연애 감정이 결혼이라는 안정된 제도 안으로 들어와 부부애의 형식을 띠며 지속되는 방식을 지향한다. 근대이행기에 서구적 사랑의 감정은 열정적 파토스pathos를 중심에 둔 것으로 미와 덕과 관능에 순식간에 빠져들면서 사랑의 의미론은 저 혼자 책임을 지고 그 동기를 조달해야 했다면,[20] 한용운의 소설 속 주인공은 서로에 대한 인격 탐색의 시기인 연애기를 거치고 그 결과로 결혼을 선택했다는 점에서 낭만주의적인 가변적 사랑 내지는 열정적인 의지로서의 사랑과는 사뭇 다른 모습을 보인다. 물론 낭만주의의 특징인 의지의 필연성[21]이 한용운이 인식한 사랑의 강도와 유사성을 보이기도 하지만, 기본적으로 낭만주의는 변화와 운동으로서의 삶을 전제하고 있기 때문에 불멸의 사랑이라는 파토스보다는 열정적 사랑의 파토스에 의지한다. 이에 반해 한용운이 소설 「죽음」에서 그려낸 사랑은 근대적인 미혼남녀 간의 사랑이나 유곽의 사랑에서 찾아볼 수 있는 열정적 파토스보다는 지속성, 영원성에 기반하고 있는 전통적인 반려애로서의 성격이 강하다. 따라서 한용운은 전근대적 주체의 도덕적 인격과 근대적 주체의 자율성이 결합되면서 자유연애와 자유결혼이라는 제도를 통해 이들 사랑이 지속성을 획득하게

20 니클라스 루만, 정성훈 외역, 『열정으로서의 사랑』, 새물결, 2009, 249쪽.
21 이사야 벌린, 강유원 · 나현영 역, 『낭만주의의 뿌리』, 이제이북스, 2005, 216쪽.

되는 방식을 진정한 사랑의 존재방식으로 추구한다. 그가 만들어가고자 한 근대적 사랑은 이처럼 동양의 전통과 서양의 근대를 결합하는 방식이었다.

2) 시집 『님의 침묵』에서의 '사랑'

『님의 침묵』이 사랑을 주제로 하고 있다는 관점은 시집이 발간되고 난 후 발표된 최초의 서평 이래로 현재까지 지속적으로 견지되어 왔다. 시집 『님의 침묵』에 대한 최초의 서평이라 할 수 있는 주요한의 글은 이러한 관점의 기원에 해당한다. 주요한은 시집의 주제를 "애愛의 기도祈禱, 기도祈禱의 애愛"[22]라고 하면서, 이 시집의 주제가 결국 사랑의 문제와 연결됨을 간파하였다. 또한 이 서평에서 주요한은 시집에서 다루는 사랑이 신문화운동에 대한 비판의식과 연결된다고 지적하고 있다.

> 작자는 아주 자연스러운 필치로 연애의 갖가지 정서를 그렸다. 끊이지 않는 애(愛)를 그림에는 '잊히지 않는 생각보다 잊고자 하는 그것이 더욱 괴롭습니다' 하였고 열(熱)을 나타냄에는 '나의 길은 이 세상에 둘 밖에 없습니다. 하나는 님의 품에 안기는 길입니다. 그렇지 아니하면 죽음의 품에 안기는 길입니다' 하였다.
>
> '나에게 고통을 주셔요. 그러면 나는 나의 마음을 가지고 님의 주시는 고

22 주요한은 시집 『님의 침묵』에서 사랑은 연애시, 종교시, 애국시로서의 의미층위를 갖는다고 지적하여, 이후 한용운 시에서 님의 의미층위를 규명하는 데 있어 일종의 원형을 제시한 바 있다. 오늘날 '님'의 의미층을 이해하는 교과서적 시각은 연인, 중생, 조국이라는 세 층위로 구성되어 있는데 이 글은 이러한 의미층위의 범주를 처음으로 제시하고 있다. 주요한, 「愛의 祈禱, 祈禱의 愛(全2回)」, 『동아일보』, 1926.6.22・26.

통을 사랑하겠읍니다' 한 것은 사랑의 앞에는 고통이라도 미화(美化)하는 것을 말함이요, '나는 나룻배, 당신은 행인. 당신은 흙발로 나를 짓밟읍니다' 하는 것이나 '당신이 나를 버리지 아니하면 나는 일생(一生) 등잔불이 되어서 당신의 백년(百年)을 지키겠읍니다' 하는 것은 사랑이 헌신(獻身)을 말함이다. 일일이 예를 들 수 없거니와 "수의 비밀"에 나타난 사랑의 "정성(精誠)", "나의 꿈"에 있는 사랑의 "부지런", "만족"의 사랑의 '만족', "사랑하는 까닭" 일편(一篇)의 사랑의 '포옹성', "비방"에 있는 사랑의 '관대' 등은 씨의 진지한 인격의 유로(流路)인 동시에 소위 신문학운동에 있어서 학대받은 '연애'를 가졌다. 그 마땅히 받을 만한 대우를 주는 것이다. 여기 우리는 동양적 기품(東洋的 氣品)으로 단련되었다 할 '연애'를 발견한다.[23]

이 시집이 신문학운동에서 제대로 평가받지 못한 연애감정을 시적으로 탐구하고 있다는 주요한의 평가는 새롭게 음미해 볼 만하다. 주요한이 보기에 시집 『님의 침묵』은 근대적 풍속의 하나인 연애가 간과해온 전통적인 사랑을 새롭게 조명하여 '동양적 연애'를 발견하고자 하였다. 그렇다면 여기서 '동양적 연애'란 전통적 사랑으로의 회귀를 의미하는 것인지, 만약 전통적 사랑을 뜻한다면 이때 사랑은 구체적으로 어떠한 사랑을 말하는지가 해명되어야 할 것이다. 하지만 주요한의 글에서는 여기에서 논의를 멈추고 있다. 따라서 시집 『님의 침묵』이 자유연애론이 부상하는 당대 문화지형 안에서 어떤 사랑의 형식을 찾고자 했는지를 구체적으로 살펴볼 필요가 있다.

---

23 주요한이 위의 글을 발표하기 전에 유광렬이 「『님의 沈默』 讀後感」(『시대일보』, 1926.5.31)을 발표했지만 이 글은 내용과 분량에 있어서 본격적인 서평으로 보기는 어렵다.

우선, 한국시사韓國詩史에서 사랑을 주제로 다루면서 이별을 소재로 삼은 시편은 적지 않다. 그러나 이 시편들에서 사랑은 대체로 시적 자아가 갖는 사랑의 진정성 혹은 강렬함을 표현하기 위한 수단이자 방법으로 활용된다. 이에 비해 이별 자체를 자발적으로 선택하고 이별을 사랑을 발견하는 미적 원리로 삼은 것은, 시집 『님의 침묵』에 이르러서 새롭게 시도되었다고 볼 수 있다. 이처럼 이별을 사랑이라는 인식이 요구하는 일종의 대전제로 설정하고 있다는 점에서, 우선 이 시집은 당대 연애서간집이나 연애시와 유사성을 갖는다.[24] 시 「이별은 미의 창조입니다」에서 진술하고 있듯이 한용운에게 이별은 하나의 미적 조건이자 근거로 주어져 있다. "님이 주시는 한숨과 눈물은 아름다운 생의 예술입니다"(「칠석」)라는 진술이 가능한 것은, 이별상황이 언제나 사랑의 감정을 추동하기 때문이다. 그러므로 한용운의 시세계에서 이별이 없다면 사랑의 발견은 불가능한 도달점이다. 하지만 이러한 이별상황의 시적 차용이 『님의 침묵』에서만 드러나는 예외적인 사례는 아니다. 이별상황의 문학적 차용은 당시 대중적인 연애서사가 추구하는 보편적인 방식이라 할 수 있다. 1920년대 사랑의 담론을 확산시키는 데 일조한 것으로 평가되는 노자영이 편집한 연애서간집인 『사랑의 불꽃』을 보면, 고백의 주체는 자신의 사랑의 대상이 대개 외국으로 유학을 떠나거나 다른 사람과 결혼하는 이별상황에 직면해 있으며, 이러한 이별을 전

24 1920년대에는 노자영이 편집한 연애서간집 『사랑의 불꽃』(1923)이 발간되어 당대 베스트셀러가 되기도 하였으며, 고백적 글쓰기 장으로서의 서간체 글쓰기 양식이 정착되었다. 이들 서간문들은 대부분 연인과의 이별상황에서 분출하는 사랑의 감정을 토로하고 있다. 노자영, 「사랑의 불꽃」, 권보드래 편, 『사랑의 불꽃 · 반항(외)』, 범우, 2009, 257~331쪽 참조.

제로 사랑의 감정을 토로하는 형식을 취하고 있다. 이는 근대적 사랑의 감정이 이별이라는 상황에서 학습되고 있는 당시의 문화적 풍토를 여실히 보여준다. 한용운은 이러한 당대의 경향을 적극 수용하였다. 그러나 이러한 자유연애에 근거한 사랑은 결혼으로 대표되는 안정적인 제도와 결합되지 않은 불안정한 심리에 근거하고 있다는 점에서 부부간의 반려애와 같이 제도 속에 흡수되어 지속성을 띠는 안정적 사랑과는 다른 내면을 갖는다. 물론 근대의 자유연애가 촉발한 사랑의 감정은 이별이라는 상실감을 본질화함으로써 정서적 강도를 강화함에 따라 열정적 사랑의 정서를 탄생시킬 수 있었다.

표면적으로 볼 때, 시집『님의 침묵』에는 이러한 이별상황이 전제되어 있어서 시적 화자는 강렬한 사랑의 정서를 표출한다. 시집의 면면에서 발견할 수 있는 사랑의 정서는 근대적인 사랑의 정서를 신체화하는 데 일조한다. 사랑의 정서에 대한 디테일한 묘사는 이 시집이 자율적 개인으로서의 주체가 선택한 근대적 사랑의 감성을 훌륭하게 그려내는 데 일조한다.

> 나의 비밀은 눈물을 거쳐서 당신의 시각(視覺)으로 들어갔습니다
> 나의 비밀은 한숨을 거쳐서 당신의 청각(聽覺)으로 들어갔습니다
> 나의 비밀은 떨리는 가슴을 거쳐서 당신의 촉각(觸覺)으로 들어갔습니다
> 그밖의 비밀은 한 조각 붉은 마음이 되야서 당신의 꿈으로 들어갔습니다
>
> —시「비밀(秘密)」부분

> 나는 서정시인(敍情詩人)이 되기에는 너무도 소질이 없나 봐요

「즐거움」이니 「슬픔」이니 「사랑」이니 그런 것은 쓰기 싫여요
당신의 얼굴과 소리와 걸음걸이와를 그대로 쓰고 싶습니다
그러고 당신의 집과 침대와 꽃밭에 있는 작은 돌도 쓰겠습니다

—시 「예술가(藝術家)」 부분

한용운의 시에서 사랑의 정서는 섬세한 일상적 정서 속에 파고들면서 추상적이고 관념적인 미학에 육체성을 부여한다. 시 「비밀」이나 「예술가」에서 볼 수 있듯이, 한용운은 한편으로는 사랑이라는 정서를 감각적으로 그리고 다른 한편으로는 사랑의 감정이 갖는 고귀성을 형상화한다. 그렇다면 한용운이 그려낸 이러한 사랑이 당대 자유연애가 지향하는 사랑의 감정과 그 지향하는 바에 있어서 어떤 차이점을 갖는 것일까?

한용운이 자유연애가 근대적인 남녀 간의 애정교류 방식이라는 점을 인식했다면, 이러한 근대적인 인식이 그가 추구한 사랑과 어떻게 연관되고 있는가를 살펴보자.

내가 당신을 기다리고 있는 것은 기다리고자 하는 것이 아니라 기다려지는 것입니다.
말하자면 당신을 기다리는 것은 정조보다도 사랑입니다.

남들은 나더러 시대에 뒤진 낡은 여성이라고 삐죽거립니다 구구한 정조를 지킨다고.
그러나 나는 시대성을 이해하지 못하는 것도 아닙니다.
인생과 정조의 심각한 비판을 하야 보기도 한두 번이 아닙니다.

자유 연애의 신성(?)을 덮어놓고 부정하는 것도 아닙니다.

대자연을 따라서 초연생활(超然生活)을 할 생각도 하야 보았습니다.

그러나 구경(究竟), 만사(萬事)가 다 저의 좋아하는 대로 말한 것이요 행한 것입니다.

나는 님을 기다리면서 괴로움을 먹고 살이 찝니다. 어려움을 입고 키가 큽니다.

나의 정조는 「자유 정조」입니다.

— 시 「자유정조(自由貞操)」 전문

이 시의 시적 화자가 겪는 내적 갈등에는 정조와 사랑의 문제가 충돌하고 있다. 당대 사회적으로 확산되는 자유연애를 부정하거나 거부하지는 않지만 그렇다고 여기에 무비판적으로 동의하는 것도 아니다. 시적 화자는 전통적인 인생관과 정조관에 대해 비판을 가하면서도 동시에 당대 유행하는 자유연애를 무비판적으로 수용하지도 않는다. 자유연애가 성적 자기결정권을 주장하면서 정조관념에 대해 비판의 날을 앞세우자 이에 대해 갈등하고 있음을 고백하면서 나름의 방식으로 변화하는 시대에 적응하고자 하는데, 한용운이 선택한 방식은 전통적인 문화와 새롭게 부상하는 문화를 결합해 나가는 길이었다. "자유 연애의 신성을 덮어놓고 부정하는 것도 아니"라고 전제를 하면서, 한용운은 진정한 사랑을 연애대상의 자유로운 선택이라는 문제를 넘어서는 지점으로 몰아간다. 여기서 중요하게 강조되는 점이 자발성이며, 이러한 자발성에 기초한 사랑은 영원성과 지속성을 담보한다고 보고 있다. 이때 사랑의 영원성을 담보하는 것은 사랑하는 주체가 갖는 강고한 의지이며, 스스로 사랑한 사람에 대한 약속을 저버리지 않는 불변의 마음이라 할 수 있는데, 이것을 한용운은 '자유'라고 명명한다. "당신을 기다리는 것은 정조보다도 사랑"이라고 할 때, 여기서 정조는 전통적으로 여성들에게만 강요해 온 가부장적 덕목으로서 반드시 극복해야 할 폐습이라 할 수 있다. 이때 정조는 자발성에 근거하지 않기 때문이다. 그러나 시적 화자는 스스로 정조를 지켜나간다며 "나의 정조는 「자유 정조」입니다"라고 선언한다. 이때 자유는 한용운이 새롭게 의미부여를 하고 싶은 근대어라 할 수 있다. "연애가 자유라면 님도 자유일 것이다 그러나 너희는 이름 좋은 자유에 알뜰한 구속을 받지 않너냐"(「군말」)라고 문제를 제기할 때, 서구로부터 유입된 자유라는 개념은 비판적으로 극복해야 할 대상으로 인식되고 있는 것이다.

서구의 근대적 사랑에서 자유는 대상에 대한 자유로운 선택권과 자기결정권의 확보 및 향유라고 할 수 있다. 그러나 시집 『님의 침묵』에서 자유는 선택권과 자기결정권과 더불어 이러한 사랑을 지속 가능하게 하는 일종의 의무까지를 동시에 포괄하는 개념이다. "복종하고 싶은데 복종하는 것은 아름다운 자유보다도 달금합니다 그것이 나의 행복입니다"(「복종」)라는 진술이나 "사랑의 속박은 단단히 얽어매는 것이 풀어 주는 것입니다"(「선사의 설법」)라는 진술은, 자유로운 사랑을 권리로만 인식하는 것이 아니라, 의무로도 인식할 때 성립되는 명제이다. 그러나 이처럼 사랑이 권리이자 의무로서 동시에 인식되고 지속적인 감정으로 존재하려면 무엇이 필요할까? 이를 위해서는 일차적으로 사랑하는 대상의 정서적 승인이 동반되어야 하고, 둘째로는 이러한 인식이 사회체계 안에서 제도로서 정착되어야 한다. 물론 자유결혼이라는 제도는 사회체계 안으로 이들의 사랑을 수용할 수 있다. 그러나 사랑하는 대상의 정서적 승인은 어떻게 가능한 것일까? 님이 침묵하는 상황이라는 점을 염두에 두고 보면, 시적 화자가 보이는 사랑은 일종의 맹목적인 집착의 면모를 보이는 것도 사실이다. 한용운이 그려내는 근대적 연애정서 자체는 미혼남녀 간의 열정적 사랑의 방식을 차용하고 있지만, 궁극적으로 한용운이 이들의 사랑을 유지하고 지속시키는 방식은 헌신적이고 맹목적인 사랑으로서 종교적인 맹목성을 보이고 있으며, 이것은 전통적인 반려애와 형식적 유사성을 갖는다. 그럼에도 불구하고 사랑의 선택과 지속에서 가장 강조되는 것이 자발성이라는 점에서 한용운이 지향하는 사랑의 방식은 전통적인 방식과는 결을 달리한다.

한용운은 당시의 새로운 풍속인 연애를 여성의 인권신장 혹은 남녀평등의 사회적 실현이라는 계몽적 실천의 대상으로 바라보지 않았다. 오히려 한용운은 근대적인 연애와 결혼제도 안에 진정한 사랑의 윤리를 만들고자 한 것으로 볼 수 있다. 이는 당시 서구적 근대문화를 이식 내지는 무비판적으로 수용하는 방식과는 일정한 거리를 보이는 태도이다. 한용운은 민족주의를 논의하는 논리적 근거를 찾을 때도 민족을 서구의 근대적인 개념어로 이해하기보다는 인간의 본성론에서 그 기원을 찾으며[25] 주체적인 이해를 시도하였다. 키스, 정조, 자유연애 등의 시어가 말해 주듯이, 근대적인 사랑을 새롭게 만들어 나가고자 했던 당대

---

25 한용운이 민족 개념을 어떻게 인식해 나갔는가에 대해서는 이선이, 「'문명'과 '민족'을 통해 본 만해의 근대 이해」(『만해학연구』 3, 만해학술원, 2007, 34~51쪽)에서 상세하게 논의한 바 있다. 이 책의 제1부 2장은 이 논문을 수정 및 보완한 글이다.

의 문화적 유행에 등을 돌리지 않으면서 한용운은 전통적인 사랑의 정서와 새롭게 유입된 사랑의 방식을 접목시켜 우리 나름의 근대적 사랑의 윤리를 만들고자 하였다. 그러나 시도로서의 의미는 컸지만 그 귀결점은 전통적인 반려애에서 느낄 수 있는 사랑의 형식을 크게 벗어나지는 못한 것도 사실이다. 그렇다 하더라도 그가 근대적인 낭만적이고 열정적 사랑을 그려가면서 동시에 파국으로 치닫는 베르테르식의 열정적 사랑이나 당시 여성해방론이 주장한 육체적인 해방을 추구하지 않고 안정적인 사랑을 열망할 수 있었던 것은, 주체적으로 새로운 가치를 모색하는 성숙한 태도가 있었기 때문에 가능한 길이었다.

한용운은 정情이 인격과 결합된 방식으로서의 사랑을 추구하고자 하였다. 이러한 논리를 뒷받침한 것은 불교적 인과율이다. "참 맹세를 깨치고 가는 이별은 옛 맹세로 돌아올 줄을 압니다 그것은 엄숙한 인과율因果律입니다"(「인과율」)에서처럼, 상실의 현실이 낭만주의적 사랑의 파국으로 치닫지 않고 사랑의 맹세를 지키는 균형감각을 유지할 수 있었던 것은 불교라는 종교의 힘이 있었기 때문일 것이다. 그러나 그것이 불교이던 동아시아 문화 일반이 지닌 전통이던 한용운에게 있어서 근대는 일방적인 서구적 근대의 추수가 아니라 우리가 적응할 수 있는 변화로서 새롭게 만들어가는 세계였다. 사랑을 고백하는 주체의 자율적 의지를 강조함으로써 근대적 개인의 탄생을 자극하지만 동시에 제도로서의 결혼 혹은 사랑의 맹세를 지킴으로써 자유의 의미를 인간의 존엄과 연결시키고자 한 것이 한용운이 인식한 사랑의 근대적 존재방식이었다.

4. 맺음말

사랑은 인류의 역사와 더불어 지속되어 온 대표적인 인간정서의 하나이다. 그러나 근대라는 특정 시기에 생산된 사랑의 정서는, 사적 영역으로 침투한 지극히 개인적이고 주관적인 감정으로서, 전근대 사회에서 가문이나 계급이 지지했던 사랑이 갖는 의미보다는 일층 복잡하고 주관적인 의미를 띨 수밖에 없다. 근대문학에 나타난 '사랑'은 이런 점에서 근대라는 제도를 인식하는 작가의 태도와 입장을 보여주는 중요한 인식의 프리즘이 될 수 있다.

한용운의 경우, 소설 「죽음」과 시집 『님의 침묵』에서 우리 근대가 지향해야 할 사랑의 전범을 제시하고자 하였다. 한용운이 근대라는 공간에 조형하고자 한 사랑은 일반적으로 인식되고 있는 서구의 낭만적 사랑과는 일정한 거리를 갖는다. 먼저, 한용운은 사랑의 감정을 인격적 감화에서 출발하는 정서로 인식하였다. 미와 덕과 관능에 의거하는 서구적 사랑과는 달리, 인격에 사랑의 발화점을 둔 사랑의 개념은 동양적인 윤리를 바탕으로 하고 있다. 다음으로, 한용운은 사랑을 지속성과 불변성을 지닌 감정으로 인식함으로써 자유결혼이라는 근대적 제도와 갈등 없이 결합시킨다. 물론 한용운도 표면적으로는 맹목적인 사랑의 언어로 충만한 낭만적이고 열정적인 사랑을 추구한다. 그러나 그 이면에는 결혼이라는 제도의 외피를 입고 불변의 사랑을 추구함으로써 숭고와 불변의 사랑을 제도 안에 안착된 정서로 주조해낸다. 그가 그려내는 이러한 사랑은 한용운이 근대를 어떻게 인식해 나갔는가 하는 구체적인 내면을 보여주고 있어 흥미롭다.

한용운은 서구적 근대의 합리성과 이성에 기반을 둔 개인주의를 수용하면서도 또한 동시에 이에 일방적으로 흡수되지 않고 전통적 가치를 근대적으로 호명하여 서구의 개인주의와 다른 근대화의 길을 모색해 나갔다. 그것은 전근대적 도덕적 윤리에 기반을 둔 인격적 주체를 근대라는 공간에 호명하는 방식을 취함으로써 전근대와 근대, 우리의 전통과 서구적 근대를 결합시키는 방식을 통해 수행되었다. 한용운에게서 사랑이 전근대적인 부부애와 근대적인 연애의 정서를 두루 포함하고 있다는 점은 한용운의 근대인식 속에 이 두 측면이 충돌과 접합을 지속하고 있음을 보여준다. 이 충돌과 균열의 과정 속에서 한용운은 우리가 만들어 나가고자 한 근대, 즉 서구에 일방적으로 흡수되지 않으면서 선택 가능한 근대를 모색해 나간 것으로 볼 수 있다. 한용운이 살았던 식민지 조선은 서구에 비해 월등하게 높은 시공간적 착종을 경험하게 되는데, 전근대, 근대, 탈근대가 동시적으로 공존하는 특수성이야말로 식민지 근대성colonial modernity이라는 우리 근대의 존재방식을 논의할 수 있는 실상이기도 하다. 한용운의 사랑에 대한 이해가 문제적인 것은, 그의 이러한 인식이 전근대, 근대, 탈근대가 공존하고 착종되는 한국적 근대를 해명할 수 있는 중요한 실례가 되기 때문이다.

5장

만해문학과 생명가치의 구현 방식

1. 생명담론의 지형과 만해 한용운

오늘날 비판적 사회담론의 중심에 생명담론이 자리하고 있다는 점은 널리 알려진 사실이다. 과학, 자본, 국가라는 핵심적 키워드를 중심으로 근대적 삶의 질서가 구축되면서, 생명담론은 근대적 삶의 질서가 억압하고 배제한 것들에 대한 비판과 성찰을 촉구하며 근대성에 대한 가장 근본적인 비판담론이자 대안담론으로서 다종의 논리로 전개되어 왔다. 20세기에 접어들면서부터 지속적으로 강조되어 온 생명존중의 시각은 생명을 죽이는 현실에 대해 비판의 목소리를 높이는 데는 의견의 일치를 보이지만, 개별 담론이 놓인 위치에 따라 서로 다른 세계인식과 실천 방법을 제시하였다. 국내에서 생명담론이 어떤 담론적 지형을 만들고 있는지에 대해 살피고 있는 이정배의 논의에 따르면, 현재 생명담론은 크게 네 흐름으로 나뉘어 전개되고 있다. 먼저, 생명에 대한 형이상학적 인식을 중심에 둔 논의가 한 흐름을 형성하고 있다. 생명에 대한 경외를 주장한 슈바이처나 한스 요나스의 논의, 생명의 능동적인 경험을 중시하는 화이트헤드의 논의 등이 여기에 해당한다. 다음으로, 신과학을 중심으로 하는 전일적 생명론과 관련한 논의로서 생태학적 인식에 대한 관심을 불러일으킨 논의들을 꼽을 수 있다. 카프라, 쉘드레이크, 장회익, 켄 웰버 등이 이 흐름을 주도해 왔다. 셋째는 동일한 과학담론 안에서 진행되었지만 생물학과 밀접하게 관련된 논의로서, 진화생물학에 대한 인식이 통섭적 세계관에 대한 주장으로 전개되면서 생명에 대한 인식을 생성론적 관점에서 심화해 나간 논의를 꼽을 수 있다. 도킨스, 윌슨, 들뢰즈, 바디유 등이 그 중심에 있으며 주로 생물학과 과학철학을 연결시키며 논의를 전개하였다. 마지막으로, 위에서 언급한 서구에서 생산된 담론과 달리 한국사회 내부에서 제기된 자생적 생명담론이 한 흐름을 차지하고 있다. 동학사상을 현대적으로 재해석한 김지하의 생명론이나 동・서양사상을 융합시켜 생명철학을 제시한 유영모의 사상 등이 여기에 해당한다. 이들은 동양사상과 서양사상을 대화적 관계 속에 두고, 이 둘의 창조적 지평융합을 통해 대안적 생명론을 제시한 바 있다.[1] 이처럼 생명담론은 철학과 과학, 사상과 종교 진영을 중심으로 전개되면서 근대의 반생명적 가치와 제도에 대한 비판과 대안모색을 다양한 방식으로 전개해 나가고 있다. 특히, 최근에는 이러한 논의가 생명을 사물화하고 대상화하는 현실을 강도 높게 비판하는 가운데 구체적인 비판대상을 명확하게 하는 양상을 보이는데, 근자의 논의들은 다음 세 영역으로 담론의 진영을 재정비해 나가고 있다. 첫째는 의료윤리와 결부되어 생명을 조작 가능한 대상으로 인식하는

---

1 여기서 제시한 생명담론의 주된 경향에 대해서는 이정배의 「생명담론의 한국적 실상–국내에서 생산 또는 논의 중인 생명담론들」(『인간・환경・미래』 6, 인제대 인간환경미래연구원, 2011)을 정리한 것이다.

의료계의 생명인식을 비판하는 생명윤리 논의가 한 축을 이루고 있다. 둘째는 생태계 파괴나 기후 변화와 관련하여 활발하게 전개되는 생태학 관련 논의들이다. 지구적 재앙을 불러오는 생태계 파괴와 기후 변화를 목도하면서 심층생태학적 입장에서 전개되는 생명담론이 이에 해당한다. 마지막으로 근대국가와 자본의 폭력적인 이기심이 배제와 포섭의 방식으로 벌거벗은 생명을 만들어내고 있다는 비판이 생명담론과 결합되면서 사회적이고 정치적인 장으로 확산되는 생명 논의이다. 특히 이 논의는 이른바 생명을 권력의 지배대상으로 보는 생명정치를 문제 삼으면서 사회적 억압의 제 실상을 비판적으로 사유하는 사회생명론으로 논의의 진영을 구축하고 있다.[2] 한편, 이러한 생명담론은 문학연구에 수용되면서 반생명적 현실에 대한 비판의식을 담아내는 폭넓은 논의 가능성을 열어젖히고 있다. 기운생동하는 우주의 생명의식을 적극적으로 포착해내는 광범위한 문학적 경향을 생명담론으로 수렴하는 논의는 심도있게 진행되어 왔고,[3] 환경문제와 생태계 파괴를 문제 삼는 생태문학은 현대문학의 중요한 흐름으로 자리 잡고 있다. 특히 근자에는 치유인문학적 차원에서 생명존중사상을 기반으로 하는 문학치료 관련 논의가 확산되면서 새로운 논의의 지류를 형성해 나가고 있다. 이러한 다양한 생명담론은 인식과 실천에 있어서 차이를 보이는 것이 사실이지만, 인간·삶·우주를 유기적인 생명망生命網으로 파악하고 생명을

2 불교사상에서 이러한 논의는 피터 하비나 데미언 키온 등의 저서를 통해 제기·소개되고 있다. 대표적인 예로 데미언 키온의 『불교와 생명윤리학』(허남결 역, 불교시대사, 2000)과 피터 하비의 『불교윤리학 입문』(허남결 역, 씨아이알, 2010)을 꼽을 수 있다.

3 한국문학에서 널리 논의되는 생명시학, 생명의식 관련 논의, 기문학론(氣文學論) 등이 여기에 해당한다.

그 자체로 외경의 대상으로 인식함으로써 생명을 경시하는 일체의 가치와 제도에 대한 비판과 극복을 공통의 지향성으로 삼고 있다. 이러한 관점을 견지하는 가치와 태도를 상상하고 전제하는 언술의 총체를 생명담론이라고 명명할 때, 만해 한용운의 문학은 전근대사회가 근대사회로 전환되는 근대 초기에 생명가치를 적극적으로 구현하고자 한 근대의 한 시금석으로 우리 앞에 놓여 있다.

중세적 질서체계에서 벗어나 근대적 삶의 질서가 정립되어 나간 전환의 시공간에서 한용운은 누구보다 적극적으로 역사의 향방을 모색해 나간 인물이다. 불교근대화를 주장한 『조선불교유신론』과 대중화를 위해 불교교리를 체계화한 『불교대전』뿐만 아니라 일본제국주의에 저항하며 평화의 이상을 밝힌 「조선 독립에 대한 감상의 대요」 등으로 대표되는 그의 대사회적 발언은 근대라는 시공간에 발을 들여놓은 한용운이 새로운 역사의 향방을 모색해 나간 족적이라 할 수 있다. 한용운의 이러한 모색이 갖는 절실함은 그의 역동적인 생애사를 통해서도 확인 가능하다. 역사적 전환기를 살아갔던 그는 변화하는 세계의 실상을 정확하게 인식하고자 하는 열정을 가지고 국내외를 오가며 체험의 폭과 깊이를 쌓아간다. 1905년경 세계일주를 떠나려고 시베리아로 간 일화나 1908년에 떠난 약 5개월간의 일본 유학, 1912년에 서간도로 건너가 수개월간 항일투쟁의 본거지를 둘러본 경험이나 일제에 항거하여 조선독립을 외친 3·1운동 참여 등은, 한용운이 얼마나 치열하게 역사적 향방을 모색하고자 했는가를 여실히 말해준다. 그의 다양한 글쓰기와 삶의 좌충우돌이 말해주는 바는, 그에게 근대라는 시공간이 개인적 차원을 넘어서서 역사적 변화의 향방을 모색해야 하는 암중모색기였다는 점이다. 실제로 한용운이 왕성하게 활동을 전개한 1900년대에서 1930년대에 이르는 시기는, 우리 근대사에 있어서 전근대와 근대, 서양과 동양이 어떻게 조우해야 하는가에 대한 질문의 공간이었고, 변화의 제 양상을 보면서 우리가 취사선택해야 할 것이 무엇인가를 근본적으로 되묻는 성찰의 시간이었다. 따라서 여기에서는 새로운 역사의 향방을 모색하는 데 적극적이었던 한용운이 불교사상을 통해 당대 주류 사회담론이었던 사회진화론을 어떻게 비판적으로 넘어서고자 하였으며, 이러한 비판적 인식이 그의 문학을 통해 어떻게 드러나고 있는지 살펴보고자 한다. 불교나 사회 관련 여러 텍스트 가운데 유독 한용운의 문학적 글쓰기를 문제 삼는 것은, 예술이란 단순한 지각이나 이성과는 다른 차원에서 구체적 감각을 통해 세계를 인식하는 독특한 방식이고, 이런 점에서 문학이 보여주는 나름의 지평이 있기 때문이다. 여기서는 한시, 선문학禪文學류, 소설, 자유시를 포괄적으로 논의의 대상으로 삼지만[4] 특히, 선승으로서 깨달음의 절정을 담은 「오도송悟道頌」과 『십현담주해十玄談註解』, 최초의 소설인 「죽음」을 중심으로 한용운이 전근대적 사유와 근대적 사유를 넘나들며 어떠한 인식론과 실천론으로 생명가치를 옹호하고자 하였는지 구체적인 양상을 읽어보고자 한다.

4 당대의 문체 변화를 적극적으로 수용하여 한용운은 한문체 글쓰기에서 국한문혼용체로, 다시 한글체 글쓰기로 전환해 나갔다. 하지만 이러한 문체 전환이 어느 정도 완성된 이후에도 그는 한시를 쓰고 국한문혼용체의 글쓰기를 진행하였다. 이런 점에서 그의 문학은 한문체에서 한글체로 이행하는 도식적 과정으로 이해될 성질의 것은 아니다. 이러한 점을 감안할 때, 만해문학은 문체를 떠나서 전반적으로 살펴볼 필요가 있다.

2. 사회진화론의 수용과 극복

근대로의 전환기를 살다간 한용운에게 서구로부터 도래한 근대란 사회진화론이 지배하는 세계였다. 1910년에 작성한 「중추원헌의서中樞院獻議書」를 보면 진화론적 세계인식이 당대의 주류담론이라는 사실을 인지하고 있었음을 알 수 있다. 하지만, 이 시기에 한용운은 사회진화론을 단지 사회의 변화를 중심에 둔 사회사상으로만 이해하고 있었던 것으로 보인다. 그는 이 헌의서에서 변화는 당연한 인간사회의 중요한 원리임을 강조하며 '변화야말로 진화의 불이법문不二法門'이라는 수사를 사용하고 있다. 그러면서 사회진화론이 시대의 대세이고 이러한 대세에 부응하기 위해서는 승려의 결혼이 필요함을 주장한다.[5] 여기서 한용운은 사회진화론을 '변화'를 중심에 둔 사회원리로 이해하는데, 이는 천지만물의 변화를 중심에 두고 세계를 설명하는 동양의 전통적인 역易의 세계관과 동일한 세계 이해 방식이다. 하지만 일제강점이 본격화되고 근대문물이 적극적으로 유입되면서 사회진화론에 대한 한용운의 인식도 비판적 입장으로 변화하기 시작한다.

> 다행인지 불행인지 一八세기 이후의 국가주의는 전세계를 휩쓸고 있다. 이 소용돌이 속에서 제국주의가 대두되고 그 수단인 군국주의를 낳음에 이르러서는 이른바 우승열패(優勝劣敗)·약육강식(弱肉强食)의 이론이

5 한용운이 어떻게 사회진화론을 이해해 나갔는가에 대해서는 이선이, 「만해의 근대인식 방법」(『만해학연구』 7, 만해학술원, 2011, 56~75쪽)에서 상세하게 논의한 바 있다. 이 책의 제1부 1장 「자유에서 자존으로, 평등에서 평화로」는 이 논문을 수정 및 보완한 글이다. 여기서 한용운의 사회진화론 수용 양상에 대해 상술하였다.

만고불변의 진리로 인식되기에 이르렀다. 그리하여 국가 간에, 또는 민족 간에 죽이고 약탈하는 전쟁이 그칠 날이 없어, 몇 천 년의 역사를 가진 나라가 잿더미가 되고 수십만의 생명이 희생당하는 사건이 이 세상에서 안 일어나는 곳이 없을 지경이다.[6]

근대적인 국가주의와 제국주의가 우승열패와 약육강식으로 세계의 변화원리를 설명하는 사회진화론적 인식의 결과라는 사실을 한용운은 정확하게 읽어내고 있다. 따라서 사회진화론은 한용운이 새로운 역사적 향방을 모색하는 과정에서 비판하고 극복해야 할 치열한 논쟁대상이 된다. 적자생존의 논리로 사회의 발전 논리를 설명한 사회진화론은 우승열패와 약육강식으로 요약되는 제국주의 논리로 변형되면서 동아시아 삼국에 근대적 사회이론으로 수용되었음은 널리 알려진 사실이다. 실제로 자연진화론이 기대고 있는 기본 아이디어인 약육강식과 자연선택이라는 자연세계의 존재방식이 인간 삶의 원리와 다르지 않다고 보고, 세계 변화의 기본원리를 진화의 원리로 파악하는 것은 근대 초기의 지배적인 인식이었다.[7] 이러한 인식이 식민지 조선에도 널리 수용되면서 사회는 경쟁의 논리로 이해되고 자본주의와 제국주의는 확고한 이데올로기로 자리 잡아 나갔으며 이는 오늘날의 사회운영원리로도 작동하고 있다. 이 같은 사회진화론이 세계의 중심원리가 되면서 야기한 치명적인 문제는, 인간이 자연을 포함한 외부세계를 대상화, 사물화, 도구화하였다는

6 「朝鮮獨立의 書－개론」, 『전집』 1, 346쪽.
7 이 시기 사회진화론의 유입과 수용에 관한 논의는 이 책의 제1부 1장 「자유에서 자존으로, 평등에서 평화로」의 각주 6을 참조할 것.

점과 사회의 운영원리를 경쟁으로 파악하기 시작했다는 점이다. 역사적 전개 과정에서 사회진화론은 자유주의의 이론적 근거가 되었고, 결국 오늘날 과도한 경쟁체제를 강요하는 신자유주의의 주요 이론적 근거로 기능하기에 이르렀다.[8]

그렇다면 이러한 사회진화론에 대해 한용운은 어떤 비판과 극복방안을 모색해 나갔을까? 어린 시절 서당에서 동양적 교양을 수학했고 출가 후에 불교적 세계관을 내면화한 한용운의 지적 토대를 고려할 때, 그에게 사회진화론은 세계를 인식하는 전제에서부터 동질성을 발견하기는 어려운 논리이다. 동아시아에서 전근대사회의 기본적인 세계 인식 방법은 유가적 천인합일天人合一의 세계관이라 할 수 있다.[9] 이는 전통적인 유불선사상이 공유하고 있던 인식으로, 범박하게 요약해 보면 자연의 질서를 이어받아 인간 삶의 표준을 삼는 방식이라 할 수 있다. 유가는 '계천입극繼天立極'으로, 불가는 '불이론不二論'으로, 도가는 '무위자연無爲自然'으로 이를 구체화해 나간 차이를 보였지만, 이들 논리는 모두 궁극적 삶의 원리가 자연의 운행질서에 따른다는 공통된 인식에 기대고 있다. 이러한 세계 이해는 자연질서에는 위계화와 경쟁의 논리도 있지만 순환과 상생의 원리가 근본원리가 되고 있음에 착목하고 있어서, 자연과 삶을 경쟁의 논리로 파악하는 사회진화론의 입장과는 사유

8 이승환은 「근대 동양에서 사회진화론을 둘러싼 담론」에서 사회진화론의 동아시아적 수용 과정을 자세히 논의하면서 사회진화론이 오늘날 신자유주의로 이어지고 있음을 직시하고 있다. 이승환, 『유교 담론의 지형학』, 푸른숲, 2004, 199~236쪽.

9 이상익은 전근대적 사유와 근대적 사유를 비교하며 전근대적 사유는 유기체적 세계인식을 중심에 둔 반면 근대적 사유는 기계적 세계인식을 중심에 두고 있다고 보고, 유가는 기본적으로 천인합일의 이상을 표방하고 있다고 보았다. 이상익, 『儒家 社會哲學 硏究』, 심산, 2001, 15~40쪽 참조.

의 결을 달리한다. 특히 인간사회의 질서에 있어서는 자연의 경쟁원리를 넘어서는 원리로서 만물생성의 덕성이 그 중심에 자리한다고 믿었다. 그것이 인仁이든 무위無爲이든 자비慈悲이든 기표적 차이를 넘어 기의적 차원에서 공통적으로 전제하는 바는, 세계의 질서는 순환과 조화를 원리로 삼고 있다는 세계관이다. 이러한 두 세계관이 충돌하는 지점에서, 선승으로서 한용운은 자신이 기대고 있는 불교적 사유를 중심에 두고 극복 방안을 모색하는 일로부터 자유롭기는 어려웠을 것이다. 그렇다고 그의 인식이 불교적 사유만으로 온전히 채워진 것은 아니었고, 대승불교 특히 선사상 자체도 중국을 거치면서 조사선祖師禪으로 정착되는 과정에서 유교 및 도교사상과 결합되었던 것처럼, 그의 이러한 대결의식에는 동양사상의 제 요소가 작용하고 있었다. 하지만 한용운은 불교가 여타의 사상보다는 일층 미래사회의 비전을 제시하는 종교라는 확신을 가지고 있었다. 1913년에 펴낸 『조선불교유신론』에서 그는 동서양의 사상계를 두루 인용하면서 "종교요 철학인 불교"를 "미래의 도덕·문명의 원료품原料品"이라고 보고 다음과 같이 불교사상의 요체를 제시하고 있다.[10]

> 그렇다면 금후의 세계는 다름 아닌 불교의 세계라고 할 수 있다. 무슨 까닭으로 불교의 세계라고 하는 것인가. 평등한 때문이며 자유로운 때문이며 세계가 동일하게 되는 때문에 불교의 세계라고 이르는 것이다. 그러나 부처

10 한용운이 불교를 철학적 종교로 인식한 데는 일본의 근대일본불교 만들기 과정에서 생산된 논의를 수용한 결과임이 구체적으로 확인된 바 있다. 송현주, 「불교는 철학적 종교―이노우에 엔료(井上円了)의 '근대일본불교' 만들기」, 『佛教研究』 4, 한국불교연구원, 2014 참조.

> 님의 평등정신이야 어찌 이에 그칠 뿐이겠는가. 무수한 화장세계(華藏世界)와, 이런 세계 속에 있는 하나하나의 물건, 하나하나의 일을 하나도 빠뜨림이 없이 모두 평등하게 만드시는 터이다. (…중략…) 불교의 또 하나의 특징인 구세주의(救世主義)란 무엇인가. 그것은 이기주의(利己主義)의 반대개념이다. 불교를 논하는 사람들이 흔히 불교는 자기 한 몸만을 위하는 종교라고 하거니와, 이는 불교를 충분히 이해한 것이라고 할 수 없다. 왜냐하면 자기 한 몸만을 위하는 것은 불교와는 정반대의 태도인 까닭이다. (…중략…) 어찌 세상을 구제하지 않고 천추(千秋)에 걸쳐 꽃다운 향기를 끼치는 이가 있을 수 있겠는지. 그러나 그 원력(願力)의 크고 많은 점이라든지 자비의 넓고 깊음에 있어서 불교와 같은 것은 일찍이 없었다.[11]

한용운은 불교의 사상적 특징을 '평등주의'와 '구세주의'로 이해하고 있다. 여기서 평등주의는 자유주의와 세계주의를 포함하는 개념으로서 불이不二의 세계관을 통해 삼라만상 일체의 것을 상호 연관된 존재로 파악하는 인식론이다. 실제로 이 글에서 한용운은 "근세의 자유주의와 세계주의가 사실은 평등한 이 자리에서 나온 것"[12]이라고 보았다. 또한 자유주의는 자유와 평등의 이념을 원론적 차원에서 내세우던 초기 자유주의 이념으로서, 이후 자유주의 이념이 전개되면서 부르주아 계층의 이해를 대변함에 따라 경쟁과 사회적 불평등을 이론적으로 뒷받침하던 사회진화론과 결합되기 이전의 논의를 말한다.[13] 이처럼 한용운은 평등

11 「朝鮮佛教維新論－佛教의 主義」, 『전집』 2, 45~46쪽.
12 위의 글, 44쪽.
13 이승환, 앞의 책, 199~203쪽 참조.

을 우위에 놓은 세계 이해가 불교적 인식론의 핵심임을 명확하게 하고 있다. 또한 한용운은 구세주의를 불교의 실천 논리로 제시하고 있다. 구세주의를 이타주의로 파악하면서 한용운은 불교가 유교나 도교와는 달리 구세의 염원을 가장 강조하는 사상임에 주목한다. 이처럼 한용운은 역사적 변화의 한가운데서 평등과 구세의 이념만이 새로운 세계를 이끌 원리라고 보면서, 우승열패와 약육강식을 주장하는 사회진화론을 비판하고, 도래할 세계에 대한 인식과 실천의 논리를 불교에서 찾고 있다. 그렇다면 문학에서 이러한 한용운의 불교 인식은 어떻게 표출되고 있을까? 그의 인식론과 실천론이 비교적 잘 드러나는 텍스트를 중심으로 이를 살펴보고자 한다.

3. 분별지分別智를 넘어서

한용운의 문학적 발원지는 한시였다. 한용운은 1912년 1월『매일신보』지면에 한시「관낙매유감觀落梅有感」을 발표하면서 만해라는 아호雅號를 사용하였고[14] 평생에 걸쳐 한시를 창작하여 170여 편에 이르는 한시를 남겼다. 이들 시편에는 승려로서의 일상적 생활정서나 지인들과의 정서적 교류를 담고 있는 내용이 주를 이루고 있다. 하지만 관념적인 경향을 보이는 상당수의 시편에서는 선기禪機나 선취禪趣가 전경화되면서 그가 선승으로서 내면화한 선사상이 선명하게 드러난다.[15] 이 가운데

14 이에 관해서는 이 책의 제2부 2장「시집『님의 沈默』창작 동기와 한글체 습득 과정」에서 자세히 상술함.

정신의 일깨움을 가져온 극적 순간을 읊은 「오도송」에는 한용운이 불교를 통해 어떠한 삶의 원리를 깨달았는가가 극명하게 드러난다.

> 사나이 가는 곳 어디나 고향인데(男兒到處是故鄕)
> 그 누가 오래도록 객수에 젖어 있느냐(幾人長在客愁中)
> 한소리 크게 질러 삼천세계를 뒤흔드니(一聲喝破三千界)
> 눈 속에 복사꽃 송이송이 붉어라(雪裡桃花片片紅)
>
> —「오도송(悟道頌)」 전문

'겨울밤 좌선坐禪 중에 바람에 무언가가 떨어지는 소리를 듣고 의심하던 마음이 풀렸다'는 시제가 붙은 이 시에서, 한용운은 고향과 타향이라는 분별지에서 벗어나는 순간의 희열을 천지를 뒤흔드는 큰소리一聲로 비유하고, 깨달음 이후의 눈으로 바라본 아름다운 선경仙境을 눈의 흰빛과 복사꽃의 붉은빛을 대비시켜 그려내고 있다. 한용운이 이 시에서 노래하고 있는 깨달음의 실상은 고향과 타향으로 나누는 분별지심을 넘어선 세계이다. 그는 일체의 분별지를 허물어 버리면서 '삼천계'로 상징되는 우주를 관통하는 이치를 깨닫고 있는 것이다. 이 절정의 정신에 도달한 후에 한용운은 비로소 눈 속의 복사꽃을 아름답게 노래한다. 여기서 복사꽃은 동양의 유토피아인 무릉도원을 연상하게 하면

---

15 한용운의 한시가 갖는 내용적 특징을 논의하면서 전재강은 한용운 한시의 특징을 일상성이라고 보고, 그의 한시는 출가 수행자로서 경험하게 되는 일상을 다루고 있다고 했다. 이처럼 일상성을 중심으로 하는 한용운의 한시는 선수행(禪修行)을 통해 세간으로 관심을 확대하여 현실에 대한 관심을 가지는 과정으로 전개되었다고 보았다. 전재강, 「한용운 한시에 나타난 일상성과 그 확산적 관계망」, 『국어국문학』 172, 국어국문학회, 2015.

서, 분별지를 넘어서서 바라본 궁극의 경지를 환기해낸다. 물론 복사꽃이 고향의 비유어로 사용되어 한용운 자신이 있는 이곳이 곧 고향임을 암시하고 있는 것인지, 아니면 눈과 복사꽃의 불가능한 공존을 통해 열반의 세계를 비유하는지 명확하게 알 수는 없지만, 이 시가 고향과 타향이라는 분별심으로부터 벗어난 경지를 보여주고 있는 것은 분명하다. “선승禪僧은 종교적 자연에 의해서 자연과 자기를 일여一如로 하고 주객미분主客未分의 구체적 생명生命으로 만물萬物과 나를 일체一體의 절대경絶對境으로 한”[16]다는 말에 비추어 볼 때, 흰 눈과 붉은 복사꽃의 극명한 대비를 통해 한용운은 미혹으로부터 벗어나 열반적정涅槃寂靜의 경지를 그려내고 있다고 볼 수도 있다. 이러한 한용운의 깨달음은 분별과 집착으로 인해 발생하는 망상과 미혹을 넘어서서 무아無我, 무자성無自性의 실상을 강조하는 대승불교의 공사상을 형상화하고 있다고 하겠다.[17] 겨울밤의 이러한 경험이 오도의 순간으로 인식된 것은, 한용운에게 분별지를 넘어선다는 것이 세계인식에 있어서 매우 중요한 점이었음을 말해준다. 따라서 한용운의 세계인식에 있어서 인간의 사유분별에 대한 비판이 수행의 화두였고 분별지를 넘어서서 세계를 인식할 수 있는 시각을 갖는 것이 한용운에게는 중요한 수양의 궁극적 지향점이었음을 알 수 있다.

한편, 「오도송」과 함께 한용운의 저작에서 빼놓을 수 없는 작품으로 꼽히는 것이 게송문학의 범주에 포함되는 『십현담주해』이다. 『십현담』은 당나라의 선승인 동안同安 상찰常察이 지은 선화게송禪話偈頌으로,

16 김운학, 『불교문학의 이론』, 일지사, 1981, 80쪽.
17 불교교재편찬위원회, 『불교사상의 이해』, 동국대 불교문화대학, 1997, 153쪽.

총 10수로 구성되어 있다.[18] 서문에 따르면, 한용운은 1925년에 오세암에서 여름 한 철을 보내면서 『십현담』을 우연히 읽었다고 한다. 그가 읽은 텍스트는 동안 상찰의 원문에 당나라의 선승인 청량淸凉 문익文益의 주가 붙어 있고 여기에 다시 매월당 김시습이 주를 붙였던 김시습 주해본으로 추정되는데[19] 한용운의 주해본이 갖는 형식적 특징은 주를 달아 해석을 시도하기 전에 비유적인 언어로 본뜻을 제시하는 '비批'를 달았다는 점이다. 여기서 '비'는 '비점批點과 평정評定'을[20] 의미하는 것으로 비유라는 우회를 통해 원문에 대한 짧은 문학적 평을 더하는 것을 지칭한다. 선사상의 요체를 간명하게 표현한 이 시편의 풀이 과정을 통해 한용운은 어디에도 얽매이지 않는 자유로운 선의 정신을 드러내고 있지만,[21] 특히 주해 전편에서 주목되는 점은 부처와 중생, 성과 속, 공과 색이라는 분별지심을 벗어나려는 인식론적 자각을 지속적으로 드러내고 있다는 사실이다. 한용운의 이러한 독법은, 주해본의 집필이 선의 요체를 내면화하는 수행으로서의 독해 과정을 담고 있음을 말해준다. 말하자면 이 주해작업을 통해 한용운은 선승으로서 마음공부를 실천한 것이라 하겠다. 하지만 이러한 수행은 게송을 읽는 선승에게는 너무나 당연하고도 필연적인 태도라고 할 수 있다. 그럼에도 불구하고 한용운의 독해에는

18 이 게송은 각 편이 칠언율시 형식을 띠고 있으며 각 편의 제목은 심인(心印)·조의(祖意)·현기(玄機)·진이(塵異)·연교(演敎)·달본(達本)·환원(還源)·회기(廻機)·전위(轉位)·일색(一色)이다.

19 『십현담』의 주해본에 대해서는 서준섭이 「同安常察의 『十玄談』의 세 가지 註解本에 대하여－淸凉文益과 金時習, 韓龍雲의 주해 텍스트를 중심으로」(『시와세계』 12, 시와세계, 2005)에서 집중 논의하고 있으며 각각의 주해본이 갖는 특징을 비교하여 차이점을 밝히고 있다.

20 조명기, 「만해 한용운의 저서와 사상」, 『전집』 3, 14쪽.

21 위에서 언급한 서준섭의 연구에 따르면, 세 주석본 가운데 한용운의 주석이 교리에 얽매이지 않는 가장 자유로운 주석이라 할 수 있다.

각별히 주목할 점이 있는데, 한용운만의 독특한 시각은 마지막 편에 해당하는 '일색一色'의 주해를 통해 확인된다. 불교사상의 종지를 전달하는 대단원의 장에서 상찰선사는 "공중에 있는 월광을 움켜잡을 수 있겠는가空裡蟾光撮得麼"라는 화두를 던진다. 여기서 '일색一色'이란 유무有無와 색공色空, 미오迷悟와 득실得失이라는 분별과 대립을 넘어선 정신의 경지를 지칭하는 용어로 원융무애한 세계를 뜻한다. 한용운은 이러한 분별지를 넘어선 경지에 들어가는 화두를 읽어내면서 '천개의 손이 이르지 못하니 만고의 명월이다'라는 비批를 덧붙이고 다음과 같이 주註를 붙여 그 의미를 독해한다.

> 섬광이란 것은 월광을 말한 것이라, 허공에 뜬 월광을 움켜잡을 사람이 없으니 만일 섬광을 가히 움켜잡을 사람이 있다고 한다면 그 삶은 곧 현중곡을 해석할 수 있다. 어떻게 월광을 움켜잡을 수 있겠는가? (주장자로 세 번 때려 이르기를) 달빛이 능히 사람에게 비쳐 밝게 해주지 못하니 한가로이 아이를 불러 개똥벌레를 주워오게 하리라.[22]

불교에서 깨달음을 상징하는 '달'은 궁극적 이치나 존재를 가정하고, 이를 소유하거나 실체화해서는 안 된다는 점을 비유적으로 말하는 객관적 상관물이다. 인용한 주해에서 한용운은 달이란 잡을 수 없는 것이라고 진술함으로써, 실체에 얽매이지 않는 정신의 원융무애함을 강조하고

22 "蟾光者 月光也 空裡月光 無人撮得 有人撮蟾光可得 則解玄中曲矣 如何撮得蟾光 (打拄杖 三下云) 月光不能煕人明 閒得呼兒拾螢來." 「十玄談註解－한빛(一色)」, 『전집』 3, 364쪽.

있다. 여기까지는 일체개공一切皆空의 불교적 이치를 그대로 보여주었다고 할 수 있다. 따라서 한용운의 독창적 독해를 읽어내기는 어렵다. 하지만 여기에 덧붙여 둔 "달빛이 세상 사람을 밝혀주지 못하니 한가로이 아이를 불러 개똥벌레를 주워오게 하리라"라는 주해에서는 한용운 나름의 시각을 읽어낼 수 있다. 이 문장의 해석에서 관건이 되는 것은, 달빛이 사람을 밝게 비쳐주지 못한다는 말의 의미와 아이를 불러 개똥벌레를 주워오게 한다는 말이 갖는 진의가 무엇인가이다. 불교에서 달은 그것을 가리키는 손가락이라는 비유와 쌍을 이루며標月指, 불성이자 마음을 의미한다. 이러한 불교의 비유에 따르면, 한용운은 불성과 마음의 본래 자리가 사람을 밝게 비추지 못한다는 상황을 가정하고 이 난관을 타계할 방편으로 아이에게 반딧불이를 모으게 하는 행위를 그 극복방안으로 제시하고 있다. 그렇다면 여기에서 불성 혹은 마음이라는 궁극적인 진리가 왜 드러나지 못하는 상황인가라는 질문을 던지게 된다. 이러한 상황에 대해서는 두 가지 해석이 가능할 것이다. 『십현담』 전체의 요지를 콘텍스트로 삼아 이를 해석해 보면 '진여眞如를 유무有無로 측정하는 것 자체가 어리석은 일이니, 반딧불이를 잡는 일상생활 속에서 깨달음을 찾아 나가라'라는 제안으로 그 의미를 추정해 볼 수 있다. 하지만 이런 해석은 달이 사람을 밝게 해주지 못한다는 구체적인 상황을 이해하는 데는 부족함이 있다. 생활선生活禪을 강조하고자 했다면 굳이 달이 사람을 밝게 해주지 못한다는 부정적 현실을 가정하지 않아도 되기 때문이다. 따라서 불성이 사람을 밝혀주지 못하는 상황이란 보다 현실적 맥락 안에서 설명되어야 할 필요성이 제기된다. 이 해석이 어두운 밤을 밝히기에는 부족하지만 반딧불이라도 모아 어둠을 밝히려는 노력과 관련된다고 볼 때, 이 문장은 깨달음의 실천적 차원에 대한 강조와 연관되는 것으로 읽어낼 수 있다. 한용운은 분별지를 넘어서는 인식론적 지평에서, 무차별적 인식이 치닫기 쉬운 허무주의나 정관주의靜觀主義로 빠지지 않고 개똥벌레를 줍는 실천행을 준비하고 있다. 즉 하화중생下化衆生의 길을 모색하고 있는 것이다. 이처럼 한용운은 분별지를 넘어서는 다음 단계로 사회역사적 현실세계로 눈을 돌리고 있는 것이다.

그렇다면 이제 이러한 인식론이 구체적 삶에서 어떻게 실천될 수 있는가라는 질문과 만나게 된다. 분별지를 넘어서는 인식이 차별적 현실과 만났을 때 불교의 실천윤리는 어떻게 가능한가라는 질문이 중요한 것은, 분별지를 넘어서서 도달하는 무차별과 무분별이라는 불교의 형이상학은 자칫 사유의 유희나 무비판주의로 빠질 수 있는 위험을 그 안에 내포하고 있기 때문이다. 우리는 시집 『님의 침묵』에서도 불교적 논리가 가감 없이 반복되는 예를 적지 않게 만날 수 있다. 시집의 표제작인 시 「님의 침묵」이 회자정리 거자필반會者定離 去者必返의 논리를 담아내고 있으며, 「반비례」, 「선사의 설법」, 「나의 노래」, 「사랑의 존재」 등 많은 시편들이 불교의 형이상학을 시적 논리로 활용하고 있다. 이처럼 만해문학의 한 경향은 분별지를 넘어서 세상만물이 서로 상응하는 동체同體적 세계인식을 보여준다. 하지만 이렇게 중생과 부처, 번뇌와 열반, 세간과 출세간, 생물과 사물, 나와 너가 분별없이 동일시될 때, 반생명적 불의와 폭력의 현실에 대한 개선은 어떻게 가능한가가 문제로 남는다. 결국 불교적 형이상학이 현실에서 어떤 윤리와 접목되어 사회역사적 변혁의 동력으로서 그 힘을 발휘할 수 있는가라는 물음은 만해문학의 실천론이 적극적으로 드러난 작품을 통해 규명되어야 할 과제이다.

4. 자비와 정의의 딜레마

한용운이 구체적인 현실 속에서 윤리적인 실천의 문제를 어떻게 그려내고 있는지는 소설 쪽을 살펴보는 것이 생산적이다. 시 장르가 서사 장르에 비해 보다 상징적이고 관념적이기 때문이다. 한용운은 미완성작인 「후회」, 「철혈미인」을 제외하면 총 세 편의 소설을 남겼다. 세 편 가운데 「죽음」은 미발표 유고작이고, 「흑풍」과 「박명」은 신문연재를 위해 쓴 작품이다. 연재소설의 성격상 이들 작품은 대중성과 통속성을 보이며 사건의 우연성, 과도한 계몽성, 묘사의 상투성이 두드러져서 소설미학적인 면에서 높은 수준의 작품으로 평가받기는 어렵다. 하지만 작품성에 대한 평가를 미루어두고 보면 이들 소설에는 불의에 저항하며 정의를 구현하고자 적극적으로 행동하는 인물과 함께 자비심을 발휘하는 인물이 형상화되고 있어서, 현실적이고 역사적인 문맥 안에서 한용운이 생각한 실천윤리를 살필 수 있는 텍스트로서 나름의 의미를 가진다.

특히 미발표 유고작인 「죽음」은 1924년에 창작된 중편소설로,[23] 이후에 창작된 소설의 주요 모티브나 사건 전개 방식을 살필 수 있는 서사적 기원에 해당한다는 점에서 주목을 요한다. 이 작품이 미발표로 남은 이유가 무엇인지 밝힐 수 있는 자료가 현재로서는 남아 있지 않지만, 소설의 내용상으로 볼 때 당시의 검열제도와 얼마간 연관되지 않을까 추측해 볼 수 있다. 물론 한용운이 이 작품을 미발표작으로 남긴 것

---

23 이 작품에 대해서는 박숙자가 「초월과 죽음—근대를 심판하는 입법적 정의」(『만해학연구』 6, 만해학술원, 2010)에서 살핀 바 있다. 박숙자는 이 소설이 당대로는 드물게 법정서사를 다루고 있다는 점에서 소설사에서 특이한 위치를 차지한다고 평가하였다.

은 작품으로서의 완결성이 부족했기 때문으로도 생각해 볼 수 있다. 하지만 이 소설은 전반적으로 1930년대 이후 창작된 연재소설들과 인물 형상이나 구성에 있어서 큰 차이를 보이지 않아서 작품으로서의 완결성이 부족했기 때문에 미발표 작품으로 남겼다고 볼 여지는 크지 않다. 오히려 3·1운동과 상해 조선혁명당을 직간접적으로 그리는 등 일제 강점하에서 매우 민감한 정치적 소재를 다룬 점이 검열을 통과하기에는 무리가 있다고 판단한 것이 아닌가 싶다. 이러한 점을 감안해 볼 때, 한용운은 이 소설에 현실문제에 대응하는 나름의 방식과 논리를 비교적 정직하게 담아내고 있다고 가정해 볼 수 있다.

이 소설은 두 개의 중심서사로 구성되어 있다. 서사의 한 축에는 주인공 영옥의 성장 과정과 가족사가 놓여 있다. 여기서는 주인공 영옥이 7살에 겪은 어머니의 죽음과 아버지의 재혼, 그리고 계모의 패악이 그려지는데, 어느 날 영옥의 아버지인 최선생이 3·1운동에 참여하지 못한 것을 부끄러워하며 상해 조선혁명당의 비밀연락책으로 활동하다 검거된다. 비밀연락책이라는 사실이 계모의 누설로 알려지자 위험에 처한 아버지는 동지들에게 화를 입힐까봐 옥중에서 자결해버린다. 부모의 죽음을 겪으면서도 영옥은 당당하게 여고보를 졸업하고 가난하지만 꿋꿋하게 생활해 나간다. 한편, 이 소설의 또 다른 서사는 영옥과 종철의 사랑과 이를 방해하는 정성열의 비열한 음모, 그리고 그의 파국으로 구성된다. 경성신문사 주필로 호색한인 정성열은 유부남임에도 불구하고 영옥을 첩으로 삼고 싶어 안달을 한다. 하지만 영옥은 돈에 현혹되지 않고 가난하지만 고결한 인품을 지닌 김종철과 결혼한다. 영옥이 결혼을 한 후에도 그녀에게 미련을 버리지 못한 정성열은 상훈이라는 친구와 계략을 꾸며 종철을 미국으로 보내 살해해버린다. 우연히 영옥은 정성열의 비열한 계략을 알게 되고, 결국 성열을 죽이고 스스로 목숨을 끊는 것으로 소설은 결말을 맺는다.

이처럼 등장인물 대부분이 죽음을 맞는 이 소설은, 돈과 권력 앞에 영혼을 팔지 않는 영옥이라는 주인공을 통해 사랑과 정의의 문제를 주제화한다. 한용운은 이 작품을 통해 한편에서는 인격과 상호존중에 기반을 둔 사랑의 의미를 탐구하고 다른 한편에서는 불의에 대해서는 죽음도 불사하는 정의 실현을 주제로 그려내고 있다. 이 주제를 드러내는 데 있어서 각각의 죽음은 한용운이 소설을 통해 담아내려는 메시지를 전달하는 계기로 기능한다. 먼저 작가는 돈과 권력보다는 인품과 상호존중의 마음을 전제로 한 결혼의 중요성을 죽음에 임박한 어머니의 입을 빌어 삽입해놓고 있다. 또한 아버지의 죽음을 통해서는 사회적 책임과 의리의 중요성을 그려낸다. 영옥의 아버지는 한학자로서 구세대에 속하는 인물이지만 부끄러움을 알고 의리를 아는 인물이다. 그가 영옥을 학교에 보내 교육받게 해달라는 아내의 유언을 따른 것은 아내에 대한 의리를 지키고자 하는 마음 때문이었다. 또한 거국적인 민족운동에 동참하지 못했다는 양심의 가책으로 독립운동의 연락책이 된 것은 일신상의 행복보다는 대의를 소중하게 여겼기 때문이며, 경찰서에 잡혀서 자살을 한 이유도 동지들에 대한 의리를 지키려는 신의의 소산이었다. 이처럼 구세대에 속하는 어머니와 아버지의 죽음을 통해 작가는 일신의 안위를 좇는 세속적 욕망보다는 인격과 대의의 중요성을 강조하고 있다. 또한 영옥의 남편인 종철의 죽음은 영옥이 불의에 맞서 사회적 정의를 구현하는 계기가 된다. 종철은 영옥을 음해하는 기사가 『경성신문』에 실린 것을 보고 신문사에 폭탄을 던진 후 경찰서에 자진 출두하는 의협심을 지닌 인물이다. 이러한 종철의 죽음은 아내 영옥에게 불의를 지켜보고만 있을 수 없도록 하는 내적 자극제가 된다. 이처럼 어머니, 아버지, 종철로 이어지는 죽음들을 겪으면서 영옥은 비열한 성열을 징벌하는 적극적인 행동에 나서게 된 것이다.

하지만 한용운이 선승이라는 점을 염두에 두고 보면, 불교 계율의 맨 앞자리에 놓인 불살생不殺生의 계율을 위반하는 영옥의 행위가 어떻게 정당화될 수 있는지에 대해서는 선뜻 이해가 되지 않는 것이 사실이다. 성열을 죽이고 스스로 목숨을 끊는 영옥의 행동은 인과응보의 원리에 따른 정의의 실현이 생명을 죽이는 행위까지도 허용 가능한 것인가라는 물음과 대면하게 하기 때문이다. 더 나아가서 영옥의 행동은 자비라는 불교윤리와 정의의 실천 사이에 놓인 딜레마를 어떻게 인식해야 하는가라는 문제와도 결부된다. 이 소설이 이러한 질문을 유발한다는 점에서 선승인 한용운이 생각한 윤리적 실천 방식을 이 작품을 통해 분명하게 읽어낼 수 있다. 소설에서 한용운은 정성열과 이상훈, 계모 창숙 등 부정적 인물군을 비판적으로 그려내면서 돈과 외모, 물질과 권력보다는 인격과 신의의 중요성을 강조한다. 특히 돈과 권력을 이용하여 자신이 원한다면 수단과 방법을 가리지 않고 이를 소유하려는 정성열이라는 인물을 통해 서구적인 근대 가치를 무비판적으로 추종하는 태도를 강하게 비판한다. 정성열은 일본 유학을 다녀온 인물로 자유연애와 자유정조를 입만 열면 쏟아내는 인물이다. 그는 "일본에 가서 조도전대학 문과를 졸업하고 돌아온 뒤로 낭만주의의 시인을 자처하여 글을 쓰면 '오오!' '아아!' '사랑의 불꽃에 타는 가슴' '진주 눈물' 이러한 구절을 흔히 쓰고, 입을 열면 '연애는 신성' '정조는 유동流動', 이런 말을" [24] 해댄다. 돈으로 신문사 편집국장 자리를 매수하고 근대적인 지식을 한껏 자랑하면서 정성열은 비열한 행동과 방종을 일삼는 인물이다. 이에 반해 긍정적 인물인 영옥과 종철은 서로를 존중하고 공경하는 태도로 사랑의 감정을 쌓고 서로에 대한 신의를 저버리지 않는 인물들이다. 한용운이 이 소설에서 지향하는 진정한 사랑이란 형식적으로는 자유연애를, 내용적으로는 서로에 대한 인격적 감화를 우선시 하는 관계이다. 즉 인격적 감화를 바탕에 둔 정서적 교감을 사랑으로 보았기 때문에 한용운에게 있어서 사랑은 영육이 분리될 수 없으며 연애와 결혼도 분리 불가능하다. 이러한 논리의 연장선상에서 진정한 사랑으로 맺어진 인간관계는 죽음을 불사하고라도 지켜야 한다는 윤리가 자리 잡게 된다. 따라서 영옥이 남편 종철을 뒤쫓아 성열을 죽이고 스스로도 죽음을 선택하는 것은, 죽음을 통한 사랑의 완성이라는 측면과 함께 성열의 죄에 대한 응당한 벌을 받게 함으로써 정의를 실현하는 일에 해당하는 것이다. 이러한 논리를 그대로 수용한다고 하더라도 여전히 살인이라는 행위는 정당성을 갖기가 어렵다. 따라서 한용운은 성열에 대한 응징의 정당성을 다음과 같이 삽입해 두고 있다.

영옥은 집에 돌아온 뒤에 성열이가 상훈에게 보낸 편지를 증거삼아서 법률 문제로 남편의 원수를 갚을까 하고 생각하여 보았으나 그 사건이 미국에서 발생한 일이므로 조선에서 재판할 수가 없을 뿐 아니라 정범자인

24 「죽음」, 『전집』 6, 320쪽.

상훈이가 이미 죽었다. 그러므로 미국에 가서 재판하려면 절차가 곤란할 뿐 아니라 피해자의 시체가 없고 정범자가 없어서 재판의 결과로 복수가 될는지 의문이었다. 그래서 영옥은 법률에 붙일 일은 파의하였다.[25]

한용운은 영옥이 성열을 죽이는 행위를 단순히 감정적인 원한의 표출로 그리지 않는다. 영옥은 성열을 벌하기 위해 법의 힘을 빌리고자 하지만 현실적으로 법의 위력을 빌릴 수 없다는 판단에 이르자 이를 대체할 수 있는 방법을 강구하고 나선다. 이 과정에서 영옥은 법의 범위에서 이 문제를 해결할 수 없는 이유를 논리적으로 추론한다. 이 추론에 따르면 영옥이 성열을 죽이려는 행위는 징벌을 할 수 있는 다른 선택지가 없다는 점에서 불가피한 것이 된다. 한용운은 영옥의 살인행위가 정의의 실현임을 강조하기 위해 성열의 간계가 세상에 알려지도록 사후의 일까지 계획하여 서사 속에 편입시켜 두고 있다. 이러한 면은 영옥의 살인행위가 작가인 한용운에게도 적지 않은 문제였음을 짐작하게 해주는데, 행위의 불가피성을 강조하는 것만으로는 이 문제가 모두 해결되는 것만은 아니었던 것으로 보인다. 왜냐하면 주지하다시피 불교윤리에서 가장 중요한 것은 자비의 실천이기 때문이다. 이 모순을 해결하기 위해 한용운은 성열을 죽이고자 하는 마음을 갖기 전에 영옥이 불교 포교당에서 인과응보의 원리를 깨우치는 과정을 삽입해 두고 있다.

영옥은 불교 포교당에서 인과보응(因果報應)의 설법을 들은 것을 생각

25 위의 글, 349쪽.

하면서 상훈은 사람으로서 차마 할 수 없는 크게 악한 일을 행하고서 그의 인과율로 참혹히 죽은 것이 아닌가. 이렇게 생각하고 영옥은 멀리 부처님을 향하여 폐배하고 상훈을 위하여 후세에는 좋은 사람이 되기를 진실한 마음으로 기도하였다.[26]

영옥은 성열의 계략에 따라 남편을 죽인 상훈의 죽음에 관한 소식을 접한 후 불교 포교당에서 들은 인과응보의 설법을 떠올린다. 다른 소설에서도 한용운은 인과응보를 징벌의 정당성을 입증하는 삶의 기본원리로 제시해 두고 있는데, 이 소설에서도 동일한 에피소드가 삽입되어 있다. 여기서 주목할 점은 남편을 죽인 자에 대한 원한이나 분노라는 사적 감정보다는 인과응보라는 원리에 따른 결과로 죽음을 이해하고, 분노의 감정 없이 상훈이 좋은 사람이 되기를 기원한다는 점이다. 상훈을 위해 기도를 올리는 영옥의 마음에는 자비심이 넘친다. 영옥의 내면에서 자비와 정의는 이처럼 서로 모순되지 않고 공존하는 것으로 그려지고 있다. 하지만 여기서 우선시되는 것은 역시 인과응보라는 정의의 실현이다. 영옥이 성열을 죽이는 행위는 응분의 죗값을 치르게 함으로써 삶의 근본원리인 인과응보를 실천하는 일로서 충분한 대의명분을 갖는 일이 된다. 이처럼 한용운에게서 인과응보는 사회적 통념과 달리 순응적인 윤리가 아니라 능동적인 행동을 요구하는 적극적인 실천윤리로 이해되고 있다. 이런 맥락에서 자비와 정의가 충돌할 때에 한용운은 정의의 실현을 우선시한다.

---

26 위의 글, 348쪽.

한용운이 편찬한 『불교대전』의 제7편 '대치품對治品' 제5장 '국가國家'의 3절 「옥정獄政의 득의得宜」에는 사회적인 삶을 살아가는 데 있어서 지침이 될 만한 사회윤리가 제시되어 있다. 제5장 '국가' 편에서는 자비와 정의가 충돌할 때 어떻게 행동해야 하는가가 구체적으로 다루어진다. 여기에서는 자비심을 지닌 왕에게 악을 저지른 사람을 다스리는 방법을 묻고 있는데, 왕은 정의를 실천하는 방법으로 절차적 타당성 및 신중성을 강조하는 동시에 죄인을 사랑하는 마음을 가지라고 설명한다.[27] 죄지은 사람을 일부러 괴롭게 하는 것이 아니라 법에 따라 벌을 내리고 이 과정에서 자비심을 잃지 않는 것이 중요하다는 점을 강조하고 있는 것이다. 한용운이 주목한 불교의 실천윤리는 그것이 국가의 법이든 인과응보라는 불교적 원리이든 기준에 비추어 타당한 행위여야 하며, 동시에 그것이 사랑의 마음을 표현하는 것이라는 점에서 자비심의 준거에도 위배되지 않아야 한다. 소설 「죽음」에서도 영옥이 성열을 죽이는 과정에서 법에 의지할까를 생각해 보고 이것이 불가능하다는 사실을 알고는 자신이 법을 대신하여 징벌을 내리고자 한 점이나 이러한 행위가 인과법에 위배되지 않는다는 점에서 그녀의 행위는 정당성을 확보하고 있다고 볼 수 있다. 하지만 그것이 성열에 대한 사랑의 마음을 가진 행위였는가라고 묻는다면, 영옥의 행위가 충분한 정당성을 갖기는 어렵다. 물론 그녀의 행위가 성열과 같은 인물이 살면서 쌓을 업보를 미리 차단하는 효과를 갖는다는 점에서 대자비의 실천으로 볼 수도 있다.[28] 하지만 영옥이 스스로 목숨을 끊을 수밖에 없는 것은 동

27 「佛教大典」, 『전집』 3, 233~234쪽.
28 피터 하비는 '자비로운 살생'을 다루며 "불교의 일부 경전에는 긴박한 상황에서 자비를

기의 정당성에도 불구하고 극단적인 징벌이라는 행위의 정당성까지는 가질 수 없다는 사실에 대한 윤리적 단죄를 스스로에게 내리고 있다고 보아야 할 것이다.

이상에서 살핀 바와 같이 만해문학의 근저에는 도저한 윤리적 충동이 자리 잡고 있다. 이러한 특징은 순응적이고 소극적인 태도가 아니라 적극적인 실천을 통해 불의에 저항하는 행위를 강조한다는 점에서, 선승인 한용운에게 정의의 실현이 자비의 문제만큼이나 중요한 문제였음을 보여주고 있다. 이러한 점은 시집 『님의 침묵』에서 절대성을 가진 존재자로 그려지는 님이라고 하더라도 현실적으로 불의한 상황이나 세력과 손을 잡으려고 하면 이에 강하게 저항하는 의지적인 목소리를 표출하는 것에서도 확인할 수 있다.

> 그 나라에는 허공이 없습니다.
>
> 그 나라에는 그림자 없는 사람들이 전쟁을 하고 있습니다.
>
> 그 나라에는 우주만상의 모든 생명의 쇠ㅅ대를 가지고 척도(尺度)를 초월한 삼엄한 궤율(軌律)로 진행하는 위대한 시간이 정지되었읍니다.
>
> 아아 님이여, 죽엄을 방향(芳香)이라고 하는 나의 님이여, 거름을 돌리셔요. 거기를 가지 마셔요. 나는 싫어요.
>
> —시 「가지 마셔요」 부분

시집 『님의 침묵』에서 여성 화자가 수동적이고 소극적인 목소리가

근거로 인간을 살해하는 것을 정당화한다"고 보면서 그 예를 분석하고 있다. 피터 하비, 허남결 역, 앞의 책, 255쪽.

아니라 의지적이고 능동적인 목소리를 드러내는 것은, 소설에서 인륜적 가치를 저버린 자들에 대하여 단죄하는 적극적 행동과 무관하지 않을 것이다. 한용운은 자연세계의 질서와 달리 인간세계의 질서에는 윤리가 있고, 이러한 윤리의 내용은 상호존중과 신의를 바탕으로 하지만 이것을 침해당할 때 정의를 구현하는 것이 인간사회의 윤리적 요청이라는 신념을 가지고 있었다. 진화의 불이법문이 군국주의와 자본주의의 얼굴을 하고 눈앞에 전개되어 갈 때, 한용운은 "온갖 윤리, 도덕, 법률은 칼과 황금을 제사지내는 연기烟氣"(시 「당신을 보았습니다」)라는 사실을 믿으며, 인간사회를 지배하는 도덕법칙이 건재함을 문학 속에서 구현하고자 했다. 선승으로서 한용운이 일제의 반생명적 행위에 소리 높여 항거할 수 있었던 것은 이러한 정의의 실현이 자비의 마음과 다르지 않다는 윤리적 지평에 발 디디고 있었기 때문이라 하겠다.

5. 만해문학이 놓인 자리

우주만상에 존재하는 일체의 것이 내적으로 연관된다고 인식하면서 동체대비의 발원을 강조하는 불교적 사유가 오늘날 생태적 감각을 일깨우고 생명존중의 윤리를 호명하는 데 적극적이라는 점은 많은 문학작품이 입증하고 있다. 환경문제를 다루는 무수한 문학작품에서 우주의 이치를 명명하는 불교의 연기법緣起法은 중요한 세계인식의 원리가 되고 있다. 또한 불교사상은 내적 수행을 강조하면서 영성을 회복하고 생명의식이 발현되도록 하는 문학적 안목을 갖는 데 크게 기여해 온 것도 사실이다. 하지만 개인적 차원을 넘어서서 사회적 차원에서 해결해야 할 문제에서 불교적 사유가 어떠한 해결의 가능성을 열어주는가에 대해서는 구체적인 고민과 사례가 부족한 것이 아닌가 하는 의구심을 떨치기 어렵다. 이런 맥락에서 불교사상의 인식과 실천을 어떻게 조화시킬 것인가라는 문제는 좀 더 활발한 논의가 필요한 시점이다. 만해문학의 경우, 한편으로는 분별지를 넘어선 평등의 눈으로 세계를 인식해 나가려는 내적 수양을, 다른 한편으로는 정의를 실현하는 구세의 정신을 실천하는 방법을 제시하고 있다. 한용운은 불교의 핵심적인 요체를 '평등주의'와 '구세주의'로 보았다. 평등이라는 관점에서 한용운은 분별지심을 넘어서서 일체의 것을 차별 없이 바라보는 인식론을 문학이라는 수양적 글쓰기를 통해 지속하였다. 「오도송」과 『십현담주해』가 그 대표적인 예라 할 수 있다. 또한 구세라는 측면에서 한용운은 불교윤리의 중심에 있는 인과응보의 원리와 자비의 실행을 어떻게 구현해야 하는가에 대해 소설을 통해 구체적으로 모색하고 있다. 한용운은 인과응보의 원리에 따른 정의의 실현을 자비심의 실천 앞에 두고, 이를 중요한 삶의 윤리로 그렸다. 물론 한용운의 이러한 윤리적 태도가 자칫 정의로운 전쟁이나 정의로운 폭력의 정당성을 옹호하는 것으로 확대해석될 소지는 여전히 남는다. 하지만 비폭력을 외치면서 현실의 폭력 앞에 무기력하거나 자비를 외치면서 현실적 불의를 방기하고 있다는 비판에서 자유롭지 못한 한국불교의 현실로 볼 때, 만해문학은 사회적 실천의 문제를 끝까지 놓치지 않았다는 점에서 다시 하나의 질문으로 주어져 있다.

6장

한용운의 만주 체험과 그 의미

1. 연구의 현황과 공백지점

한용운의 만주 체험에 관한 연구는 오랫동안 관심의 대상이 되지 못한 채 연구의 공백지점으로 남아 있었다. 만주행의 시기와 구체적 경로는 물론이거니와 만주에서 만난 인물과 관련 행적 등에 대한 사실관계 확인이 진행되지 못했기 때문이다. 이처럼 그의 만주 체험이 본격적으로 논의되지 못한 데는 관련 자료 자체가 부족하다는 점에서 그 원인을 찾을 수 있다. 이 체험과 관련한 자료로는 한용운이 쓴 한 편의 회고문과 두 편의 구술회고담이 남아 있다.[1] 구술회고담 중 『실생활』 제3권 10호와 11호(1932)에 실린 「죽엇다가 다시 살어난 이야기(1 · 2)」는 한용운의 구술을 바탕으로 기자가 흥미진진하게 각색하여 쓴 글이라서 자료로서의 신뢰도는 떨어진다. 따라서 만주행에 대한 참고할 만한 자료

---

1 한용운은 만주 체험과 관련하여 한 편의 회고담과 두 편의 구술회고담을 남기고 있다. 「죽엇다가 다시 살아난 이약이, 만주산간(滿洲山間)에서 청년(靑年)의 권총(拳銃)에 마저서」(『별건곤』 8, 1927)가 한용운이 직접 쓴 회고문이고, 「죽엇다가 다시 살어난 이야기 ①~②」(『실생활』 3(10 · 11), 1932)와 「나의 추억 ④~⑥—아슬아슬한 死地를 累經한 韓龍雲氏(전3회)」(『조선일보』, 1928.12.7~9)는 구술회고담이다.

로는 『전집』에 수록되어 있는 「죽엇다가 다시 살아난 이약이, 만주산간滿洲山間에서 청년青年의 권총拳銃에 마저서」(『별건곤』 8호, 1927)와 1928년 12월 7일부터 9일까지 총 3회에 걸쳐 『조선일보』에 연재한 구술회고담인 「나의 추억 ④~⑥: 아슬아슬한 사지死地를 누경累經한 한용운씨」라는 글이다. 『별건곤』에 발표한 회고문은 만주 체험 전반에 초점이 맞추어져 있다기보다는 총을 맞고 생사의 귀로에서 경험한 종교 체험이 주된 글의 소재가 되고 있어, 이 글만으로는 만주행의 전모를 파악하기는 어렵다. 또한 『조선일보』에 실린 구술회고담에는 블라디보스토크 체험과 일본 체험 및 만주 체험이 회고되고 있어 만주 체험 자체는 비교적 소략한 내용이 제시되고 있을 뿐이다. 이러한 자료의 한계에도 불구하고 현재로서는 이들 자료를 통해 만주 체험의 정황을 읽어낼 수밖에 없는 형편이다. 자료 독해 이전에 고려해야 할 것은, 한용운의 글이나 증언이 기억의 착오로 인해 연도상의 오류가 많고 다소간의 과장도 포함되어 있다는 사실이다.[2] 이런 점들을 감안해 볼 때, 만주행과 관련해서는 한용운의 글을 바탕으로 여러 증언과 추가 자료가 함께 검토될 필요가 있다.

한용운의 만주 체험은, 불교계의 회고와 증언을 중심으로 그의 족적을 추적하고 있는 불교사학자 김광식의 최근 연구 성과로 새로운 시각을 확보하게 되었다. 김광식은 서간도로 이주해 독립운동의 기틀을 마련한

2 한용운은 『별건곤』에 발표한 글에서는 그의 만주행이 한일합방 다음해인 1911년 가을이라고 기억하고 있지만, 실제로는 이듬해인 1912년에 만주로 떠났다. 또 다른 글에서 그는 자신의 시베리아행과 관련하여 몇 해 동안 방랑생활을 했다고 했지만, 시베리아 체험을 소개한 다른 회고문에서는 해삼위(海蔘威, 블라디보스토크)로 가서 하룻밤을 지낸 후 곧바로 귀국하였다고 기술하고 있어 다소간의 오류와 과장이 있음을 확인할 수 있다.

우당友堂 이회영李會榮(1867~1932)의 아내인 이은숙 여사의 회고록 『서간도시종기西間島始終記』에 언급된 한용운 관련 내용을 소개하며 한용운의 만주 체험과 관련한 정황을 밝히고 있다. 또한 김광식의 연구를 토대로 서민교는 한용운이 서간도를 방문한 1910년대 초반 서간도의 상황을 근거로 이회영과 김동삼을 서간도에서 만났을 것으로 추정하고 있다.[3] 이들 연구에서는 한용운의 만주 체험에 관한 증언을 확인하고 독립운동사와 관련한 기록들을 바탕으로 만주 체험의 구체적인 정황에 주목하고 있다. 또한 김광식은 한용운의 만주행이 일회적인 체험으로 끝난 것이 아니라 이후에 중국 임시정부와 지속적으로 연관성을 가지는 계기가 되었다는 점에 주목하였다. 그는 불교계의 여러 증언 및 김구의 증언 및 임시정부의 밀정으로 활동한 김형극의 증언을 근거로 이 가능성을 추정하고 있다.[4] 이러한 최근의 연구는 한용운의 만주 체험이 갖는 생애사적 중요성과 이 체험이 그가 항일 저항의지를 갖는 데 중요한 계기가 되었음을 입증하고 있다고 하겠다.

---

3 한용운의 만주 체험과 관련해서는 김광식의 「한용운의 만주행과 정신적인 독립운동론」(『한국민족운동사』 93, 한국민족운동사학회, 2017)과 서민교의 「만해 한용운의 독립운동 모색과 1910년대 만주」(『2019년 만해축전 만해연구소 학술세미나 자료집』, 동국대 만해연구소, 2019)가 있다. 김광식은 이회영과 김동삼과 관련한 여러 기록들을 정리하면서 만주행의 동기는 임제종운동을 통해 친일적 성격을 보이는 불교계에 저항하고자 하였으나 그 운동이 실패로 돌아갔기 때문에 결행하게 되었다고 보았으며, 만주 체험이 불교의 근대화에 대한 열망이 앞섰던 한용운이 민족현실을 직시하고 독립의 의지를 갖는 데 중요한 의미를 갖는다고 보고 있다.

4 김구와의 관련설에 대해서는 해방 이후 귀국한 김구와 당시 불교계를 대표한 김법린 총무원장 일행이 만나 대담을 하던 중에 한용운 관련 내용이 언급되고 있다는 점을 근거로 제시하고 있다. 이때 진행된 대담 내용은 불교기관지 『신생』 창간호에 실려 있다(유엽, 「臨時政府 要路 諸公의 會見記」, 『신생』 창간호, 1946). 또한 김광식은 경허(鏡虛)의 법맥을 잇는 만공(滿空)이 한용운에게 독립자금을 전달하고 이 자금이 다시 임시정부에 전달되었다고 보고, 한용운이 김구와 연결고리를 가지고 있었다고 보았다(김광식, 「만공 · 만해 · 김구의 독립운동 루트」, 『大覺思想』 31, 대각사상연구원, 2019).

하지만 이러한 논리가 성립되기 위해서는 두 가지 면에서 논리적 보완이 요구된다. 우선적으로 필요한 것은 만주 체험과 관련한 다양한 증언들을 참조항으로 삼아 한용운의 회고문을 다시 읽어낼 필요가 있다. 한용운의 만주 체험이 그의 삶에서 어떤 의미를 갖는가가 가설과 추정을 넘어서기 위해서는, 무엇보다 그의 글에서 이 체험이 어떻게 기억되고 있는지가 제대로 파악되어야 하기 때문이다. 따라서 여기서는 만주 체험과 관련한 한용운의 글과 여러 증언들 사이에 놓인 균열을 읽어냄으로써 한용운의 회고문에서 의도적으로 삭제 혹은 누락된 부분을 확인하고 그 의미를 포착해 보고자 한다. 다음으로는 한용운을 포함한 항일의식을 가진 승려들에게 구심점이 되었던 선학원禪學院의 일제 협력과 관련하여 해명이 필요하다. 선학원은 중일전쟁 이후 일제에 적극적으로 협력함으로써 설립 당시의 성격이 변질되었다고 평가받고 있기 때문이다. 조선불교가 일제의 관리와 통제하에 들어가 총독부의 사찰령으로부터 자유롭지 못하게 되자, 우리 불교의 자주성을 확보하고 일본불교와 다른 조선불교의 전통 선맥을 잇는 데 목적을 둔 항일 성향의 승려들이 선학원을 창설하였다.[5] 김광식은 선학원의 운영과 성격 전반에 대해 논의하면서 중일전쟁을 전후로 선학원의 저항적인 성격이 변질되기 시작했음을 밝힌 바 있다. 그는 1935년부터 본격화된 일제의 심전개발운동心田開發運動에서부터 선학원의 성격이 일제에 협조 혹은 동조하는 경향을 보였고, 중일전쟁 후에는 총독부와 협의하에 출정부대에 위문금을 보내는 등 일제에 적극적으로 협력했다고 보았다.[6] 이러한 선학

---

5 강석주 · 박경훈, 『불교근세백년』, 민족사, 2002, 114~123쪽 참조.

6 이에 대해서는 김광식의 「일제하 禪學院의 운영과 성격」(『한국근대불교사연구』, 민족

원에 대한 평가는 3·1운동으로 옥고를 치르고 나온 한용운이 1921년 12월에 출옥한 후 선학원에 기거했으며, 입적할 때까지 선학원과 정신적, 인적 교류를 지속했다는 점에서 논리적으로 충돌하는 면이 적지 않다. 특히 일제 말기로 접어들자 선학원이 '군국주의의 체제에 순응시키려는 고등적인 식민지 정책의 실체를 파악하지 못한 것'[7]으로 그 성격을 규정하면, 선학원의 핵심 인물인 송만공宋滿空(1871~1946)이나 한용운이 임시정부에 독립자금을 보내는 일에 관여했다거나 한용운과 임시정부 주석인 김구金九(1876~1949)가 연결고리를 갖고 있었다는 가정은 첨예하게 상충하게 된다. 따라서 일제 말기 선학원의 성격을 보다 면밀하게 살필 필요가 있으며, 일제에 대한 협력과 함께 저항이 어떻게 공존하고 있는가에 대한 구체적인 논의가 보완되어야 할 것이다. 한용운이 서문을 쓰고 발간을 주도한 『경허집鏡虛集』은 1942년부터 1943년에 걸쳐 선학원을 중심으로 추진된 사업이라는 점, 당시 선학원의 주지승인 김적음金寂音(1900~1961)과 한용운의 관계가 매우 돈독했다는 사실 등을 고려할 때, 한용운은 일제 말기까지 지속적으로 선학원과 연관성을 갖고 활동했음을 알 수 있다. 따라서 한국 근현대불교사에서 중요한 위치를 점유하고 있는 선학원이 일제 말기에 어떤 성격을 가졌는가가 제대로 파악되어야 한용운의 독립자금 조달설뿐만 아니라 한용운의 항일저항정신도 온전히 해명될 수 있을 것이다. 이런 점에서 이 시기 선학원의 성격은 여타의 자료 발굴을 통해 다양한 조명이 필요한데, 여기에서는 이 시기의 선학원의 성격을 밝힐 수 있는 자료로 재일조선인 소설가 김석

사, 1996, 137~143쪽)에 상술되어 있다.

7 위의 책, 143쪽.

범金石範(1925~)의 증언[8]과 소설[9]을 제시하고 이를 집중적으로 읽어내고자 한다. 해방 전후에 선학원에 머물렀던 재일조선인 소설가 김석범의 증언과 그가 선학원에 머문 경험을 소설화한 『1945년 여름』은 일제 말기의 선학원이 갖는 성격을 재고할 여지를 제공하기 때문이다.

2. 회고문과 증언 사이의 균열

한용운의 만주 체험과 관련한 회고의 글인 「죽엇다가 다시 살아난 이약이, 만주산간에서 청년의 권총에 마져서」와 구술담인 「나의 추억 ④~⑥」은 회고의 초점이 생사의 기로에서 경험한 신앙 체험에 맞추어져 있다. 그는 이들 증언에서 총을 맞고 의식을 잃어가는 순간 관세음보살을 보았고 그 환희심에 대한 체험을 고백하고 있다. 하지만 이들 증언을 자세히 살펴보면 표면적으로 드러난 주제와 달리 만주 체험이 갖는 성격을 추정해 볼 수 있는 의미 있는 대목이 담겨 있다. 특히 한용운의 만주행과 관련한 여타의 기사 및 증언과 이 회고의 글 사이에는 간과할 수 없는 균열이 있어 주목을 요한다.

우선 한용운의 회고문에서 주목할 점은 그의 만주행이 갖는 성격이다. 한용운은 한일병합 이후에 만주로 이주하는 동포가 늘어나자 이들의 이주에 대해 관심을 갖고 만주행을 선택한 것으로 회고하고 있다.

---

8 김석범 · 김시종 대담, 문경수 편, 이경원 · 오정은 역, 『왜 계속 써왔는가 왜 침묵해 왔는가』, 제주대 출판부, 2007.

9 김석범, 김계자 역, 『1945년 여름』, 보고사, 2017.

①

나는 그때에도 불교도이었으니까 한 승려의 행색으로 우리 동포가 가서 사는 만주를 방방곡곡 돌아다니며 우리 동포를 만나보고 서러운 사정도 서로 이야기하고 막막한 앞길도 의논하여 보리라 하였다. 그곳에서 조선사람을 만나는 대로 이런 이야기 저런 이야기로 이역생활을 묻기도 하고 고국 사정을 전하기도 하였다. 그리고 그곳 동지와 협력하여 목자(牧者)를 잃은 양(羊)의 떼같이 동서로 표박하는 동포의 지접할 기관, 보호할 방침도 상의하였다.[10]

②

이 만주길을 떠난 것은 내가 조선서 펴지 못하든 포부를 거긔나가면 얼마간 펴볼가하는 하염업는 희망을 부치고 갓섯습니다. 절후로는 몹시 더웁든 더위도 사라지고 온우주에는 가을긔운이 새로워서 금풍(金風)은 나무닙을 흔들고 버레는 창밋에 울어 멀리 있는 정인(情人)의 생각이 간절할 때이엇습니다. 만주로 가서 이곳저곳을 방랑하며 우리동포의 생활상태도 보고 또 장래 하여나갈 일도 생각하여 보앗습니다.[11]

먼저 한용운은 승려로서 동포들의 생활상을 직접 확인하고자 만주행을 감행한 것으로 진술하고 있다. 하지만 생활상의 확인이 단순한 호기심이나 시찰의 성격만을 가진 것은 아니었음은, "그곳 동지와 협력하여

10 「죽다가 살아난 이야기」, 『전집』 1, 251쪽. 『별건곤』에 실린 회고문이 『전집』에는 「죽다가 살아난 이야기」로 수록되었다.
11 「나의 追憶 ⑥」, 『조선일보』, 1928.12.9.

목자를 잃은 양의 떼같이 동서로 표박하는 동포의 지접할 기관, 보호할 방침도 상의"했다는 진술이나 "내가 조선서 펴지 못하든 포부를 거긔 나가면 얼마간 펴볼가하는 하염업는 희망"을 가지고 떠났다는 진술을 통해 알 수 있다. 우회적인 이러한 표현을 통해 추정해 보면 그는 만주로 이주한 동포들을 이끄는 민족지도자들을 만나서 민족 현실에 대한 깊이 있는 논의를 하고자 했던 것으로 보인다. 이처럼 그의 만주행에는 동포들의 생활상 시찰과 민족 현실에 대한 논의라는 두 가지 목적이 모호하게 결합되어 있다.

한편, 독립운동가 이회영의 부인인 이은숙은 『서간도시종기』에서 한용운의 만주 체험과 관련하여 다음과 같이 언급하고 있다.

> 만주를 오고 싶으면 미리 연락을 하고 와야지 생명이 위태치 않은 법인데, 하루는 조선서 신사 같은 분이 와서 여러 분께 인사를 다정히 한다. 수삭(數朔)을 유(留)하며 행동은 과히 수상치는 아니하나, 소개 없이 온 분이라 안심은 못했다. 하루는 그분이 우당장께 자기가 회환(回還)하겠는데 여비가 부족이라고 걱정을 하니, 둘째 영감께 여쭈어 30원을 주며 무사히 회환하라고 작별했다. 수일 후 통화현 가는 도중에 굴라제 고개에서 총상을 당했으나 죽지 않고 통화병원에 입원 치료 중이라 하였다.[12]

한용운은 특별한 인맥 없이 이회영이 머물던 서간도의 통화현과 유하현 일대를 방문하였다. 수삭을 머물렀다는 것으로 보아 짧은 기간은

---

12 이은숙, 『서간도 시종기(西間島始終記)』, 일조각, 2017, 85~87쪽.

아니었음을 알 수 있고, 그 기간이 적어도 서너 달이라면 만주행 전 기간 동안 그는 이 지역에 머물다 귀국한 것으로 볼 수 있다. 서간도에서 그는 항일독립의 열기를 확인하고 무장투쟁을 준비하고 있던 당시의 만주사정을 온몸으로 느낄 수 있었을 것이다. 이 시기에 이곳에서는 한인 자치단체인 경학사가 조직되고 신흥학교가 설립되면서 뜻있는 인사들이 대거 이주해 옴에 따라 민족의 독립을 준비하는 독립운동기지 건설의 열기가 뜨거웠다.[13] 한용운이 이곳에서 '소개 없이 온 분'으로 몇 개월을 머물렀고, 이회영에게 여비를 얻어서 돌아올 정도였다면 서로 간의 신뢰를 어느 정도 쌓았다고 볼 수 있다. 무엇보다 한용운이 서간도의 통화현과 유하현 일대를 찾아갔다면 이는 어떤 의도가 있었을 것으로 보이며, 이회영의 집에 머물렀다는 사실만을 볼 때도 그가 민족의 운명과 관련하여 심도 있는 논의를 하고자 했던 내적 필요성이 있었기 때문으로 볼 수 있는데, 회고문에서는 이러한 사정에 대해서는 거의 언급을 하지 않거나 우회적으로 진술하고 있을 뿐이다.

둘째, 한용운의 만주행 관련 회고에서 볼 수 있는 또 하나의 균열은 총상과 관련한 진술에서 찾아볼 수 있다. 한용운은 회고문에서 자신이 총을 맞은 것은 "조선서 온 이상한 정탐이라는 혐의" 때문이었다고 말하면서, 총을 쏜 청년들이 누구인지 전혀 모르는 것으로 글을 마무리하고 있다. 하지만 이 사건과 관련한 여러 증언들과 신문기사를 한용운이 쓴 회고문과 비교해 보면 한용운이 회고문에서 감추고자 한 사실이 있음을 짐작해 볼 수 있다. 우선 이은숙의 수기에 따르면, 총상 사건이 일

13 윤병석, 『국외항일운동 1—만주·러시아』, 독립기념관 독립운동사연구소, 2009, 18~26쪽 참조.

어나자 이회영이 한용운에게 총을 쏜 학생들을 불러 꾸짖었다고 한다. 그 후 이회영이 일시 귀국했을 때 한용운을 국내에서 만났고 이회영은 한용운이 자신에게 "내 생명을 뺏으려 하던 분을 좀 보면 반갑겠다"[14]고 말했다고 한다. 이로 볼 때, 이 학생들이 신흥무관학교 학생들이었다는 사실을 한용운이 알고 있었던 것으로 보인다.

이와 관련하여 만당卍黨의 핵심적인 인물이었던 이용조의 증언도 눈여겨볼 수 있다. 그의 증언에 따르면 한용운에게 총을 쏘았던 신흥무관학교 학생들이 위문과 사과를 위해 한용운이 치료받은 병원을 방문했다고 한다.[15] 이용조는 증언에서 총을 쏜 학생의 구체적인 이름까지 적시하고 있는데, 이들이 병원을 찾아가자 한용운은 학생들이 자신을 일본의 밀정으로 생각하여 총을 겨눈 것이므로 독립의 희망을 갖게 한다고 기뻐하며 죽어도 여한이 없다고 말했다고 전한다.

한편, 한용운이 이 청년들의 정체와 행동 동기를 알고 있었음은 김구의 다음과 같은 말을 통해서도 확인 가능하다.

> 한선생(韓先生)은 우리 해외(海外)의 동포(同胞)의게 하늘이 놀란만한 말슴을 전하고 가신 어른이신데 우리는 지금(只今)도 새렵게 기억(記憶)하고 있습니다. 그 말을 옮기면 ○○무관학교에 오셨다가 우리 무관학교 수위(武官學校 守衛)들에게 탄환 오발(彈丸 五發)을 마즈시고 넘어저서는 이 탄환(彈丸)이 나를 일본 밀정(日本 密偵)으로 알고 쏜 조선군인(朝鮮軍人)의 탄환(彈丸)이라니 나는 이러한 독립용사(獨立勇士)의 굳굳

14 이은숙, 앞의 책, 87쪽.
15 이용조, 「만해 대선사 묘소를 참배하고」, 『불교』 신년호, 1948, 25~26쪽.

한 수위(守衛)에 오개(五個)의 탄환(彈丸)보다 더 큰 선물을 받을 수가 없다. 죽어도 유한(遺恨)이 없다고 피투성이로 병원에 가시였다는 말입니다. 얼마나 알들한 아니 거룩한 애국자(愛國者)의 말입니까. 묘소(墓所)를 다음날 참배할 때 안내(案內) 좀 해주십시오.[16]

김구는 한용운이 신흥무관학교 학생들에게 총을 맞고도 이들을 오히려 격려한 사실을 알고 있었다. 이는 이 일화가 당시 임시정부에까지 널리 알려져 있었음을 입증해주는 증언이다. 하지만 한용운 자신은 회고문에서 이를 일체 드러내지 않고 있다.

또한 이 사건과 관련하여 눈여겨볼 중요한 자료가 있는데, 그것은 1913년 1월 7일 자 『매일신보』 3면에 실린 기사이다. 여기에는 「한화상韓和尙의 피상被傷—한화상의 전신 중상」이라는 제목으로 한용운의 만주행 관련 내용이 소개되어 있다.[17]

중부 사동 불교포교당(中部寺洞佛敎布敎堂)에 있는 한용운(韓龍雲)화상은, 북간도와 서간도의 불교를 포교할 목적으로, 지나간 음력 팔월경에 해랑디(희량지? 정확하게 확인 불가—인용자 주)로 건너갔다가 향마적(嚮馬賊)을 만나 전신의 세 곳이나 총알을 맞아 생명이 대단 위험하더니, 다행히 내지인의 고명한 의사에게 치료를 받아 완전히 나음으로, 근경에 돌아와서 경성에 잠깐 체재하다가 일전에 동래부(東萊府) 범어사로 내려갔다더라.

16 유엽, 앞의 글, 25쪽.

17 기사로 판단해 볼 때, 한용운은 1912년 9월에서 10월 사이에 만주로 가서 같은 해 연말이나 이듬해인 1913년 초에 귀국한 것으로 보인다.

이 기사에 따르면 1912년 음력 8월경에 불교를 포교할 목적으로 북간도와 서간도로 간 한용운은 향마적을 만나 전신의 세 곳에 총을 맞고 사경을 헤매다 치료를 받고 귀국했다고 한다. 이 기사에서 만주 체험과 관련한 내용은 당연히 한용운의 구술에 의해 작성되었을 것이다. 한용운 자신의 회고문과 한용운의 동정을 알리는 『매일신보』의 기사는 총에 맞아 기사회생한 사건에 초점을 맞추고 있다는 점에서는 차이를 보이지 않는다. 회고문에는 총에 맞아 기절한 순간 관세음보살을 보았다는 종교 체험이 기억의 중심을 차지하고 있는데, 이는 만주행이 갖는 의미를 신이神異한 종교 체험의 일종으로 이해하게 만드는 계기로 작용하였다. 하지만 기사에서는 포교의 목적으로 만주에 갔으며 여러 곳을 떠돌다 총상을 입은 것으로 보도되고 있다. 또한 회고문에는 조선 청년들에게 총을 맞은 것으로 되어 있으나 기사에서는 향마적에게 총을 맞은 것으로 되어 있는데, 이처럼 기본적인 사실 관계에서도 차이를 보인다. 또한 이은숙의 수기에 따르면 그는 통화현 합니하에 있던 이회영의 집을 떠난 수일 후에 굴라재에서[18] 총상을 입고 병원에 입원했다고 하는데, 굴라재라는 장소는 한용운의 회고문과 같으나 회고문에서는 조선인 마을에서 치료를 받았다고만 되어 있고 기사에서는 '내지인의 고명한 의사'에게 치료를 받았다고 밝히고 있어 차이를 보인다. 이때 한용운을 치료한 의사는 제중원 출신으로 최초의 양의사 중 한 사람인 김필연[19]으로 추정되는데, 김필연은 국내에서 105인 사건으로 검거가 강

18 이은숙의 수기에는 '굴라제 고개'로, 이용조의 글에서는 '굴나스령'으로 표기되어 있다.

19 김필연은 의사이자 독립운동가로서 이 시기에 통화현에서 의사로 활동했고, 그의 편지에 따르면 한용운이 총상을 입은 시기에 통화현에 의사가 없어 그곳에서 치료하고 있다고 밝히고 있다. 김주용, 「의사 김필연의 생애와 독립운동」, 『연세의사학』 21-1, 연세

화되자 이를 피해 서간도로 망명한 의사로 당시 그곳에 적십자병원을 열고 치료 중이었다. 한용운이 이곳에서 치료를 받았다면 이 치료의 과정에서 그가 느낀 감회도 남달랐을 것인데 회고문에서는 이에 대해 전혀 언급하지 않고 있다.

신문기사와 한용운의 회고문 사이의 균열은 1913년과 1927년이라는 시기적인 차이로 인한 정치적 상황의식이 반영된 결과로 볼 수 있다. 하지만 1927년의 회고문에서도 한용운은 만주행의 목적과 총상 사건과 관련한 기억에서 중요한 사실관계들은 모두 누락 혹은 변조하고 있다. 이 부분을 이은숙, 이용조, 김구의 증언과 비교해 보면, 그의 만주 체험과 관련해서는 한용운이 의도적으로 감추고자 하는 바가 있다고 보아야 할 것이다.

한용운의 만주 체험과 회고 사이에 놓인 이러한 균열은 회고문 안에서도 발견된다. 회고문에는 자신이 '조선서 온 이상한 정탐의 혐의'를 받아 총을 맞았음을 고백하고 있다. 그가 자신이 밀정으로 오해받았다는 사실을 알았음을 언급한 것으로 보아, 한용운은 자신에게 총을 겨눈 청년들이 신흥무관학교 학생들이라는 사실도 알고 있었다고 판단된다. 하지만 그는 회고문에서 "지금이라도 그 청년들을 내가 다시 만나면, 내게 무슨 까닭으로 총을 놓았는지 조용히 물어보고 싶다"고 말하며 글을 맺는다. 이들이 독립을 준비하는 조선청년이라고 언급하지 않고 총을 쏜 이유도 전혀 모르는 것처럼 기술하고 있는 것이다. 즉 회고문이 갖고 있는 이러한 내적 균열로 볼 때, 한용운은 서간도의 독립운동기지

대 의학사연구소, 2018 참조.

에 대해 자신이 체험한 바를 정직하게 말할 수 없었고, 무언가 감추고자 하는 바가 있음을 알 수 있다.

이처럼 회고문과 증언 사이, 회고문 안에 놓인 균열들로 볼 때, 한용운에게 만주 체험이 결코 간단치 않은 사건이었으며 독립운동과 관련하여 그가 감추어야 할 부분을 갖고 있음을 말해준다. 이와 같이 말할 수 없는 부분 혹은 말하지 않는 지점이 존재한다는 사실은, 한용운이 3・1운동에 적극 가담했고 옥중에서 「조선독립에 대한 감상의 대요」를 써서 상해 임시정부에 전달한 사건이나 만주의 대표적인 항일운동가 김동삼의 장례를 자처하고 나서서 치른 일, 그리고 항일투쟁과 불교개혁운동을 주도한 만당과의 관련성을 해명하는 열쇠가 될 수 있을 것이다. 이러한 일련의 사건들은 만주 체험이 한용운의 삶에서 지속적으로 의미를 갖고 있었음을 말해주기 때문이다.

만주 체험이 한용운의 삶에서 갖는 의미는 일송一松 김동삼金東三(1878~1937)의 장례에 참석한 인물들의 면면을 통해서도 확인해 볼 수 있다. 한용운이 김동삼을 서간도에서 실제로 만났는지에 대해서는 구체적인 증언이나 기록이 남아 있지 않다. 하지만 직접적인 인연이 없었다고 하더라도 당시 만주에서 김동삼이 보여준 활약에 대해서는 국내 신문에 계속 보도되고 있었고, 서간도를 다녀온 한용운으로서는 김동삼이 만주의 동포사회를 대표하는 인물이자 독립운동가라는 사실만으로도 장례를 치르는 일을 자처할 수 있었을 것으로 보인다. 김동삼의 장례식에 참여한 인물들을 보면 중일전쟁 전후에 한용운과 인맥을 가진 사람들이 어떤 분들인지 확인해 볼 수 있다. 김광식은 김동삼의 장례식에 조문을 한 인물을 다음과 같이 밝히고 있다.

그런데 김동삼이 일제에 체포되어 서대문형무소에 수감도중 고문의 후유증으로 1937년 4월 13일, 옥중에서 서거하였다. 만해는 김동삼이 서거하였다는 소식을 듣고, 한용운은 유족과 상의하여 김동삼의 유해를 심우장으로 옮기고 5일장의 장례를 치루었던 것이다. 그때 조문한 인물은 20여 명이었는데 홍명희, 방응모, 이극로, 이인, 박광, 김적음, 양근환, 허헌, 허영호, 박고봉, 조헌영, 여운형, 조지훈, 국수열, 서정희, 정노식, 김항규, 양근환, 김진우 등이었다.[20]

김동삼의 장례식에 20여 명의 조문객이 함께 했다는 증언은 조지훈의 글에서도 확인할 수 있다.

일송선생의 장사날 20명 안팎의 회장자(會葬者) 속에 연연(燃然)하시던 그 모습, 와야 할 조객들이 일제 관헌의 눈치를 꺼려 오지 못하고 조사(弔辭)낭독 하나만으로 제약된 영결식에 조사의 낭독을 고인의 동향 후배라 하여 가엄(家嚴)께 미루시고 묵묵히 저립(佇立)하시던 모습은 지금도 나의 인상에 깊이 남아 있다.[21]

김동삼의 장례식에는 20명 안팎의 인물이 참석한 것으로 보인다.[22]

---

20 김광식, 「한용운의 만주행과 정신적인 독립운동론」, 『한국민족운동사』 93, 한국민족운동사학회, 2017, 139쪽.

21 조지훈, 「한용운선생」, 『신천지』, 9(10), 서울신문사, 1954, 154쪽.

22 김동삼의 아들은 50여 명이 조문을 왔다고 하고, 최범술은 더 많은 사람이 조문을 왔다고 한다. 이러한 기억은 전체 조문객수를 의미하는 것이고 장례식에는 20명 남짓이 참여한 것으로 보인다. 최경운, 「독립운동가 김동삼 선생 손자가 증언한 '일송과 계초'」, 『조선일보』, 2003.10.23.

이 장례식에 참석한 인사 중 홍명희,[23] 이극로, 박광, 여운형, 서정희 등이 만주를 포함하여 임정의 독립운동과 직접적인 관련이 있는 인물들이라는 점을 고려해 볼 때, 한용운이 해외 독립운동가들과 지속적으로 연락을 취하고 있었다는 추측이 가능하다. 특히 이 가운데 박광은 서간도 안동현에서 신동상회信東商會라는 곡물무역상을 하며 독립자금을 조달한 인물로, 한용운의 유고를 끝까지 보관하여 전집 발간을 가능하게 했던 인물이다. 박광은 한용운의 절친한 친구로 마지막까지 한용운의 유고를 발간하고자 노력하였다. 이러한 인물들과 지속적으로 교류하고 있었다는 점으로 볼 때, 한용운의 만주행은 전모를 드러내지 않고 감추어야 할 지속적인 체험으로서 의미를 가졌던 것으로 해석해 볼 수 있다.[24]

이상에서 짧은 한용운의 만주행을 소개한 회고문을 이 체험과 관련된 여러 증언들과 비교해 보았다. 한용운의 만주 체험에는 직접적으로 그 전모를 발설할 수 없는, 말할 수 없는 진실이 그 속에 감추어져 있음을 짐작해 볼 수 있다. 이 감추어진 부분이 항일독립운동과 관련된다고 가정해 보면, 그의 3·1운동 참여나 이후의 항일의지를 드러낸 행적은 만주 체험에 자극받은 바 크다고 보아야 할 것이다.

---

23 홍명희와 한용운은 돈독한 사이를 유지했으며 바둑 친구로 소일을 같이한 것으로 알려져 있다. 그가 한용운의 화갑에 남긴 축시인 「축 만해형 육십일수(祝卍海兄六十一壽)」(1939)는 두 사람의 돈독한 관계를 말해 준다. "황하의 흐린 강물 날로 도도하여 / 천년을 기다려도 한 번 맑기 어렵구나 / 어찌 마니주로 수원을 비출 뿐이야 / 격류 중의 지주처럼 우뚝 솟았어라(黃河獨水日滔滔 / 千載俟淸難一遭 / 豈獨摩尼源可照 / 中流砥柱屹然高)." 임형택·강영주 편, 『벽초 홍명희와 『임꺽정』의 연구자료』, 사계절출판사, 1996, 20쪽.

24 김광식에 따르면, 1932년에 이회영이 옥중에서 순국하여 시신이 경기도 파주의 장단역으로 옮겨졌고, 그의 장례식이 장단역사에서 치러지자 한용운은 여기에 참석한 것으로 추정된다. 김광식, 「한용운의 만주행과 정신적인 독립운동론」, 『한국민족운동사』 93, 한국민족운동사학회, 2017 참조.

3. 소설 『1945년 여름』을 통해 본 해방 전후 선학원의 실상

해방에 대한 기억은 남북한과 국내외의 인식상에 적지 않은 차이가 있는 것이 사실이다. 해방의 감격을 중심으로 하는 기억을 구축해 온 우리의 현실과 달리, 해방은 기억자가 서있는 지역과 입장에 따라 상이한 양상을 보인다. 해방 전후와 같이 극심한 혼란기에는 이러한 면이 특히 도드라진다고 할 수 있는데, 재일조선인의 기억 또한 이 시기를 이해하는 데 있어서 중요한 의미를 갖는다. 그들은 식민지 본국에서 일제의 최후를 경험했고, 이러한 경험이 당시 조선의 상황과 비교될 때 이 시기를 이해하는 새로운 지점들이 드러날 수 있기 때문이다. 특히 해방공간은 정치 과열의 시기였고 남북으로 재편되는 분단의 기원이라는 점에서 더욱 그러하다. 하지만 해방 전후에 대한 문학적 재현은 그리 많지 않은 편인데, 이런 점에서 이 시기와 관련한 재일조선인 소설가 김석범의 증언과 소설은 각별한 의미를 갖는다. 그의 증언과 이 시기를 배경으로 하는 장편소설 『1945년 여름』은 이 시기를 이해하는 사료로서의 의미가 매우 크다. 여기에서는 이 증언과 소설 가운데 선학원과 관련한 부분을 중심으로 해방 전후기에 선학원의 실상을 살펴보고 이를 근거로 한용운에 대한 이해의 폭을 심화시켜 보고자 한다.

재일조선인 소설가로 널리 알려진 김석범의 선학원과 관련한 기억은 해방 전과 후로 나누어 살필 수 있다. 김석범은 19살이 되던 1945년 3월 말에 오사카에서 징병검사를 핑계삼아 서울로 들어와 선학원에 체류하게 된다. 당시 김석범은 중국으로 탈출하여 독립운동에 몸을 담고 싶다는 생각으로 서울행을 결행했다고 한다. 그의 증언에 따르면, 그는 귀경 후 곧바로 고향인 제주도로 내려가 징병검사를 받고 다시 서울로 돌아왔으나, 장티푸스에 걸려 한 달간 병원에 입원을 하게 된다. 병으로 인해 심신이 약해진 그는 선학원에서 6월까지 머무르다 일본으로 돌아간다. 약 3개월간 서울에 머물면서 선학원에서 지낸 김석범은 승려로 위장하여 그곳에서 생활하며 건국동맹[25] 소속으로 활동한 이석구를 만나게 된다. 이석구는 충칭의 임시정부로 가겠다는 김석범의 중국행을 만류하면서 금강산에 가서 자신이 부를 때까지 적당한 때를 기다리고 있으라고 권유한다. 하지만 이석구의 만류에도 불구하고 심신이 약해진 김석범은 일본으로 돌아감으로써 첫 번째 서울행은 막을 내린다. 두 번째 방문은 해방을 맞은 직후인 1945년 11월로 김석범은 다시 선학원을 방문한다. 두 번째 방문을 통해 김석범은 선학원의 승려로 알았던 이석구가 지하에서 활동해 온 독립투사라는 사실을 알게 된다. 이석구의 소개로 남산 자락에 있는 후암동에서 건국 관련 활동을 돕던 동지들과 공동생활을 하다 김석범은 1946년 여름에 다시 일본으로 돌아간다. 이와 관련해서는 김석범과 재일조선인 시인 김시종의 대담집인 『왜 계속 써왔는가 왜 침묵해 왔는가』에 자세히 소개되어 있다.[26]

김석범은 해방 전에 선학원을 방문했을 때 이석구를 스님으로 알았고, 그를 만나서 겪은 일을 소개하면서 두 가지 의미 있는 일화를 증언한다. 하나는 하상조河上肇(가와카미 하지메)[27]와 관련한 내용이다. 증언에

---

25 여운형, 조동호, 이석구 등이 주축이 되어 1944년 8월 10일 서울에서 발족시킨 비밀지하조직으로 민족독립과 광복에 대비하기 위해 활동을 전개하였다. '不言, 不文, 不名(말하지 않고, 쓰지 않으며, 이름을 밝히지 않는다)'의 3대 원칙을 세워 해방까지 조직을 지켰다. 이 소설에서는 건국동맹에 대해 각주를 달아 이러한 내용을 밝혀두고 있다.

26 김석범 · 김시종 대담, 문경수 편, 이경원 · 오정은 역, 앞의 책, 20~37쪽 참조.

27 가와카미 하지메(1879~1946)는 마르크스주의 경제학을 연구한 일본의 대표적인 경

따르면 이석구는 일본에서 온 재일조선인 청년을 경계하는 눈치였다고 한다. 그러나 일본의 마르크스 경제학자인 가와카미 하지메(하상조)를 아느냐고 묻고, 김석범이 그를 안다고 하자 마음의 문을 열게 되었다는 것이다. 하상조라는 사유의 공통점을 찾은 이석구는 김석범에게 마음을 열게 되고 김석범은 자신이 중국으로 가서 독립운동에 가담하고 싶다고 고백하기에 이른다. 하지만 이석구는 중국의 현실을 모르는 '청년의 망상'이라고 하며 중국행을 만류했다는 에피소드가 그 하나이다. 또 하나의 일화는 국내의 독립운동 진행 사정을 엿보게 하는 금강산행과 관련된다. 일본으로 돌아가려는 김석범에게 이석구는 금강산에 가면 독립의 뜻을 가진 젊은이들이 있으니 거기 있다가 때가 오면 연락할 테니 그때 돌아오라고 권유한다. 여기서 금강산은 금강산에 있는 불교 사찰을 뜻한다. 따라서 이 시기 선학원이 독립을 준비하는 데 나름의 역할을 담당하고 있었음을 추정해 볼 수 있다. 또한 김석범은 선학원에서 이석구의 제자인 장용석이라는 동갑내기 친구를 만나 독립에 대한 이야기를 나누기도 했다고 증언한다.

한편, 해방 후 1945년 11월에 다시 서울로 돌아온 김석범은 비로소 일제 말에 선학원의 기능이 무엇이며 이석구라는 인물의 실체를 알게 되었다고 한다.

> 그때부터 다시 서울 선학원에 돌아가서 거기에서 중국 갈 기회를 찾았

제학자이자 사회운동가이다. 한때 교토대학 교수를 지내기도 했으며 공산당에 가입하여 활동하다 검거되어 4년간 옥고를 치렀다. 윤리적 마르크스주의자로 분류되는 그는 신문에 연재하여 널리 읽힌『빈곤론(贫乏物语)』(1917)에서 자본주의의 모순과 가난을 강요하는 사회적 모순을 신랄하게 비판하여 당대 젊은이들에게 큰 호응을 얻었다.

지. 그런데 이상한 우연이지. 서울 선학원이라는 곳, 그곳은 44년 8월에 여운형(呂雲亨) 등 여섯 명이 중심이 되어 조직해서 만든 건국동맹(建國同盟)의 아지트였던 거야. 그리고 그중 한 명인 이석구(李錫玖) 선생이라는 혁명가가 절에 스님으로 변장하고 숨어있었던 거지. 당시 지하조직 간부니까 변장하고, 거기가 아지트였던 거야. 나는 그런 것 알 리 없지 않소.[28]

김석범은 해방이 되자 새로운 조국 건설에 참여하고 싶다는 열망을 갖고 귀국하여 다시 선학원을 찾는다. 이때 비로소 자신이 만난 이석구가 건국동맹을 기반으로 1945년 11월에 결성한 인민당 조직부장이라는 사실을 알게 된다. 실제로 이석구는 일제 말기에 결성된 건국동맹에서 국외 민족해방인민단체와 연락을 담당하는 외무부 소속의 인물로 건국동맹의 핵심 인물 중 한 사람이었다.[29] 그는 선학원 주변의 소학교에 차려진 인민당 사무실에 가서 이석구를 만났고 그때 이석구로부터 "자신은 선학원에서 스님으로 변장하고 지하운동을 하고 있었다"[30]는 말을 들었다고 한다.

한편, 김석범은 이때의 체험을 소설로도 남겼는데 소설의 배경과 인물과 관련한 기본적인 사실은 대체로 증언과 일치한다. 소설에서는 재일조선인의 중간자적 입장을 부각시키기 위해 몇 가지 허구적 장치를 부여한 것을 제외하면 선학원에서 보고 만나고 느낀 바가 사실적으로 그려지고 있다. 김석범이 대담과 소설을 통해 증언한 내용을 살펴보면

28 김석범 · 김시종 대담, 문경수 편, 이경원 · 오정은 역, 앞의 책, 21~22쪽.
29 강만길, 『고쳐 쓴 한국현대사』, 창비, 2006, 149쪽.
30 김석범 · 김시종 대담, 문경수 편, 이경원 · 오정은 역, 앞의 책, 34쪽.

해방 전후에 선학원이 어떤 공간이었는지를 확인할 수 있다. 특히 당시 선학원의 주지로 있던 김적음 스님[31]이 금강산으로 가서 뜻을 세운 젊은이들과 함께 때를 기다리라고 권유하는 장면이나 이석구가 중국행을 만류하는 내용은, 소설 속에서 이석구를 소설화한 인물인 기석구와 김적음을 소설화한 인물인 유대현 주지가 독립을 준비하고 있던 정황을 추정케 한다. 해방 후 서울로 돌아온 주인공 김태조는 선학원의 젊은 승려로부터 "기석구 선생은 혁명가입니다. 일제시대에는 중국이나 국내에서 지하생활을 하신 분"[32]이라는 말을 듣게 되고 "주지를 포함해 선사 자체가 지하활동의 아지트였다는 사실을 그곳에서 지낸 자신은 전혀 몰랐다. 더욱이 천근의 무게를 지닌 말을 뿌리치고 일본으로 다시 돌아간 것이다"[33]라고 읊조리는데, 이는 "서울 선학원이라는 곳, 그곳은 44년 8월에 여운형 등 여섯 명이 중심이 되어 조직해서 만든 건국동맹의 아지트였던 거야. 그리고 그중 한명인 이석구 선생이라는 혁명가가 절에 스님으로 변장하고 숨어 있었던 거지"라는 증언과 일치한다.

이처럼 김석범의 증언과 소설 『1945년 여름』의 내용으로 볼 때, 일제 말기 선학원은 독립을 준비하며 지하활동을 하는 단체와 깊이 연루되어 있었음을 알 수 있다. 이러한 사실과 비교해 볼 때, 당시 주지였던 김적음을 포함하여 선학원의 일제에 대한 자발적 협조[34]는 한용운의 회고와 증언 사이에 놓인 균열에서 볼 수 있듯이, 시대상황 속에서 위

31 소설에서는 이석구를 기석구로, 김적음 스님을 유대현(柳大鉉) 주지로 설정하고 있다. 김적음 스님의 법호인 초부(草夫)는 그대로 쓰면서 법명만 다르게 사용하고 있다.

32 김석범, 김계자 역, 앞의 책, 351쪽.

33 위의 책, 355쪽.

34 전쟁 관련 법회 개최, 물자 조달, 창씨개명 협조 등을 말한다.

장의 면이 있었던 것이 아닌가 하는 합리적 의심을 갖게 한다. 이러한 점이 밝혀지지 않는다면 한용운이 만년에 지속적으로 교류하고 있었던 선학원의 주지승 김적음과의 관련성을 이해하기 어렵다.

> 아버지가 원래 혈압이 높았는데 눈이 온 날 마당을 쓸다가 풍이 와서 쓰러지셨어요. 적음스님이 오셔서 침을 맞으면서 가료를 해서 정상적인 걸음은 아니지만 단장(지팡이)을 짚고 다니셨는데 그게 심해져서 돌아가신 거야.[35]

딸 한영숙의 증언에 따르면 한용운이 중풍으로 쓰러지자 침술이 뛰어났던 김적음이 와서 침을 놓아줄 정도로 돈독한 친분을 두 사람은 유지하고 있었다. 전쟁 참여를 반대하면서 비타협 민족주의자였던 한용운이 친일 부역에 앞장선 인물과 친밀한 관계를 유지했다는 것은 언뜻 보아도 이해하기가 어렵다. 또한 만공과 만해와 김구로 이어지는 독립자금 루트가 하나의 가설이 아닐 수 있는 것은 일제 말에 선학원에서 승려로 위장해 지하활동을 한 이석구가 해외의 독립운동 기관과 연락책이라는 사실과 연관시켜 생각해 보면 자금이 전달될 수 있는 통로를 선학원을 통해 확보한 것으로 볼 수도 있다.

35 「서화숙의 만남-만해 한용운의 딸 한영숙」, 『한국일보』, 2012.2.26.

4. 향후 연구 과제

한용운의 생애사로 볼 때, 그는 조선불교의 근대화운동을 중요한 시대적 과업으로 생각하며 1910년을 맞았다고 할 수 있다. 하지만 1911년 6월에 조선총독부가 사찰령을 발표하면서 조선불교의 자주성이 위협받자 한용운의 심경에는 적지 않은 변화가 일어났던 것으로 보인다. 그의 만주행은 이 시기에 결행되었으며, 만주 체험을 통해 그는 민족의 현실을 자각하고 미래를 모색하는 시간을 가졌다고 할 수 있다. 만주에서 한용운은 민족의 독립에 대한 열망을 온몸으로 느꼈을 것이며, 그 실현 가능한 길도 고민해 보았을 것이다. 또한 죽음의 문턱까지 갔다가 살아 돌아오며 깊은 종교적 신심을 갖게 되기도 했을 것이다. 이렇게 보면 1912년 가을과 겨울 사이에 있었던 한용운의 만주 체험은 그의 삶에서 역사와 종교의 지평을 융합하는 '운명의 지침을 돌려놓은' 시간이었다고 할 수 있다.

여기에서는 이러한 한용운의 만주 체험 관련 연구에서 논리적 공백으로 남아 있는 지점을 메워보고자 하였다. 한용운의 회고문과 여타의 증언 사이의 균열을 통해서는 만주 체험과 관련한 한용운의 회고가 말할 수 없는 지점들을 갖고 있고 이것이 항일독립운동과 연결될 수 있음을 밝혔다. 또한 김석범의 증언과 소설을 통해 일제 말기 선학원의 일제에 대한 저항의 실상을 엿보고, 선학원의 친일이 저항을 위한 위장일 수 있었음을 밝힘으로써 한용운과 해외독립운동 진영과의 연결고리를 찾아보았다.

향후 한용운의 만주 체험 관련 연구는 다음과 같은 연구 과제를 남겨

두고 있다. 첫째, 한용운에게 만주행은 독립운동에 눈을 뜨게 만든 중요한 자극제가 되었지만 이러한 사실이 문학적인 면에서 어떤 의미를 갖는지에 대해 주목할 필요가 있다. 한용운은 시집 『님의 침묵』과 소설 「박명」, 「죽음」 등에서 죽음의 문제를 문학적으로 사유하고 있다. 실제로 만주 체험뿐만 아니라 블라디보스토크 체험에서도 그는 죽음의 위기를 맞았고, 죽음 직전에 이르러서야 회생하는 극단의 경험을 하였다. 이런 점에서 만주행이 갖는 문학적 의미를 죽음의식과 연관시켜 해명해 볼 필요가 있을 것이다. 또한, 한용운과 선학원이 해외 항일독립운동과 갖는 연결고리를 보다 적극적으로 살펴볼 필요도 있다. 이를 위해서는 만주에서 독립운동을 벌이다 옥사한 김동삼의 장례에 참석한 인사들의 증언과 관련 기록을 중요한 참조항으로 삼아야 할 것이다. 또한 일제 말에 친일 부역에 나섰다는 비판의 대상이 되고 있는 선학원의 주지 김적음과 한용운의 관계와 여운형과 한용운의 관계도 면밀히 살펴볼 필요가 있겠다.

제2부

근대 문화지형과 한용운의 위치

1장

만해시와 당대시의 영향관계

1. 문제 제기

만해 한용운의 시집 『님의 침묵』은 근대시사에서 돌출된 지점을 점유하고 있는 것으로 평가되어 왔다. 전문적인 시인이나 문사로 활동하지 않은 선승이 우리 근대시사의 한 성취로 평가할 만한 시집을 발간했다는 개인적 이력은 일차적으로 시집 『님의 침묵』을 시사적 맥락 안에서 이해하고 해석하는 데 장애가 되어 왔다. 이는 시인이 탈속한 선승禪僧의 신분이었기에 당대의 시단에는 초연한 채 시작詩作을 했을 것이라는 암묵적 동의가 전제된 결과라 하겠다. 그러나 다르게 보면 민족주의 이데올로기에 의해 미화된 시인에 대한 그간의 평가가 이러한 현실을 조장한 면이 크다고 볼 수 있다. 일제치하에 활동한 많은 문인들이 친일의 길을 걸었던 데 비해 항일로 일관한 한용운의 경우, 민족적 요구의 이상적인 모델로 자리매김되면서 시인으로서의 그의 면모가 과도하게 미화된 측면이 없지 않았다. 이러한 사실들이 그의 시를 시사적 맥락 안에서 이해하고 평가하는 것을 무의식적으로 억압하였고, 그 결과 만해시萬海詩와 당대시當代詩의 관련 양상에 대한 객관적 천착은 제대로 이루어지지 못한 것이 현실이다. 따라서 지금까지 1920년대 전반기에 형성된 초기 시단과 시집 『님의 침묵』의 관련성에 관해서는 연구가 제대로 진행되지 못하였다. 이러한 현실 속에서 『님의 침묵』은 한용운이라는 한 천재적 개인의 독창적인 시적 성취의 결과로 인식되거나 혹은 불교사상의 심오한 철학성이 문학적으로 분출된 결과라는 관점에서 주로 해석되어 왔다. 그러나 문학작품은 어디까지나 역사적 산물이며, 그것이 위대한 문학적 성취일수록 작품이 처해 있는 당대의 문학적 현실과 내밀한 영향관계를 갖는다는 사실에 비추어 볼 때, 만해시와 당대시의 상관성은 당대 문학장文學場을 콘텍스트로 삼아 상호 연관성을 조명해 볼 필요가 있다.

시집 『님의 침묵』의 창작에 당대시가 어떤 영향을 미쳤는가에 대해서는 몇몇의 선구적인 연구가 있었다. 정한모,[1] 김용직,[2] 김재홍[3] 등은 김억이 번역한 타고르의 시집 『원정園丁』에서 영향을 받았다고 밝힌 바 있다. 이들의 논의는 한용운이 주재한 잡지 『유심惟心』에서 일종의 동양주의를 내세우며 타고르를 다루고 있다는 점,[4] 시집에서 직접적으로 타고르의 시를 언급하고 있다는 점, 시집 『원정』의 구성과 표현기법 등이 『님의 침묵』과 유사성을 지니고 있다는 점을 논거로 들고 있다.

한편, 만해시와 당대시의 영향관계에 대해 김용직과 김재홍은 육당 최남선과의 영향관계를 '조선주의' 내지는 '조선심'이라는 관점에서 논의한 바 있다. 그러나 이들의 논의는 육당과 만해의 사상적 연관성과 행

---

1 정한모, 『한국현대시문학사』, 일지사, 1974, 389~390쪽.
2 김용직, 『한국현대시연구』, 일지사, 1974, 137~156쪽.
3 김재홍, 『한용운문학연구』, 일지사, 1982, 253~257쪽.
4 석전, 「타고올의 詩觀」, 『유심』 3, 1918, 22~29쪽.

적의 유사성에 지나치게 주목함으로써 문학 내적 연관성은 소략하게 다루고 있어 문학적 영향관계를 제대로 조명하지 못하였다.

시집 『님의 침묵』을 본격적으로 논의한 김재홍의 경우, 고전문학과 근대문학의 연속성이라는 관점에서 시집 『님의 침묵』에서 전통의 재인식이 어떻게 이루어졌는가를 면밀히 살피고 있다. 이는 전통의 발견을 통한 시사적 연속성의 확보를 위해서는 의미 있는 작업이지만 시집 『님의 침묵』이 당대시와 갖는 영향관계는 놓치고 있다는 점에서 연구의 보완이 필요하다. 다만 김재홍의 경우, 시집 『님의 침묵』의 집필에는 "육당・춘원의 계몽적 문학정신, 안서・파인의 민요시 추구와 요한 및 상화의 산문체 시형 모색, 그리고 『백조』파, 수주 등의 낭만적인 연애시 창작 등이 전개되던 20년대 초반에 초기시단 모색기의 폭넓은 상관관계"[5]가 작용하고 있을 것이라는 추측을 제시하고 있어 주목을 요한다.

이들 선행연구는 일차적으로 한용운의 시가 당대 시단 및 시인과 일정한 영향관계를 보인다는 사실을 제시하였다는 점에서 의미 있는 작업이 아닐 수 없다. 그러나 이들의 연구는 당대 시단의 전반적인 경향과의 관련하에서 시집 『님의 침묵』을 이해하려는 관점을 갖지 못했을 뿐더러 구체적인 시인 및 작품과의 영향관계를 살피는 작업으로 나아가지는 못하였다. 따라서 여기에서는 기존 연구를 바탕으로 만해시와 당대시의 관련 양상을 구체적으로 논의해 보고자 한다.

작품은 한 편 한 편이 시인의 개성적인 표현이며 그 자체가 유기적 생명체라는 점에서 정서나 사상, 운율과 표현기교의 유사성을 확인한

---

5 김재홍, 앞의 책, 257쪽.

다 하더라도 이를 단순 비교하기에는 어려움이 적지 않다. 실제로 작품은 유사성의 유무와 별개로 한 편의 완성된 전체일 수 있기 때문이다. 따라서 작품 혹은 작가 간의 실증적인 영향관계를 살피는 작업은 수월한 작업이 아니다. 하지만 한 개인이 사회적 토대와 무관하게 존재할 수 없듯이, 개별 작품은 당대의 문학장과 불가피하게 교호할 수밖에 없다는 점에서 영향관계를 살피는 일이 불가능한 것은 아니다. 이런 맥락에서 만해시와 당대시의 영향관계를 밝히기 위해, 당시 사회적 의미를 획득하고 있는 문화어휘에 주목하는 것은 유효한 방법이 될 수 있다. 여기에서는 당시 시단의 유행시어였으며 만해시의 핵심적인 시어라 할 수 있는 시어 '님'의 표출 양상을 통해 당대시와의 상호 영향관계를 규명해 보고자 한다. 이를 위해 우선적으로 1920년대 초·중기의 시단과 시집 『님의 침묵』의 연관성을 살피고, 이를 바탕으로 시어 '님'을 통해 만해시와 당대시의 구체적인 영향관계를 추적하고자 한다.

2. 당대 시단 지형과 시집 『님의 침묵』

1926년에 발간된 시집 『님의 침묵』은 시인이 1925년 여름을 백담사에서 지내며 집필한 뒤 그해 8월 29일에 탈고한 것으로 알려져 있다. 이 시집에 수록된 많은 시편들은 형식적인 측면이나 내용적인 측면에서 시인의 집필의도에 따라 집중 창작된 것으로 볼 수 있다. 물론 시인은 시집 집필 이전에도 다수의 한시를 창작해 왔다는 사실에서 알 수 있듯이, 기본적으로 시쓰기에 열의를 가지고 있었다. 그는 1912년 1월

25일 『매일신보』 문원란에 한시 「관낙매유감觀落梅有感」을 발표하면서 만해萬海라는 아호雅號를 사용하며 공식적인 창작활동을 시작하기도 하였다. 한용운의 한시 창작은 전생애에 걸쳐 지속되었고 약 170여 편의 한시를 남기고 있다. 이런 점을 염두에 두고 보면, 유독 이 시기에 이르러 친숙한 형식인 한시가 아니라 한글로 쓴 근대적인 개인시집을 창작하게 된 이유가 무엇인지에 대한 물음을 갖게 된다. 이 물음은 한용운의 문제작인 이 시집을 이해하는 데 있어 핵심적인 질문이 될 것이다.

1920년대 초반의 우리 시단은 동인지 시대라는 명명에서 알 수 있듯이, 서구시의 유입과 이를 내면화하여 한국적 자유시로 발전시켜 나가기 위해 노력한 모색기에 해당된다. 그러나 미적 근대를 향한 내용과 형식의 모색은 그 자체로 문학의 독립성을 형성하는 수준에는 미치지 못한 상태였고 다양한 사상과 혼융되어 미분화 상태로 머무르고 있었다. 이러한 면은 1920년에 창간된 대중적 종합지인 『개벽』에 동인지 참여 문인이 대부분 개입하고 있었다는 점을 통해서도 단적으로 확인할 수 있다. 실제로 『개벽』의 30%에서 50% 정도의 지면이 문학에 할애되고 있었다는 점을 볼 때,[6] 1920년대 초반 시단은 근대적인 사상 모색과 근대적 문학 추구가 동시에 이루어진 시기로 볼 수 있으며, 이러한 현상은 이 시기 시단이 여전히 계몽의 자장 안에서 기능하고 있었음을 말해준다.[7]

3·1운동으로 투옥되었다가 1921년 12월에 출옥한 한용운은 1922

---

6 김건우는 동인지 문학이 미적 자율성의 영역을 구축하고 있다는 관점을 비판하며 이들은 모두 『개벽』이 펼쳐놓은 '계몽'의 공간 안에 존재하고 있었다고 주장한다. 김건우, 「『개벽』과 1920년대 초반 문학담론의 형성」, 『한국현대문학연구』 19, 한국현대문학회, 2006 참조.

7 조영복, 『1920년대 초기 시의 이념과 미학』, 소명출판, 2004 참조.

년 9월에 옥중에서 쓴 시 「무궁화無窮花를 심으과저」[8]를 『개벽』지에 발표한다. 이 시에는 당대를 풍미한 조선주의 혹은 님의 미학이 고스란히 녹아 있다. 또한 동시에 여기에는 자유시가 갖는 운율에 대한 자각이 드러나 있다. 물론 민족주의적 색채가 농후한 옥중시를 발표했다는 점은 겉으로 보기에는 한용운이 시인으로 인식되지 못했음을 보여주는 일례라 할 수 있다. 따라서 이 시의 발표는 그가 당대에 민족독립을 주도하는 민족적 지도자로 이해되고 있었음을 말해준다. 당대의 문단이 문학 자체의 독립성을 확보하지 못했다는 점에서 한용운의 옥중시 발표는 자연스러운 현상이었고, 이러한 현실은 한용운에게 근대문학에 대한 도전을 자극하는 현실로 기능했을 것으로 짐작해 볼 수 있다. 실제로 발표로까지 이어지지는 못하였지만, 한용운은 1924년 10월에 장편소설 「죽음」을 탈고하는 등 당대의 문화적 지형 안에서 근대문학에 대한 도전을 시도해 나간다.

그렇다면 이 시기 한용운이 시단에 대해 갖고 있었던 인상은 어떤 것이었을까? 한용운은 소설 「죽음」에서 "일본에 가서 조도전대학 문과를 졸업하고 돌아온 뒤로 낭만주의의 시인을 자처하여 글을 쓰면 '오오!' '아아!' '사랑의 불꽃에 타는 가슴' '진주 눈물' 이러한 구절을 흔히 쓰고, 입을 열면 '연애는 신성' '정조는 유동流動', 이런 말을"[9] 하는 당대의 시단을 강도 높게 비판한다. 1920년대 초반 동인지 시단이 보여준 감상적

---

8 "달아 달아 밝은 달아 / 녯나라에 비춘달아 / 쇠창을 넘어와서 / 나의 마음 비춘 달아 / 桂樹나무 버혀내고 / 無窮花를 심으과저 // 달아달아 밝은 달아 / 님의 거울 비춘 달아 / 쇠창을 넘어와서 / 나의 품에 안긴 달아 / 이즐어짐 잇슬 때에 / 사랑으로 도우과저 // 달아 달아 밝은 달아 / 가이업시 비춘달아 / 쇠창살을 넘어와서 / 나의 넉을 쏘는 달아 / 구름재(嶺)를 넘어가서 / 너의 빗을 따르과저." 시 「무궁화를 심으과저」 전문.

9 「죽음」, 『전집』 6, 320쪽.

낭만성과 1920년대를 풍미한 자유연애의 유행[10]을 한용운이 직접적으로 비판하고 있는 점은 눈여겨볼 대목이다. 실제로 소설 「죽음」의 주인공 영옥과 시집 『님의 침묵』의 여성화자 사이에서 발견되는 상당한 유사성[11]과 시인이 한글체 습득을 위해 지속적으로 노력한 점으로 볼 때,[12] 한용운은 당대의 시단에 대해 지속적인 관심을 가지면서 당대 시단의 풍조나 경향에 대한 비판적 극복의지를 갖고 있었음을 짐작하게 한다.

한용운이 당대 시단을 이처럼 노골적으로 비판할 수 있었던 것은 당시 시단이 문화지형 내에서 독립된 장을 마련하지 못했기 때문이라 할 수 있다. 『조선불교유신론』을 집필하며 불교의 근대화운동을 주도해 온 한용운에게 문학은 미적 자율성을 확보한 독립된 제도라기보다는 계몽의 자장 안에서 사상과 미분화 상태에 있는 것으로 이해되었다. 이러한 인식은 시집 창작이 이루어진 1925년까지 한용운이 가진 기본적인 인식이라 할 수 있다. 시집의 서문에 해당하는 「군말」에서 그는 "길을 잃고 헤매는 어린 양이 기루어서 이 시를 쓴다"고 창작 동기를 밝히고 있는데, 이러한 창작 동기에도 계몽의 자장 안에서 문학이 인식되고 있는 당대의 현실을 읽어낼 수 있다. 이처럼 문학 혹은 시가 미적 자율

---

10 여기에 대해서는 이 책의 제1부 4장 「'사랑'을 통해 본 한용운의 근대인식」에서 상술하였다.

11 소설의 한 대목인 다음의 예에서 시집의 어법과 상당한 유사성을 발견할 수 있다. "자유가 사람에게 가는 것입니까. 사람이 자유를 얻는 것입니까. 자유가 사람에게 간다면 어떠한 사람에게 갑니까. 사람이 자유를 얻는다면 어떻게 얻습니까. 자유가 사람에게 가는 것도 아니오, 사람이 자유를 얻는 것도 아닙니다. 그러면 자유가 곧 사람이요, 사람이 곧 자유입니까. "임이여, 나를 사랑하시거든 나의 자유를 사랑하여 주십시오" 하였습니다. 그 때문에 나에게 자유가 없습니까. "임이여, 나에게 자유를 주지 않으려거든 나를 사랑하지 말아 주세요."" 「죽음」, 『전집』 6, 346~347쪽.

12 이선이, 「만해의 불교근대화운동과 시집 『님의 沈默』의 창작 동기」, 『한국시학연구』 11, 한국시학회, 2004 참조.

성을 갖춘 독립된 실체로 인식되지 못한다는 점은 시집 『님의 침묵』의 집필이 가능한 조건이 되었던 것으로 짐작된다. 이렇듯 문학이 여전히 계몽의 자장 안에 놓여 있었던 1920년대 초·중반의 시단 상황으로 인해 시집 『님의 침묵』은 집필될 수 있었다.

또 하나의 주목할 만한 시집 집필의 계기는 동인지 문학의 퇴보와 함께 새롭게 대두되는 계급문학, 그리고 이에 대응하는 민족주의 문학의 진영 구축과 이 와중에 문학의 대중성에 대한 모색이 적극적으로 표면화된다는 점에서 찾아진다. 이러한 현실은 최초의 대중적 순문예지인 『조선문단』의 창간으로 표출되는데, 한용운의 시집 창작 또한 이러한 변화에 직간접적으로 연관된다.

최초의 문단 저널리즘 잡지이자 대중적 문예지 성격을 지닌 『조선문단』은 문예의 사회적 지위 획득과 동인지 시대의 막연한 분파주의를 극복하고, 문인 발굴과 시조 부흥운동을 전개한 성과를 보인 것으로 평가된다.[13] 이 시기 시단 내부의 인식은 문학 자체의 고유성에 대한 확립과 대중을 향해 자기를 열어야 한다는 반성이 동시에 공존하고 있었다. 이 과정에서 민족적 내용과 형식에 대한 적극적 모색이 발아한 것으로 볼 수 있는데, 이러한 현상은 문학에 있어서 대중성의 강화라는 측면이 도드라질 수 있는 여건을 제공하였다. 최초의 대중적 순문예지인 『조선문단』에서 살필 수 있는 문단 내의 이러한 인식의 변화는[14] 한용운의 시집 창작을 고무하는 자극원이 된 것으로 볼 수 있다. 이런 문

---

13 김동인, 「문단회고」, 김치홍 편, 『김동인평론전집』, 삼영사, 1980, 397~399쪽 참조.

14 『조선문단』의 문학사적 변화와 의미에 대해서는 이경돈의 「『조선문단』에 대한 재인식」(『상허학보』 7, 상허학회, 2001)과 차혜영의 「『조선문단』 연구」(『한국문학이론과 비평』 32, 한국문학이론과비평학회, 2006)를 참조함.

학장의 인식 변화에 적극 공감하면서 한용운은 시집 집필을 시도한 것으로 볼 수 있다. 이러한 정황은 시집의 말미에 "여러분이 나의 시詩를 읽을 때에 나를 슬퍼하고 스스로 슬퍼할 줄을 압니다 / 나는 나의 시詩를 독자讀者의 자손子孫에게까지 읽히고 싶은 마음은 없습니다"(「독자에게」)라는 고백에서도 읽어낼 수 있다. 이처럼 시인의 집필의도가 시단의 문학적 평가를 바라는 데 있었던 것은 아니었으며, 다수의 독자를 향한 대중 지향성이 집필의 계기가 되었다고 판단된다. 인용문에서 알 수 있듯이, 이러한 대중 지향성의 근저에는 '슬픔'이라는 공감대가 놓여 있다. 이 슬픔의 실체가 민족이 처한 현실이라고 단정할 필요는 없겠지만 집단적 공감대임은 분명하다. 이처럼 1920년대 중반에 접어들면서 확산된 문학의 대중성에 대한 인식이 집단적 공감대의 가능성과 만나는 지점에서 한용운의 시집 창작은 비로소 가능할 수 있었다.

그렇다면 계몽의 자장 안에서 문학을 인식해 나간 한용운에게 '님'의 발견은 어떻게 이루어졌을까? 이미 1920년대 초반 우리 시단에서 '님'은 하나의 문화적인 시어로 자리 잡고 있었다. 3·1운동 직후 동인지 시대가 열리면서 『창조』, 『백조』, 『폐허』 등이 잇달아 창간되고 순문학을 주도하며 동인지에 작품을 발표한 시인들의 감상적이고도 낭만적인 감수성의 중심에도 시어 '님'이 있었다. 또한 신시운동을 주도한 최남선이나 자유시 형성기에 이를 주도한 김억, 주요한 등의 시에서도 '님'은 하나의 시대적 보편상징으로 표출되고 있었다. 즉 '님'은 전통시를 계승한 진영에서도 새롭게 전개되던 순문학 진영에서도, 그 맥락의 차이에도 불구하고 당대시의 중심 메타포metaphor로 인식되었다. 이처럼 시대의 보편시어였던 '님'은 대중성과 집단적 공감 가능성을 염두에 둔 한용운에게 자연스럽게 주제어로 포착될 수 있었을 것으로 보인다.

그렇다면 구체적으로 1920년대 시단에서 사용되던 '님'과 만해시의 '님'은 어떤 영향관계를 갖는 걸까? 전통적으로 우리 문학에서 '님'은 절절한 연모의 대상을 지극하게 부르는 말로 사용되었다. 이 시기 발표된 많은 시편들에서 연모의 대상은 님, 당신, 연인, 그대 등의 시어로 표현된다. 그러나 이들 시어에는 얼마간의 의미 차이가 존재하고 있다. 시인 조운曺雲은 「'님'에 對하여」라는 글에서 당대 '님'이라는 말이 어떻게 사용되고 있는지를 밝히고 있다.

> 님 이란말이 퍽천(賤)해젓습니다.어느때부터 그리천대(賤待)를 바더왓는지는 몰으겟스나 요새에와서는 엇더케천(賤)하게되얏는지 점잔하다는 이들은 입밧에도 아니낼말인것갓치 야비(野卑)하게 생각하고잇습니다. (…중략…) 더욱 웃우는 것은 다갓치 연애(戀愛)하는이성(異性)에게 쓰는 말이라면서도 신식(新式)(?)사람들은 님 이라고 불으지안코 연인(戀人)이니 애인(愛人)이니 하는말을 씁니다. 연인(戀人)이니 애인(愛人)이니는 신성(神聖)한말이오 님이라는말은 야비(野卑)한 말이어서 청루(青樓)나 기생(妓生)방에나에서 농담(弄談)에 쓰는 말로만압니다. (…중략…) 님 이란군주(君主)라거나 부모형제(父母 兄弟) 친구라거나 이성(異性)이라거나 그 연모(戀慕)하는 사람하나에게만 붓처불을것이 아니라 우리의 의식(意識)이 넓어진 오늘에 잇셔셔는 동포(同胞)라거나 전인류(全人類)를 님이라고 부를수도 잇슬것이며 자기방향(自己方向)의 목표(目標)의 자리, 동경(憧憬)의초점(焦点), 그리워하는곳, 또 우주생명(宇宙生命)의 본체(本体)를님이라하며 님의품이라 할것입니다.[15]

인용한 글을 통해 알 수 있듯이, 당시 '님'이라는 어휘는 연인이나 애인에 비해 낡은 시대어로 인식되었다. 시에 있어서도 사랑의 대상을 지칭하는 말로 새롭게 부상하는 연인과 애인에게 '님'은 그 자리를 내어주고 있었다. 당시 유행하던 자유연애의 풍조에서 '님'이라는 말은 전근대적인 가치관을 상징하는 것으로 치부되었다. 이러한 시대 풍조를 비판하며 '님'이 다양한 해석 가능성을 가진 포괄적인 말이라는 점에 주목하고 있는 조운의 글을 통해 '님'이라는 말에서 일종의 이념적인 희망을 발견하고자 한 당대의 한 정신사적 풍경을 엿볼 수 있다. "동포同胸라거나 전인류全人類를 님이라고 부를수도 잇슬것이며 자기방향自己方向의 목표目標의 자리, 동경憧憬의초점焦点, 그리워하는곳, 또 우주생명宇宙生命의 본체本体를님이라" 부를 수 있다는 조운의 해석은 1924년을 거치면서 신경향파의 목소리가 두드러지는 『개벽』의 성격 변화와도 유관한 것으로 볼 수 있다. 문단의 상황이 계급주의 대對 민족주의 진영으로 양분되면서 당시에 조선주의를 표방하는 일군의 지식인들은 '님'이라는 단어에 민족주의적 이념을 투영하고자 한다. 1920년대 중반에 접어들면서 점차 강화되는 계급주의 진영에 대항한 민족주의 진영은 '님'을 통해 민족이념의 신성한 가치화를 추구하고[16] 이런 인식의 자장 안에 한용운의 '님'이 위치하고 있다. 한용운의 핵심 시어인 '님'은 이러한 정황이 집적된 시대적 산물이라 할 수 있다. 즉 당시에 유행하던 연애지상주의나 낭만적 사랑을 비판적으로 수용하면서 다른 한편으로는 민족의 이념화라는 측면에서 '님'이라는 시어가 선택된 것이다.

---

15 조운, 「님에 對하야」, 『조선문단』 7, 조선문단사, 1925.4, 36~39쪽.
16 김건우, 앞의 글 참조.

한편, 1920년대 초·중반은 시의 미학적 근대성을 확보하려는 노력 또한 가속화된 시기였다. 근대시는 한편으로는 민족의 이상을 총합적으로 담아낼 수 있는 형이상학을 욕망하면서 또한 동시에 시의 문예미학적 완성에 대한 지향을 보이는데, 당시 활발하게 논의된 민요시와 상징시 논의가 이러한 현실을 요약적으로 보여주고 있다. 『조선문단』에 연재되어 상당한 반향을 불러일으킨 주요한의 「노래를 지으시려는 이에게(시작법)」(1~3호)와 김억의 「작시법」(7~12호)은 이를 본격적으로 다룬 글에 해당한다. 시집 『님의 침묵』은 한편으로는 조선적인 것의 발견을 추구한 민족주의 진영의 이념을 수용하면서 동시에 이를 담을 형식은 근대시라는 점을 분명하게 인식하고 있었다는 점에서 당대 시단과 그 인식을 같이하고 있다.

주지하다시피 외국시의 영향은 근대시로의 이행 과정에서 새로운 활력소가 되면서 자유시 창작의 촉매제가 되었다. 일본 유학생을 중심으로 자유시 창작이 활성화되면서 일군의 자유시 담당층이 형성되었고, 3·1 운동으로 인한 민족적 좌절감이 내면화의 길을 가능하게 하면서 동인지를 중심으로 다양한 창작 실험이 시도되었다. 특히 1920년대 초·중반의 시단은 김억, 주요한, 변영로, 박영희, 김소월 등이 근대시로서의 면모를 갖춘 개인시집을 발간하여 우리 근대시의 틀을 다지는 시기이기도 했다. 이 시기에 시를 쓰고 시집을 발간한[17] 시인들은 문학을 독립된 것으로 인식하기보다는 계몽의 자장 안에서 이해한 것으로 볼 수 있다. 이들

17 이 시기에 발간된 시집으로는 김억의 『해파리의 노래』(1923), 주요한의 『아름다운 새벽』(1924), 변영로의 『조선의 마음』(1924), 노자영의 『처녀의 화환』(1924), 박영희의 『흑방비곡』(1924), 김소월의 『진달래꽃』(1925), 김동환의 『국경의 밤』(1925), 한용운의 『님의 침묵』(1926), 최남선의 『백팔번뇌』(1926) 등이 있다.

시인에게 '님'은 이 시기 유행한 '문화'나 '민족' 논의에서 볼 수 있는 정신적, 관념적 지향의 표상이었으며, 시인들은 '님'을 작품에 수용함으로써 민족의 공통된 기억을 발견하고자 하는 이념적 성격을 보였다.[18] 또한 동시에 이 시기 시인들은 서구 근대시의 유입으로 인해 새로운 시형과 문체 및 밀도 높은 상징과 비유를 실험하며 우리 근대시를 모색해 나갔다. 이러한 시사적 문맥 안에서 상징시집인 『님의 침묵』은 민족적 이념의 표상인 '님'과 근대시의 상징적 기법을 결합함으로써 새로운 경지를 열어젖혔다고 할 수 있다.

3. 만해시와 당대시의 영향관계

1) 육당 최남선과의 영향관계

육당六堂 최남선崔南善(1890~1957)과 만해 한용운의 비교범주는 문학, 불교, 민족독립운동이라는 세 부분에 걸쳐 중첩된다. 고은이 『한용운평전』(1975)에서 한용운의 시집 창작 동기를 최남선과의 과도한 경쟁의식으로 보았을 만큼 둘 사이에는 적지 않은 유사성이 실재한다. 주지하다시피 1920년대 접어들어 최남선은 조선심운동, 즉 조선주의를 주도하면서 이 시기 문화계를 선도해 나갔다. 그의 이러한 운동은 조선의 전통적인 시가 장르인 시조부흥을 주창하며 '님'의 노래로 구체화된다. 그의 시조집 『백팔번뇌』는 '님'을 상징의 중심에 놓고 있다는 점에서 시집

18 김현주, 『이광수와 문화의 기획』, 태학사, 2005 참조.

『님의 침묵』과 일차적인 연관성을 발견할 수 있다. 비록 『님의 침묵』보다 수개월 늦게 출간되었지만 수록된 작품들은 그 이전에 발표해 왔다는 점에서 만해시와 일정한 영향관계를 갖는다. 특히 시집의 서문에서 밝힌 '님'을 통해 형이상학적인 것을 추구하고 싶었다는 최남선의 고백은 시집 『님의 침묵』과의 연관성을 고려할 수 있는 직접적인 언급이다.

> 시(詩) 그것으로야 무슨 보잘것이 있겠습니까마는 다만 시조(時調)를 한 문자유희(文字遊戲)의 굴형에서 건져 내어서 엄숙한 사상(思想)의 일용기(一容器)를 만들어 보려고 애오라지 애써온 점(點)이나 살펴 주시면 이는 물론 분외(分外)의 영행(榮幸)입니다.[19]

만해시가 우리 근대시의 형이상학적 한 정점을 보여주었다는 평가에는 별반 이견이 없다. 그렇다면 한용운은 왜 이러한 형이상학적인 시를 쓰게 되었을까? 한용운이 형이상학적 충동을 시라는 형식 속에서 구현하고자 한 계기는 최남선의 고뇌와 맞닿아 있는 것으로 보인다. 즉 최남선은 그가 선도해 왔던 조선주의를 문학 속에서 '님'의 미학으로 구체화하고자 하였으며 한용운에게 이러한 '님'의 미학은 영향을 끼쳤다고 볼 수 있다. 당시 신문화운동의 중심에 있었던 최남선의 시조는 만해시의 중요한 형성소가 되었다고 하겠다.[20] 그렇다면 최남선의 시에서 '님'은 실제로 어떤 의미층위를 구성하고 있었을까? 이는 시집의 발문을 쓴 이광수의 글에서 확인해 볼 수 있다.

---

19 최남선, 「서문」, 『百八煩惱』, 동광사, 1926, 2쪽.
20 김재홍, 앞의 책, 252쪽.

육당(六堂)의 시조(時調)는 신비주의(神秘主義)에 가까우리만큼 그 생각이 깊고 상징주의(象徵主義)에 가까우리만큼 그 표현이 괴기(怪奇)하다. 외형(外形)은 연애시(戀愛詩)인듯한데 또보면 애국시(愛國詩)인 것도 같고 또보면 인도(印度)의 카비르식(式) 종교시(宗敎詩)인 것도 같고[21]

만해시의 '님'이 갖는 함의로 지칭되는 연애시, 애국시, 종교시라는 세 층위는 이광수가 최남선의 시조집 『백팔번뇌』의 핵심 상징어인 '님'에서 추출한 '님'의 함의와 다르지 않다. 시조집 『백팔번뇌』에서 '님'은 전통시에서 볼 수 있었던 지극한 연모의 대상이면서 동시에 전통시에 비해 일층 형이상학적 의미를 함유하고 있다.

①

감아서 뵈든 그가
뜨는 새에 어대간고

눈은 아니 밋드래도
소리 어이 귀에 잇나

몸 아니 계시건마는
만저도 질 듯 하여라

—시 「안겨서 : 其二」 전문

21 이광수, 「六堂과 時調」, 최남선, 앞의 책, 3쪽.

②

님의낯 실줄음에

닷줄만치 애가키고,

님의눈 야흐림에

소나긴 듯 가슴덜렁,

가다가 되돌아듦을

가히허물 마소서.

—시 「떠나서 : 其五」 전문

이 시집은 크게 3부로 구성되어 있다. 이 가운데 제2부는 국토순례의 감상을 통해 국토애와 조국애를 노래한 시편들이며 제3부는 생활정서를 소묘한 작품이 주를 이룬다. 본격적으로 '님'을 주제화하며 노래한 시편은 시집의 제1부에 해당되는데, 제1부는 다시 「궁거워」[22](9편), 「안겨서」(9편), 「떠나서」(9편), 「어쩔까」(9편)의 네 부분으로 구성되어 있다. 여기에서 최남선은 '님'에 대한 지극한 사랑의 감정을 사랑의 대상인 '님'의 완전성과 시적 주체인 나의 '님'에 대한 한없는 사랑과 이 사랑의 불변성을 통해 그려낸다. 시인은 이러한 사랑의 정서를 서사적 드라마 속에 펼쳐내며 개인적 정서와 민족현실, 여기에 더하여 종교적인 염원까지를 '님'의 상징 속에 녹여내고 있다. 이는 한용운이 시집 『님의 침묵』에서 '님'과의

22 김재홍이 펴낸 『詩語辭典』(고려대 출판부, 1997, 133쪽)에서는 이 시어를 '안타깝고 사랑스러워, 불쌍하고 사랑스러워, 두려워, 궁금하여' 등의 의미를 갖는 것으로 풀이하고 있다.

이별에서 만남까지를 한 편의 드라마로 펼쳐 보이며 '님'의 다층적인 의미 영역을 구축해 나간 점과 상당한 유사성을 보인다. 특히 만해시의 형성 과정을 보면, 시조가 자유시로 이행하는 과정을 보이는데, 한용운의 시조는 최남선의 시조와 내용에 있어서 깊은 유사성을 보인다.[23] 이 밖에도 정확한 창작연대는 알 수 없지만, 그 내용상 1920년대 초반에 창작된 것으로 추측되는 연작시조 형태의 「無題 13수」는 최남선의 시조와 영향관계를 살필 수 있는 대표적인 '님' 찾기의 시조라 할 수 있다.

> 물이 깊다 해도
>
> 캐면 밑이 있고
>
> 뫼가 높다 해도
>
> 헤아리면 위가 있다.
>
> 그보다 높고 깊은 것은
>
> 님뿐인가 하노라.
>
> —시 「무제 13수 : 2」 전문

인용한 시조에서 알 수 있듯이 만해시는 최남선의 '님'을 적극 수용하며 나름의 시쓰기를 지향해 나간 것으로 보인다. 최남선의 '님'이 단순하게 조선을 상징한 것이라는[24] 지적도 있지만, 그의 많은 시편들에서 '님'은 개인적인 의미와 민족 및 종교적인 의미가 공존하고 있다. 이

23 한용운은 소설 「죽음」에도 "바다가 하늘이냐 / 하늘이 바다냐 / 하늘보다 바다가 깊고 / 바다보다 하늘이 깊다. / 그보다 높고 깊은 것은 / 임뿐인가"라는 비슷한 경향의 시조를 삽입해 놓기도 하였다.

24 홍명희, 「발문」, 최남선, 앞의 책, 3쪽.

러한 의미층위가 만해시의 '님'의 의미층위와 일치한다는 점은 시조와 자유시라는 형식적인 차이에도 불구하고 이들이 적지 않은 영향관계를 지니고 있음을 입증해 준다.

2) 안서 김억과의 영향관계

자유시 형성기에 시와 시론에서 두각을 나타낸 이로는 단연 안서岸曙 김억金億(1895~미상)을 손꼽을 수 있다. 김억은 최초의 근대적 개인시집인 『해파리의 노래』(1923)를 발간하였으며, 1913년에 아시아인 최초로 노벨문학상을 받으면서 당시 동아시아에 널리 수용된 타고르 시의 번역가로도 이름을 떨쳤다. 김억은 타고르 시의 번역을 통해 만해시에 영향을 끼친 것으로 평가받아 왔다. 그러나 타고르 시의 번역이 영향을 끼친 것 이외에도 그의 작품 자체도 만해시와 일정 부분 영향관계를 보인다. 실제로 김억은 1920년대 초·중반 『개벽』과 『조선문단』에 시와 시론을 발표하며 당시 시단을 주도했을 뿐만 아니라, '님'의 상징성을 누구보다 밀도 높게 형상화한 시인이었다. 김억의 작품에는 초기 자유시를 주도했던 많은 시인들이 그러하듯, 외래적인 요소와 전통적이고 민족적인 요소가 공존한다. 그의 시에는 모호하고 과도한 애상이 표출되기도 하였지만, 또한 동시에 국권상실의 시대적 내면을 "흰옷닙은 사람의 나라"에 사는 "애닯고 그립고 구슬픈"[25] 정서로 녹여내며 전통적인 '님'의 지향을 보이기도 한다.

---

25 이광수, 「해파리의 노래에게」, 김억, 『해파리의 노래』, 조선도서주식회사, 1923, 2쪽.

북극(北極)벌판에나붓기는님

사나운바람결에

외롭고도찬삶을바리고

님은가다

옥(玉)결가튼마음 이슬가튼눈물 장미빗우슴을

내피ㅅ속에무뎌두고

꼿다운마음들에흘녀노흔눈물을밟으면서

가업시넓운신비(神秘)의왕국(王國)으로

아아, 내님은도라가다.

—김억, 시 「님은가다」 부분[26]

1920년대 초반 시인들에게 '님'은 낭만주의가 지향하는 이상적인 동경의 대상이거나 이상향을 함께 추구할 동반자로 의미화되고 있었다. 이처럼 '님'이 이상화된 이념형으로 인식된 것은 비단 조선주의를 표방한 민족주의계열의 시인들에게만 나타나는 현상은 아니었다. 가까운 문우의 죽음을 애도하는 이 시에서 '님'은 슬픔의 정서를 자연스럽게 환기해내고 있다. 지극히 주관적인 슬픔의 정서를 표출하는 순간 '님'이 발화될 수 있는 것은, 그것이 일종의 문화적 유전자로 당대 시인들의 정서에 간직되어 있었다고 보아야 할 것이다. 따라서 무의식적 지층에 놓여 있는 '님'이 3·1운동이라는 민족적 경험을 거치면서 민족의식과 자연스럽게 결합되는 것은 너무나 당연한 결과로 보인다.

26 『개벽』 41, 1923, 15~16쪽.

내귀가 님의노래가락에 잡혓을째에
그대가 곱은노래를 내귀에 보내엿습니다,
만은 조금도 그 노래는 들리지안앗습니다.

내눈이 님의맘의꼿밧에서 노닐째에
그대가 그대의 맘의꼿밧으로 오라고 하엿습니다,
만은 조금도 그맘의꼿밧은 보이지안습니다.

내입이 님의 보드랍은입살과 마조칠째에
그대가 그대의 보드랍은입살로 불넛습니다,
만은 조곰도 그입살은 다치여지지 안앗습니다.

내코가 님의숨여나는향(香)내에 취(醉)하엿을째에
그대가 그대의 숨여나는 향(香)내를 보내엿읍니다,
만은 조곰도 그 향(香)내는 맛타지지 안앗읍니다.

내숨이 님의 무릅우에서 고요하엿을째에
그대가 그대의 무릅우으로 내숨을 불넛읍니다
만은 조곰도 그숨은 깨지를 못하엿습니다.

지금(只今) 내맘이 깨여 두 번 그대를 차즐째에는
찾는 그대는 간곳이 업고 님만 남아잇읍니다,
아아 이렇케 나의 살님은 밤낫으로 니여젓읍니다!

—김억, 시 「실제(失題)」 전문[27]

인용한 김억의 시는 어조와 표현기교는 물론이며 '님'의 상징성 또한 상당 부분 한용운의 시와 유사성을 보이고 있다. 김억은 시집에서 동경으로 떠난 김소월에게 주는 시라고 밝히고 있는데, 이 시는 낭만주의가 추구한 막연한 이상에의 동경에서 벗어나 소월이 들려준 '님의 가락'에 심취해 가는 내적 변화를 고백한 시라고 볼 수 있을 것이다. 김억이 소월의 시를 통해 발견한 '님'은 개인적인 '님'이 아니라 민족의 이상화된 표상으로서의 '님'이라 할 수 있다.

그렇다면 김억에게 이러한 자극이 된 소월의 시에서 '님'은 어떤 의미 층위를 가질까? 소월은 1922년부터 『개벽』지를 통해 집중적으로 '님'을 노래하는 시편들을 발표하였다. 이 가운데 김억에게 시 「실제」를 창작하는 동기를 제공한 시는 다음의 시편이 아닐까 한다.

그립은 우리님의 맑은노래는
언제나 내가슴에 저저잇서요.

긴날을 문(門)밧게서
서서 들어도
그립은 우리님의 부르는 노래는
해지고 저므도록 귀에 들려요.

27 앞의 책, 117~118쪽.

밤들고 저므도록 귀에 들려요.

고히도 흔들리는 노래가락에
내잠은 그만이나 깁히 들어요.
고적(孤寂)한 잠자리에 홀로 누어도
내잠은 포스근히 깁히 들어요.

그러나 자다깨면 님의노래는
하나도 남김업시 일허버려요.
들으면 듯는대로 님의노래는
하나도 남김업시 닛고말아요.

— 김소월, 시 「님의노래」 전문[28]

당시 "「오뇌懊惱의 무도舞蹈」가 발행發行된 뒤로 새로 나오는 청년靑年의 시풍詩風은 오뇌懊惱의 무도화舞蹈化하였다"[29]는 증언으로 볼 때, 시단에서 김억의 영향력은 막강했다고 할 수 있다. 이러한 김억이 소월시를 통해 '님'의 노래를 경험하고 이를 높이 평가한 것은 초기 자유시 담당층에게 '님'을 통해 집단적 정서를 표출하고자 하는 내적 충동이 적지 않았음을 말해 준다. 김억이 타고르의 시를 번역하면서 시집 『기탄자리』(1923.4)에서는 '주主님' 혹은 '하나님'으로 번역하였지만, 시집 『원정』(1924.12)에서는 '님'으로 번역한 점도 이러한 내면을 보여주는 예에 해당된다. 좀 더 적극적

28 『개벽』 32, 1923, 31쪽.
29 이광수, 「文藝瑣談」, 『이광수전집』 10, 삼중당, 1962, 415쪽.

으로 해석하면 김억의 번역이 의역이라는 점을 염두에 둘 때, 그의 타고르 번역은 민족의 내면을 드러낼 형이상학적인 '님'을 형성해내는 과정이었다고 할 수도 있을 것이다. 이러한 면은 이 시기 그의 시론과도 연관된다.

> 우리 주위의 시작(詩作)에는 우리 주위를 배경잡은 사상과 감정은 하나도 업고 남의 주위를 배경잡은 사상과 감정을 빌어다가 우리의 시작(詩作)을 삼는 경향이 잇슴에 따라 진정한 '조선 현대의 시가'를 어더 볼 수가 업게 됩니다. (…중략…) 뎡말로 현대(現代)의 조선심(朝鮮心)을 이해하는 시인이 잇다하면 그 시가(詩歌)는 일반은 몰으나 엇던 큰 부분의 사람에게는 반드시 큰 공명의 음악을 줄줄 압니다.[30]

한용운이 번역된 타고르 시편을 읽고 『님의 침묵』의 구성과 어조, 기교 등에 상당 부분 영향을 받았다는 점은 조선적인 것을 찾고자 하는 인식이 번역에 그대로 투영되었기 때문이라 하겠다. 김억이 이러한 인식을 가지는 데 있어서 소월의 영향이 직접적이었다는 점을 염두에 두면, 소월과 안서로 이어지는 '님'의 노래의 연장선상에 시집 『님의 침묵』이 놓인다는 점은 분명해 보인다.

3) 기타 시인과의 영향관계

1920년대 시단에서 활동한 많은 시인들은 정서적으로는 낭만주의의 영향권에 있었으며 이들은 3·1운동의 실패로 인한 내면적 상처를 이

30 김억, 「조선심을 배경삼아」, 『동아일보』, 1924.1.1.

상적 세계를 동경하고 지향하면서 치유하고자 하였다. 이러한 경향은 1920년대 초반기 많은 시편들에서 '님'을 호명하는 것으로 표출된다. 이러한 '님'의 호명에는 조선주의 내지는 민족주의적 관념을 상징화한 면과 시인이 희구하고 갈망하는 이상적 존재의 표상이라는 의미가 혼재되어 나타난다. 1920년대 초·중반에 '님'을 노래하는 많은 시편에는 이러한 두 측면이 공존한다.

> 님이시여
> 웨 나를 보고 외면을 하십닛가?
> 당신의 마음을 내가 아는데요!
>
> 님이시여!
> 웨 당신의 눈이 웃으십닛가?
> 당신의 설움을 내가 아는데요.
>
> 님이시여,
> 웨 새삼 스러이 우십닛가?
> 당신의 깃븜을 내가 아는데요.
>
> 님이시여,
> 웨 어대로 가시렵닛가?
> 변치안는 당신임을 내가 밋는데요!

— 변영로, 시 「님이시여」 전문[31]

절대적 신뢰의 대상인 '님'의 시적 표출은 수주樹州 변영로卞榮魯(1897~1961)의 시에서 찾아볼 수 있다. 구어체 문장이 서서히 틀을 잡으면서 자유시형이 안정적으로 자리를 잡아가는 예를 보여주는 이 시는, 만해시에서 볼 수 있는 '님'의 이미지와 자연스럽게 겹쳐진다. 이 시보다는 좀 더 적극적으로 산문시체를 지향한 김동명金東鳴(1900~1968)의 시는 일층 폭넓은 상징성을 획득하며 이상화된 '님'을 표현해내고 있다.

살틀한님이여! 당신이만약내게문을열어주시면
(당신의나라로드러가는)
그리고또 철회색(鐵灰色)의둑겁운구름으로내가슴을덥허주실것이랄 것
나는님의번개갓흔노래에
낙엽(落葉)가치춤추겟나이다.

정(情)다운님이여! 당신이만약문을열어주시면
(당신의전당(殿堂)으로드러가는)
그리고또당신의가슴에셔타는정향(精香)을나로하야금만지게할것이면
나는님의바다갓흔한숨에
물고기갓치잠겨버리겟나이다.

— 김동명, 시 「당신이만약내게문(門)을열어주시면」[32] 부분

자유로운 산문시체를 구사하고 있는 이 시에서 '님'은 영원한 합일에

31 변영로, 『조선의 마음』, 평문사, 1924, 29~30쪽.
32 『개벽』 40, 1923, 135~136쪽.

의 대상으로 그려지고 있다. 이 시는 만해시와 산문시체의 유사성 이외에도 '님'이 반드시 회복해야 할 대상으로 그려지면서 합일에의 열망을 다양한 생활정서에 담아내는 점에서 상상력의 표출방식 또한 적지 않은 유사성을 보여준다. 무애无涯 양주동梁柱東(1903~1977)의 시에서도 이러한 경향은 찾아볼 수 있다.

> 님은 내게 황금(黃金)으로 장식한 적은 상자와
> 상아(象牙)로 만든 열쇠를주시면서,
> 언제든지 그의 얼굴이 그리웁거든
> 가장 갑갑할때에 열어보라 말슴하시다.
>
> 날마다날마다 나는 님이 그리울때마다
> 황금상(黃金箱)을 가슴에 안고 그우에 입맞호앗으나,
> 보담더 갑갑할때가 후일에 있을까하야
> 마츰내 열어보지 않앗섯노라.
>
> 그러나 어찌 알앗으랴, 먼먼 후일에
> 내가 참으로 황금상(黃金箱)을 열고싶엇을때엔,
> 아아 그때엔, 이미 상아(象牙)의 열쇠를 잃엇을 것을.
> (황금상(黃金箱) — 그는 우리님께서
> 날바리고 가실 때 최후에 주신
> 영원의, 영원의 비밀이러라)

— 양주동, 시 「영원한 비밀」[33] 전문

이 시의 경우, 연에 따라 서사적 흐름이 진행되면서 시의 내적 논리가 선명하게 전개되는 특징을 보인다. 실제로 만해시가 단순한 연애시를 비껴나는 것은 시의 내적 논리가 정연하기 때문이다. '님'의 노래 속에 이러한 내적 논리를 만들어 나가는 면모는 인용한 시와 만해시가 상당 부분 유사하다. 즉 만해시의 시적 논리는 지금까지 논의에서처럼 불교적 부정의 논리만이 아니라 이러한 당대시가 만들어 나간 시의 내적 논리에서 상당 부분 영향을 받았다고 볼 수 있다.

또한 당대에 대중적으로 인기를 누린 시인이었던 춘성春城 노자영盧子泳(1898~1940)의 시[34]는 수사적인 측면에서 만해시와 상당한 영향관계를 보여준다.

아! 반갑소이다
님의맑은소리가 한번솔솔
소녀(少女)떼의 정(情)다운미소(微笑)와가티
푸른한울흰공중(空中) 가만히흔들때에
무섭던공기(空氣)는 첫날 신부(新婦)로화(化)하고
검어튼땅은 아츰한울로변(變)하야
간곳마다 날개치는가비어움
곳곳마다 새 샘물의 서늘함
아!님의가슴에 황금비를세우고
찬미(讚美)의평화연을 베풀고저합니다.

---

33 『금성』 1, 1923, 19쪽.
34 심선옥, 「춘성 노자영 초기시 연구」, 『반교어문연구』 13, 반교어문학회, 2001 참조.

—노춘성, 시 「가을」 부분[35]

1920년대 초반 노자영은 당대 최고의 대중시인이었다. 그가 기획하고 편집한 연애서간집 『사랑의 불꽃』(1923)은 1920년대 최고의 베스트셀러가 되기도 하였다.[36] 이 연애서간집의 수사나 문체는 인용한 시와 같이 시집 『님의 침묵』과 높은 유사성을 보인다. 이 책은 당대 시인들이 상업적인 의도로 발간한 연애서간집으로 화려한 수사가 동원되고 있는데, 만해시가 당대의 대중적인 시인들의 수사에 영향을 받은 것은 대중성을 지향하며 집필된 『님의 침묵』이 당대와 적극적으로 호흡하기를 시인이 소망한 결과로 보인다.

직접적인 교류가 없었다는 점만으로 만해시가 당대시와 영향관계가 적거나 없었다고 보는 것은 시사적 영향관계를 지나치게 협소하게 보는 방식일 수 있다. 만해시가 그의 여타의 저작들과는 다른 어법과 문체, 수사와 기교를 구사했다는 점과 이러한 면이 당대 시단의 경향들과 유사성을 지닌다는 점에서 이들의 영향관계는 결코 간과할 수 없는 수준의 것이라 할 수 있기 때문이다.

35 『개벽』 4, 1921, 27쪽.

36 이기훈, 「근대적 독서의 탄생」, 『역사비평』 62, 역사비평사, 2003, 351쪽.

4. 맺음말

시집 『님의 침묵』이 창작된 것은 한용운이 당대의 문화적 지형 안에서 적극적으로 시대와 호흡한 결과라 할 수 있다. 이 시집에는 종교적 명상과 형이상학적 철학성이 농후하게 녹아있지만 이 또한 당대 시단이나 시와 무관한 천재적 개인의 산물로 인식될 성질의 것은 아니다. 오히려 시집 『님의 침묵』은 당대시가 추구한 이상적인 '님'의 추구를 최고 수준에서 구현하고 있다고 하는 것이 옳을 것이다. 그러나 저간의 사정으로 인해 만해시가 시사적인 문맥에서 이해되고 해석되지 못한 점은 우리 근대시에 대한 다른 독법의 필요성을 절감하는 지점이기도 하다.

그러나 이러한 논의가 보다 정밀해지기 위해서는 개별적인 표현기교나 운율 등에 있어서 구체적인 영향관계가 규명되어야 할 것이다. 실제로 시집 『님의 침묵』 속에는 몇 가지 상이한 층위의 시편들이 혼재해 있다. 내용과 형식면에서 한시와 시조 등의 전통적인 시가문학의 영향을 보이는 시편이 있고, 번역된 타고르시의 영향을 보이는 시편이 있으며, 민요조의 안정적인 운율과 내용을 보이는 시편들도 있다. 이러한 각각의 경향이 구체적으로 당대의 어떤 경향 내지는 시인과 영향관계를 갖는가를 밝히기 위해서는 보다 세심한 연구가 필요할 것이다. 특히 시집의 수사적인 측면에 대해서 제대로 밝히기 위해서는 계몽의 기획하에 문학이 독립적으로 인식되지 못하고 미분화 상태에 놓여 있던 당대 문단의 정황을 고려하여 문학 안팎의 다양한 담론 및 텍스트들과도 그 영향관계를 살필 필요가 있다. 또한 당시에 유행한 소설이나 연애서

한집 등과의 영향관계를 살피는 작업도 적극 고려해 볼 필요가 있다. 한용운의 삶이 언제나 파괴와 유신이라는 해체적인 성향을 보이며 당대의 삶과 마주하고 있었다는 점에서, 그의 시적 성취는 당대의 문화적인 지형 속에서 거시적 스펙트럼을 갖고 확인될 필요가 있기 때문이다.

여기에서는 그의 시집 창작이 1920년대 초·중반의 시단과 갖는 관련성에 주목하며 당대시와의 영향관계를 시어 '님'을 중심으로 살펴보았다. 한용운은 문학을 계몽의 기획하에서 인식함에 따라 시집 창작에 자신감을 가질 수 있었고, 문학의 대중성과 집단적 공감대의 가능성을 모색하며 시집 집필에 의욕을 갖게 되었다. 이러한 창작 동기를 가진 시집 『님의 침묵』은 중심 상징인 '님'의 의미층위나 시의 어법 및 표현기교 등에서 당대 시인들의 작품과 광범위한 영향관계를 보이고 있다. 이러한 유사성으로 볼 때, 시집 『님의 침묵』은 1920년대 초·중반의 시단과 깊이 연관되어 있었으며, 그러므로 이 시집은 한국 근대시사가 1920년대 중반에 이르러 가질 수밖에 없었던 시사적詩史的 산물로 이해되고 해석되어야 할 것이다.

2장

시집 『님의 침묵沈默』의 창작 동기와 한글체 습득 과정

1. 선승은 왜 시를 써야 했을까?

질문은 이렇다. 선승禪僧인 한용운은 왜 자유시를 썼으며 시집 출간까지 했을까? 왜 단 한 권의 시집만을 쓰고 말았을까? 또한 한문세대에 속한 그가 어떻게 근대적인 자유시를 창작할 수 있었을까? 이 질문들에 대한 답을 찾기 위해서는 우선 급변하는 당대의 시대상황과 한용운의 대응에 주목하며, 상황과 인간을 이어주는 내적 필연성을 면밀하게 읽어내는 독해 능력이 요구된다. 즉 선승이었던 한용운의 삶에 내재적으로 접근하면서 시집 집필의 동기와 과정이 해명될 필요가 있다.

시집 『님의 침묵』에 수록된 시편들은 다수가 짧은 기간 동안 집중적으로 쓴 작품이다. 1925년 여름 한철을 백담사에 머물면서 한용운은 이 시집을 집필했다고 알려져 있다. 선승이었던 그는 마흔일곱이라는 완숙의 나이였고, 한시만으로도 자기를 표현하는 데 어려움이 없는 상태였다. 또한 그는 이미 불교계를 대표하는 인사였고 사회적으로도 상당한 명망가로 인식되고 있었다.[1] 이처럼 구한말의 전통적 한학 소양을 지닌 교양인이었던 그가 왜 젊은 문학 담당층들이 모색하고 있던 새로운 문학 장르인 근대적인 자유시를 써야 했을까? 이를 해명하기 위해서는 우선적으로 그의 삶에서 글쓰기가 어떤 의미를 갖는지를 살펴보아야 한다.

한용운은 쇠락해가는 조선불교를 일으켜 세우고자 불교근대화운동을 주도했고, 민족의 독립을 외치며 2년 10개월간 영어囹圄의 몸이 되기도 했다. 세계여행을 꿈꾸며 블라디보스토크로 떠나기도 했고 일본으로 유학을 떠나기도 했다. 또한 서간도 일대를 돌며 해외동포의 삶과 독립의 열기를 체감하기도 했다. 출가 이후에 그는 몸으로 살아내는 삶을 내처 달려왔던 것이다. 연보를 따라가다 보면 그의 삶은 행동하는 삶으로 일관된 것 같지만, 그러나 치열하게 내달려 온 삶의 여정 속에서 그는 글쓰기를 통해 세상과 소통하고자 하는 염원을 포기하지 않았다. 글쓰기는 한용운이 생의 마지막까지 놓지 않았던 존재증명의 방식이었다. 그는 중풍으로 쓰러져 생을 마감하기 전해에도 『경허집鏡虛集』의 서문을 썼다.[2] 이처럼 한용운에게 있어 글쓰기는 그의 전 생애와 궤적을 같이하고 있었다. 하지만 그가 시집 발간 이전에 시라는 장르에 대해 가졌던 열정이 어떠했는지는 아직 제대로 규명되지 못하고 있다.

실제로 한용운은 한시, 자유시, 시조, 소설, 사회논설, 학술논설 등

1 시집을 발간하기 전에 한용운이 갖는 사회적 위상을 보여주는 것은 당시 언론에서 사회 주요 인사들을 대상으로 진행한 설문에 그가 참여하고 있다는 점에서 확인할 수 있다. 1923년 1월 9일 자 『동아일보』에 실린 「朝鮮及朝鮮人의 煩悶(八)－靈的缺乏으로 苦痛, 번민과 고통은 밧게서 오는 것, 정신활동으로 煩悶을 졔하자」(韓龍雲氏談), 1924년 11월 1일 자 『조선일보』에 실린 「生이냐 死이냐 岐路에 立한 朝鮮人의 今後進路는 何인가 : 社會各方面人士의 意見은 如何－靈肉平行 삶을 각오하자」(韓龍雲氏談), 1925년 1월 1일 자 『동아일보』에 실린 「混沌한 思想界의 善後策 : 二千萬 民衆 當面한 重大問題－現實에 立脚, 理論보다 實地」(韓龍雲氏談)라는 기사가 대표적이다. 이들 기사로 볼 때, 그는 3·1운동으로 인해 감옥에서 2년 10개월의 시간을 보내고 출옥한 이후에 사회적 명사로서 인식되고 있었음을 알 수 있다.

2 한용운, 「鏡虛集序」, 『鏡虛集』, 中央禪院, 1943.

다양한 글쓰기를 해 나갔다. 그는 평생 한시를 썼고, 첫 소설을 습작한 이후부터 소설쓰기를 계속해 세 편의 장편소설과 미완의 소설을 두 편 남겼다. 또한 동시에 사회논설이나 학술논설도 지속적으로 발표했다. 하지만 자유시의 경우에는 이와 달랐다. 그의 글쓰기에서 시집 『님의 침묵』이 유다른 것은 여타의 글쓰기가 지속적이었던 데 반해 자유시 창작은 그렇지 않다는 점이다. 물론 1936년에 『조선일보』에 7회에 걸쳐 「심우장산시尋牛莊散詩」라는 표제로 십여 편의 시를 발표했지만, 이 시편들은 연작시 형태로 하나의 주제를 담아낸 시집 『님의 침묵』과 비교할 때 주제적 집중성을 보여주지 못할 뿐만 아니라 작품 경향도 매우 이질적이다. 풍경과 세태에 대한 소묘와 사회 비판의식이 공존하고 있는 이 시편들에는 시집이 뿜어내는 불교적 명상이 전혀 느껴지지 않는다. 오히려 「심우장산시」에는 시적 경향을 탐색하는 습작시편에서 볼 수 있는 다양한 시적 실험이 고스란히 담겨 있다. 하지만 이보다 십년 전에 쓴 시집 『님의 침묵』은 주제의식이 매우 선명하다. 이 시집의 창작 동기에 관심이 모아지는 것도 이런 이유 때문이다.

그가 왜 시집을 창작했는가 하는 시집 창작의 동기를 해명하기 위해서는 한용운의 주된 관심사와 문학적 성장 과정을 밝힐 필요가 있다. 특히 한문세대에 속했던 그가 한문으로 글을 쓰다 한글체 글쓰기를 습득한 과정은 시집 창작의 동기를 밝히는 데 중요한 의미를 갖는다. 문체란 어느 날 갑자기 섬광처럼 다가와 급전하게 되는 것이 아니라, 오랜 연마를 통한 지속적인 습득 과정을 요구하기 때문이다. 이렇게 보면 시집 『님의 침묵』의 문체는 한문체에서 한글체로의 비약적인 발전이 있었다기보다는 시인이 문체 습득의 오랜 과정을 거쳐 마침내 도달한 경지라고 볼 수 있다. 이러한 점들이 종합적으로 해명될 때, 시집『님의 침묵』이 어떠한 창작 동기와 창작 과정을 거쳐 탄생되었는가가 오롯하게 드러날 수 있을 것이다. 따라서 여기서는 한용운의 삶의 내적 필연성을 좇아가며 자유시 창작을 시도한 동기와 이러한 창작이 가능했던 문체 이행 과정을 살펴보고자 한다.

2. '유신維新'과 불교대중화의 길

조선조의 억불정책을 상징적으로 보여주는 제도는 승려의 도성출입 금지령이다. 제도와 인식에 있어서 전환기인 구한말이 되자 도성출입금지를 해제하려는 불교계 내부의 노력이 전개되었다. 하지만 이 제도가 폐지된 직접적인 계기는 일본 승려 사노 젠레이佐野前勵의 청원(1895)이었다. 조선불교의 탄압을 상징하던 이 제도가 일본인 승려의 도움으로 해금되었다는 사실은, 구한말의 우리 불교계가 일본의 제국주의적 침략 야욕의 속내를 간파하기가 수월하지 않았으며, 정확한 상황인식을 하는 데는 얼마간의 혼란기를 보낼 수밖에 없었음을 단적으로 보여주는 예라 할 수 있다.

한용운이 불교에 귀의한 시기는 아직 정확하게 밝혀지지 않았다. 하지만 여러 기록과 정황으로 볼 때, 추정 가능한 시기는 1897년부터 1904년 사이이다.[3] 이 시기는 조선불교가 구태로부터 벗어나기 위해 몸부림치던

3 한용운의 출가 시기는 아직 명확히 밝혀지지 않고 있다. 1차 출가는 대체로 19세로 보고 있지만 2차 출가는 24세설, 25세설, 26세설 등으로 나누어져 있다. 그러나 출가의 시기

때로, 근대적인 불교로 거듭나기 위해 새로운 모색에 몰두하고 있던 때다. 한용운의 시대인식 또한 이러한 불교 내적 인식과 크게 다르지 않았던 것으로 판단된다.[4] 이 시기에 불교에 귀의한 한용운은 1906년에 근대적인 불교학교인 명진학교에서 몇 개월간 수학하고 1908년에 일본으로 건너간다. 일본 유학 기간 동안 그는 일본의 조동종을 찾아갔고, 조동종에서 운영하는 조동종대학림에서 약 5개월간 수학했다. 이곳에서 그는 청년 승려들이 주축이 된 화융회和融會 회원들과 교류하며, 기관지인 『화융지』에 한시를 발표하였다.[5] 한용운이 접촉한 화융회가 청년 승려들의 모임이라는 점을 감안하면 그는 여기에서 일본불교로부터 적지 않은 자극을 받았을 것으로 추측된다. 하지만 한용운이 일본에서 쓴 한시를 보면 타국에서의 객수나 개인적인 정서의 표백이 드러날 뿐 시대에 대한 인식이 투영되어 있지는 않다. 그가 일본에서 쓴 한시를 보면, "본성은 그대와 나 차이 없건만 / 참선에 열중도 못하는 몸은 / 도리어 미로에서 허덕이느니 / 언제나 산 속으로 들어갈는지"[6]라며 선승으로서 고뇌하는

문제에 있어서 주목할 만한 자료는 1904년에 세워진 건봉사의 「만일회연기비(萬日會緣起碑)」에 새겨진 "용운봉완(龍雲奉玩)"이다. 이를 근거로 26세의 한용운은 이미 당시 불교계에서 나름의 위치를 점유하고 있었다는 주장이 제기되었다. 이영선, 「만해 한용운의 생애와 사상」, 『건봉사사적』, 동산법문, 2003 참조.

4 한용운의 시대인식은 상당한 도전의식을 통해 형성된 것으로 볼 수 있다. 다양한 불교 내 활동뿐만 아니라 사회활동을 제외하고 개인적인 체험만을 놓고 볼 때도 그의 도전의식은 남다른 면을 보인다. 가족을 등진 채 불가에 귀의하였다가 다시 귀향 후 재출가를 결행한 점만 보아도 그는 변화하는 시대를 살면서 내적 갈등과 번민이 깊었던 것으로 짐작된다. 이러한 갈등과 번민의 실체가 무엇인가를 단정적으로 말하기는 어렵지만 이후의 행적으로 볼 때 그의 도전의식이 그의 시대인식을 형성하는 데 중요한 계기가 되었을 것으로 판단된다. 출가 이후에도 한용운은 세계일주의 계획을 세우고 블라디보스토크로 떠나는가 하면, 도쿄로 가서 불교 관련 대학에서 근대학문을 접하기도 했으며, 한일합병 이후에는 서간도 체험 등을 통해 세상을 몸으로 느끼고자 한 점도 그의 시대인식이 도전의식의 결과임을 엿볼 수 있는 대목이다.

5 권영민, 「한용운의 일본 시절」, 『문학사상』 358, 문학사상사, 2002, 126~133쪽.

내면이 드러나 있다. 특히 『화융지』에 "한용운군이 9월 1일 귀국하였다. 금년 중에 다시 돌아올 것임"이라고 밝힌 내용으로 볼 때, 일본에 대해 비교적 호의적인 감정으로 귀국했음을 짐작하게 한다. 한용운은 귀국하여 그해 12월에 명진학교 부설로 3개월 과정의 명진측량강습소를 개설하는 의욕을 보이는데, 이러한 행동은 그의 일본 체험이 근대적인 문물과 제도에 대해 관심을 높이는 계기가 되었음을 말해 준다.

일본에서 귀국한 후 한용운이 저술한 텍스트가 『조선불교유신론』이다. 조선불교의 개혁안을 종합적으로 제시한 이 저작에서 핵심어휘를 꼽는다면 '유신'이다. 그는 여기에서 불교의 근대적 의의를 규명하고 근대불교의 정체성을 확립하고자 했으며 불교대중화를 위한 제도적인 방안을 논리적으로 전개해 나간다. 특히 그는 이 책에서 승려의 결혼 허용을 주장하는 파격적인 면모를 보인다. 이 책이 발간되기 전에 그는 승려의 결혼을 허용해 달라는 두 차례의 건의서를 중추원과 통감부에 제출한 바 있었다.[7] 시기적으로 일본이 한일합병을 진행 중이던 때였음을 감안해 보면, 조선불교의 근대화는 한용운에게 식민지로 전락해가는 조국의 현실보다 더욱 절실한 문제였음을 짐작해 볼 수 있다.

이런 맥락에서 승려의 결혼 허용이라는 한용운의 파격적인 주장도 이해해 볼 수 있다. 당시 우리 불교는 심각한 존폐의 기로에 서 있었다. 『조선불교유신론』을 보면 이러한 저간의 사정이 여러 곳에서 발견된다.

---

6 "天眞與我間無髮 / 自笑吾生不耐探 / 反入許多葛藤裡 / 春山何日到晴嵐." 「和淺田教授」, 『전집』 1, 141쪽.

7 이 건의서는 문장이 완곡하고 명치(明治)라는 연호를 사용하고 있는 것으로 보아, 이 시기에 한용운은 반일감정을 크게 갖지 않았던 것으로 보인다.

①

참으로 지금 승려의 총수는 겨우 조선인의 삼(三)천분의 일(一)에 불과하다. 이는 삼(三)천 명 중에 승려되는 자가 겨우 한 사람이라는 소리니 승려가 되는 자는 어떤 사람들인가. 빈천(貧賤)에 시달리지 않으면 미신에 혹한 무리들이어서, 게으른데다가 어리석고 나약하여 흩어진 정신을 집중할 줄 몰라서 처음부터 불교의 진상(眞相)이 무엇인지 깜깜한 형편이다.[8]

②

만약 불교로 하여금 천하에서 종적을 감추게 해도 한이 없다면 그만이거니와, 만약 그렇지 않다고 하면, 승려들이 결혼해 자식을 낳음으로써 그 범위를 확장해서 종교 경쟁의 진영에 불교의 기치를 세우는 것이 또한 교세(教勢)를 보존하는 대계가 아니겠읍니까. 결혼 금지가 한번 바뀌는 날은, 공(公)으로는 식민과 사적(私的)으로는 교세 보존에 적당하여 마땅치 않음이 없겠는데 무엇을 꺼려서 고치지 않는 것입니까.[9]

③

그러나 아직도 아무런 조처도 없고, 승려들의 의구심은 더욱 깊어만 가서 환속(還俗)하는 자가 날로 많아지고, 전도(傳道)가 날로 위축되어 가고 있으니, 속히 금혼을 풀어 교세(教勢)를 보존하는 것과 어느 쪽이 낫겠읍니까.[10]

---

8 「布教」, 『전집』 2, 61~62쪽.

9 「中樞院獻議書」, 위의 책, 88쪽.

10 「統監府建白書」, 위의 책, 89쪽.

구한말 우리 불교가 처한 현실은 종교적 교세 확장이 문제가 아니라 종교 자체의 존폐가 문제시되는 극단의 위기상황이었다. 교세 보존을 위해 승려의 결혼을 허용해야 한다는 파격적인 주장을 한 한용운은 이러한 절망적인 위기의식을 갖고 있었던 것으로 판단된다. 당시 조선불교는 밀려오는 외래종교에 비해 종교정체성이 매우 취약했다. 게다가 새롭게 유입되며 교세를 떨치기 시작한 기독교는 불교를 미신과 우상숭배를 일삼는 종교로 규정하며 비방을 일삼았다.[11] 또한 기독교는 제국의 힘을 등에 업고 교세확장에 박차를 가했다. 청일전쟁(1894~1895)과 러일전쟁(1904~1905)을 거치면서 신자수가 급격히 늘어난 기독교는 의료와 교육을 통해 제도화된 선교의 길을 마련해 나갔다.[12] 한용운은 불교가 처한 당시 상황을 "지금 다른 종교의 '대포'가 무서운 소리로 땅을 진동하고, 다른 종교의 형세가 도도滔滔하여 하늘에 닿았고, 다른 종교의 '물'이 점점 늘어 이마까지 삼킬 지경"[13]이라고 인식한다. 한용운이 불교의 근대화에 몸을 던졌던 것은 이러한 불교 내적인 위기상황에 대한 인식의 결과로 볼 수 있다.

그렇다면 한용운은 어떻게 이 상황을 돌파하고자 했을까? 한용운이 『조선불교유신론』에서 주장한 '유신'은 불교근대화와 동의어라고 볼 수 있다. 『조선불교유신론』에서 승려의 교육문제, 포교방식의 문제, 불교의 조직화 문제 등을 유신하고자 한 이유는, 산중에 은폐된 채 현실과 동떨어져 있는 조선불교를 근대화하려는 데 궁극적인 목적이 있었

11 보광, 「용성선사의 역경사업이 갖는 역사적 의의」, 『석림』 26, 1993, 83쪽.
12 서재영, 「1910년 전후의 시대상과 『조선불교유신론』의 의의」, 『의상만해연구』 1, 의상만해연구원, 2002 참조.
13 『전집』 2, 61쪽.

다. 여기서 근대화는 두 가지 면을 의미하는데, 첫째는 불교 조직의 체계화와 민주적 운영이라는 내부적인 개혁이며 둘째는 불교가 일반 대중과 유리되지 않고 대중화되는 것이다. 이렇게 이원화된 근대화 방안도 실상을 들여다보면 결국은 불교대중화에 초점이 맞추어져 있다. 왜냐하면 불교 내부의 개혁도 불교의 사회적 입지마련을 모색하고 있다는 점에서 불교의 대중화와 목표에 있어서는 다르지 않기 때문이다. 이처럼 불교대중화로 귀결되고 있는 '유신'의 실천적인 방법으로 한용운은 경전의 대중화를 도모하는데, 그 구체적인 실천으로 『불교대전』을 편찬한다. 불교를 근대화하는 길은 곧 대중 속으로 파고드는 길이며 이를 위해서는 불교 교리를 근대적인 방식으로 새롭게 정비할 필요가 있었기 때문이다. 경전의 근대적인 편집 과정에서 한용운은 일본에서 간행된 『불교성전』[14]을 참조항으로 삼았다. 이 둘을 비교해 보면 사용된 주요 경전과 초록된 내용이 대체로 동일하다.[15] 하지만 이 둘의 편제를 비교해 보면 한용운이 조선불교의 근대화에서 강조하고자 한 점이 무엇인가를 짐작해 볼 수 있다.[16] 『불교성전』에서는 '행위편'과 '교리편'이 주를 이루는 것에 반해, 『불교대전』에서는 교리의 구체적인 실천방

14 『불교성전』은 일본의 정토종계의 진종에서 1905년에 발간했음.

15 이에 대해서는 박포리의 「『불교대전』의 편제와 만해 한용운의 불교관」(『의상만해연구』 1, 의상만해연구원, 2002, 290쪽)에서 상술하고 있다.

16 송현주는 「근대불교성전(Modern Buddhist Bible)의 간행과 한용운의 『불교대전』 – Buddhist Catechism, The Gospel of Buddha, 『불교성전』과의 비교를 중심으로」(『동아시아불교문화』 22, 동아시아불교문화학회, 2015)에서 근대 시기에 접어들면서 전 세계적으로 간행된 불교성전들을 비교분석하면서, 한용운의 『불교대전』이 갖는 특징을 규명하였다. 이 글에 따르면 한용운의 『불교대전』은 서양의 텍스트에 비해 윤리적 덕목을 강조하는 동아시아적 특징을 보이는데, 특히 유가의 '수신제가치국평천하(修身齊家治國平天下)'의 구조를 적극 수용하였다고 밝히고 있다.

안을 세목화하는 데 공을 들이고 있다. 고려대장경을 나름의 체계로 정리한 『불교대전』은 불법의 실천방법으로 자기수양에 해당하는 자치품自治品과 사회적 실천을 강조하는 대치품對治品을 핵심내용으로 삼고 있다. 특히 여기에서 한용운은 중생구제의 보살도가 자비심을 통해 구현될 수 있다는 사회적인 실천의 중요성을 강조한다. 한용운은 『불교대전』의 범례를 소개하면서 "중생衆生의 지덕智德을 계발啓發하기 위하여" 이 책을 저술했다는 저술의도를 명확히 밝히고 있다. 이처럼 한용운에게 조선불교의 '유신'이란 곧 산중에 유폐되어 있던 불교를 대중화하는 구세주의의 실천과 동의어였다. 그는 이러한 등식의 논거로 계율에 얽매이지 않는 사사무애事事無碍의 대승적인 실천론을 강조한다. 파격적인 주장으로 문제가 되었던 승려의 결혼 허용론에서도 한용운은 사사무애의 대승적인 진리[17]를 논거로 내세운다. 이처럼 한용운이 열정적으로 불교대중화에 앞장선 것은 쇠락해가는 불교를 재건하고 불교를 염세와 적멸의 종교가 아니라 대중과 호흡하는 종교로서 재정비해야 한다는 상황인식의 결과라 할 수 있다.

17 "불교를 위하는 사람으로서 어찌 방자히 결혼하여 계율을 손상하겠는가. 결혼함으로써 불교를 중흥한다기보다는 오히려 결혼함으로써 불교를 망친다고 해야 할 것이다. 나는 말하겠다. '그대의 말도 일리가 있는 듯 보인다. 그러나 「화엄경(華嚴經)」의 사사무애(事事無碍)의 대승적 진리를 이해하기에는 부족하다. 대저 고상 · 현허(玄虛)하고, 깊고도 끝없이 넓으며, 진실과 허망이 일정한 성품이 없고, 공과 죄가 본래 공(空)해서 어느 곳이든 들어가지 않는 곳이 없고, 일 치고 용납하지 않음이 없는 불교의 진수(眞髓)가 어찌 자질구레한 계율 사이에 있겠는가.'" 「佛教의 將來와 僧尼의 結婚問題」, 『전집』 2, 82~83쪽.

3. 잡지 『유심惟心』과 수양주의

1911년 6월에 발표된 사찰령은 한용운이 불교 내적 문제와 민족 문제를 분리시키지 않고 연관시켜 인식하게 되는 결정적인 계기가 된다. 이회광李晦光(1862~1933)이 주도한 일본 조동종과의 연합맹약을 목도하고 일제의 사찰령이라는 행정통제를 경험하면서 한용운은 제국주의의 실상에 대해 명확하게 인식하게 된다. 따라서 1910년 이후 한용운은 근대불교의 이중과제였던 총본산 건설과 사찰령 극복을 위한 노력을 경주해 나갔다. 이 일을 주도하면서 한용운은 일제의 제재를 받았으며[18] 이 경험은 불교근대화의 문제가 일본제국주의라는 정치적 문제와 결부되어 있고, 따라서 일반 대중을 계몽하는 보다 전략적인 모색이 필요하다는 자각을 불러일으켰을 것으로 보인다. 이러한 자각이 구체화되면서 한용운은 대중적인 종합지를 발간하는 일에 뛰어들어, 불교의 유심사상과 당대의 주류 사회담론인 수양론을 결합한 수양주의修養主義를 논리적으로 펼쳐 나간다.

1918년에 창간한 잡지 『유심』은 불교적 사유를 중심에 두고 있지만 대중 지향적 성격을 강하게 드러내는 수양 잡지이다. 『매일신보』의 광고에서도 이 잡지를 수양 잡지라고 소개하는데, 잡지의 주된 성격은 불교적 수양주의[19]로 볼 수 있다. 당대의 중심 담론이기도 했던 수양론은 교양론과 함께 1910년대에 유행한 입신출세주의의 이론적 기반이 되

18 김광식, 『한국근대불교사연구』, 민족사, 1996, 34쪽.

19 고재석은 『유심』이 표방한 수양주의를 '행동적 수양주의'로 명명하였다. 고재석, 「깨달음의 미학과 행동적 수양주의」, 『우리말글』 38, 우리말글학회, 2006.

는 담론으로, 사무엘 스마일즈Samuel Smiles의 「자조론自助論, Self-Help」이 수용되면서 변용된 예이다.[20] 한용운은 불교적인 언어를 대중적인 언어로 치환하면서 중심담론인 수양론을 적극 활용한다.

①

조선 청년의 급무를 논하는 자가 혹은 학문이 급무라, 실업이 급무라, 그 외에도 다종(多種)의 급무를 창(唱)하리라. 그러나 심리 수양이 무엇보다도 급무라 하여 이를 환기(喚起)코자 하노라. (…중략…) 심리적 수양은 궤도와 같고 물질적 생활은 객차와 같으니라. 개인적 수양은 원천(源泉)과 같고 사회적 진보는 강호(江湖)와 같으니라. 최선(最先)의 기유(機杻)도 수양에 있고 최후의 승리도 수양에 있으니 조선 청년 전도(前道)의 광명은 수양에 있느니라.[21]

②

중생 중생이 동일(同一) 불성(佛性)이요, 천부 인권이 균시평등(均是平等)이거늘 열자는 스스로 열자 될 따름이요 패자는 스스로 패자 될 따름이라.[22]

③

사람은 외계의 사물에 포로될 자가 아니오, 마땅히 만유(萬有)의 절정

---

20 소영현, 「근대 인쇄 매체와 수양론・교양론・입신출세주의—근대 주체 형성 과정에 대한 일고찰」, 『상허학보』 18, 상허학회, 2006, 202쪽.

21 「朝鮮青年과 修養」, 『전집』 1, 268쪽.

22 「前路를 擇하여 進하라」, 위의 책, 270쪽.

에 서서 종횡자재(縱橫自在)함을 얻을지니, 번뇌 즉 보리(菩提)라 함과 같이 고통 즉 쾌락이 될 수도 있느니라.[23]

『유심』에 실린 한용운의 논설은 수양을 통해 정신을 강화하자는 논지가 주를 이룬다. 물질문명을 정신수양으로 극복하자는 「조선청년과 수양」, 스스로 삶을 개척해 나가야 한다는 「전로를 택하여 진하라」, 고통에서 깨달음을 얻을 수 있음을 강조하며 종횡자재를 구해야 한다는 「고통과 쾌락」, 일시의 곤궁을 강인한 정신으로 이겨내자는 「고학생」 등의 논설은 모두 민족을 포함하여 현실이 처한 곤궁을 극복할 수 있는 정신자세를 강조한 것이다. 이 시기 수양주의야말로 사회 전반에 널리 퍼진 경향이었고, 한용운에게 이러한 수양주의의 수용은 불교 논리를 사회 논리로 가공하고 치환하는 과정과 연관된다. 인용에서도 알 수 있듯이, 한용운의 논설은 불교적인 논리와 언어가 주를 이룬다. 여기에 그는 당시의 시대어인 천부인권설이나 사회진화론 관련 용어들을 불교 용어와 연결시키며 스스로 행동하고 극복하려는 개인차원의 계몽과 개혁의 중요성을 강조한다. 이와 같이 그가 유심이라는 불교적 사유를 대중적인 계몽의 논리로 치환하고, 불교적인 언어를 대중적인 언어로 전환시켜 나가는 과정에 잡지 『유심』이 놓여 있다. 하지만 이러한 수양주의적 시각이 이 시기에 갑자기 생겼다기보다는 『조선불교유신론』에서부터 한용운이 지속적으로 견지해온 바라고 할 수 있다.

23 「苦痛과 快樂」, 위의 책, 271쪽.

이 세상에 어찌 성공과 실패가 그 자체로서 존재하겠는가. 사람에 의거하여 결정될 뿐이다. 모든 일이 어느 하나도 사람의 노력 여하에 따라 소위 성공도 하고 실패도 하는 것이니, 만약 사물이 자립(自立)하는 힘이 없고 사람에 의존할 뿐이라면, 일에 성패(成敗)가 있는 것도 결국은 사람의 책임일 따름이다.[24]

한용운은 『조선불교유신론』의 서론에서 인간의 자조自助와 자립自立을 강조하며 불교의 근대화를 위해서는 실천하는 마음이 우선적으로 요구된다고 주장한다. 그는 여기에서 '일을 이룸이 하늘에 있다'는 운명론적이고 숙명론적인 태도를 비판하며 '일을 이룸도 나에게 있다'는 입장을 강조한다. 이처럼 삶의 성취여부는 개인의 마음(의지)에 달려 있다고 보면서, 한용운은 불교의 핵심을 '유심'에서 찾는다. 『조선불교유신론』에서부터 강조한 개인의 '마음惟心'은 잡지 『유심』에서도 동일하게 강조된다. 이런 맥락에서 보면 『유심』의 수양주의도 그 핵심은 정신의 강조와 실천주의로 요약될 수 있다. 이와 같은 관점의 동일성과 달리, 『유심』에서는 구체적인 대중화 방안이 보다 적극적으로 모색된다. 이러한 실제적인 대중화 방안의 하나가 불교 언어의 대중화였다. 창간호의 권두시에 해당하는 「심心」에서 한용운은 "심心은심心이니라 / 심心만심心이아니라 비심非心도심心이니심외心外에는하물何物도무無ᄒᆞ니라"라며 불교적인 교리를 대중적인 글쓰기 형식으로 담아내고자 노력한다. 이처럼 잡지 『유심』에는 『조선불교유신론』에서부터 단초를 보였던 불교의 유심사상과

24 「朝鮮佛敎維新論－緖論」, 『전집』 2, 34쪽.

서양의 자조론의 담론적 결합이 보다 대중적인 언어 형식으로 전환되어 나가고 있다. 이러한 양상은 이 시기 한용운의 인식이 불교의 대중화를 위해서는 불교사상을 사회담론과 접목시키고 불교적 언어와 대중적 언어를 접맥시켜야 한다는 자각 속에 놓여 있음을 말해준다.

4. 한시 창작과 문학적 자부심

시집 『님의 침묵』이 집필되기 이전에 한용운이 쓴 글을 주제별로 대별해 보면, 크게 불교 관련 글, 문학적인 글, 사회논설류의 글로 나눌 수 있다. 1910년부터 발표하기 시작한 불교 관련 논설은 『조선불교유신론』, 『불교대전』, 『십현담주해』가 중심에 놓여 있다. 이 텍스트들은 한문, 혹은 한문이 주가 되고 국문이 조사나 어미 정도로 활용된 국한혼용문으로 쓴 글이다. 『조선불교유신론』은 불교계 내부를 향해 쓴 저작으로, 조선불교의 개혁 방안을 모색하는 데 초점이 맞추어져 있다. 이에 비해 『불교대전』은 일반인들이 불교를 쉽게 이해할 수 있는 불교대중화의 일환으로 편찬된 책으로 개별 경전 중심의 불경을 주제별로 분류 및 편집하여 일반인들이 불교를 쉽고 체계적으로 이해할 수 있도록 안내한 교리서의 일종이다. 이에 비해 『십현담주해』는 선승으로서 깨달음의 과정을 밝히려는 구도求道의 일환으로 집필되었다. 이 책에서는 수행자의 실천 지침을 담은 게송을 풀이하면서 한용운 자신의 시각을 담아 수행자의 자세를 제시하고 있다. 따라서 이 책은 깨달음의 과정을 주해작업을 통해 모색해 나간 것으로 볼 수 있다. 이러한 한용운의 불교적 글쓰기는 대체로 불교 내부의 혁신과 대중화 방안을 모색하는 한편, 선승으로서 자신의 내적 수양을 도모함에 목적이 있어서 일반 대중을 위한 글쓰기로 보기는 어렵다. 『불교대전』 또한 불교 경전의 대중화를 모색하면서 일반대중을 지향한 글쓰기였지만, 일차적으로 불자들을 독자로 삼고 있다는 점에서 대중적 파급력은 제한적인 형태라 할 수 있다. 무엇보다 이 글들은 소수인 한문 독자를 위해 쓴 글이었고 따라서 문체도 한문체 혹은 근대계몽기의 국한혼용문이 주를 이루었다.

한편, 한용운의 문학적 글쓰기는 한시, 자유시, 시조, 소설이라는 장르로 진행되는데, 여기에는 한문체와 한글체가 각각 활용된다. 소설은 산문정신과 관련되므로 예외로 하고 보면, 한시와 자유시 및 시조 사이에는 한문체와 한글체로 이원화된 문체에도 불구하고 시문학이라는 공통점이 존재한다. 그렇다면 한시는 자유시 창작과 어떤 연관성을 갖는 것일까?

한시는 한용운이 평생 창작을 지속한 장르로서, 그는 한시를 통해 개인적인 정서 표출과 시적 정서를 연마하였다. 한용운이 공식적인 지면에 발표한 첫 번째 글도 일본 유학 시절에 화융회의 기관지인 『화융지』에 발표한 한시였다. 이 잡지에 한용운은 1908년 6월부터 9월까지 네 차례에 걸쳐 한시 12편을 발표했다. 그의 한시 실력은 일본에서도 일정한 평가를 받은 것으로 보인다. 『화융지』에 실린 편집자의 글에서 이러한 사실을 확인할 수 있다.

> 한국유학생 한용운 군 : 앞서 김태은 군을 맞았던 우리 동창은 5월 9일 다시 한용운 군을 맞았다. 군은 한국 강원도 간성군 건봉사의 도제인지라

> 요즘 우리들과 함께 기상과 취침을 하고 있다. 물론 도래한 지 10여 일이며 회화도 할 수 없다. 기자는 군이 편집국에 내방한 것을 기회로 이런저런 필담으로 물어보니 군은 임제종 사람인 듯하다. 이번 도일에 한 사람의 지인도 없이 단지 조동종 대본산이 영평사(永平寺)라는 걸 듣고 있었기 때문에 동경의 출장소를 방문했고, 그리하여 히로쓰(弘津) 스님의 소개를 받고 본교에 왔던 것. 한국인으로 한마디 하면 언어불통으로 한 사람의 지인도 없이 이향 사백리의 하늘에 단신으로 도래하니 실로 감탄을 금할 수 없지 않은가. 덧붙이면 특색으로 시문은 상당한 솜씨인 바 사조란(詞藻欄)에 실었다.[25]

한용운은 조동종대학림에서 공부하며 일본학생들과 어울렸지만 일어로 의사소통을 할 수준이 못되어 한문으로 필담을 나누며 교류했다. 하지만 인용문의 평가로 볼 때, 한시 창작은 상당한 수준에 있다는 평을 받았다. 30세 무렵의 한용운은 이미 한시 창작에 있어서는 높은 수준을 갖추고 있었던 것이다. 이러한 면은 1912년 『매일신보』의 「문원文苑」란에 게재된 한시와 그 평에서도 확인할 수 있다.[26] 한용운은 시 「관낙매유감觀落梅有感」(1912.1.25)을 신문의 한시 소개란에 발표하는데, 여기에 "평하건대 시가의 묘체가 삼요스님의 경지를 이었다"라는 평이 붙어 있다.[27]

---

25 고재석은 『和融誌』 12-6(和融社, 1908.6.5, 527쪽)에 편집자가 쓴 글을 번역하여 소개하고 있는데, 이를 통해 한용운의 일본 체험의 자세한 정황을 살필 수 있다. 또한 그는 『화융지』 소재 한용운 한시의 기존 번역들이 갖는 여러 오류를 지적하면서 자료의 정확성을 더해 주었다. 고재석, 「한용운의 일본 유학과 한시」, 『한국문학연구』 60, 한국문학연구학회, 2019, 212쪽, 번역문 재인용.

26 박현수는 「만해 문학의 문학사적 가치」(『선문화연구』 16, 선리연구원, 2014)라는 글에서 『매일신보』에 게재된 한시를 언급하면서 한용운이 한시단체인 신해음사와의 연관성을 가질 수 있으나 이에 대한 연구가 진행되지 않았음을 지적한 바 있다.

27 "評曰詩家玅諦傳得參寥衣鉢." 「관낙매유감(觀落梅有感)」(『매일신보』, 1912.1.25)에

이 평을 쓴 이가 누구인지는 알 수 없지만, 내용으로 볼 때 한용운의 한시가 삼요參寥의 의발을 이었다며 상당히 높게 평가하고 있음을 알 수 있다. 삼요는 북송의 시승詩僧 도잠道潛으로, 북송의 대표적인 문인인 소식蘇軾과 교류한 것으로 널리 알려져 있다.[28] 한시에 이 같은 평을 붙여둔 것은 당시 한시를 창작하는 시사詩社이자 이 단체에서 발행한 잡지 이름인 『신해음사辛亥唫社』에서 일반적으로 행하던 관례를 그대로 보여준 것이다. 한용운은 1911년에 창립한 한시 창작단체로 한시 전문 잡지를 발간하던 신해음사의 회원이었다. 『신해음사－임자집』(제5호)에 실린 회원 명부에는 총 575명의 명단이 수록되어 있는데 이 가운데 한용운의 이름도 확인된다. 이 단체는 시인의 이름과 호를 병기하는 것을 원칙으로 하고 있는데, 그가 만해라는 아호를 사용하게 된 것도 『신해음사』에 한시를 발표하는 일과 관련이 있지 않을까 싶다. 작품집 제목에는 간지干支를 병기하였는데, 『신해음사－임자집』 106쪽에는 "한용운韓龍雲(선가禪家)-만해萬海-부산부釜山府 범어사梵魚寺"라고 이름과 호와 거주지가 제시되어 있다.[29] 이 단체에는 김윤식, 장지연, 이해조, 유길준, 안국선, 권상로 등 다양한 성향의 당대 인사들이 회원으로 참여하고 있었으며, "개화파, 수구파, 친일파, 의병활동가, 소설가, 화가, 서예가 등 하나의 성향으로 볼 수 없는"[30] 여러 인사들이 대거 참여하여 활동하였다. 특히 국적과 남녀

붙은 평임.

28 배규범, 「蘇軾과 道潛의 交遊詩 考察」, 『인문학연구』 30, 경희대 인문학연구소, 2016, 45~81쪽 참조.

29 이 사실은 『신해음사』 관련 논문을 발표한 임보연 선생님이 자료를 검토하여 확인해 주셨다. 현재 이 잡지는 국립중앙도서관본으로 1·2·3·4·5·6·18·27호가 남아 있는데, 이 가운데 한용운의 한시는 1호에 1편, 2호에 2편이 수록되어 있다.

30 박영민, 「1910년대 辛亥唫社의 詩社 활동과 安往居」, 『한국어문학국제학술포럼 학술대회』, 한국어문학국제학술포럼, 2008, 567쪽.

노소를 가리지 않고 단체에 참여할 수 있도록 하고 있어 여성과 외국인도 참여하는 개방적인 한시모임이었다. 이 시기가 한문학이 쇠퇴일로에 접어든 시기였다는 점을 감안해 볼 때, 전 국민적 단체를 만들어 한시 창작에 열을 올렸다는 점은 상당히 이례적인 현상이라 하겠다. 물론 형식적인 개방성에도 불구하고 여기에는 정치적인 성향의 글은 투고할 수 없도록 규제한 점[31]으로 볼 때, 한일병합 이후의 정치적인 상황을 감안하여 활동의 폭을 제한하고 있었음을 알 수 있다. 하지만 이 단체에 당대를 대표하는 한학자들이 대거 참여했다는 사실은 쇠퇴해가는 전통문화를 계승하고 유지하려는 문화적 열기가 단체의 창립을 촉발한 것으로 해석된다. 한용운이 이 단체의 회원이었다는 사실로 볼 때, 그의 한시 창작이 단순한 여기餘技 차원의 것은 아니었고, 문화운동의 일환으로 볼 수 있으며 그 열정 또한 높았다는 점을 알 수 있다. 이러한 『신해음사』에 한용운은 한시를 발표하는데, 제1호에 「관낙매유감」을, 제2호에 「춘규원春閨怨」과 「범어사우후술회梵魚寺雨後述懷」라는 두 편의 한시를 수록하였다. 『신해음사』에 투고한 한용운의 한시가 그대로 『매일신보』에 수록되었다는 사실은, 그의 한시 실력이 단체 내에서 인정받고 있었음을 의미한다. 또한 이 시가 발표된 한 달 뒤인 1912년 2월 16일에는 동일한 지면에 이 시를 차운한 한시 두 편이 실리기도 한다.[32]

31 임보연, 「여성 문학 활동의 전개 과정과 『신해음사(辛亥唫社)』의 역할」, 『한국고전여성문학연구』 29, 한국고전여성문학회, 2014, 294쪽.

32 두 편의 한시는 불가문학 전공자인 중국 화중사범대학 배규범 교수께서 번역해 주셨다.

①

「寄萬海」(만해에게)

彌智散人(미지산인)

幾年流落江湖裏	몇 해 동안 강호를 떠돌다가
爲賞寒梅寄釋家	찬 매화의 느낌을 그대에게 보내네
自足淸香僧護去	만족할 만한 맑은 향이건만 승려는 떠나가
等閑不許一枝花	무심코 한 가지 꽃도 허용치 않을런가

②

「次萬海落梅韻」(만해의 낙매시에 차운하여)

琴喘 田在龍(금천 전재용)

香魂瘦骨荒寒甚	향기로운 혼백과 마른 풍골은 그지없이 서늘하되
舊在孤山處士家	여전히 깊은 산 처사의 거처에 머물고 있겠지
杜口維摩多病臥	입 닫은 유마거사 깊은 병에 드러눕자
上方天女散空花	천상의 천녀가 허공에 꽃을 뿌렸다지

인용한 한시의 내용으로 볼 때, 한시에 대한 평을 주고받는 이 단체에서 한용운의 창작 역량이 상당히 높게 평가되고 있었음을 알 수 있다. 일본과 국내로 이어진 그의 한시에 대한 찬사와 평가는 문학에 대한 그의 열정을 북돋우는 데 중요한 자극제가 되었을 것이다.

그렇다면 한용운이 한시에 대해 각별한 애정과 역량을 가질 수 있었

〈표 1〉 시집 『님의 침묵』 창작 이전에 발표한 글의 목록

연도	제목	장르	발표 및 간행
1908	「고향을 그리며(思鄕)」 외 11편	한시	일본 조동종대학 『화융지(和融誌)』(제12권 제6호~제9호) 발표
1910	『조선불교유신론』	논설	1913년 출간
1912	「관낙매유감(觀落梅有感)」, 「춘규원기신해음사(春閨怨寄辛亥唫社)」	한시	『매일신보』(1월 25일, 3월 12일) 발표
	「관낙매유감(觀落梅有感)」	한시	『신해음사(辛亥唫社)-신해집(辛亥集)』(제1호, 3월 15일) 발표
	「춘규원(春閨怨)」, 「범어사우후술회(梵魚寺雨後述懷)」	한시	『신해음사(辛亥唫社)-임자집(壬子集)』(제2호, 5월 18일) 발표
1914	『불교대전』	경전	범어사(梵魚寺)(1914.4.30)
1916	「고서화의 삼일」	수필	『매일신보』(12월 7·8·13·14·15) 5회 연재
1917	『정선강의 채근담』	수양서	신문관(新文館)(1917.4.6)
	「오도송」	한시	미발표 유고작
1918	『유심』에 발표한 다수의 논설과 자유시형의 권두언	논설문, 시	1918년 9~12월까지 총 3호 발행한 『유심』에 발표
1919	「처음에」라는 권두시	시	『신청년』(창간호, 1월) 발표
	「조선독립에 대한 감상의 대요」	논설문	『독립신문』(제25호, 11월 4일) 게재
1922	「무궁화를 심으과저」	옥중시	『개벽』(제27호) 발표
1924	「죽음」	소설	미발표 유고작
1926	『십현담주해』	게송, 해설서	1925년 6월 7일에 탈고, 1926년 5월 15일에 법보회(法寶會)에서 발간

던 이유는 무엇이었을까? 한시에 대한 한용운의 애정은 1918년 9월에 창간하여 3호 발간으로 폐간된 잡지 『유심』지의 현상문예 원고모집에서 단편소설, 신체시가와 함께 한시가 모집 분야에 포함되어 있다는 점에서도 확인이 된다. 그가 이처럼 한시에 애정을 가졌던 이유는 구한말의 교양인이 가질 수 있었던 단순한 취미의 차원에서 이해될 수도 있겠지만, 전통의 계승이라는 면과 맥이 닿아 있었던 것으로 보인다. 1916년에 위창葦滄 오세창吳世昌(1864~1953)의 집에서 한용운은 고서화를 보고 이에 대한 감상을 『매일신보』에 「고서화古書畵의 삼일三日」이라는 제목

으로 5회에 걸쳐 연재한 바 있다. 이 글에서 그는 고서화를 접하면서 우리 문화의 우수한 전통을 재발견하기에 이르는 과정을 고백하고 있다. 선인들의 필적과 그림을 보고 문화적 전통을 가슴으로 느꼈던 한용운은, 같은 맥락에서 한시에 대한 애정을 평생 간직했던 것으로 보인다. 이러한 한시에 대한 관심은 불교 게송인 『십현담』에 주해를 붙인 작업과도 무관하지 않다. 한시에 대한 소양과 선사로서의 자기수양에 대한 욕구가 절묘하게 만나 빚어낸 글쓰기의 한 성취가 『십현담주해』였다. 이처럼 한용운은 한시 창작을 통해 문학적 역량을 인정받았고, 한시라는 문화적 전통을 계승하고자 하는 의욕을 표출하고 있었다. 그가 자유시 창작으로 발걸음을 옮길 수 있었던 자신감은 한시 창작에 대한 당대의 평가에서 비롯하였으며, 자유시를 통해 담아내고자 한 바가 감정의 자유로운 발상이 아니었다는 점 등은 전통의 재인식과 깊이 연관된다.

5. 한글체 습득 과정

앞서 언급했듯이 한용운은 일생 동안 한시, 자유시, 시조, 소설, 사회논설, 학술논설 등 다양한 글쓰기를 해나갔다. 여기에 활용된 문체는 한문체, 국한문혼용체, 한글체이다. 한문세대였던 그가 성장 이후에 습득한 한글체 글쓰기로 자기를 표현하기 위해서는 각별한 문체 전환의 노력이 요구되었다. 한문세대가 한글체 문장으로 문체 전환을 하는 과정에서 사용한 과도기적 문체는 국한혼용문으로, 이는 한용운이 속한 세대가 주로 썼던 문체였다. 물론 이러한 국한혼용문도 자세히 들여다

보면 여러 차원의 변화가 있었다. 한문이 주가 되면서 조사나 어미 정도만 한글을 사용하는 이른바 현토체懸吐體에서, 한글 사용이 늘어난 근대적 국한혼용문으로, 다시 한자 사용이 상당히 줄어든 현대적 국한혼용문으로 변전되는 과정[33]은 상당한 시간에 걸쳐 진행되었다.

한용운은 자유시 창작 전에는 주로 한시를 썼고, 잡지 『유심』(1918) 창간 전까지는 한문체와 국한문혼용체를 주된 표현방식으로 삼았다. 『유심』 발간을 기점으로 한글체 글쓰기로의 전환이 적극적으로 모색되면서 그는 한문체, 국한문혼용체, 한글체를 독자에 따라 다르게 사용해 나갔다. 신문이나 잡지에 발표한 대중적인 글쓰기에는 한글체와 현대적인 국한문혼용체를 활용하였고, 한시 창작 및 불교 관련 저술이나 사회논술은 한문체 혹은 근대적인 국한문혼용체를 활용하였다. 그는 순차적으로 한문체를 한글체로 전환해 나가는 한편, 각각의 문체를 독자에 따라 다르게 구사했다. 글쓰기에 있어서 일종의 이중 언어 구사를 전략적으로 사용한 것이다. 이처럼 다양한 문체를 구사한 그가, 현대적인 한국어 문체를 습득한 것은 독자를 고려한 효율적인 메시지 전달에 목적을 두고 진행한 의도적인 노력의 소산으로 볼 수 있다. 이 점은 『유심』의 경우를 보면 명확하게 확인할 수 있다. 이 잡지의 원고 모집에서 요구하는 문체는 다양하다. 보통문은 선한문체鮮漢文體로, 단편소설은 한자를 약간 섞은 시문체時文體로, 신체시가[34]와 한시는 따로 문체를 제시하지 않고 있다. 논설문

---

33 이에 대해서는 한영균의 「신문 사설에서의 현대적 국한혼용문의 출현 및 확산」(『국어국문학』 184, 국어국문학회, 2018)과 「『동아일보』 1920년 사설의 문체 특성」(『구결연구』 42, 구결학회, 2019)을 참조함.

34 『惟心』의 현상문예 공지란에는 '신체시가'가 한자로 '新體時歌'로 표기되어 있는데 이는 오류로 보인다. 『惟心』의 현상문예 공지 내용은 최남선이 발간한 『청춘』의 「현상문예광고」와 내용이 유사한데 여기서는 시조, 한시, 잡가, 신체시가, 보통문, 단편소설로

은 국한문혼용체를, 단편소설은 최남선이 『시문독본時文讀本』(1916)을 통해 문체보급운동을 펼친 시문체를, 신체시는 별도의 언급은 없지만 한글체를 사용하도록 문체 지침을 제시하고 있는 것이다. 이처럼 한용운은 근대로 접어들면서 급변하는 문체 변화를 분명하게 인식했으며, 효율적인 의사소통을 위해 독자에 따라 문체를 선택해야 한다는 인식을 갖고 있었다. 이러한 인식은 1931년에 발표한 「조선불교의 개혁안」[35] 가운데 '경논經論의 번역飜譯'을 강조한 부분에서도 확인할 수 있다.

> 언어와 문자의 의의는 사람과 사람 사이에 서로의 의사를 이해하고 인식하게 하는 데에 그 필요와 가치가 있는 것이다. (…중략…) 현금에 있어서 불교를 선포하려면 평이한 한글 혹은 선한호용문(鮮漢互用文)으로 번역·편찬·창작 등을 여행(勵行)하지 않으면 안 될 것이니, 번역이라는 것은 경전 그대로를 직역 혹은 의역(意譯)하는 것이요, 편찬(編撰)이라는 것은 경전 혹은 타인의 저서에서 찬발 편찬(撰拔編撰)하는 것이요, 창작은 물론 새 의장(意匠)으로 저작하는 것이다. (…중략…) 창작에 있어서도 물론 다방면이 있겠으나 주로 불교 교리의 시대 사조에 적응한 점을 많이 지적하고 논거하여 광대 심원(廣大深遠)한 불교 교리의 중생을 제도(濟度)하는 방편에 있어서 갖추지 않음이 없는 것을 일반에게 알려주는 것이 가장 필요한 것이다.[36]

나누어 모집하였다. 김재홍, 『한용운문학연구』, 일지사, 1982, 32쪽 참조.

35 「朝鮮佛教의 改革案」, 『전집』 2, 160~169쪽.

36 위의 책, 166쪽.

시대에 따른 문체 변화를 자연스럽게 받아들이면서 한용운은 한글체와 국한문혼용체로 쓴 불경을 일반인에게 전달해야 한다고 주장하고 있다. 잡지 『유심』의 현상공모에서 글의 종류에 따라 다른 문체를 제시한 것도 이러한 인식의 결과로 볼 수 있다. 또한 이 글에서 그는 불교를 널리 포교할 수 있는 창작에 있어서는 불교 교리에 담긴 현대성과 구세주의적 성격을 강조할 필요가 있다고 주장한다. 이러한 인식은 그가 자유시를 써서 한 권의 시집으로 출간한 시집 창작 동기가 불교대중화와 밀접하게 연관된다는 점을 명시적으로 보여준다. 따라서 시집 창작 동기는, 한시에 대해 고평을 받아 시 창작에 자신감을 갖고 있던 한용운이 한문체 글쓰기를 소비하는 독자가 줄어들고 한글독자공동체가 형성되어 가던 시대적 변화를 목도하면서 시대 변화에 대해 문화적으로 적응한 결과에서 찾을 수 있다. 그는 한글체 글쓰기에 관심을 보이면서 『유심』의 권두언이나 「심」과 같은 자유시형을 통해 새로운 문체로 글쓰기를 모색해 나갔다.

①

배ᄅᆞᆯᄯᅴ우ᄂᆞᆫ흐르믄 그근원이멀도다 송이큰ᄭᅩᆺ나무ᄂᆞᆫ 그ᄲᅮ리가깁도다

가벼이날이ᄂᆞᆫᄯᅥ러진입새야 가을바라믜구쎄미랴

셔리아레에푸르다고 구태여뭇지마라 그대(竹)의 가온대ᄂᆞᆫ무슨걸림도 업ᄂᆞ니라

미(美)의음(音)보다도묘(妙)ᄒᆞᆫ소리 거친물ㅅ결에돗대가낫다보나냐새별가튼너의눈 으로 천만(千萬)의장애(障碍)ᄅᆞᆯ타파(打破)ᄒᆞ고 대양(大洋)에도착(倒着)ᄒᆞᄂᆞᆫ득의(得意) 의파(波)ᄅᆞᆯ

보일리라우주(宇宙)의신비(神秘) 들일리라만유(萬有)의묘음(妙音)

가쟈가쟈사막(沙漠)도아닌빙해(氷海)도아닌우리의고원(故園) 아니가면뉘라셔보랴 한송이두송이픠는매화(梅花)[37]

②

방아머리 까치저고리 앵도(櫻桃)같은 어린입술로 천진난만(天眞爛漫)ᄒᆞ게 부르는 너의노래 그 성파(聲波)가 얼마나 퍼지며 그곡조(曲調)가 음률(音律)에 맞으랴마는 지음(知音)의고수(鼓手)는 두리둥々 울니면서 자연(自然)의음조(音調)에 맞는다고 흑암(黑暗)의적막(寂寞)을 깨치는 무슨 노래의 초성(初聲)이라 ᄒᆞ나니라

한강(漢江)의 깁흔물에 자맥질ᄒᆞ는 사람들아
아느냐 오대산(五臺山) 바위틈에서 실낫가치
흐르는 그물의 근원(根源)을

이러ᄒᆞ니라 너의일도 이러ᄒᆞ고 나의일도 이러ᄒᆞ며 마(魔)의일도 님의일도 왼갓일이 이러ᄒᆞ니라

하늘에 가득ᄒᆞᆫ 바람과 눈 그가온데서 피는매화(梅花) 용기(勇氣)인지 원력(原力)인지 자연(自然)의천기(天機)인지 대우주(大宇宙)의 율칙(律則)인지 무슨비밀(秘密)을 폭로(暴露)ᄒᆞ면서 너의노래의 요구(要求)를

37 「처음에씀」, 『유심』 1, 1918, 1쪽.

보답(報答)ᄒᆞ리라[38]

한학세대가 한글체를 습득하는 과정은 그 자체로 자국어에 대한 인식 과정이자 민족문제에 대한 인식과 동궤를 이루지만 이것이 비약적으로 일어나기는 어렵다. 한용운의 경우, 이 과정은 잡지 『유심』의 권두에 자유시 형태를 지향하는 한글체 권두언을 쓰면서 서서히 문체 전환을 시도해 나갔다. 이 한글체 습득 과정에서 한용운은 불교적 논리에 근거한 관념적 수사로부터 벗어나려는 나름의 노력을 경주한다. 『유심』의 권두에 실린 글들은 이러한 면을 여실히 보여준다. 이 글의 장르적인 문제, 즉 시로 보아야 할지 아닐지는 또 다른 문제로 남겨두고 보면, 적어도 『유심』지를 발간할 당시에 한용운이 대중 속으로 파고들기 위해 내용과 형식 모두에 있어서 노력을 아끼지 않았음은 분명해 보인다. 이런 문체 전환을 명징하게 살펴볼 수 있는 또 다른 글은 방정환이 중심이 되어 펴낸 『신청년新青年』의 권두언이다. 이 두 편을 비교해 보면 한용운의 문체가 한문투에서 벗어나 한글체로 전환되었고, 이러한 과정이 1910년대 말과 1920년대 초반에 걸쳐 점진적으로 진행되었음을 알 수 있다.

한편, 한용운은 잡지 발간 이외에도 한글체를 습득하기 위해 남다른 노력을 기울였다. 한글체 글쓰기에 어느 정도 자신감을 가졌을 때, 그는 한글소설을 창작한다. 소설 「죽음」[39]은 1924년에 탈고한 것으로 알려진 작품인데, 그동안 이 작품은 미발표된 유고작이기 때문에 많은 논

38 「처음에」, 『신청년』 1, 1919, 1쪽.

39 만해의 소설에 대해서는 대체로 시집 『님의 침묵』 이후에 쓴 것으로 보고 논의되어 왔다. 그러나 그의 연보에는 소설 「죽음」이 탈고된 정확한 날짜가 기록되어 있다. 따라서 소설 「죽음」은 시집 이전에 창작된 작품이라는 점에서 주목을 요한다.

자들이 논외로 하거나 주목하지 않았다.[40] 그러나 이 소설은 많은 점에서 시집 『님의 침묵』과 내용과 문체상의 연관성을 보여주고 있다.

> 자유가 사람에게 가는 것입니까.
> 사람이 자유를 얻는 것입니까.
> 자유가 사람에게 간다면 어떠한 사람에게 갑니까.
> 사람이 자유를 얻는다면 어떻게 얻습니까.
> 자유가 사람에게 가는 것도 아니오, 사람이 자유를 얻는 것도 아닙니다.
> 그러면 자유가 곧 사람이요, 사람이 곧 자유입니까.
> "임이여, 나를 사랑하시거든 나의 자유를 사랑하여 주십시오."
> 하였습니다. 그 때문에 나에게 자유가 없습니까.
> "임이여, 나에게 자유를 주지 않으려거든 나를 사랑하지 말아 주세요."[41]

인용한 부분과 시집 『님의 침묵』을 비교해 보면, 두 작품은 어법이 유사하고 표현방식에 있어서도 자유시형에 비교적 근접해 있음을 알 수 있다. 이러한 유사성은 잡지 『유심』 발간 이후에 한용운이 지속적으로 한글체 글쓰기에 매진해 왔음을 말해준다. 이와 관련하여 또 다른 예로는 1922년에 『개벽』 제27호에 발표한 옥중시를 꼽을 수 있다. 그는 출옥 후 옥중에서 쓴 시조 「무궁화를 심으과저」를 발표하였는데, 이

---

40 박노준 · 인권환은 '이 소설이 양면괘지에 붓글씨로 쓰여진 것으로 백담사라는 도장(印)으로 보아 혹시 한용운이 백담사에 있을 때 쓴 것이 아닌가 추측되나, 그 내용으로 보아 3 · 1운동 이후에 쓴 것이 확실시된다'고 밝히고 있다. 박노준 · 인권환, 『한용운연구』, 통문관, 1960, 216쪽.

41 「죽음」, 『전집』 6, 346~347쪽.

러한 시조 장르가 자유시 창작 과정에서 적지 않은 역할을 담당했음을 말해준다. 연시조인 이 작품은[42] 창작 시기로 볼 때 한용운이 지속적으로 한글체 습득을 위한 노력을 지속했다는 점을 보여주는데, 시조를 통한 한글체 글쓰기의 습득이 하나의 보편적인 현상임은 당대 한글체 글쓰기 교본이었던 『시문독본』에 시조가 수록된 점에서도 확인할 수 있다. 한용운의 문학적 글쓰기, 특히 근대적인 자유시 창작은 이처럼 전통시가 양식인 시조와 깊이 연관되고 있다. 한용운은 소설 「죽음」에도 "바다가 하늘이냐 / 하늘이 바다냐 / 하늘보다 바다가 깊고 / 바다보다 하늘이 깊다. / 그보다 높고 깊은 것은 / 임뿐인가"[43]라는 시조를 삽입해 두고 있다. 이처럼 시조를 통한 한글체 연마는 크게 보면 당대의 한글체 글쓰기의 전범으로 자리 잡아가던 시문체 습득과 연관된다. 『유심』의 현상문예응모 공지에는 소설이란 시문체로 써야 한다는 인식이 반영되어 있었고, 한용운이 소설을 쓰면서 시문체로 글쓰기를 연습하였다면 이러한 글쓰기의 한 방식이 시조이기도 했던 것으로 볼 수 있다. 이처럼 한용운은 시집 『님의 침묵』에 이르기까지 권두언, 소설, 시조, 자유시 등의 다양한 글쓰기를 통해 지속적으로 한글체로의 문체 전환을 시도해 나갔다.

문체 전환 노력이 이러했다면, 불교적인 사유를 당대의 중심담론과 접점을 찾기 위해서 한용운은 어떤 노력을 기울였을까? 불교적인 언어를 대중적인 언어와 접목시키기 위해 한용운은 소설과 시 속에 당대에 활발하게 논의되던 연애와 사랑의 담론을 수용해 나간다. 그의 시나 소

42 전문은 이 책의 제2부 1장 「만해시와 당대시의 영향관계」 각주 8에서 제시함.
43 「죽음」, 『전집』 6, 346쪽.

설이 불교적인 세계관에 기반을 두고 있으면서도 대중 속으로 파고들 수 있었던 이유는 여기에서 찾을 수 있다.

당대의 일본유학파 문사들 가운데는 낭만주의 세례를 받아 과다한 감정노출을 보이는 작품을 발표하는 이들이 적지 않았다. 한용운은 이들의 문학적 태도를 비판적으로 바라보았다. 특히 이들 일본유학파 문사들은 문학을 통해 한글체를 주도한 세력이었기에 한글체를 수용하여 불교의 대중화를 꾀하고자 한 한용운에게 남다른 관심의 대상이 되었다. 그 결과 이들이 보인 낭만적인 감상성은 당대의 자유연애지상주의라는 연애세태와 함께 한용운의 비판대상이 된다. 연애에 관한 논설은 신문과 잡지류를 중심으로 1920년대에서 1930년대 사이에 집중적으로 나타나는데, 그 중심에는 낭만적인 연애론이나 연애지상주의가 자리하고 있었다.[44] 한용운은 대중적인 성격의 잡지를 발간하며 당대의 변화하는 시대상에 남다른 관심을 가졌고, 특히 새롭게 부상하는 신세대들이 보인 풍속과 세태에 대한 관심은 남달랐을 것으로 추측된다. 이러한 관심은 소설 「죽음」에도 그대로 반영되어 있다. 이 소설은 가난한 삶을 견디며 물질적 유혹을 물리치고 자신의 사랑을 지켜 나가는 영옥이라는 인물을 주인공으로 그리고 있다. 여기에는 당대 유행했던 자유연애나 신세대의 사랑법에 대한 강한 비판의식이 드러난다. 이 소설의 사건 전개나 인물 구도를 보면 당대의 물질적이고 일회적인 사랑 풍조

44 1910년대에서 1940년대에 이르는 기간의 연애에 관한 논설을 분류하면서 이정희는 낭만주의 연애론, 계급주의적 '붉은' 연애론, 합리주의적 연애론, 기타 연애와 관련한 담론으로서 개인성의 강조, 도덕률의 강조, 여성에 대한 비난의 문제 등이 있다고 보았다. 이정희, 「해제」, 이화형 외, 『한국근대여성의 일상문화』 1―연애편, 국학자료원, 2004, 10~12쪽.

를 비판하고, 진정한 사랑의 의미를 일깨우려는 충동을 불교적인 인연 연기설에 기반을 두고 펼치고 있다. 이러한 점은 시집 『님의 침묵』의 창작 동기와도 내밀한 연관성을 갖는다. 시집이 집필되기 전후의 식민지 조선에는 연애서한문집이 폭발적인 인기를 모으며 연애라는 새로운 현상을 중심으로 소비시장이 급격히 확산되는 추세였고,[45] 이러한 문화적인 현상은 불교적인 언어를 대중적인 언어로 전환시켜 나가고자 한 한용운에게 충분히 관심의 대상이 되었을 것이다. 이처럼 시집 『님의 침묵』의 창작 동기에는 당대의 문화적 대세에 주목하며 이를 적극적으로 수용하면서도 동시에 당대의 연애풍속에 대한 비판의식이 공존하고 있다. "남들은 자유를 사랑한다지만 나는 복종을 좋아하여요. / 자유를 모르는 것은 아니지만 당신에게는 복종만 하고 싶어요"라는 진술에서 알 수 있듯이, 한용운은 자유연애의 주인공인 여성화자를 내세워 시대적인 유행병인 연애문화를 비판하고 진정한 사랑의 의미를 일깨우고자 한다.

> 사랑도 사람의 일이라 만날 때에 미리 떠날 것을 염려하고 경계하지 아니한 것은 아니지만 이별은 뜻밖의 일이 되고 놀란 가슴은 새로운 슬픔에 터집니다
>
> 그러나 이별을 쓸데없는 눈물의 원천(源泉)으로 만들고 마는 것은 스스로 사랑을 깨치는 것인 줄 아는 까닭에 걷잡을 수 없는 슬픔의 힘을 옮겨서 새 희망의 정수배기에 들어 부었읍니다

---

45 이기훈, 「독서의 근대, 근대의 독서」, 『역사문제연구』 7, 역사문제연구소, 2001 참조.

우리는 만날 때에 떠날 것을 염려하는 것과 같이 떠날 때에 다시 만날 것을 믿습니다

아아 님은 갔지마는 나는 님을 보내지 아니하였습니다

—시 「님의 침묵」 부분

한용운은 당대의 유행병인 자유연애가 사랑을 경박하게 만드는 현실을 비판하며 진실한 만남이 무엇을 의미하는가를 불교적인 사유를 통해 찾아나간다. 그가 "걷잡을 수 없는 슬픔의 힘을 옮겨서 새 희망의 정수배기에 들어 부"울 수 있었던 것은 "심心은절대絶對며자유自由며만능萬能이니라"(「심」)고 갈파했던 불교적인 사유의 연장선상에 이 시집이 놓여 있기 때문이다. 이처럼 시집 『님의 침묵』은 작품의 사상적인 기저를 형성하는 불교적인 세계관과 당대의 대중적인 언어가 탄력적으로 만나는 지점에서 새로운 경지를 열어 나갔다.

실상 시집 『님의 침묵』의 전반을 관류하는 주된 정서는 님을 '기루'는 과정이다. 이 과정은 김억이 번역한 타고르의 시집 『원정』이나 『기탄잘리』 등의 영향으로 논의되어 왔다. 그러나 이들 시집에는 명상적이고 간구한 기원의 어조에 기댄 종교적 기운은 느껴지지만, 그것이 당대의 문화적인 현상이나 시대어와의 만남으로 이어지지는 못하였다. 또한 번역본 시집 자체에서 심오한 철학성을 발견하기는 어렵다.[46] 오히려 타고르의 시가 보이는 심오한 사상에 대한 관심은 당시에 번역되

46 김억이 번역한 영역본은 뱅골어로 창작된 작품과 다르게 편집되어 있다. 특히 『원정』은 타고르가 여러 시집, 특히 초기시에서 주로 뽑아 선집의 형태로 재구성한 것이어서 타고르시의 사상성이 제대로 드러나지 못했다. 로이 알록 꾸마르, 「타골의 문학사상, 그 한국적 수용」, 『한국문학연구』 17, 동국대 한국문학연구소, 1995 참조.

었던 타고르의 논설이나 기타의 저술에 힘입은 바 컸다. 따라서 만해시의 창조성은 불교사상의 논리를 견지하면서도 동시에 대중의 수용 가능성을 넓히고자 한 불교대중화운동의 성취와 긴밀하게 연관되어 있다. 이를 위해 한용운은 사랑시를 통해 불교대중화를 모색하였으며 이 과정에서 당대의 연애와 사랑의 방식에 대한 비판의식, 문화적인 중심어로서의 '님'에 대한 재인식, 동양사상에 자부심을 갖게 한 타고르의 영향을 받았던 것으로 정리해 볼 수 있다. 그러나 이 모든 것은 근대불교를 대중화하기 위해 불교의 언어를 대중의 언어로 확대해 나가는 자기 열림 속에서 가능한 성취였다. 이런 맥락에서 볼 때, 근대시의 한 절정으로 평가받는 이 시집은 한용운이 초기 저작에서부터 일관되게 추구해 온 불교대중화운동의 문학 버전으로 볼 수 있다.

6. 맺음말

구한말 조선불교는 산중에 유폐되어 있던 불교를 대중 속으로 불러내어 생명력 있는 종교로 회생시켜야 하는 시대적인 사명 앞에 놓여 있었다. 한용운은 이 과제를 해결하기 위해 일관되게 불교대중화를 실천해 나간 인물이다. 실천적 종교인이었던 그는 당시 사회의 중심담론이었던 수양론과 불교사상을 결합시키는 한편, 불교적인 언어를 대중적인 언어로 전환시키기 위해 내용과 형식 모두에서 자기를 열어젖히는 개방적인 면모를 보였다. 이 과정에서 개인적인 구도와 사회역사적인 실천을 일체화시키는 대승적大乘的 사유는 시인의 내면 성찰을 시대에 대한 통찰로

잇닿게 하는 힘의 원천이 되었다. 그에게 수양의 강조란 불교의 구도求道와 유심唯心의 사회화 전략이었으며, 이는 특히 청년대중을 향하고 있었다. 한글체 문체 습득이 절실했던 것도 청년대중을 향한 글쓰기를 해나간 한용운으로서는 시대적인 요청에 부응한 것으로 볼 수 있다. 즉 그에게서 문체 전환은 대중을 향해 다가가려는 자기갱신의 과정이었다. 개인적으로는 한시만으로도 충분히 정서를 표출할 수 있었음에도 불구하고, 한용운이 한글체를 적극적으로 습득한 것은 불교를 시대의 주역인 청년들에게 알리고 대중화하고자 하는 종교인으로서의 의지와 결부된다. 하지만 이처럼 한용운이 자유시 창작과 시집 출간이라는 새로운 도전을 할 수 있었던 데는 한시 창작을 통해 획득한 문학적 자부심이 중요한 동인動因이 되었다. 요약하면 이렇다. 한용운은 불교사상과 사회담론을 적극적으로 결합시키면서, 한시 창작을 통해 갖게 된 문학적 자신감을 바탕으로 지속적인 한글체 습득에 노력을 기울여 시집 『님의 침묵』을 집필하기에 이른 것이다. 그는 당대의 문화적 변화에 민감하게 반응하면서 대중과 호흡할 수 있는 길을 모색하는 한편, 문화 변화에 비판적 거리를 가지면서 불교적 사유에 뿌리를 둔 주체적 문화인식을 작품의 주제로 담아내고자 하였다. 따라서 시집 『님의 침묵』의 핵심적인 창작 동기는 불교와 대중의 만남, 특히 청년들에게 불교를 알리려는 불교대중화의 열망에서 찾을 수 있다. 이 과정에서 무엇보다 중요한 사실은 한용운이 불교적인 언어를 대중적인 언어로 전환해내기 위해 지속적이고도 치열하게 그 가능성을 탐색했다는 점이다. 시집 『님의 침묵』은 심오한 불교사상의 결실이기도 하지만 한문세대가 오랜 한글체 글쓰기를 연마한 결과이기도 하다.

3장

한용운 문학에 나타난 탈식민주의적 인식

1. 반식민주의反植民主義와 탈식민주의脫植民主義

만해 한용운에 관한 기존 연구는 문학, 역사, 불교를 중심으로 근대성에 대한 주체적 인식을 보여준 선구적 근대지식인이라는 면에서 축적된 성과를 확보해 왔다. 1990년대 이후 근대성에 대한 성찰과 반성이 인문학의 화두로 대두되면서 우리의 근대 경험에 대한 구체적인 분석과 함께 한용운에 대한 평가 역시 새로운 국면을 맞이하였다. 물론 식민지 수탈론과 근대화론에 관한 논의를 중심으로 하는 식민지 경험의 재조명 작업은 아직은 출발선상에 놓인 상태로 볼 수 있다.[1] 따라서 심화된 논의에 이르지는 못했지만, 이러한 논의들은 대체로 근대가 주체를 어떻게 구성해냈으며 주체는 다시 타자를 어떻게 억압해 왔는가에 대한 고찰을 통해 제국주의와 근대성의 기원에 관한 발생론적 상동성을 확인하는 지점까지는 보여주고 있는 것으로 평가할 수 있다. 우리에게 탈식민주의적 관점이 요청되는 것도 여기에서 비롯한다. 이들 연

1 김진균 · 정근식 편, 『근대 주체와 식민지 규율권력』, 문화과학사, 1997, 13~29쪽 참조.

구 성과에 힘입어 한국 근대문학에 대한 연구는 당대의 지배질서를 내면화한 식민주의적 관점을 탈피하고 탈식민주의적 관점에서 새로운 문학사적 분석과 평가가 적극적으로 모색되고 있다.[2] 만해 한용운의 경우 근대시사近代詩史의 기념비적 시집인 『님의 침묵』을 통해 근대문학의 한 성취를 보여주었다는 평가를 받고 있다. 이러한 한용운 문학에 나타난 탈식민주의적 인식의 고찰은 식민주의라는 정신사적 상흔과 일정한 거리를 보이면서 주체적인 문학사 기술의 단초를 제공한다는 점에서 중요한 의미를 가진다. 그러나 지금까지의 연구는 소박한 차원에서 만해의 소설에 탈식민적 인식이 보인다는 확인이[3] 전부였다. 따라서 여기에서는 기존 연구를 보완하면서 한용운 문학에 나타난 탈식민주의적 인식을 보다 집중적이고 구체적으로 읽어내고자 한다.

일반적으로 탈식민주의는 정치, 경제 및 사회, 문화적 식민지배로부터 벗어나기를 모색하는 일련의 경향을 일컫는다.[4] 우리에게 근대에 대한 반성과 성찰은 결국 현재적 국면을 압도하고 있는 다양한 식민화의 실체를 역사적으로 구명하여 해방의 국면을 모색하는 일에 해당될 것이다. 이러한 관점에서 정치와 경제라는 공적 영역에서부터 문화의 하위 부분까지 폭넓은 분석이 가능하다. 하지만 크게 보면 근대문학은 식민주의

---

2 이러한 연구의 예로 김승희의 「김수영의 시와 탈식민주의적 반(反)언술」(『김수영 다시 읽기』, 프레스, 2000), 노용무의 「김수영 시연구—포스트식민주의 관점을 중심으로」(전북대 박사논문, 2001), 나병철의 『근대서사와 탈식민주의』(문예출판사, 2001) 등을 꼽을 수 있다.

3 송현호는 「만해 소설의 탈식민주의」(『국어국문학』 111, 국어국문학회, 1994, 251쪽)라는 글에서 "만해의 소설은 탈식민적 인식과 그 실천의 방안이 어느 정도 제시되어 있다"라며 이러한 인식을 드러낸 바 있다.

4 이경원, 「언제부터 탈식민주의였는가」, 바트 무어-길버트, 이경원 역, 『탈식민주의! 저항에서 유희로』, 한길사, 2001, 23쪽.

에 대한 상반된 두 경향으로 나누어 살필 수 있다. 우선 식민주의 이데올로기를 반영하고 이 경험을 표현한 문학, 즉 식민문학Colonial Literature이 그 하나이다. 이와는 달리 식민주의에 저항하고 대항하는 입장을 견지하는 탈식민문학Postcolonial Literature이 다른 하나이다. 식민문학은 식민체제Colonial regime에 동조하며 무비판적으로 식민주의 이데올로기를 수용한다는 점에서 문학이 지닌 현실비판력을 결여하고 있다. 일본의 대동아공영권이라는 이상에 동조한 많은 식민지 지식인들이 보인 친일문학이 여기에 속한다. 이에 반해 탈식민문학은 식민치하의 억압적 현실을 고발하고 그 극복 방식을 모색하는 일련의 문학을 지칭한다. 즉 문화적 · 정치적 식민 지배에서 벗어나려는 탈식민의 지향성을 담아내는 문학을 가리킨다.[5] 그 대표적인 예로는 항일문학을 꼽을 수 있다. 그렇다고 항일문학이 그대로 탈식민문학이 되는 것은 아니다. 여기에서 우리는 반식민주의와 탈식민주의의 차이를 고려하지 않을 수 없다. 한국 근대문학사에서 저항문학 혹은 항일문학은 반식민주의로서의 면모를 강하게 드러내고 있다. 특히 항일문학의 혁혁한 전통을 강조하는 북한문학의 경우, 이러한 면은 문학사의 주된 흐름을 형성해 왔다. 그러나 반식민주의는 식민주의에 대한 극복을 식민주의적인 방식으로, 즉 제국주의 극복을 제국주의의 모방과 답습을 통해 실현하고자 한다는 점에서 여전히 문제적이다. 이에 반해 탈식민주의는 제국주의에 대한 극복을 배제와 적대적 대응이 아닌 수용과 교란의 방식으로 모색하고 있다는 점에서 보다 전략적이라 할 수 있다. 물론 우리 문학의 경우, 반식민성과 탈식민성이 상당 부분

5 고부응, 『초민족 시대의 민족 정체성』, 문학과지성사, 2002, 15쪽.

겹치면서 한 작품 속에 공존하는 양상을 보이는 것이 현실이다. 따라서 작품 분석에 있어서 이 둘의 명확한 경계를 포착하기는 쉬운 일이 아니다. 그러나 문화적 공존을 모색하는 탈식민성에 대한 관심은[6] 여전히 세계문학의 주변부에 머물러 있는 우리 문학의 미래를 새롭게 모색하는 길이라는 점에서 논의의 가능성을 열어나갈 필요가 제기된다. 신문화를 통해 전파되는 식민주의를 무비판적으로 수용할 것인가 혹은 식민지적 신문화의 틈새를 발견하고 여기에서 식민주의를 이탈하는 힘을 발견하는 탈식민주의로 나아갈 것인가 하는 문제야말로[7] 21세기 우리 문학의 정체성 모색에 중요한 부분이 아닐 수 없기 때문이다.

2. 한용운 사상의 탈식민주의적 성격

한용운은 구한말 외세의 침략적 기세와 이에 대한 저항의 기운을 온몸으로 체감하며 성장한 세대에 속한다. 그는 십대에 반외세와 반봉건의 기치를 내세운 동학농민운동을 목도하였고 이십대에는 일제가 식민지 개척의 야욕을 드러내며 한반도에 마수를 뻗쳐오는 것을 경험하였다. 이 와중에 출가의 길을 선택한 한용운에게 출가를 결행하게 된 결정적인 이유가 무엇인지는 명확하게 밝혀지지 않았다. 한때 제기되기

---

6 탈식민주의에 관한 이론을 요약적으로 정리하고 이를 비판적으로 성찰하고 있는 바트 무어-길버트는 그의 저서 『탈식민주의! 저항에서 유희로』에서 탈식민주의가 초기의 저항정신을 잃고 이론적 유희로 치닫고 있는 현실을 비판한다. 그러나 이러한 비판에도 불구하고 탈식민주의 이론과 비평이 보여주는 문화적 연대의식은 평가할 만한 덕목으로 보고 있다.

7 나병철, 앞의 책, 265쪽.

도 했던 동학농민운동 참여 가능성과 이로 인해 피신을 했다는 주장은 현실성이 매우 낮은 것으로 판명되고 있다.[8] 그러나 구체적인 사실여부를 차치하고라도 젊은 시절의 행적을 보면 한용운은 구시대의 질서가 붕괴되고 새로운 질서체계가 수립되는 도중에 새로운 가치를 찾고자 하는 암중모색에 남다른 열정을 가졌던 것으로 보인다. 새로운 시대가치에 대한 그의 모색은 시베리아를 거쳐 떠나려 했던 세계여행의 시도로 표출되기도 하고, 신문물을 직접 경험한 일본유학으로 나타나기도 하였다.

한용운은 이들 경험에 대해 개략적인 회고형식의 몇 편의 글을 남겼다. 이 글을 통해 알 수 있는 것은, 그가 당시 급변하는 정세 변화에 능동적이고 주체적으로 대응하려는 적극적인 자세를 보였다는 사실이다. 이러한 한용운의 몇 가지 행적 가운데 가장 눈에 띄는 것이 일본유학이다. 국권피탈을 목전에 둔 상황인 1908년에 일본에 도착한 한용운이 동양의 미국으로 부상하는 일본에서 보고 느낀 것은 무엇일까? 이 물음은 신명문의 환상과 실제가 약소국의 청년에게 어떻게 자리 잡았는가 하는 문제와 결부된다. 실제로 이 시기 일본인에게 일본이 조선을 문명화하는 데 사다리 역할을 해야 한다는 사고는 굳건한 실체로서 자리하고 있었다.[9] 또한 많은 우리의 근대지식인이 거부할 수 없는 엄청

---

8 김광식에 따르면 한용운의 부친인 한응준은 홍성의 지방 하급관리로서 무반에 속했으며, 동학농민혁명이 일어났을 때에는 동학군을 토벌하는 관군의 일원이었다고 한다. 또한 한응준이 1985년 명성왕후가 시해되자 각처에서 일어난 의병에 참여했다는 설이 있으나 증거는 없다고 한다. 이런 여러 정황으로 볼 때, 한용운이 동학과 의병에 참여했다는 주장은 일종의 '신비한 풍문'일 가능성이 높다고 김광식은 보고 있다. 김광식, 『첫키스로 만해를 만난다』, 장승, 2004, 22~24쪽 참조.

9 쓰루미 순스케, 강정중 역, 『일본 제국주의 정신사』, 한벗, 1982, 81쪽.

난 이상으로 신문명을 받아들였고 이를 전수해 주는 일본에 거부감 없이 동화되어 갔다. 그렇다면 한용운은 과연 어떠했을까?

일본 체험을 하고 돌아온 그는 그해 12월에 경성 명진측량 강습소를 개설하고 소장에 취임한다. 이 강습소에서는 국토는 일제에 빼앗기더라도 개인 소유 및 사찰 소유의 토지는 수호하자는 의도에서 측량을 교육하였다. 이 사실로 볼 때, 한용운은 신문명에 대한 열망과 함께 민족자립의 소망을 현실화하고자 하였고, 일제의 식민주의에 대한 전략적 대응방안을 모색하고 있었던 것으로 판단된다. 신문명에 대해 열광했던 많은 근대지식인들이 일본이라는 프리즘을 통해 전달되는 서구화(혹은 일본)에 동화주의적 태도를 취했다면 한용운은 여기에 일방적으로 동화되지 않고 주체적이고도 자각적인 면모를 보였다는 차이가 있다. 이러한 태도는 그의 논설에서도 살필 수 있다.

> 일본이 넓은 도량으로 조선의 독립을 승인하고 일본인이 구두선(口頭禪)처럼 외는 중·일 친선을 진정 발휘하면 동양 평화의 맹주를 일본 아닌 누구에게서 찾겠는가. 그리하면 이십(二〇)세기 초두 세계적으로 천만년 미래의 평화스런 행복을 위하여 복음을 전하는 천사국이 서반구의 미국과 동반구의 일본이 있게 되니 이 아니 영예겠는가. 동양인의 얼굴을 빛냄이 과연 얼마나 크겠는가.[10]

일본을 설득하려는 의도로 쓴 「조선독립에 대한 감상의 대요」에서

---

10 이 글의 원제목은 「조선독립에 대한 감상의 대요」이며, 『전집』에 수록된 글의 제목은 「조선독립의 서」이다. 「朝鮮獨立의 書―조선독립의 자신」, 『전집』 1, 353쪽.

한용운은 일본을 동양의 맹주로 승인한다. 미국과 함께 일본을 천사국 운운하는 것은 제국주의 팽창에 대한 이들의 저의를 알면서도 모르는 척하며 일본에 대한 동화주의적 발언을 통해 탈식민의 길을 모색하려는 한용운의 의도를 드러낸 것으로 볼 수 있다. 3·1운동의 주도적 역할을 자처했던 한용운의 독립의지에 비추어 볼 때, 인용한 글은 상당히 순응적이고 동화적인 면모를 보이고 있다. 따라서 이 발언의 진의는 좀 더 깊이 살펴볼 필요가 있다.

당시 조선의 지식인들은 대체로 세계역사와 지리를 다룬 『영환지략』이나 량치차오가 쓴 『음빙실문집』 등을 통하여 서구를 접하고 있었다. 한용운 역시 산중에서 『영환지략』을 읽고 조선 이외의 넓은 천지가 있음을 인식하게 되었다고[11] 회고하고 있다. 『영환지략』이 더 넓은 세계를 향한 충동을 부추겨 그에게 세계사적 흐름과 사회인식을 갖는 동기를 부여했다면, 『음빙실문집』은 구체적으로 서구문화를 경험하고 세계사적 흐름을 가늠하게 하는 직접적인 독서 체험이 된 것으로 보인다.[12] 그렇다면 량치차오의 『음빙실문집』에서 한용운은 무엇을 보고 배웠을까? 한용운은 이 책을 통해 진보사관과 사회진화론을 학습하고 이를 바탕으로 조선불교의 유신을 적극적으로 주도해 나가게 된다.

11 「시베리아 거쳐 서울로」, 위의 책, 255쪽.

12 량치차오의 글이 우리의 근대지식인에게 끼친 영향은 적지 않다. 그의 문집은 발간 즉시 국내로 유입되어 『월남망국사』(1906), 『이태리건국삼걸전』(1906), 『음빙실자유서』(1908) 등이 번역 보급되었다. 또한 그의 신민사상은 우리 지식인에게 큰 영향을 주어 1907년 안창호의 주창으로 신민회가 조직되었다. 뿐만 아니라 신채호, 장지연 등에 의해 주장된 애국적 자강론은 그 원천을 량치차오의 사상에서 찾을 수 있다. 이 외에도 량치차오가 우리 지식인에게 끼친 영향이 지대했음은 널리 알려져 있다. 황종동, 「양계초 연구」, 영남대 박사논문, 1982, 27쪽.

다행인지 불행인지 십팔(一八)세기 이후의 국가주의는 전세계를 휩쓸고 있다. 이 소용돌이 속에서 제국주의가 대두되고 그 수단인 군국주의를 낳음에 이르러서는 이른바 우승열패(優勝劣敗)·약육강식(弱肉强食)의 이론이 만고 불변의 진리로 인식되기에 이르렀다. (…중략…) 어느 민족을 막론하고 문명 정도의 차이는 있을지언정 피가 없는 민족은 없는 법이다. 이렇게 피를 가진 민족으로서 어찌 영구히 남의 노예가 됨을 달게 받겠으며 나아가 독립 자존을 도모하지 않겠는가. 그러므로 군국주의, 즉 침략주의는 인류의 행복을 희생시키는 가장 흉악한 마술에 지나지 않는다. 어찌 이 같은 군국주의가 무궁한 생명을 유지할 수 있겠는가. 이론보다 사실이 그렇다. 칼이 어찌 만능이며 힘을 어떻게 승리라 하겠는가. 정의가 있고 도의가 있지 않는가.[13]

한용운의 량치차오 수용은 단순한 모방적 수용이 아니라 주체적이고 창조적 수용이었다는 점에서 중요한 의미를 지닌다. 한용운은 한편으로는 서구의 진보사관을 받아들이면서도 다른 한편으로는 조선이 처한 현실과 그 현실을 지배하는 논리인 사회진화론을 비판한다. 인류사회가 궁극에는 정의와 도의에 바탕을 둔 평화의 세계가 될 것이라는 낙관적 진보사관을 표방한 한용운은, 인간이 지닌 본성의 하나인 자존성에 주목하며 사회진화론이 지닌 한계를 지적한다. 사회진화론이 기대고 있는 적자생존의 논리로는 항구적 세계평화를 기대할 수 없으며 침략과 대결이라는 피의 악순환만이 반복될 뿐이라는 한용운의 견해는 이상주의적

---

13 「朝鮮獨立의 書－개론」, 『전집』 1, 346~347쪽.

세계주의를 지향하는 입장이라 할 만하다. 한편 그가 민족주의를 주장하는 논거에는 적자생존, 우승열패라는 힘의 논리에 대한 비판과 함께 자존성을 본성으로 하는 자유에 대한 믿음이 놓여 있었다. 한용운의 주저 중 하나인 『조선불교유신론』에는 량치차오의 『음빙실문집』과 직접적 영향관계를 확인할 수 있는 대목이 적지 않게 보인다.[14] 이 가운데 인간의 자유의지에 대한 견해는 한용운의 사상을 확인하는 데 있어 주목해 볼 만한 대목이다.

서구에서 자유라는 개념이 개인성에 치우친 것이라면 한용운에게 있어 자유는 개인적 자유와 사회적 자유가 서로 밀접히 연관된 것으로 인식된다. 이러한 입장은 사회철학의 성격을 강하게 보이는 유가적 사유와도 친연성을 보이지만, 직접적으로는 불교사상에서 강조하는 만유평등의 논리와 연관된다. 실제로 만유평등의 논리는 한용운이 개인과 사회의 관계를 인식하는 논거가 된다. 한용운은 자기의 자유는 타인의 자유와 동일한 것이며 이 둘이 상호 연관되어 있기 때문에 개인적 자아는 곧 사회적 자아이며, 개인적 자유는 곧 사회적 자유라고 보았다. 이런 관점에서 보면 참다운 평등은 타인과 자기를 동일시하고 서로의 삶이 깊숙이 연관되어 있음을 인식하는 일이 된다. 이처럼 한용운은 서양사상의 자유론과 불교적 만유평등론을 창조적으로 결합하며 식민지 현실을 극복할 방안을 모색하였다.

---

14 김춘남은 「양계초를 통한 만해의 서구사상수용—조선불교유신론을 중심으로」(동국대 석사논문, 1984)에서 『음빙실문집』과 『조선불교유신론』을 조목조목 비교하여 그 영향관계를 밝히고 있다. 서구 근대사상가인 칸트, 베이컨, 데카르트에 대한 량치차오의 이해와 만해의 이해를 자아와 자유에 대한 문제, 인식에 대한 문제 등을 중심으로 살피고 있는 이 논문은, 만해의 사상이 량치차오 사상에 크게 영향을 받았음을 구체적으로 보여준다.

한용운은 근대적 신문명을 가진 일본이야말로 한편으로는 자유를 허용하는 천사국[15]이지만 다른 한편으로는 평등을 무시한 제국주의라는 사실을 분명히 직시하고 있었다. 따라서 그는 제국주의를 넘어서기 위해서 한편으로는 서양사상을 받아들이면서 다른 한편으로는 이를 넘어서려는 수용과 극복, 동화同化와 이화異化의 방식을 취했다. 즉 근대를 도달해야 할 목표로 두면서도 동시에 넘어서야 할 과제로 설정하는 이중적인 태도를 견지한 것이다. 이러한 태도는 동화주의자들이 보인 친일의 문제를 비껴서는 방식이며 투쟁론을 강조한 이들이 보인 수구적인 성향을 벗어나는 길이었다. 이처럼 근대의 수용과 비판을 결합해 나가고자 한 한용운의 사상은 배제와 저항이 아니라 수용과 교란이라는 전략에 민감했던 탈식민주의의 길과 소리 없이 조우하고 있었다.

3. 만해문학과 탈식민주의

1) 시에 나타난 탈식민주의적 인식

한용운은 40대 초반의 나이로 3·1운동이라는 반식민운동에 참가하여 약 3년간의 감옥생활을 체험하면서 일제에 대한 저항의식을 내면화한 바 있다. 자유시 창작의 계기가 되기도 한 타고르의 영향도 이러한 저항의 감각과 연관된다. 한용운이 타고르를 수용하는 데는 그가 우리와 같은 식민국가의 시인이라는 점이 크게 작용했던 것으로 보인다. 물

15 「朝鮮獨立의 書—조선독립의 자신」, 『전집』 1, 353쪽.

론 타고르가 아시아 최초의 노벨문학상 수상시인이라는 점이나 불교적 명상을 작품에 담아냈다는 점도 그를 수용하는 데 중요한 이유로 작용했을 것이다. 하지만 한용운이 타고르의 시를 어떻게 인식했는가를 보여주는 시 「타고르의 시(GARDENISTO)를 읽고」를 보면 타고르가 식민현실을 어떻게 바라보고 있는가를 문제 삼고 있다. 한용운에게 타고르는 식민국가의 시인이라는 사실이 중요한 수용 요인이었던 것이다. 한용운은 타고르의 시세계가 보여주는 죽음의식과 초월의식을 비판하면서 강고한 현실의식이 필요하다고 주장한다. "죽음의 향기가 아무리 좋다 하여도 백골의 입술에 입맞출 수는 없습니다. / 그의 무덤을 황금의 노래로 그물 치지 마셔요. 무덤 위에 피묻은 깃대를 세우셔요"라고 노래하며, 한용운은 '죽음의 향기'와 '백골'이 아니라 '피묻은 깃대'라는 저항성을 강조한다. 즉 한용운이 타고르에게 관심을 가진 것은 세계적인 시인이라는 명성보다는 자신과 같은 식민국가의 시인이라는 점에 공감하고 있었음을 알 수 있다. 3·1운동으로 영어囹圄의 몸이 되었던 한용운 앞에 놓인 현실은 정치적 식민주의가 청산될 가능성을 낙관하기가 매우 어려운 형편이었다. 이러한 상황에서 한용운은 식민국가의 시인이 불러야 할 노래를 모색했고, 이는 곧 문화적인 영역에서 식민주의에 대한 저항의 길을 모색하는 일이었다. 이처럼 타고르와의 만남은 식민국가의 시인이라는 운명적 동질감에서 촉발되었다. 하지만 시적 의미생산은 단순한 모방을 넘어서서 창조적인 극복의 면모를 보인다. 타고르의 수용 과정에서 강화된 식민국가의 시인이라는 자의식은 식민현실을 다르게 대면하는 계기로 기능한 듯하다.

한용운의 시에서 탈식민주의적 지향은 '부인disavowal'이라는 전략을 통해 구체화된다. '부인'은 감추어둔 의미를 효과적으로 드러내는 방법으로 활용되는데, 시 「복종」을 통해 한용운의 시가 식민주의에 저항하는 구체적인 전략을 읽어보자.

> 남들은 자유를 사랑한다지만 나는 복종을 좋아하여요.
> 자유를 모르는 것은 아니지만 당신에게는 복종만 하고 싶어요.
> 복종하고 싶은데 복종하는 것은 아름다운 자유보다도 달콤합니다. 그것이 나의 행복입니다.
>
> 그러나 당신이 나더러 다른 사람을 복종하라면 그것만은 복종할 수가 없습니다.
> 다른 사람을 복종하려면 당신에게 복종할 수가 없는 까닭입니다.
>
> — 시 「복종(服從)」 전문

역설paradox이 한용운의 시적 전략이라는 사실은 널리 알려져 있다. 역설은 표면적으로 모순적이고 부조리한 진술이지만 삶의 진실을 담아내는 수사법의 일종이다. 이러한 역설을 적극 활용함으로써 한용운의 시는 세속적 고정관념을 파기하고 의미의 상승과 확대를 이룬다. 하지만 한용운의 시를 식민지 현실에 착근시켜 읽어내고자 한다면 역설의 수사 속에 내재하는 심리를 이해해야 하는데 이는 '부인'과 결부시켜 읽어낼 필요가 있다.

프로이트Sigmund Freud는 남자아이가 처음으로 여자아이의 성기에서 음경의 부재를 발견할 때 겪는 심리에 주목하며 '부인'을 설명한다. 남자아이는 여자아이에게서 발견한 음경의 부재가 곧 자신의 음경이 거세될지 모른다는 거세공포를 갖는 계기가 된다고 프로이트는 보았다. 따라서 거세에의 공포를 부정하고 싶은 심리를 아이는 느끼게 되는데 여기에서 '부인'의 메커니즘이 작동한다고 설명한다. 남근중심주의 사회에서 이러한 거세공포는 음경의 부재를 '부인'하게 되고, 이 심리는 페티시즘fetishism으로 전도된다. 이러한 심리현상은 현실을 거부하려는 심리적 방어기제이지만 그렇다고 완전한 거부는 불가능하기 때문에 자아는 분열을 경험하게 된다.[16] 이때 아이가 느끼는 이러한 분열의 심리는 그가 놓여 있는 심층적인 현실의 폭로 가능성을 갖고 있다는 점에서 중요한 의미를 갖는다.

자유는 보편적 가치이지만 이 시의 화자는 그것을 부인한다. "남들은 자유를 사랑한다지만 나는 복종을 좋아하여요"라며 자유가 아니라 복종을 선택하는 것이 당위적인 행위인 것처럼 발언한다. 자유를 부인하는 화자의 이러한 태도는 자유의 열매인 '달콤함'과 '행복'을 읊조리면서 동시에 속박의 현실을 환기시킨다. 이처럼 이 시의 의미 생산 방식은 자유를 지워버리는 과정을 노래함으로써 지워진 자유를 현실 속에 재기입해낸다. 이 시가 자유상실의 시대에 쓰여졌다는 점을 감안한다면 자유야말로 당대의 절실한 시대가치라 할 수 있다. 그러나 이 시에서 화자는 자유보다는 복종을 좋아한다고 반복적으로 말하며 자유를 부인하는 태도를 통해 자유의 절대성을 부각시킨다.

주지하다시피 자유는 근대적 가치를 대표하는 핵심적 키워드에 해당

16 지그문트 프로이트, 김정일 역, 「절편음란증」, 『성욕에 관한 세 편의 에세이』, 열린책들, 1996, 319~326쪽 참조.

한다. 한용운이 자유의 문제에 촉각을 곤두세운 것도 근대가치에 대한 적극적인 수용이라는 측면으로 해석된다. 1910년대에 자유의 문제는 식민지 지식인에게 정체성 확보의 문제와 결부되면서 절실하게 요구되는 가치였다. 기실 일제의 식민체제는 끝없는 복종을 요구하기 위해 교묘한 위장을 통해 자유의 개념을 전유하고 있었다. 이른바 근대화와 문명화라는 이름으로 식민체제는 복종을 당연시하고 강요했다. 따라서 이러한 식민체제에 대한 저항은 자유의 성취라는 열망으로 드러날 수밖에 없었고, 억압적인 체제로 인해 이 열망은 근대화를 이루기 위한 또 다른 조건인 문명화에 발목이 잡힌 채 체제동화적인 모습을 보이기가 쉬웠다. 그러나 한용운은 이 시에서 식민체제가 강요하는 복종을 자발적으로 선택함으로써 자유를 부인해버린다. 그러나 복종의 선택이라는 순응적 태도는 역설적이게도 자유의 추구를 강하게 환기해낸다. '복종하고 싶은데 복종'한다는 자발적 의지는 복종을 자유로 전복시켜 버리기 때문이다. 이처럼 이 시에서 복종의 의미는 자유/복종이라는 대립관계를 가로지르며 진정으로 복종하고 싶은 대상을 향한 열망과 이를 가로막는 식민주의에 대한 저항을 동시에 성취한다. 그것은 복종적 자유와 자유적 복종이라는 양가성을 통해 도달하는 시적 비전이라 할 수 있다. 이 '부인'의 심리학은 일차적으로는 자유를 빼앗긴 현실에 대한 공포감의 표출이면서 동시에 복종으로 자유를 대체함으로써 자유의 거세와 부재를 상징하는 효과를 거두고 있다.

이러한 '부인'의 심리는 한용운의 시에 반복적으로 사용되고 있다. 이 예들은 부재하는 님과 거세된 현실을 환기하는 한편, 불안을 명료한 역전의 논리 속에 담아냄으로써 사랑의 완성과 님에 대한 만남의 가능성을 포착한다. "사랑의 속박은 단단히 얽어매는 것이 풀어주는 것입니다"(「선사의 설법」)나 "남들은 님을 생각한다 하나 / 나는 님을 잊고자 하여요"(「나는 잊고자」)에서 볼 수 있듯이, 얽어맴과 풀어줌, 속박과 해탈이 표면적으로는 상반되면서도 이면적으로는 얽어맴이 풀어줌이요 대해탈이 속박이라는 등가성을 획득한다. 즉 부인의 심리는 긍정의 심리가 된다.

사회심리학자인 에리히 프롬Erich Fromm에 따르면 자유는 '~으로부터의 자유Freedom from'라는 소극적인 자유와 '~을 지향하는 자유Freedom to'라는 적극적 자유로 구별된다.[17] 프롬은 근대사회에서 자유가 갖는 이중성에 천착하면서 자유가 야기한 문제인 불안과 그로 인한 복종과 도피를 극복할 수 있는 방법으로서 자발성을 강조한다.[18] 한용운에게도 자유는 주체성과 자발성을 전제한 개념으로서, 프롬의 용어를 빌리면 '~을 지향하는 자유'라는 적극적 의미를 지닌다. 자유가 '복종하고 싶은데 복종하는 것'이라는 진술은 주체성과 자발성에 근거할 때 자유의 궁극적 의미를 확보할 수 있다는 믿음을 간명하게 밝힌 것이다. 따라서 복종이라는 말에는 기본권마저 억압하고 복종을 강요하는 식민지 현실에 주체적이고 자발적으로 저항하려는 비판의식이 드러나 있다. 시적 화자는 자발적 복종을 강조함으로써 '님'에 대한 사랑은 나의 자유의지의 드러냄이며 자발적인 의지임을 분명히 한다. 봉건제나 식민통치가 인간의 자유의지를 억압하고 속박하는 기제라면, 한용운은 이에 대한 저항으로 자발적으로 억압을 선택함으로써 자유로 나아가는 틈새를 여기에 새겨 넣는다.

---

17 에리히 프롬, 김석희 역, 『자유로부터의 도피』, 휴머니스트, 2012, 47쪽.
18 위의 책, 268쪽.

한편, 한용운에게 자유는 자발성에 근거를 둔 의지적인 것인 동시에, 본성에 근거한 무의식적인 것으로 인식된다. 그에게 자유는 '복종하고 싶은데 복종하는 것'이라는 의지적인 것인 동시에, "내가 당신을 기다리고 있는 것은 기다리고자 하는 것이 아니라 기다려지는 것"(「자유정조」)이라는 무의식적인 것의 결합태이다. 이처럼 의지적이면서 동시에 무의식적인, 자발적이면서 동시에 수동적인 면을 가로지르며, 화자는 식민공간 안으로 자유를 보충한다. 한용운이 추구한 민족주의가 개별 민족의 독존적 삶을 의미하는 것이 아니라 민족 간의 화해적 삶을 추구하는 것일 수 있는 이유는 복종과 자유의 경계를 가로지르며 뿜어져 나오는 이러한 사유의 전복적 힘에 기인한다. 이러한 힘은 시 「당신의 편지」에서 "당신의 편지가 왔다기에 약을 달이다 말고 떼어 보았습니다. / 그 편지는 당신의 주소는 다른 나라의 군함입니다"에서 '군함'으로 상징되는 제국주의와는 다른 존재방식을 찾아 나가는 것과 연관될 것이다.

2) 소설에 나타난 탈식민주의적 인식

한용운의 소설은 예술적 충동에 의해 창작되었다기보다는 다분히 사회적 의식을 담아내는 도구적 성격이 강하다. 이러한 사정은 장편 「흑풍」의 연재에 앞서 한용운이 밝힌 작가의 말에서도 확인할 수 있다. "오직 나로서 평소부터 여러분께 대하여 한번 알리었으면 하던 그것을 알리게 된 데 지나지 않습니다"[19]라는 말에서도 알 수 있듯이, 그에게 소설은 계몽적 의식을 담는 장르로 인식되었다. 실제로 그의 소설에는 기

19 「장편소설 「黑風」 연재예고－작가의 말」, 『전집』 5, 18쪽.

법과 플롯 면에서 우연성과 도식성을 지닌 고대소설적 요소가 빈번히 드러나며 과도한 계몽성을 보인 신소설적 요소도 적지 않게 나타난다. 따라서 그의 소설이 갖는 가치는 예술적인 차원보다는 정신사적 차원에서 규명되어야 할 것이다.[20] 한용운의 시가 근대문학사에서 차지하는 위상에 견주어 볼 때, 소설이 시에 미치는 못한다는 평가는 기존의 연구 성과에서 공히 인정하는 바이기도 하다. 결국 그의 소설은 한용운의 정신적 지평을 확인하는 데 의미 있는 자료가 되며, 상징시집인 『님의 침묵』을 이해하는 데 중요한 단서를 제공한다는 점에서 주목된다.

이 같은 평가를 받는 한용운의 소설은 사회변혁의식, 여성해방의식, 민족독립의식 등이 표출되면서 반봉건, 반제국주의적 성향을 주된 내용으로 담고 있다. 표면적으로 볼 때, 소설의 이러한 내용은 당대의 근대적 지성들이 적극적으로 주장한 바와 차이점을 보이지는 않는다. 그러나 그가 근대성에 대해 천착하는 방식에는 일본의 식민주의정책에 의해 무의식적 심상지리로 자리 잡은 서구적 문명화 혹은 근대화에 대한 반성이 자리하고 있어서 일정한 차이를 드러낸다. 이러한 한용운의 인식은 'Colonization is the spread of civilization(식민은 문명의 전파다)'라는 일본의 식민주의에 대한 대응이라 할 수 있는데, 특히 문명화에 대한 저항의식은 의고적인 것들을 호명하고 이를 다시 문명(근대)과 절합articulation시킴으로써 식민공간을 이질적인 시간들이 뒤섞이는 장소로 재구성한다. 의고적인 것이 중심을 차지하고 식민주의의 모순이 주변부화되는 방식은, 그 가장자리의 경계에서 반사적으로 식민지 현실을 대면하게 되는

20 김재홍, 『한용운문학연구』, 일지사, 1982, 114쪽.

전도된 경험을 제공한다.

한용운의 소설에서 의고적인 것의 표출은 전통으로부터 '의리사상'을 호출하는 방식으로 구체화된다. 그의 소설에서 의리사상은 개인, 사회, 국가, 인류를 위한다는 대의명분과 결합되며 남녀 간의 사랑, 민족애, 조국애 등으로 확대되어 나간다. 이때 사랑의 방식은 목숨도 아끼지 않는 헌신적이고 희생적인 모습으로 그려진다.

①

사람이 짐승보다 다른 것은 자기 몸 이외의 가족을 알고, 사회를 알고, 국가를 알고, 행복보다 의리를 중하게 여겨야 하는 것이다.[21]

②

사랑은 상품이 아니므로 돈을 주고 사는 것이 아닙니다. 사랑은 계급이 아니므로 권력으로 빼앗을 수는 없는 것입니다. 돈이라는 것은 황금의 종노릇 하는 사람에게만 효력이 있는 것이요, 권력이라는 것은 비겁한 사람에게만 효력이 있는 것입니다. 그러나 불행히 저의 사랑하는 남자는 황금의 노예나 비겁한 사람은 아닙니다. 그 사람은 의협하고 용감하여서 황금이나 권력보다 의리를 존중히 여기는 사람입니다.[22]

③

사람이 일개인을 위하는 것이나 사회를 위하는 것이나 국가를 위하는

---

21 「黑風」, 『전집』 5, 250쪽.

22 위의 글, 174쪽.

> 것이나 대소의 차이는 있을지언정 행하는 사람으로서 백절불굴 난행고행의 정신을 가져야 되는 것은 마찬가지다. 사람이 국가나 사회를 위하여 희생한 것이라고 더 크고, 개인을 위하여 희생한 것이라고 더 작은 것은 아니다. 그 결과만이 달라지는 것이요, 행하는 원인, 곧 행하는 사람의 희생적 정신은 똑같은 것이다.[23]

한용운의 소설은 대체로 의리를 중시하는 의리사상이 궁극적 지향점으로 설정되어 있다. 「흑풍」의 왕한과 창순과 봉순이나 「박명」의 순영, 「죽음」의 영옥의 행위에 있어 가장 중요한 모티프는 사랑하는 사람과 맺은 약속을 지키려는 의리사상이라 할 수 있다. 일종의 신의信義로 볼 수 있는 의리사상은 주동인물과 반동인물 사이의 갈등을 촉발하고 항일과 친일이라는 대립을 상징하는 중심 소재로 기능한다. 이 과정에서 한용운은 일제강점기를 반윤리적 상황으로 보고 이를 극복하려는 정신적 지향점을 모색한다. 윤리성의 회복은 의리를 지킴으로써 가능해지고, 주동인물들은 윤리적 삶을 위해 자신을 희생하는 헌신적인 면모를 보인다. "나는 결코 그 여성을 옛날 열녀 관념으로써 그리려는 것이 아니고 다만 한 사람의 인간이 다른 사람을 위해서 처음에 먹었던 마음을 끝까지 변하지 않고 완전히 자기를 포기하면서 남을 섬긴다는, 이 고귀하고 거룩한 심정을 그려보자는 것입니다"[24]라는 작가의 말에서도 알 수 있듯이, 한용운의 소설에서는 변하지 않는 마음, 남을 섬김으로서 생명을 살리려는 마음의 표현이 남녀 간의 애정, 가족애, 민족애, 조국

23 「薄命」, 『전집』 6, 288쪽.
24 「장편소설 「薄命」 연재예고—작가의 말」, 위의 책, 6쪽.

애로 확대되면서 강조된다. 하지만 사랑의 차원이 다르다고 그 가치가 달라지는 것은 아니다. ③에서처럼, 한용운은 개인을 위한 지순한 사랑의 마음이나 사회와 국가를 위한 헌신적인 사랑은 그 정신적 바탕에 있어서 동일하다고 보고, 인간사회에서 정신적 윤리성을 지켜 나가는 것이 중요하다는 점을 소설의 주제로 제시한다. 여기서 올바름善이 넓은 의미에서 세계에 대한 사랑으로서의 인仁이라면 이를 지키는 것의 마땅함道理은 사회적으로 합당한 판단기준으로서 제시된다. 이처럼 한용운 소설에서 사랑은 도리와 결합되어 불변의 사랑이 되고 그 대상이 개인이나 민족 혹은 국가 등으로 확대되어 인류애의 차원으로 승화된다. 이 과정에서 한용운은 사회와 국가를 위한 대의를 중시하고 있는데, 이것은 그의 정신적 기반이 유교적 교양에 뿌리를 두고 있음과 연관된다. 이러한 특징은 그의 사상적 경향이 일관되게 견지하는 바로서 그의 근대 지향성과는 상충하거나 상반된다. 그러나 기존의 가치를 거부하고 새것에 대한 열망에 충만하여 친일로 나아간 근대지식인들과 한용운이 다른 길을 걷게 된 이유 또한 바로 여기에서 찾아볼 수 있다. 그는 봉건적 가치의 현재화라는 맥락 안에서, 악습을 타파하고 유신을 이루어 나갈 정신적 주체성을 갖고자 하였다. ②에서 보이는 '돈'에 대한 비판의식 또한 자본이 곧 문명으로만 받아들여지던 식민주의적 논리를 비판하고 이를 넘어서는 가치를 모색하고 있다. 이처럼 한용운은 의고적인 것들을 중심에 놓고 식민주의의 모순을 주변부에 배치함으로써, 식민지 현실에 대한 비판의 감각을 자극한다.

한편 한용운의 소설에서는 서사의 논리를 만드는 원리로서 불교적 인과응보설을 적극 차용하고 있다. 소설의 인물들이 만나고 헤어지는 것은 우연성에 기대고 있으며 이들은 대체로 권선징악이라는 주제를 담아내면서 인과응보의 원리에 따라 서사를 완성한다. 이처럼 사건의 발생과 해결이 인과응보에 기대고 있어서 인물들의 갈등이나 치밀한 구성보다는 스토리 중심의 사건전개가 소설을 이끄는 주요소가 되는 결점을 보인다. 그럼에도 불구하고 한용운의 소설에서 인과응보의 원리는 연기론과 결합되어 용서와 화해라는 사랑의 정신을 드러내는 방법적 장치가 된다. 「흑풍」의 콜란과 왕한, 「박명」의 순영과 운옥, 순영과 대철, 「죽음」의 영옥과 성열의 업화業火는 죽음을 통해 화해와 용서의 국면을 맞이한다. 이 인물들은 모두 인과응보라는 원리에 따라 운명이 결정되는데, 이러한 삶의 원리를 발견하는 과정에는 올바른 삶이 무엇인가를 일깨우는 계몽의 메시지가 삽입된다.

①

정공 선사는 사람의 살고 죽는 것은 뜬구름이 일어났다 없어졌다 하는 것과 같아서 족히 믿을 것이 못 된다는 것을 말하고, 착한 인연을 지으면 착한 과보를 받고 악한 인연을 지으면 악한 과보를 받는 것이어서, 왕한이 지성을 죽인 것은 전세의 업원(業冤)으로 그리 된 것이요, 콜난이 왕한을 죽이려고 한 것은 왕한이 지성을 죽인 업보이므로, 이 다음은 왕한이 또 콜난에게 원수를 맺게 될 것이다. 그러면 미래제(未來際)가 다하도록 업원이 끊길 사이가 없는 것이므로, 저 사람은 나에게 원수를 맺더라도 나는 저 사람에게 은혜를 베풀 것이라는 것을 말하였다.[25]

25 「黑風」, 『전집』 5, 267쪽.

②

영옥은 불교 포교당에서 인과보응(因果報應)의 설법을 들은 것을 생각하면서 상훈은 사람으로서 차마 할 수 없는 크게 악한 일을 행하고서 그의 인과율로 참혹히 죽은 것이 아닌가. 이렇게 생각하고 영옥은 멀리 부처님을 향하여 폐배하고 상훈을 위하여 후세에는 좋은 사람이 되기를 진실한 마음으로 기도하였다.[26]

한용운의 소설에서 불교의 인과응보는 삶의 원리가 된다. 물론 이 원리로서 인생유전을 이해하려는 태도는 비극적 순응주의로 이어질 수 있다. 그러나 한용운은 다시 혁명에 뛰어드는 왕한과 불교에 귀의하는 순영, 영옥의 아들 만수를 통해 삶의 질적 비상과 새로운 국면을 제시한다. 그것은 사회개혁과 보살의 자비행, 새로운 세대에 대한 희망을 상징함으로써 암울과 좌절의 현실에 화해와 희망의 전언을 던진다. 이처럼 한용운의 소설에서 불교교리는 현실순응이나 운명순응주의가 아니라 현실에 대한 실천적이고 능동적 참여의지로 드러나고, 이 의지가 현실을 타개해 나가려는 혁신사상으로 이어져 사회 변화의 창조적 원천이 된다. 그 결과 한용운에게 인연연기설은 역사적 이정을 올바르게 설정하는 지표가 됨으로써 윤리적 기층을 형성하는 데 일조하고 있는 것이다. 이와 같이 한용운 소설에서 삶의 원리는 의고적인 것들이 근대적인 것으로 전유되는 방식으로 제시되는데, 이는 근대적 인식이 곧 서구적인 것으로 등치되는 식민적 가치를 비판적으로 인식한 결과로 볼 수 있다.

---

26 「죽음」, 『전집』 6, 348쪽.

①

밤이 된다고 태양이 죽는 것은 아닙니다. 장마가 진다고 푸른 하늘이 떠나가는 것은 아닙니다. 서에서 지던 해는 내일이 되면 동에서 다시 돋고, 구름에 가리우던 하늘은 구름이 걷히면 그빛이 더욱 깨끗한 것입니다. 사람은 잘 살기 위하여 스스로 힘 쓸 뿐입니다.[27]

②

우리 불교는 이타(利他)를 주장하는 고로, 부처님의 대자대비는 사람뿐 아니라 생명이 있는 것이면 무엇이든지 가리지 않고 다 같이 자비를 베푸는 것이다. (…중략…) 거위와 풀을 살리기 위하여 생명을 희생하는 불교의 대자대비도였거든, 하물며 사람이며 게다가 자기를 살려낸 은인에게리요.[28]

①에서도 알 수 있듯이, 한용운 소설에는 자연에서 삶의 궁극적 이치를 발견하고 역사의 발전 또한 이러한 자연의 우주율에 입각하여 파악하는 대목이 반복적으로 그려진다. 또한 그의 소설에는 당대를 풍미하던 약육강식의 사회진화론을 거부하고 철저히 불교적 생명관에 입각하여 삶과 역사를 바라보는 시각이 강조된다. 이러한 특징은 그의 소설이 탈식민주의적 인식을 보이게 되는 원천이 되면서 주동인물이 자존성과 주체성을 가지는 데 기여한 것으로 보인다.

표면적으로 볼 때, 한용운 소설은 유가적 의리사상과 불교적 인과응

27 「黑風」, 『전집』 5, 86쪽.
28 「薄命」, 『전집』 6, 289~290쪽.

보라는 전통적인 것들을 주제와 서사의 논리로 활용함으로써 의고적인 경향을 보인다. 그러나 동시에 그의 소설에는 이들과는 결합되기 어려운 돌발적인 어떤 혁명성이 포기되지 않고 나타난다. 불교 논리에 기대면서도 살인과 자살과 테러가 자행되고, 의리를 앞세우면서도 반봉건성을 드러낸다. 이러한 부조화가 한용운 소설이 탈식민주의적 인식을 드러내는 방식이라 할 수 있다. 이는 호비 바바Homi K. Bhabha가 말하는 식민지 문화가 제국과 식민의 틈새인 '사이에 낀in-between' 공간에서 발생한다는 문화의 위치를 생각하게 만든다.

> 근대적 '에피스테메'에서 문화적 권위는 모방과 함께 동일화를 요구한다. 문화는 고향과 같은 것(heimlich)이며 규율적 일반화와 모방적 서사, 동질적인 텅 빈 시간, 연속성, 진보성, 관습과 응집성을 지닌다. 그러나 문화적 권위는 또한 고향을 벗어난 것(unheimlich)인데, 왜냐하면 구분되고, 의미화되고, 영향을 주고, 확인될 수 있기 위해서는, 그것은 전이(번역)되고, 산포되고, 차이화되고, 상호규율적이 되고, 상호텍스트적이 되고, 상호국가적(국제적)이 되고, 상호인종적이 되어야 하기 때문이다.[29]

문화의 한편에서는 고향과도 같은 친숙함과 전통적으로 이어져 온 것들의 연속성을 지향한다. 하지만 문화의 권위는 여기에서 생산되기보다는 고향을 떠난 이질적인 것들을 통해 새롭게 의미화되는 순간 탄생한다. 이 혼종화된 문화의 지점들이 식민지 공간의 삶을 드러내는 통

29 호미 바바, 나병철 역, 「의고적인 것을 분절하기」, 『문화의 위치』, 소명출판, 2002, 271쪽.

로가 될 수 있다면, 한용운의 소설 속 인물들은 전통적 가치를 옹호하는 순응적인 면과 식민지 현실에 저항하는 혁명적 면모를 동시에 취함으로써 식민지라는 공간에 서 있는 식민적 삶을 연기한다. 하지만 한용운이 이 분열과 통합, 파괴와 구성의 동시성을 통해 보여주고자 하는 바가 저항 자체에 초점이 맞추어지는 것은 아니다. 오히려 한용운은 이러한 이질적인 것의 절합을 통해 제국의 폭력성을 순치시켜 나가려는 탈식민주의적 인식을 지향하고 있다.

4. 나오며

전 지구적 네트워크화를 실현해 줄 전자정보망의 구축이 가속화됨에 따라 세계화는 단순한 구호를 넘어서서 구체적인 실체로 다가왔다. 이로 인해 민족 혹은 국가 간의 문화적 차이에도 불구하고 다양성이 공존하는 평화적 공동체가 이루어질 수 있는 기반이 구축되었다. 하지만 평화로운 세계에 대한 열망에도 불구하고 우리가 목도하고 있는 세계에는 전쟁과 테러의 발발로 인해 위기감이 한층 고조되고 있다. 평화를 위해 힘의 위력을 마음껏 자랑하는 새로운 제국주의와 이에 대해 폭력적인 저항을 반복하는 민족주의의 공존은 우리 시대 문학이 모색해 나가야 할 하나의 전망으로 탈식민주의를 요청하고 있다. 탈식민주의는 식민주의를 경험한 국가나 지역별 차이에 따라 다른 양상으로 이론과 창작이 구체화될 수 있고, 식민과 제국의 교섭 양상을 면밀하게 읽어내는 미덕 또한 갖고 있다. 무엇보다 이러한 탈식민주의에 대한 논의는,

논의 과정을 통해 우리 속의 제국주의적 속성을 비판하고 반성하는 시간과도 맞닿아 있다. 왜냐하면 탈식민주의의 분석 대상은 대상화된 제국이면서 무의식적으로 동일시된 식민주의이기도 하기 때문이다. 이런 맥락에서 만해 한용운의 문학을 탈식민주의적 인식이라는 관점에서 읽어내는 작업은, 우리 근대문학이 제국주의를 어떻게 분절하고 굴절시키며 제국의 바깥을 모색했는가를 살피는 하나의 시금석이 될 수 있을 것이다.

4장

구세주의와 문화주의

만해萬海와 육당六堂

1. 존재방식 혹은 선택

인간은 누구나 자신이 살아가는 시대를 견디는 나름의 존재방식을 가진다. 여기에는 반드시 선택의 문제가 결부된다. 험난한 시대를 살아야 하는 이들에게 이 선택은 곧 고난과 영광을 결정짓는 갈림길이 되기도 한다. 그렇다면 인간이 자신의 존재방식을 선택하는 데 있어서 가장 본질적인 결정 요인은 무엇일까? 한 인간의 운명적 선택이 상황 논리나 개인적 기질의 차이, 그 어느 한쪽에 의해서만 결정되는 것은 분명 아닐 것이다. 특히 개인의 운명과 민족의 운명이 불가분의 관계에 놓인 상황일수록 선택은 일층 복잡한 양상을 띠게 될 공산이 크다. 그럼에도 불구하고 자신의 시대를 치열하게 살다간 인물의 경우, 이 선택은 그가 추구하는 궁극적인 삶의 지향이 무엇인가라는 근원적인 물음에 의해 결정된다는 점은 의심의 여지가 없어 보인다.

만해와 육당은 구한말과 일제강점기라는 동시대를 살아가면서 서로 다른 삶의 방식을 보여준 대표적인 인물이다. 한용운이 불교라는 종교적이고 철학적인 신념 위에서 자신의 역사적 행위를 수행해 나갔다면, 육당은 새로운 문화민족의 위상을 만들어 나가려는 학문적인 열정 안에서 역사적 행위를 펼쳐 나갔다. 한용운이 사상에서 역사로 나갔다면 육당은 역사로 사상을 만들고자 하였다. 만해의 경우 역사가 곧 중생이자 고통받는 민족이라면, 육당의 경우 역사는 곧 문화사였다. 한용운은 불교적인 자비정신에 입각하여 고통받는 중생을 구하고자 하는 일념으로 불교대중화운동, 민족독립운동, 시창작을 했으며, 이러한 행위 동기에는 중생구제라는 심원한 종교적 열정이 깃들어 있었다. 이에 반해 육당의 행위 동기에는 문화로서 역사를 새롭게 쓰고자 하는 학문적 충동이 놓여 있었다. 육당에게 역사는 새롭게 건설 가능한 학문적 대상이었으며, 그에게 무엇보다 중요한 것은 역사를 새로 써야 한다는 학문적 소명이었다. 결국 구세주의와 문화주의의 길이 이들의 서로 다른 선택이라 할 수 있다. 만해와 육당은 일제강점기 내내 민족을 대표하는 인물로서 민족공동체의 운명을 자신의 운명과 등치시켜 나가고자 했다. 그러나 결과적으로 항일과 친일, 지절과 변절이라는 상반된 평가를 받게 된 것은 그들이 추구했던 삶의 궁극적 가치가 이렇듯 전혀 달랐기 때문이다.

당대의 명사였던 만해와 육당은 많은 점에서 서로 견줄 만한 인물이라 할 수 있다. 3·1운동 당시 이를 주도한 인물이라는 점과 전통적인 '님'의 미학을 문학 속에 녹여낸 점은 물론이고 당대 조선의 정신을 대표하는 인물이었다는 점에서 두 사람은 일치점을 갖는다. 그럼에도 불구하고 특정한 역사적 국면에서 두 사람이 걸어간 길은 뚜렷한 차이를 보여준다. 이 차이가 만해와 육당이 우리의 근대사에서 차지하는 서로 다른 의미망이며, 우리의 정신사에서 눈여겨보아야 할 서로 다른 삶의 향방이라 할 수 있다.

2. 육당과의 인연

육당六堂 최남선崔南善(1890~1957)은 구한말과 일제강점기 동안 이 땅의 신문화운동을 주도한 대표적인 지성으로 평가된다. 서울 중인 출신의 육당은 재주와 재력을 겸비한 탓에 이미 약관의 나이부터 사회활동을 활발히 전개해 나갔다. 이런 육당에 대한 당대의 평가는 비길 데 없는 최상의 것으로, 그는 벽초碧初 홍명희, 춘원春園 이광수와 함께 문학의 세 천재라 불렸고, 단재丹齋 신채호, 백암白巖 박은식과 더불어 사학계의 세 천재라는 찬사를 받기도 했다. 이처럼 사회적 명성이 높았던 육당의 주위에는 자연스럽게 당대의 지성들이 모여들었는데, 이들은 육당과 더불어 시대의 아픔을 토로하고 민족의 운명을 근심하였다. 육당은 정신적, 물질적인 면에서 당대의 지성을 규합하고 선도하는 사랑방 혹은 횃불잡이 노릇을 하며 신문화운동을 주도해 나갔다. 육당이 주도한 문화주의는 크게 세 방향에서 구체화되었다.

우선, 육당은 근대적인 문화를 적극적으로 수용하여 조선에 새로운 신문화운동을 주도해 나간다. 이는 주로 잡지 발간을 통해 구체화되었는데, 우리 근대 잡지사雜誌史의 기원을 차지한 『소년』(1908)에서 출발하여 『청춘』(1914), 『동명』(1922) 등으로 이어지는 일련의 잡지 발간이 그것이다. 근대사상을 전파할 수 있는 효과적인 도구로서 인쇄매체를 선택한 점은 문화를 바라보는 육당의 탁월한 안목이 있었기에 가능했을 것이다. 또한 육당은 우리 것의 소중함을 지켜 나가고자 하는 의도에서 민족문화에 대한 관심을 지속적으로 견지해 나갔다. 이를 위해 그는 조선광문회(1910) 등의 단체를 만들어 우리 문화에 대한 관심을 진작시켜 나갔다. "조선구래朝鮮舊來의 문헌 도서 중 중대하고 긴요한 것을 수집·편찬·개간開刊하여 귀중한 문서를 보존·전포傳布함을 목적"으로 하는 조선광문회의 발족은 외래의 것을 적극적으로 수용하면서도 동시에 우리 것을 지켜 나가려는 민족문화운동으로 볼 수 있다. 마지막으로 육당은 조선적인 것의 추구를 표방하며 이를 '조선주의'로 명명하고 역사와 문학에서 일련의 실천적 노작을 완성한다. 『삼국유사해제』, 『단군론』, 『살만교차기』, 『불함문화론』 등의 역사 관련 저술과 시조부흥운동 및 시조집 『백팔번뇌』의 발간으로 이어지는 문학 관련 활동과 저술이 이에 해당한다. 근대문학사에 있어서 육당은 「해에게서 소년에게」라는 신체시로 기념비적 존재로 평가된다. 하지만 육당의 생애를 일관되게 관류하는 문화주의라는 관점에서 본다면 이러한 문학적 성취는 문화주의의 한 지류에 속할 뿐이다. 즉 육당의 진면목은 근대적인 문화연구의 기원으로서 그가 갖는 위상에서 찾아질 수 있을 것이다.

그렇다면 실제 두 사람의 인연은 어느 정도였을까? 육당은 만해와 함께 조선불교의 혁신을 선도했던 석전石顚 박한영朴漢永(1870~1948) 스님과 친분이 두터웠다. 이 사실은 육당이 만해와도 적지 않은 교류가 있었을 것이라는 추측을 가능하게 한다. 그 실증적인 증거의 하나는 한용운이 발간한 잡지 『유심』 제1호에 육당이 글을 싣고 있다는 사실이다. 『유심』이 주로 한용운과 친분관계를 가진 인물들로 필자의 대부분이 채워져 있음을 고려해 보면, 만해와 육당은 적지 않은 교분이 있었을 것으로 판단된다. 또한 육당이 만들었던 조선광문회에 한용운도 출입하며 당대의 지성들과 교류했다는 기록으로 볼 때, 두 사람의 교류가 일정 기간 지속되었음은 분명해 보인다. 그러나 그 인연의 깊이가 어느 정도였는지는 추측으로 남을 뿐이다. 다만 남겨진 일화로 짐작하건데, 그것이 가볍게 넘길 것은 아니라는 점이다. 1930년대 후반에 접어들어 육당이 친일의 길로 접어들자 한용운은 동지들을 불러놓고 "이제부터 왜인倭人에게 종노릇을 자청해서 조선의 의기意氣로부터 떠나서 죽은 고故 최남선崔南善의 장례식을 거행하겠습니다"라고 선언했다 한다. 애정이 없다면 분노도 없다는 세속적 이치에 비추어 볼 때, 친일의 길로 나선 육당에 대한 만해의 감정은 남달랐던 것으로 보인다.

3. 「기미독립선언서」와 공약삼장

독립운동사에서 여전히 논쟁이 되고 있는 점은 「기미독립선언서」에 포함된 공약삼장의 집필자가 누구인가 하는 점이다. 육당이 「기미독립선언서」를 썼음은 부동의 사실이다. 당시 3·1운동을 주도한 최린은 당대의 문장가이자 국한문혼용체에 능한 육당을 선언서를 쓸 적임자로 생각하였다. 그러나 학문의 길을 가고자 한 육당은 정치적인 문제에 개입하기를 꺼렸다. 결국 육당은 표면에 나서기를 거부한 채 자신의 이름을 밝히지 않을 것을 전제로 선언문의 집필에 동의하였다. 저간의 사정이 이러하자 한용운은 직접 책임질 수 없는 육당이 선언문을 쓰는 것은 불가함을 주장하며 자신이 선언문을 쓰겠다고 나섰지만 이는 받아들여지지 않았다고 한다.

육당은 당대 최고의 문장가답게 유려한 문체로 독립선언서를 집필하였다. 그러나 이 선언서의 유장한 문체와 완곡한 어조에 비해 공약삼장의 간명하면서도 단호한 문체와 어조는 너무나 상반된다. 특히 선언서에서는 '착수가 곧 성공이라'고 자찬하고 있는 반면에 공약삼장에서는 '최후의 일인까지 최후의 일각까지 정당한 의사를 쾌히 발표하라'고 강하게 주장하고 있어, 둘 사이에는 일정한 입장차이가 있다. 실제로 한용운의 공소공판기에 보면 선언서를 보고 자신과 다른 견해를 수정한 일이 있음을 밝히고 있다. 또한 한용운 주변 인물들의 증언에 의해 공약삼장이 한용운에 의해 덧붙여졌음이 언급된 바 있다. 그러나 한용운 집필설을 부정하는 입장에서는 3·1운동을 모의했던 시기상이나 여러 정황으로 볼 때 한용운의 집필은 불가한 것이라는 주장이 계속되고 있다. 이 상반된 주장에 대하여 보다 객관적인 검토를 위해서는 공약삼장에 담긴 철학과 문체가 어떠한가를 살펴야 할 것이다.

만해가 감옥에서 집필한 「조선독립에 대한 감상의 대요」는 그가 쓴 독립선언서라 할 수 있다. 그렇다면 만해의 「조선독립에 대한 감상의 대요」와 육당의 「기미독립선언서」의 차이는 무엇일까?

①

오등(吾等)이 자(玆)에 분기(奮起)하도다. 양심(良心)이 아(我)와 동존(同存)하며 진리(眞理)가 아(我)와 병진(幷進)하는도다. 남녀노소(男女老少)업시 음울(陰鬱)한 고소(古巢)로서 활발(活潑)히 기래(起來)하야 만휘군상(萬彙羣象)으로 더부러 흔쾌(欣快)한 부활(復活)을 음우(陰

佑)하며 전세계(全世界) 기운(氣運)이 오등(吾等)을 외호(外護)하나니, 착수(着手)가 곳 성공(成功)이라. 다만, 전두(前頭)의 광명(光明)으로 맥진(驀進)할 따름인뎌.

—「기미독립선언서」 부분

②

오호(嗚呼)라 일본인(日本人)은 기억(記憶)할지라. 청일전쟁(淸日戰爭) 후(後)의 마관조약(馬關條約)과 노일전쟁(露日戰爭) 후(後)의 포오츠머드 조약중(條約中)에 조선독립(朝鮮獨立)의 보장(保障)을 주장(主張)함은 하등(何等)의 의협(義俠)이며 기양조약(其兩條約)의 묵흔(墨痕)이 미건(未乾)하여 곧 절(節)을 변(變)하고 조(操)를 개(改)하여 궤계(詭計)와 폭력(暴力)으로 조선(朝鮮)의 독립(獨立)을 유린(蹂躪)함은 하등(何等)의 배신(背信)인가. 왕사(往事)는 사의(已矣)나 내자(來者)를 가간(可諫)이라. 평화(平和)의 일념(一念)이 족(足)히 천지(天地)의 정상(禎祥)을 양(釀)하느니 일본(日本)은 면(勉)지(之)어다.

—「조선독립에 대한 감상의 대요」 부분

인용한 글은 육당의 「기미독립선언서」의 마지막 부분과 만해의 「조선독립에 대한 감상의 대요」의 마지막 부분이다. 육당의 선언서가 다분히 감상적이고 심정적 차원의 낭만적인 정서를 드러내고 있다면 만해의 그것은 차분하면서도 직설적으로 자신의 주장을 펴고 있다. 물론 두 글을 쓴 상황이나 독자 설정 자체가 엄연히 다르다는 차이가 있지만, 분명한 것은 만해는 육당에 비해 역사적 사실과 철학적 해명에 입각하여 논리를 펴고 있다는 점이다. 이러한 차이는 전체적인 글의 문맥에서도 찾아볼 수 있다. 만해의 「조선독립에 대한 감상의 대요」는 자유와 평화에 대한 철학적인 사유를 바탕으로 하면서, 역사적 사실을 들어 독립의 타당성을 설득해 나가는 과정을 보여준다. 이 글은 만해의 독립에의 요구가 철학적인 바탕과 역사적 변화상을 동시에 아우르며 주장되었음을 말해준다. 이에 반해 육당의 글은 화려한 외화적外華的 수사에서는 만해보다 앞서지만 다분히 심정적이고 정서적인 충동을 분출한다는 점에서 이성적이고 논리적인 주장으로 보기는 어렵다. 무엇보다 육당 논리의 기저에는 일본이 우리의 5천 년 민족문화를 인정하지 않고 우리를 야만족같이 대우하며 민족문화 창달의 기회를 박탈하고 있다는 현실에 대한 분노가 자리하고 있다. 육당은 이러한 현실에 저항하기 위해 민족적 자각이 필요하다고 보았으며 그것은 민족성民族性을 밝히는 것으로 귀결되었다. 육당에게 조선심朝鮮心이란 이러한 민족성의 다른 이름에 해당한다. 육당은 5천 년 역사의 권위에 의지하여 이 선언서를 썼으며 민족문화의 회복을 기원하며 이 선언서를 썼다고 볼 수 있다. 따라서 문화회복의 갈망이 이 선언서의 많은 문면을 수놓고 있다. 그러나 만해의 경우, 인간본성에 근거하여 독립을 주장하고 있다. 공약삼장이 이러한 만해의 어조와 논리에 닿아 있음은 그의 집필설을 증명하는 가장 설득력 있는 논거가 아닐 수 없다. 실제로 공약삼장에서 언급하고 있는 '자유적 정신'은 「조선독립에 대한 감상의 대요」의 첫 구절인 "자유는 만물의 생명이요 평화는 인생의 행복이다. 그러므로 자유가 없는 사람은 죽은 시체와 같고 평화를 잃은 자는 가장 큰 고통을 겪는 사람이다"와 깊은 연관성을 보인다는 사실은 새삼 눈여겨볼 대목이다.

4. 시집 『님의 침묵』과 시조집 『백팔번뇌』

만해와 육당의 비교범주는 문학, 불교, 민족독립운동이라는 세 부분에 걸쳐 있다. 이 가운데 문학은 두 사람 모두 '님'의 미학을 문학적 주제로 삼고 있다는 점에서 공통점을 보이고 있다. 고은은 『한용운평전』(1975)에서 만해의 시집 창작 동기를 육당과의 과도한 경쟁의식으로 보았는데, 실제로 두 사람의 작품에는 많은 유사성이 발견된다. 1920년대 접어들어 육당은 조선심 운동, 즉 조선주의를 주도하면서 이 시기 문화계를 선도하였다. 그의 이러한 운동은 조선의 전통적인 시가 장르인 시조부흥을 주창하며 '님'의 담론을 창작으로 구체화해 나갔다. 시조집 『백팔번뇌』는 '님'을 상징의 중심에 놓고 있다는 점에서 시집 『님의 침묵』과 표면적인 연관성을 보인다. 비록 『님의 침묵』보다 수개월 늦게 출간되었지만 이 시조집에 수록된 작품들은 그 이전에 발표해 온 작품들이라는 점에서 만해시와는 일정한 영향관계가 있을 수 있다. 특히 육당은 자신의 시조집 서문에서 '님'을 통해 형이상학적인 것을 추구하고 싶었다고 고백하고 있는데, 이는 만해의 형이상학적 시경향과 상당한 유사성을 보인다고 할 것이다. 그렇다면 육당에게 '님'은 어떤 의미층위를 갖고 있었을까? '님'의 의미에 대하여 시조집의 발문을 쓴 이광수는 다음과 같이 언급하고 있다.

> 육당(六堂)의 시조(時調)는 신비주의(神秘主義)에 가까우리만큼 그 생각이 깊고 상징주의(象徵主義)에 가까우리만큼 그 표현이 괴기(怪奇)하다. 외형(外形)은 연애시(戀愛詩)인듯한데 또보면 애국시(愛國詩)인 것도

같고 또보면 인도(印度)의 카비르식(式) 종교시(宗教詩)인 것도 같고[1]

만해시의 '님'이 갖는 함의인 연애시, 애국시, 종교시라는 세 층위는 이광수가 시조집 『백팔번뇌』에서 추출한 '님'의 함의와 다르지 않다. 물론 시조집 『백팔번뇌』에서 '님'은 우리 전통시가에서 흔히 나타나는 지극한 연모의 대상으로 볼 수도 있다. 그러나 이러한 시편들과 다른 점은 여기에서 '님'이 일층 형이상학적 의미를 함유하고 있다는 점이다.

감아서 뵈든 그가
뜨는 새에 어대간고

눈은 아니 밋드래도
소리 어이 귀에 잇나

몸 아니 계시건마는
만저도 질 듯 하여라

―「안겨서 : 其二」 전문

육당은 '님'에 대한 지극한 사랑의 감정을, 사랑의 대상인 '님'의 완전성과 시적 주체인 나의 '님'에 대한 한없는 사랑, 그리고 이 사랑의 불변성으로 주제화하면서 한 편의 서사적 드라마 속에 담아내고 있다. 이 시

1 이광수, 「六堂과 時調」, 『百八煩惱』, 동광사, 1926.

편들의 기본 구조는 '님'과 이별한 상황을 전제로 하고 있으며, '님'에 대한 다양한 찬미와 찬송을 통해 개인적 정서와 민족적 현실 그리고 종교적인 기원까지를 두루 표현하고 있다. 이는 한용운이 시집 『님의 침묵』에서 '님'과의 이별에서 만남까지를 한 편의 드라마로 펼쳐 보이며 '님'의 다층적인 의미 영역을 구축해 나간 점과 상당한 유사성을 보인다. 특히 만해시의 형성 과정에서 시조가 자유시로 이행하는 과정을 보였는데, 시 「무궁화를 심으과저」는 육당의 시조와 내용에 있어서 깊은 유사성을 보인다. 한용운은 그의 최초의 소설 「죽음」에서도 "바다가 하늘이냐 / 하늘이 바다냐 / 하늘보다 바다가 깊고 / 바다보다 하늘이 깊다. / 그보다 높고 깊은 것은 / 임뿐인가"라는 비슷한 경향의 시조를 삽입해 놓고 있다. 이 밖에도 정확한 창작연대는 알 수 없지만 그 내용상 1920년대 초반에 창작된 것으로 추측되는 연작시조 형태의 「무제無題 13수」에는 육당시와 상당한 상관성을 보이는 '님' 찾기의 시조가 포함되어 있다.

물이 깊다 해도
캐면 밑이 있고
뫼가 높다 해도
헤아리면 위가 있다.
그보다 높고 깊은 것은
님뿐인가 하노라.

—「무제 13수 : 2」 전문

만해시는 육당의 '님'사상을 적극 수용한 것으로 보인다. 육당의 '님'

은 단순히 조선을 상징한 것이라는 지적도 있었지만 많은 시편들에서 '님'은 개인적인 층위와 민족 및 종교적인 층위가 공존하고 있다. 그러나 만해와 육당의 시세계는 그 실제나 평가에 있어서 현격한 차이를 보이는 것이 사실이다. 그렇다면 그 이유는 무엇일까?

한용운이 형이상학적인 '님'을 역사와 삶과 인간 속에 살아 숨 쉬는 구체적인 생명으로 그려냈다면, 육당은 이를 관념적이고 피상적으로 그려내고 있다는 사실에서 직접적인 이유를 찾을 수 있다. 시조에 비하여 자유시가 일층 복잡해진 근대적 인간의 내면을 드러내기에 적합하다는 형식상의 문제를 접어두고라도, 육당의 시조에서는 시의 문맥 속에 녹아 있는 역사적 현실과 고통을 찾기가 어렵다. 즉 육당에게 시조 창작은 문학이라는 형식을 빌려 관념화된 민족찾기를 시도한 것으로 볼 수 있다.

5. 구세주의의 길과 문화주의의 길

육당이 걸어간 길은 문화주의에 그 중심이 놓여 있었다. "민족은 작고 문화는 크다. 역사는 짧고 문화는 길다"는 그의 말처럼 문화건설은 그에게 있어서 지상최대의 과제였다. 그러나 이러한 문화주의의 길은 결국 모든 문화의 동일성을 포착하는 방식으로 획일화된 시선을 가짐으로써, 일본문화와 조선문화가 같은 문화임을 승인하는 결과를 초래하고 말았다. 즉 육당의 문화주의는 민족 구성원의 구체적인 삶, 조선 민중의 역사적인 고통과 직접적으로 접속되지 못한 채 추상적인 역사 인식으로 치닫고 말았다. 이는 육당의 삶에 대해 지속적으로 제기되는 문제라 할 수 있다. 그가 처음 독립선언서의 집필을 의뢰받고는 "나는 일찍 학자로 입지立志하였으니 민족대표 33인에는 서명하지 않겠으나 이 역사적 선언서만은 꼭 내 손으로 써볼 작정이다"라고 한 대목은 이러한 문제를 상징적으로 보여주고 있다. 육당에게 있어서 학문은 민족적 현실 이상의 의미를 지니고 있었다. 이 학문의 지향점이 문화건설이라는 사실로 볼 때, 육당이 선택한 문화주의의 길은 민족의 운명을 육화하지 못한 관념의 여정이라 할 것이다. 이에 반해 만해가 지향한 삶은 대승적 견지에서 일관되게 밀고 나간 구세救世의 길이라 할 수 있다. 이 구세주의가 가능했던 논리적인 근거는 불교적인 만유평등에서 찾을 수 있을 것이다. 일찍이 한용운은 『조선불교유신론』에서 불교의 핵심적인 요체가 평등과 구세에 있음을 밝힌 바 있다. 평등이 세계를 인식하는 기본적인 논리라면 구세는 만해의 행동철학이라 할 수 있다. 만해는 구세의 일념으로 민족의 독립에 뛰어들었으며 이것은 인간 본성의 실현이라는 점에서 결코 포기될 수 없는 일이었다. 만해와 육당, 그 지절과 변절의 변별점은 바로 이 지점이 될 것이다. 이 차이로 인해 한용운은 심우장尋牛莊을 둘러싼 삼엄한 감시를 받으며 최후를 맞이해야 했고, 육당은 학생들에게 일본의 학병이 되어 전쟁에 참가할 것을 종용하는 연설을 거침없이 쏟아낼 수 있었다. 한용운은 고통받는 민족의 삶이 곧 그의 삶이었으나 육당은 그렇지 못했다. 만해와 육당은 이 땅에서 살아가는 고통스러운 삶을 자신의 삶 속에 녹여내었는가 아닌가라는 문제에서 서로 다른 길을 선택하고 있었던 것이다. 지금 만해와 육당은 그들이 지녔던 인간에 대한 온기의 차이만큼 서로 다른 역사적 평가 속에 놓여 있을 뿐이다.

5장

님과 얼, 매운 정신의 만남

만해萬海와 위당爲堂

1. 민족의 매운 기운

역사에 있어서 문제적 개인은 언제나 당대적 삶의 조건과 치열하게 대결하며 존재와 이를 둘러싼 세계 자체의 의미지평을 넓혀 나간다. 그것은 때로 현실적 조건들에 대한 실천적인 내파의 방식이기도 하고, 다르게는 역사적이며 초월적 전망을 획득하려는 정신적인 고투로 발현되기도 한다. 우리에게 일제강점기는 치열하게 싸워야 할 대상이 어느 때보다 견고하게 주어진 시대였다. 이 어둠의 시대를 문제적인 개인으로 살아낸 인물로서 우리는 만해萬海 한용운韓龍雲(1879~1944)과 위당爲堂 정인보鄭寅普(1893~1950)를 기억하고 있다. 일제강점이라는 엄혹한 시대에 민족정신이 말살되는 위기에서 민족의 주체성을 회생해내기 위해 두 사람은 때로는 실천적인 내파의 방식으로 때로는 정신적인 고투를 마다하지 않으며 고사枯死 직전의 민족혼을 소생시키고자 일생을 바쳤다.

위당이 민족사관에 입각하여 '얼'의 소생을 통해 한민족의 정신성을 되살리고자 했다면 한용운은 '님'의 회복을 통해 존재의 생명성을 회복하고자 하였다는 점에서 둘은 사상적인 대위를 이룬다. 그러나 '얼'과 '님'은 본질적으로 추상적인 사유로서 정신의 중추이자 핵심이라는 동일한 의미를 갖는 일종의 이음동의어이다. 따라서 '얼'은 곧 '님'이며 '님'은 곧 '얼'이이라고 등가화할 수 있다. 이런 맥락에서 일제강점기 우리 정신사에 있어서 만해와 위당은 강한 정신적 친족성을 갖는 인물이다. 해방을 맞이하여 위당은 매운 민족의 기운을 보여주었던 만해를 기리는 애절한 시조 한 수를 남겼다.

풍란화(風蘭花) 매운향내 당신에야 견졸손가
이날에 님계시면 '별'도아니 더빛날가
불토(佛土)가 이외업으니 혼(魂)하'도라' 오소서

—「고 용운당대사(故 龍雲堂大師)를 생각하고」[1]

위당에게 있어서 만해는 많은 민족의 지도자들이 정신적인 훼절을 보이며 친일의 길을 걸을 때에 마지막까지 민족의 매운 기운을 보여준 민족정신의 한 궁극이었다. 이러한 만해를 향한 흠모의 정은 민족의 독립을 위해 헌신적 삶을 살다간 열두 분의 혼을 애절하게 노래하고 있는 시조 「십이애十二哀」에 잘 드러난다. 떠나간 용운당의 혼을 부르며 '돌아오소서'라고 절규하는 위당의 마음에는 일제의 온갖 회유정책에도 의연히 대처하며 심우장에서 지절을 지키다 삶을 마감한 만해의 오연한 정신이 형형하게 새겨져 있었을 것이다.

---

1 정인보, 「十二哀」, 『薝園時調』, 을유문화사, 1973, 214쪽.

실제로 만해와 위당은 당대에 어떻게 만나고 있었을까? 한용운은 불교계를 대표하는 인물이자 당대의 논객이요 민족의 대표라는 사실을 염두에 두고 보면 사학자이자 문화사가요 문사로서 이름을 떨쳤던 위당과는 어떤 형식으로든지 교류가 없지는 않았을 것이다. 그러나 만해와 위당이 직접적으로 교류한 자료는 발견되지 않고 있다. 다만 두 사람의 친분을 소개한 증언[2]과 1935년에 함께 발기인으로 참여하여 태서관에서 다산 정약용의 서세백년기념회茶山逝世百年記念會를 개최한 것은 확인할 수 있다. 위당은 엄혹한 시절을 피하여 1940년 가을에 솔가하여 경기도 양주로 내려가 은둔생활을 했지만 만해의 장례식에 조문을 하러 달려왔다고 한다. 이러한 정황으로 볼 때, 만해와 위당은 정신적으로 뜻을 같이하는 사이였음을 미루어 짐작해 볼 수 있다. 하지만 직접적인 자료로는 해방을 맞이하여 중앙문화협회에서 발행한 『해방기념시집』에 실린, 앞에서 인용한 시조와 이 시조가 다시 「만만해선사挽萬海禪師」라는 제목으로 1948년 8월 『불교』지에 실렸는데, 이 작품만이 이들의 정신적인 유대 내지는 일치성을 입증해줄 뿐이다.[3] 그러나 두 사람의 주위에 있었던 인물 간의 교류를 조금만 들여다보면 두 사람의 교류 가능성을 미루어 짐작할 수 있다. 육당 최남선이 본격적으로 친일의 길에 들어서기 전까지는 위당은 벽초碧初 홍명희洪命熹(1888~1968)와 함께 육당과 교류를 활발

2 대표적인 증언으로는 한용운의 제자였던 김관호의 회고인 「심우장 견문기」를 꼽을 수 있다. 그는 정인보 선생이 한 강연에서 "조선 청년은 한용운을 배우라. 한용운은 인도의 간디와 같은 분이다"(만해사상연구회 편, 『한용운사상연구』 2, 민족사, 1981, 280쪽)라고 했다고 전한다. 또한 조종현은 「불교인으로서의 만해」에서 위당이 만해의 장례식에 참석하여 화장장에서 다비를 받았다고 증언하고 있다(『나라사랑』 2, 외솔회, 1971, 51쪽).

3 『불교』지에 발표할 당시에는 '불토'가 아니라 '정토'로 되어 있다. 새롭게 개작된 것으로 보인다.

하게 하였고, 육당과 벽초는 만해와도 가까운 인사들이었다는 점에서 둘의 교류는 확실시된다고 할 수 있다. 또한 만해와 가깝게 지낸 벽초와 위당이 사돈지간이었다는 점도 두 사람 사이의 돈독한 관계를 추정해 볼 수 있는 대목이다. 그러나 이것은 어디까지나 물증이 아닌 심증이라는 점에서 만해와 위당의 사상과 작품에 대한 심화된 논구가 요청된다. 우리에게 남겨진 것은 만해와 위당이 남긴 저술과 작품이다. 글은 가장 진실된 사유의 반영이라는 점에서 두 사람의 정신적 만남을 읽어내는 첩경이기도 할 것이다.

2. 위당의 '얼'과 만해의 '유심'

정인보는 1893년 서울의 명문가에서 태어났으며 일찍이 그 명민함을 두루 인정받고 한학에 몰두하였다. 독립운동을 위해 몇 차례 중국을 드나들던 일이 있었으나 위당의 진면목은 동양사를 전공하고 우리 문화와 역사를 바탕으로 한국학의 기틀을 마련한 학자로서 학문적인 면에서 집중적으로 발휘되었다. 위당은 6·25 동란 당시 납북되어 생을 마감하기까지 오직 민족의 고유한 정신을 계승하고 회복하는 일에 평생을 바쳤다. 그의 호 가운데 하나인 '담원薝園'에는 일제치하의 삶을 와신상담臥薪嘗膽하는 마음으로 살아내겠다는 의지가 담겨져 있었다 한다.[4] 전통적인 유학을 공부하던 위당은 열여덟이 되던 해 강화학파의 맥을 잇는 난곡蘭谷

4 정양원, 「그리운 아버지에 대한 片貌와 담원문집에 나타난 몇몇 書題에 대하여」, 『위당 정인보의 국학정신』, 한국어문교육연구회, 2000, 7쪽.

이건방李建芳(1861~1939)의 제자가 되어 양명학을 수학하였다. 양명학은 조선시대에 이단으로 치부되던 학문으로 하곡霞谷 정제두鄭齊斗(1649~1736)가 강화에 은거하면서 학맥을 형성해 나간 학파이다.

강화학파의 이론적 요체는 심心으로 마음이 곧 하늘의 이치인 천리天理라고 보고, 본래마음을 간직하고 발현하는 것을 최고의 이상으로 삼았다. 이는 일종의 정신주의나 유심론과 유사한 것으로 볼 수 있는데, 민족의 정신성을 강조한 위당사상은 강화학파의 맥을 잇고 있다. 그의 양명학적 학풍은 이후 민족의 '얼'에 대한 지향과 애정으로 분출되었다.

그렇다면 위당에게 '얼'이란 구체적으로 어떤 의미를 갖는 것일까? 위당은 그의 『조선사연구』에서 '얼'을 다음과 같이 정의하고 있다.

①

누구나 어릿어릿한 사람을 보면 '얼'이 빠졌다고 하고, '멍'하니 앉은 사람을 보면 '얼'이 하나도 없다고 한다. 사람에게 있어 고도리는 '얼'인데 그런 '얼'이 빠져 버렸다면 그런 사람은 거죽만 사람인 셈이다.[5]

②

나 자신이 남이 아니라는 것과 남이 나 자신이 아니라는 것을 분별할 줄 알겠는가? 그것을 아는 것, 그것이 바로 '얼'이 있다는 증거이다. 어떤 일을 할 때 자신의 의지에 따라 하고 어떤 일을 하지 않을 때 자신의 의지에 따라 하지 않는다. 또 자신의 의지에 따라 나아가고, 자신의 의지에 따라 버린다.

---

5 정인보, 문성재 역주, 『조선사연구』 상, 우리역사연구재단, 2012, 53쪽.

(…중략…) 매사에서 이렇게 해야 자신을 자신이 가지고 사는 것이 아니겠는가? 매사에서 '자신의 의지에 따르는 것'이야말로 '얼'이 있다는 증거인 것이다. 여기에 또 무슨 심오한 철학이나 오묘한 이치가 필요하겠는가?[6]

위당은 '얼'을 우리 민족의 고유성과 주체성을 확보하는 기본자질로 이해하면서 동시에 개인의 존재성을 증명하는 궁극적인 본질로도 파악하고 있다. 집단으로서의 민족과 개체적 존재로서의 개인 모두에 적용되는 개념인 '얼'은 타자와 주체가 변별되는 근거로 인식되고 있다. 따라서 이러한 '얼'은 곧 민족의 정체성을 결정짓는 기본적인 요소라 할 수 있다. 즉, 하나의 민족이 스스로의 민족적 자질을 확보하는 원형질에 해당하는 것이 '얼'인 것이다. 위당은 '얼'을 사회와 민족, 더 나아가 인류와 천지만물에게까지 확장하여 적용함으로써 인간 본성에서부터 존재의 보편적 속성에 이르기까지 일관되게 적용 가능한 고유한 본성으로 이를 규정하고 있다. 이처럼 무한한 확장성을 가지는 개념인 '얼'은 결국 세상만물의 고유성을 수렴하고 확산하는 코아core로 인식되고 있다. 이와 같이 위당은 '얼'을 역동적인 생명에너지이자 주체성을 결정짓는 본질적인 요소로 파악하고 있는 것이다. 그는 '없는 듯하다 없어지지 아니한 그것이 얼'이라고 상정하면서 일제치하에 우리 민족의 정신성을 지켜 나가기 위해 「오천년간 조선의 얼」을 『동아일보』(1935.1.1~1936.8.28)에 연재한다.

이러한 위당의 얼사관은 단재丹齋 신채호申采浩(1880~1936)로 대표되는

6 위의 책, 62~63쪽.

민족주의 사학의 한 전형으로서 일제의 식민사관을 거부하고 이를 비판하기 위한 정신적인 대응방법으로 평가할 수 있다. 그렇다면 위당은 왜 양명학적인 심사상을 역사적인 얼사관으로 전환해 나갔을까? 그 직접적인 이유는 일제의 식민사관이 우리 역사와 민족성을 왜곡해 나가자 이에 대한 저항과 분노에서 비롯되었다고 볼 수 있다. 일제는 식민통치를 수월하게 수행하기 위해 우리 역사를 왜곡하며 민족적 열등성과 문화적인 수동성을 강조하였다. 그들은 우리의 역사는 외세의 침략과 당쟁이라는 내분으로 점철된 역사라고 규정하면서, 이러한 연유로 조선의 미학은 자연스럽게 한恨을 본질화하게 되었다는 내용을 골자로 하는 식민사관을 유포하였다. 위당의 얼사관은 이러한 식민사관에 대한 실증적인 반박에 해당한다. 위당은 우리의 민족정신을 널리 떨쳤던 광개토대왕, 충무공 이순신, 다산 정약용, 단재 신채호에 대한 연구를 통해 우리 민족에게 '얼'이 무엇이며 그 실체가 무엇인가를 규명해 나갔다. 위당은 이들 '얼'의 실체 규명작업을 통해 역사적 존재로서의 나와 우리의 실재성을 확인하고 이들을 하나로 묶으며 무한한 시공간적 존재들이 상호 '감통感通'하는 방식으로 민족의 역사적 정체성을 확보해 나갔다.

이러한 위당의 얼사관은 장구한 시간 동안 우리 민족이 공유해 온 전통사상을 현재화하면서 여기에 일제강점기라는 시대적 의미를 부여한 것으로 해석할 수 있다. 위당의 '얼'은 『맹자孟子』의 「진심장구盡心章句」에 나오는 '양지良知'와 의미를 공유한다. 위당은 『양명학연론陽明學演論』에서 양지를 천생天生으로 가진 앎[7]이라는 뜻으로 해석하고 있다. 즉 그의

7 정인보, 『양명학연론』, 삼성문화재단, 1972, 15쪽.

얼사상과 얼사관은 고유어인 '얼'에 양명학에서 강조하는 '양지'의 개념을 투영하여 재개념화를 시도함으로써 탄생한 민족사관의 일종이다. 그에게 양지는 감통으로도 해석되는 용어인데, 감통은 존재와 존재 사이를 관류하는 하나의 심층적인 기운을 뜻한다. 위당은 존재를 감통하는 무엇으로 봄으로써, 서로 깊은 상관성을 가지며 내밀하게 연관된 존재로 인식하였다. 이런 입장에서 세계를 파악함에 따라 위당은 나의 고통은 곧 타자의 고통이라고 보았다. 이러한 세계인식은 불교에서 말하는 자타불이自他不二의 세계관과 일치한다. 실상 일제강점기에 민족의 이름으로 뜻을 달구었던 민족주의자들에게 이러한 사유방식이 유사하게 나타나는데, 위당은 이 같은 사유를 고유어인 '얼'에 투사하고 있는 것이다. 위당은 "우주내사宇宙內事는 곧 기분내사己分內事'라는 육상산陸象山의 말과 '대인大人은 천지만물天地萬物로써 일체一體를 삼는다"는 양명의 말을 인용하면서, 천지만물이 한 운명이요 한 몸이라는 동체사상同體思想을 강조한다. 그러나 이러한 위당의 한국사 연구는 실제에 있어서 인류사 전체로 그 범위를 확대하지는 못하였다. 여기에서 위당은 만해와 사뭇 다른 길을 가게 되었다고 할 수 있다.

위당사상에서 '얼'에 해당하는 개념을 만해사상에서 찾는다면 '유심唯心'이 될 것이다. 만해는 마음이라는 것을 다음과 같이 정의한다.

> 자아라는 것은 신체만을 가리킨 것이 아니오, 육체와 정신을 통괄 주재하는 심(心)을 가리키는 말이다. 그렇다고 육체는 자아가 아니라는 것은 아니다. 심이 자아인 이상 그 자아는 무한적으로 확대 외연(外延)할 수 있느니 (…중략…) 자아를 확대 연장하여 부모 처자에 미치고, 사회 국가에

> 미치고, 내지 전우주를 관통하여 산하 대지가 다 자아가 되고, 일체 중생이 다 자아에 속하느니 구구한 육(六)척의 몸으로 자아를 삼는 것이 어찌 오류(誤謬)가 아니리오.[8]

만해가 오직 마음 이외에는 어떤 존재도 없다고 선언하며 '유심'을 사상의 근저에 놓고 이를 근간으로 하면서 우주적 마음으로까지 유심에 대한 의미를 확대해 나간 점은 위당과 다르지 않다. 그러나 만해는 우주적인 동체사상에 기대어 평화주의자를 자처함으로써, 평화를 통해 민족모순을 해결하고자 하였다는 점에서 위당과는 다른 사상적인 면모를 보인다. 만해의 평화사상은 식민지 시기의 민족인식으로는 도달하기 어려운 세계평화의 지평을 향하고 있다. 물론 이 지점이 구체적인 사실을 다루는 역사와 관념을 좇는 종교의 변별점일 수 있으며, 위당과 만해가 역사학자와 종교인으로 나누어지는 분기점이 되기도 할 것이다. 그러나 이러한 차이점에도 불구하고 두 사람은 일제강점기 우리의 정신사에 있어서 뚜렷한 이념의 정향을 세우고 이를 통해 민족적 화합과 합일을 이끌어 내고자 한 민족정신의 견인차 역할을 했다는 점에서는 완전한 일치를 보인다. 만해와 위당은 그 지향점은 달라도 민족독립을 위해 헌신하며 친일의 길을 끝까지 거부하고 어두운 시대를 견딤으로 일관했다는 사실은 이 둘의 정신적인 친연성을 엿보게 하는 대목이 아닐 수 없다.

---

8 「禪과 自我」, 『전집』 2, 321~322쪽.

3. 만해와 위당의 '님'

우리 문학사에서 1920년대는 카프KAPF로 대표되는 계급문학과 민족문학이 좌우대칭을 이루며 문예운동을 주도해 나간 시기이다. 물론 이상李箱을 비롯한 일군의 모더니스트들이 미학적인 근대화를 위해 고군분투한 바도 없지 않지만 이들이 문학의 흐름을 주도하는 동력으로 작용한 것은 1930년대에 접어들어서라고 할 수 있다. 민족문학파는 민족적 정체성을 확립하고 탐구한다는 점에 그 유파적 성격의 본질이 놓여 있다. 이 자장 안에 있었던 육당 최남선의 한국사연구나 도산 안창호의 준비론사상, 그리고 도산사상을 수용한 이광수의 민족개조론은 모두 국권강탈의 현실에 대응하는 하나의 논리로서 자기를 찾고 자아를 확인하는 방식이라 볼 수 있다. 민족문학파에 속한 위당 정인보의 사상은 단재 신채호의 민족사관과 깊이 연관되어 있지만, 기질적으로 내향적인 위당은 정신적 고갱이인 '얼'을 지키고 탐구하는 작업에 몰두한다. 따라서 이러한 위당의 품성은 단재의 전투적인 투쟁문학과 달리 전통적인 유교적 가치인 효를 시조미학으로 담아내는 데 주력했다.

위당이 돌아가신 어머니에 대한 사모의 정을 절절히 녹여낸 연작시조 「자모사慈母思」는 전통적인 민족문예양식인 시조를 현대화하며 창조적으로 계승했다는 점에서 중요한 의미를 갖는다. 당대를 풍미하던 문화어인 '님'에 유교적 가치를 담아내는 방식으로 위당은 전통을 계승한다. 바로 이 지점에서 만해와 위당의 문학은 서로 만난다. 송욱宋稶은 "우리말을 표현수단으로 삼은 신문학이 한문과 함께 사상과도 그만 작별하고 말았으며, 우리 신문학은 사상이 없는 문학이 되고 말았다. 오직 한 가지 예외가 『님의 침묵』이다"[9]라고 통찰한 바 있다. 송욱의 평가에서 확인할 수 있듯이, 우리 근대문학사는 한문체가 한글체로 전환되는 과정에서 전통사상의 유실이라는 뼈아픈 경험을 떠안게 되었다. 특히 유교의 경우, 민족 전체의 도덕적, 윤리적 생활가치의 규범이 되는 잣대로서 기능하고 있음에도 불구하고 봉건가치의 극복이라는 명분하에 멸시되고 경시되어 버렸다. 위당의 시조가 갖는 의미는 이러한 상실 위기에 처한 유교적 가치를 겨레말의 아름다움에 담아내고 있다는 점에서 찾을 수 있다.[10] 그러나 위당의 시조에서 시적 찬미의 대상인 '님'이 단지 개인적인 의미에 국한된 의미만을 갖는 것은 아니다. 실제로 위당의 시조 창작은 민족혼의 회복을 위해 한국사연구 및 국학에 대한 광범위한 연구를 진행하면서 이를 대중화하고 보편화하기 위한 방편으로 시조 창작을 활용한 것으로 볼 여지가 적지 않다. 즉 '얼'을 '님'으로 변용하는 데는 일관된 정신의 흐름이 기능하고 있었다.

> 찬서리 어린칼을 의로죽자 내잡으면
> 분명코 우리님이 나를아니 붓드시리
> 가서도 계신듯하니 한걸음을 「긔」리까

— 시 「자모사 : 33」[11] 전문

> 이강이 어는강가 압록(鴨綠)이라 엿자오니

9 송욱, 「시인 한용운의 세계」, 『전집』 1, 25쪽.

10 김윤식, 「상실감으로서의 부의식」, 『한국근대문학사상비판』, 일지사, 1978, 153~158쪽 참조.

11 정인보, 『薝園時調』, 을유문화사, 1973, 42쪽.

고국산천이 새로이 설워라고

치마끈 드시려하자 눈물벌서 굴러라

— 시 「자모사 : 37」[12] 전문

위당은 연시조 「자모사」에서 그의 어머니를 '얼음보다 맑은 어른'이자 높은 절개를 지닌 분으로 그리고 있다. 위당의 어머니는 압록강을 건너면서 '나라가 이 지경이 되어 내가 이 강을 건너는구나'라며 눈물을 흘렸다 한다.[13] 이 일화를 통해 위당의 민족에 대한 남다른 관심과 애정이 어머님의 조국사랑과 강인한 정신 및 절조 있는 기품에서 비롯한 것임을 엿볼 수 있다. 그러나 시조를 창작한 당시는 이미 어머님의 사후 8년의 시간이 흐른 뒤라는 점으로 볼 때, 시조 창작의 동기가 오로지 어머니에 대한 사모의 정에만 있었다고 보기는 어렵다. 이 시간적 거리감을 감당해 줄 창작의 계기로, 그가 시조를 창작하던 1920년대 초·중반에 만주로 망명을 떠났던 분들이 차례로 주검이 되어 고국 땅에 되돌아 온 일들을 상기할 필요가 있다는 주장[14]이 있다. 인용한 시조에서도 알 수 있듯이, 위당에게서 '님'은 가시적인 상실과 부재의 현실에도 불구하고 '가서도 계신 듯'한 영원히 살아 있는 어머니, 즉 큰어머니Grand Mother로서의 조국이자 민족으로 해석이 가능하다. 시적 자아의 의로움은 이러한 믿음과 확신 속에서 존재성을 획득하게 되는 것이다. 즉 위당이 시조를 통해 그리고 있는 어머니는 자애롭고 희생적이고

12 위의 책, 45~46쪽.

13 위의 책, 46쪽.

14 민영규, 「爲堂 鄭寅普 선생의 行狀에 나타난 몇 가지 문제-實學原始」, 『정인보전집』 1, 연세대 출판부, 1983, 367쪽.

강인한 어머니로서 조국과 민족이라는 외연까지 함유하고 있다. 이러한 면은 그의 얼사상이 그러하듯 개인에서 민족으로 동심원을 그리며 확산되는 경우와 일치한다. 즉 위당의 시조에서 '님'은 최남선을 중심으로 활발하게 전개된 조선다움의 회복과 깊은 연관성을 가지면서 '얼'의 미학화를 통해 전개된 일련의 민족의식의 발로로 보아야 할 것이다.

한편 만해의 '님'은 조국이나 중생, 진리 그 자체, 혹은 연인 등의 다양한 해석방식을 통해 그 실체가 규명되어 왔다. 그러나 그의 시에서 '님'은 하나로 해명될 수 있는 성질의 것이 아니라는 점에서 하나의 구체적 실체로 파악되지는 않는 다의어多義語로 이해되고 있다. '님'이라는 시어는 문화적 전통 속에서 형성된 다의미성과 초월 지향성을 지닌 고도의 상징어이기 때문이다. 한용운은 시집 『님의 침묵』의 서시에 해당하는 「군말」에서 '님'을 다음과 같이 설명하고 있다.

> 「님」만 님이 아니라 기룬 것은 다 님이다 중생(衆生)이 석가(釋迦)의 님이라면 철학은 칸트의 님이다 장미화(薔薇花)의 님이 봄비라면 맛치니의 님은 이태리다 님은 내가 사랑할 뿐 아니라 나를 사랑하느니라
>
> 연애가 자유라면 님도 자유일 것이다 그러나 너희는 이름 좋은 자유의 알뜰한 구속(拘束)을 받지 않느냐 너에게도 님이 있느냐 있다면 님이 아니라 너의 그림자니라
>
> 나는 해 저문 벌판에서 돌아가는 길을 잃고 헤매는 어린 양(羊)이 기루어서 이 시를 쓴다
>
> —시 「군말」 전문

만해는 '님'을 하나의 규정된 실체로 제시하지 않는다. '님'은 그의 유심사상이 그러하듯 개인에서 사회와 국가, 더 나아가 우주로 무한확산되는 개념이자 동시에 가장 작은 미물에게로 수렴되는 개념이다. 또한 '님'은 무한한 확산과 수렴의 과정에서 생명의 본성을 실현할 수 있도록 돕는 궁극의 존재자이다. 이 과정에서 '님'은 주체와 대상, 주체와 타자의 상호 지향이라는 지향적 속성을 보이며 서로의 경계를 지운 자리에 채워지는 사랑과 이해의 다른 이름이다. 만해의 시세계에서 '님'은 중생이자 우주요 주체이자 타자이다. 이처럼 추상적인 차원에서 이해되는 만해의 '님'에 비해 위당의 '님'은 생활정서를 중심축으로 하면서 사적이고 주관적인 정한이 중심에 놓인다. 또한 민족적인 얼의 회복이라는 주제의식을 일관되게 담아낸다는 점에서 다차원적이고 심도 있는 상징성을 획득하는 데까지 이르지는 못하는 한계를 보인다. 그러나 만해가 1926년 5월에 시집 『님의 침묵』을 발간했다는 사실과 위당이 같은 해 12월에 잡지 『계명啓明』에 「가신 어머님」이라는 창작시조를 발표하면서 '얼'을 '님'으로 대중화하는 활동을 시작했다는 사실은 우연의 일치로만 넘길 수는 없는 듯하다. 무엇보다 위당이 광복을 맞이하여 '혼아 돌아오소서'라고 만해를 그리며 노래한 점 또한 이러한 심증을 얼마간 뒷받침한다.

4. 민족의 이름으로

한용운은 일제의 식민통치가 막바지로 치닫던 1944년 6월 29일에 광복을 보지 못하고 조용히 숨을 거두었다. 장례비조차 없었다지만 만해의 정신을 흠모하던 많은 이들의 조문행렬이 이어졌다 한다. 그 속에는 위당 정인보도 빠지지 않았다.[15] 만해를 조문한 위당은 일제의 마수를 피해 전북 익산으로 내려가 은거생활을 시작하였다. 오직 철저한 자기유폐만이 적극적인 저항의 방식일 수 있었던 시대였다. 광복이 되자 위당은 민족과 역사의 이름으로 민족의 '얼'을 회복하기 위해 현실로 나아간다. 초대 정부의 감사원장직이 그것이요, 시조 창작을 통해 연마한 재능을 「개천절 노래」, 「삼일절 노래」, 「광복절 노래」 등에 쏟아 부으며 '얼'의 대중화를 위해 고군분투한 점 또한 기억할 만하다. "우리가 물이라면 새암이 있고 / 우리가 나무라면 뿌리가 있다"(「개천절 노래」)나 "흙 다시 만져보자 / 바닷물도 춤을 춘다 / 기어이 보시려던 / 어른님 벗님 어찌하리"(「광복절 노래」)라는 위당의 노랫말에는 한민족의 정체성을 확립하고 조국광복을 위해 헌신한 애국지사들의 얼을 잊지 않으려는 추모의 염이 그대로 녹아 있다. 이러한 위당의 깨어 있는 정신의 근저에는 만해가 지핀 불씨가 매운 뜨겁게 타오르고 있었다. 두 사람은 불교와 유학, 종교인과 학자, 자유시와 정형시라는 서로 다른 영역에 몸을 두고 있었지만, 민족의 이름으로 하나였으며 기꺼이 하나이기를 소망했다.

---

15 김광식, 『첫키스로 만해를 만난다』, 장승, 2004, 257쪽 참조.

제3부

한용운을 기억하는 몇 가지 방식

1장

한용운 평전의 과거·현재·미래

1. 평전, 한용운 신화의 진원지

평전은 개인의 일생에 대한 비평적 전기이다. 위인전적인 성격을 보이는 교훈적 평전에서부터 인물에 대한 개성적 형상화를 보여주는 문학적 평전에 이르기까지, 평전에서 역사적 인물과 그의 삶을 다루는 방식은 다양한 스펙트럼을 보인다. 인물의 전기적 사실에 강조점을 찍는다면 객관적 사실로서의 연속적 사건이 중요하겠지만, 인물에 대한 비평에 강조점을 찍는다면 기계적 사실성factual이 아닌 진정성authentic[1]이 평전의 중요한 요소가 될 것이다. 그렇다고 사실성과 진정성이 엄격하게 분리될 수 있는 것은 아니다. 평전의 실제에 있어서는 사실의 차원과 해석의 차원이 서로 내밀하게 연관되며, 이 둘의 내적 연관성이 높을수록 일정한 수준을 갖춘 평전이 된다. 하지만 인물의 삶에 대한 사실의 제시와 이에 대한 비평적 평가라는 평전의 특성은 서사차원과 해

1 Paul Murray Kendall, "Walking the Boundaries", in Stephen B. Oates ed., *Biography as High Adventure : Life-writers Speak on Their Art*, University of Massachusetts Press, 1986, p.35.

석차원 모두에서 평전작가의 적극적 개입이 가능한 텍스트로서, 작가의 상상력이 과도하게 활성화될 수 있는 텍스트이기도 하다.

평전의 집필 과정에서 발생하는 이러한 문제와 달리 수용 과정에서 평전은 대체로 맹목적 신뢰의 대상이 되는 장르라 할 수 있다. 평전을 읽는 독자들은 텍스트가 담고 있는 사건과 작가의 시각에 대해 맹목적 신뢰를 보이는 경향이 있다. 그래서인지 평전은 학술적인 인물 연구에 비해 인물에 대한 대중적 인식을 만들어내는 데 결정적인 역할을 해왔다. 한용운에 대한 평전도 역사적 사실에 근거한 해석일 것이라는 암묵적인 전제가 독자들의 수용심리에는 비교적 확고하게 자리 잡고 있다. 따라서 그에 대한 평전들은 한용운이라는 인물에 대한 대중적 신화의 진원지가 되어 왔다. 이러한 사실은 계몽적 성격을 띤 아동교육용 위인 전기류에서 더욱 도드라지는 측면이기도 하다.

하지만 평전이라는 장르의 실상을 들여다보면 역사적 사실이라고 제시된 요소들은 작가가 선택하고 배제한 서사전략이 투영된 결과이며, 여기서 더 나아가 왜곡과 착시의 결과이기도 하다는 점에서, 평전은 역사적 사실과 허구의 경계에 서 있는 장르라고 할 수 있다. 이러한 점은 전기문학biographical literature의 사적 전개 과정이나 전수의 뜻이 강조되는 전傳과 해석의 뜻이 강조되는 기記라는 용어의 의미를 통해서도 분명하게 감지된다.[2] 한용운 평전의 검토에 있어서 사적 전개 양상과 함께 개

2 전기문학에 대해 논하면서 김용덕은 전기(傳記)란 '傳'과 '記'의 합성어인데, 한 인물의 생애를 기록한 글이 '傳'이라면 한 사건의 전말을 묘사한 글이 '記'라고 보았다. 여기서도 '傳'은 사실성이 강조된 개념이고 '記'는 해석이 강조된 개념이다. 또한 그에 따르면 이러한 전기문학은 한자문화권에서는 사마천의 『史記』의 「列傳」으로 거슬러 올라가는 오래된 양식이며, 우리나라에서도 '傳'과 '行狀', '卒記' 등 인물의 전기를 기록한 전통은 오랜 역사를 가지고 있다고 한다. 김용덕, 『전기문학의 이해』, 역락, 2006, 13~16쪽 참조.

별 텍스트에 투영된 저자들의 시각에 주목해야 하는 것도 전기문학이 갖는 이러한 장르적 특성 때문이다.

실제로 한용운이라는 인물을 대중이 이해하는 데 있어 결정적인 역할을 해 온 평전류는 부정확한 생애사적 사실들을 확대재생산해 온 면이 적지 않다. 대체로 위인전기가 중심이 되고 있는 우리의 평전문화나 그 중심에 서 있는 한용운의 대중적 수용 방식을 고려한다면, 그에 대한 평전은 우리 사회가 한용운을 가장 손쉽게 수용하고 이해하는 통로가 되어 왔다. 이 과정에서 전기적 오류를 무분별하게 확산시키게 되는 것은, 결국 평전작가가 갖는 해석에의 욕망에 기인한다. 평전작가가 한 인물을 어떻게 그려내는가 하는 시각의 문제는 일차적으로 사실성과 진정성이라는 두 측면 중에 어느 측면을 중시하는가에 따라 결정된다는 점은 한용운 평전에도 그대로 적용될 수 있다.

그렇다면 평전작가의 시각을 결정짓는 요소는 무엇일까? 실제로 평전쓰기에 있어서 사건의 선택과 해석의 지평을 결정하는 평전작가의 시각은 여러 요인들에 의해 규정된다고 할 수 있다. 하지만 작가가 인물을 어떻게 이해하는가를 결정하는 가장 중요한 요인은 작가가 서 있는 역사적, 사회적 위치position라 할 수 있다. 모든 글쓰기에서 작가의 관점은 대상을 파악하고 형상화하는 데 궁극적인 잣대로 기능한다. 하지만 이러한 일반적 인식으로 쉽게 환원해버리기에는 평전작가는 독특한 면을 갖고 있다고 하겠다. 이미 존재하는 역사적 사실의 취사선택과 함께 이에 대한 평가가 덧붙여지는 평전이라는 양식에서 평전작가가 어떤 역사적, 사회적 위치에서 대상 인물을 바라보는가는 매우 중요하기 때문이다. 그것은 사실의 과장이나 왜곡의 문제를 촉발하는 계기가 될 뿐만 아니라 인물에 대한 평가라는 문제와도 내밀하게 조응하고 있기 때문이다. 따라서 평전작가의 위치는, 일반적으로 텍스트 생산자인 작가의 문제를 고려할 때 우리가 자주 사용하는 관점이나 시각보다 좀 더 역사적이고 사회적인 입장에서 파악할 필요가 있다. 우리가 논의할 한용운에 대한 평전들은 대체로 위인전기의 양상을 보이고 있으며, 이 경우 평전작가가 서 있는 역사적이고 사회적인 위치는 특히 중요하다. 대상 인물의 일대기는 평전작가가 의도적으로 취사선택한 서사화의 결과물이기 때문이다.

해방 이후 한용운에 대한 인식은 시기에 따라 조금씩 다르게 조정되는 과정을 거쳐 왔다. 오늘날 한국인이 인식하고 있는 한용운이라는 인물과 그 아우라aura는 일제강점기에 형성된 인식이라기보다는 해방 이후에 진행된 한용운의 재발견 과정에서 형성되었다. 이러한 인식 형성에 적지 않은 영향을 끼친 것이 그에 대한 평전들이다. 이육사 · 윤동주와 함께 한용운은, 해방 이후 한국 현대시문학사에서 민족저항시의 계보 형성을 위해 발견된 시인임은 널리 알려진 사실이다. 물론 문학가로서의 한용운에 대한 위상이 그 이전에 전무했다고는 할 수 없다. 한용운이 문단활동을 하거나 문학가들과 활발하게 교류한 것은 아니지만, 신문연재소설을 썼고 시집 『님의 침묵』을 발간한 이력으로 볼 때 문학가로서의 인지도는 어느 정도 마련되어 있었다고 보아야 할 것이다.

이러한 점은 다음 두 가지 점에서 확인해 볼 수 있다. 첫째는 근대문학이 출발하면서 활발하게 발간되기 시작한 문학전집에 한용운의 작품이 수록되었다는 점을 통해서 한용운의 문학가적 위상을 확인해 볼 수 있다. 일제강점기에 간행된 많지 않은 한국 현대문학 관련 전집류 가운데 대표적인 『현대조선문학전집』(전7권)[3]의 제2권에 해당하는 시가집에 한용운의 시가 수록되어 있다. "전집은 문학작품들의 단순한 집성이 아니라 당대적 가치와 정신이 집약된 표징물"[4]이라는 점을 염두에 두고 보면, 김억, 김소월, 정지용 등과 함께 이 시가집에 이름을 올렸다는 사실에서 한용운의 문학가로서의 당대적 위상을 짐작해 볼 수 있다.[5] 다음으로, 그의 문학가적 위상을 확인해 볼 수 있는 상징적인 사건은 해방 직후에 있었던 범문단적 행사이다. 해방 직후 결성된 좌익계열의 문학단체인 조선문학가동맹은 1946년 2월 8일과 9일 양일에 걸쳐 '제1회 전국문학자대회'를 개최하였다. 역사적인 이 대회의 의장을 맡은 이는 이태준이었는데, 그는 일제치하에 고인이 된 27명의 작가에 대한 추도 묵상을 진행하였다. 여기서 거명된 작가 가운데 한 명이 한용운이었다. 이 사실을 통해서도 그의 문학적 위상을 확인해 볼 수 있다.[6] 이때 거명된 문인들의 면면을 살펴보면, 이 명단에는 해방 이전에 활동한 주요 시인, 소설가, 희곡작가, 아동문학가 등이 망라되어 있어서 문학

---

3 이 책은 조선일보사의 자매회사인 조광사에서 1938년에 출판되었는데 1권 단편집(상) · 2권 시가집 · 3권 단편집(중) · 4권 수필기행집 · 5권 평론집 · 6권 단편집(하) · 7권 희곡집으로 발간되었다.

4 강진호, 「한국의 문학 전집 현황과 문제점」, 『문화예술』 280, 한국문화예술위원회, 2002, 151쪽.

5 이 시가집에 수록된 시인은 총 33인으로 주요한, 이광수, 양주동, 김동환, 이은상, 한용운, 정지용, 김억, 박팔양, 임화, 이병기, 김정식, 박종화, 김오남, 백석, 모윤숙, 김광섭, 김기림, 노천명, 김상용, 박용철, 신석정, 김일, 김동명, 김영랑, 주수원, 조벽암, 임학수, 김형원, 이상화, 변영로, 오상순, 이장희였다.

6 한용운과 함께 작고 문인으로 거명된 이로는 나도향, 김소월, 최서해, 이익상, 이장희, 남궁벽, 이상화, 이상, 김유정, 박용철, 현진건, 백신애, 강경애, 노자영, 심훈, 한인택, 이효석, 김대봉, 이병각, 이육사, 양백화, 박향민, 방정환, 이정호, 연성흠, 탁상수였다. 조선문학가동맹 편, 최원식 해제, 『건설기의 조선문학—제1회 전국 문학자대회 자료집 및 인명록』, 온누리, 1988, 183쪽.

사적 대표성을 어느 정도는 담보하고 있었다고 평가할 만하다. 이 행사는 해방 이후 가장 먼저 개최되었고, 좌익진영의 인사들이 주축이 되었지만 이태준, 정지용, 김광균 등이 핵심적인 역할을 할 정도로 좌우익 계열이 함께한 범문단적 행사였다는 점을 고려해 보면, 해방 직후에 문단의 인식을 가감 없이 드러낸 행사였음은 분명하다.

그러나 이 시기에는 한용운의 문학가로서의 위상이 선사禪師나 독립운동가로서의 행적과 긴밀하게 연관되었다고 보기는 어렵다. 1944년 7월 1일 자 『매일신보』 3면에 실린 그의 부고를 보면 그는 '한용운대선사'로 지칭되고 있고 이후에도 대체로 선사라는 호칭으로 불리는 경우가 많은 것으로 볼 때, 그는 불교 내적 인물로서 상당히 오랜 시간 인식되었다고 할 수 있다. 그렇다면 오늘날 우리가 인식하고 있는 바처럼 민족시인, 독립운동가, 선사가 일체화된 혹은 이 가운데 한 면이 도드라지게 각인된 한용운의 인물상은 어떤 경로를 거쳐 형성되었을까? 이 경로를 확인하는 하나의 방식으로 그동안 발간된 한용운 관련 평전들을 살펴보는 일이 가능할 것이다.

해방 이후 인물 전기류의 발간이 본격화된 시기는 1970년대이다. 물론 이 시기에 발간된 평전은 주로 이태백, 토크빌, 보들레르, 괴테, 소크라테스, 헤밍웨이, 스탕달 등 외국인물이 주를 이루고 있었다. 이 가운데 국내 인물로는 한용운이 거의 유일한 인물로 재조명되었다.[7] 이 시기에 평전이라는 형식으로 한용운이 재조명될 수 있었던 것은 해방 이후 단편적인 글을 통해 한용운의 삶에 대한 조명이 지속적으로 진행

7 「약진하는 평전, 농익은 출판」, 『한겨레신문』, 2011.6.8.

되어 온 결과이기도 하지만, 한국사회가 하나의 정체성을 갖는 데 한용운이라는 인물이 갖는 상징적 의미가 사회적으로 요구되었기 때문일 것이다. 특히 1970년대에 호명된 한용운의 경우, 이전과 이후의 시각차에 대해서도 면밀한 검토를 필요로 한다. 유신체제하에서 발간된 인물평전이라는 양식이 갖는 의미도 간과할 수 없는 일이지만, 이 시기 평전쓰기의 대상이 된 인물들이 대체로 예술가에 집중된다는 점도 사회와 역사에 대한 발언이 극히 제한되던 시대적 상황의 결과라는 점과 함께 이 시기 한용운의 평전을 이해하는 배경지식이 된다. 이 부분은 이 시기에 발간된 평전류의 전반적인 평가가 전제되어야 하겠고, 이러한 전제가 가능할 때 한용운 평전의 위상을 정확하게 파악할 수 있을 것이다. 다만 이 시기의 평전쓰기가 갖는 의미와 그 대상에 대한 전체상을 확인하지 못한 처지에서 미루어 짐작해 볼 수 있는 것은, 한용운이 예술과 역사를 아우르는 인물이었다는 점, 시대가 요구하는 민족주의의 요청에 부합하는 인물이라는 점에서 평전 집필의 대상이 될 수 있었을 것이라는 조심스런 추측을 해 볼 수 있다. 이러한 인물 평전의 역사를 염두에 두고 한용운의 평전이 전개되어 온 과정을 살피는 것은, 한용운이라는 인물을 우리가 어떤 방식으로 인식해 왔는가를 구체적으로 확인하는 작업이 된다는 점에서 의미를 갖는다. 따라서 여기에서는 지금까지 발간된 한용운 평전의 발간 현황을 살펴보고 이들 평전 가운데 한용운에 대한 대중적 인식 형성에 크게 기여한 임중빈, 고은, 김광식, 고재석, 박재현의 평전을 대상으로 이들 평전들이 보여준 서사전략을 분석하여 각 시기별로 대표적인 평전의 시각을 평전작가의 역사적, 사회적 위치와 연관지어 살펴보고자 한다.

2. 한용운 평전의 발간 현황

해방 이후 한용운이라는 인물에 대한 국민적 관심의 촉발은 1950년대 중후반에 발표된 조지훈과 조영암[8]의 짧은 약전略傳에 의해 이루어졌다. 이들은 오늘날 우리가 갖고 있는 한용운에 대한 현재적 인식을 낳고 조형한 산파 역할을 한 인물이라 하겠다. 조지훈은 「한용운선생」(『신천지』 제9권 10호, 1954)과 「한용운론」(『사조』 제5호, 1958)을 통해, 조영암은 「조국과 예술—젊은 한용운의 문학과 그 생애」(『자유세계』 제4호, 1952)와 「한용운평전」(『녹원』 제1호, 1957)을 통해 한용운에 대한 대략적인 인물 이해의 초석을 마련하였다. 이 두 사람의 글을 통해 한용운은 대체로 불교계 안에서 인식되던 인물에서 민족을 대표하는 위인으로 격상된다. 특히 조지훈은 한용운을 '혁명가革命家와 선승禪僧과 시인詩人의 일체화一體化'[9]라는 관점에서 이해하고자 하였는데, 한용운의 생애에 대한 조지훈의 이러한 이해 방식은 이후 한용운을 인식하는 세 개의 키워드로 확고하게 자리 잡게 되었다.

조지훈의 인식은 한용운에 대한 최초의 본격적인 연구서인 박노준·인권환의 『한용운연구』(통문관, 1960)에 그대로 적용됨으로써 한용운의 전기를 구성하는 기본적인 프레임으로 확정되기에 이른다. 조지훈의 약전에서 출발한 한용운에 대한 평전쓰기는 1960년대 말과 1970년대 초에

---

8 1918년 강원도 회양 태생으로 본명은 승원(乘元) 또는 성원(星元)이며 용정의 대성중학교와 혜화전문을 졸업하였다. 건봉사의 승려로 있을 때 한용운·조영출 등의 영향을 받은 것으로 알려져 있으며, 1938년 『조선일보』에 시 「파초」를 발표하면서 시인으로 활동하기 시작하였다. 조영암의 시세계는 모더니즘의 영향을 보이는 초기시와 불교적 세계를 추구하는 시로 대별된다.

9 조지훈, 「한용운론」, 『사조』 5, 사조사, 1958, 84쪽.

집중적으로 진행되었다. 1969년에 시인 고은은 「한용운론」(『월간문학』 제8호)을 발표하면서 한용운이라는 인물에 대한 작가적 관심을 드러내기 시작하였다. 또한 근대불교 연구자인 정광호는 다소 소략하지만 「한용운평전」(『다리』 1-3, 1970.11)을 발표하여 한용운에 대한 관심을 환기시켰다.

한편, 약전의 형식을 보이는 이러한 글이 발표되기 시작할 무렵, 창비계열의 선봉에 서 있는 백낙청이 「시민문학론」(『창작과 비평』 14, 1969.6)을 발표하며 한용운의 시를 진정한 시민문학의 전범으로 제시하면서 근대문학과 민족문학의 한 전범으로 그의 문학이 재인식되어 나갔다. 이러한 인식은 같은 창비계열인 염무웅[10]으로 이어지면서 창비계열의 민족문학론을 구체화하는 데 중요한 일례가 되는 민족시인의 한 모범으로 한용운을 부각시켜 나가게 된다. 그 결과 한용운은 한국 근대문학사에서 확고부동한 위치를 점유하는 근대 민족시인의 한 사람으로 자리매김하였다.[11] 1960년대 말과 1970년대 초에 진행된 한용운에 대한 조명은 단편적으로 진행되던 한용운 인식을 종합하고 체계화한 시기라 할 수 있다.

1971년에는 국어학자인 외솔 최현배 선생의 뜻을 기리는 '외솔회'에서 발간하는 정기간행물인 『나라사랑』 2집에서도 특집으로 한용운을 다루면서 그의 행적과 시인, 선승, 애국지사로서의 면모가 집중 조명되었다.[12] 특히 이 특집에서 그의 딸인 한영숙은 아버지 한용운에 대한

10 염무웅, 「만해 한용운론」, 『창작과 비평』 7-4, 창비, 1972.

11 이에 대해서는 김나현의 「1970년대 『創作과批評』의 韓龍雲論에 담긴 비평전략」(『대동문화연구』 79, 성균관대 대동문화연구원, 2012, 511~536쪽)에 자세하게 밝혀져 있다.

12 1970년에 결성된 외솔회에서 특집으로 다룬 인물로는 외솔 최현배(1호), 만해 한용운(2호), 단재 신채호(3호), 한힌샘 주시경(4호), 위암 장지연(5호), 면암 최익현(6호), 의암 손병희(7호), 백암 박은식(8호) 등이었다. 특집으로 다룬 인물들의 면면으로 볼

짧지만 강렬한 일화들을 전해주었고 제자 최범술은 한용운으로부터 직접 들은 바와 자신이 본 그를 회고함으로써 많은 이들의 관심을 고조시켰다. 또한 김종해와 최범술은 한용운의 연보를 상세하게 작성하여 그의 생애 전모를 제시하기에 이른다. 이 시기까지 한용운에 대한 평전은 대체로 약전 형식으로 제출되었으며, 짧은 에피소드를 중심으로 영웅적 면모를 발굴하는 데 주력한 시기로 볼 수 있다. 해방을 맞이한 지 그리 오래되지 않았던 탓에 일제강점기에 대한 비분강개의 정서가 한용운에 대한 객관적 거리두기를 허용하지 않았고 따라서 이 시기에 한용운을 호명하는 어조에는 짙은 비장함이 드리워져 있었다. 그 결과 이 시기의 평전들에서 한용운은 비범한 인물이자 지조를 지키며 일제日帝에 저항한 인물의 전형으로 그려졌다.

1970년대에 접어들면서 한용운에 대한 본격적인 평전들이 발간되기에 이른다. 대표적인 예로는 임중빈과 고은의 것을 꼽을 수 있다. 임중빈은 태극출판사에서 기획하여 발간된 '위대한 한국인'이라는 평전 시리즈의 하나로 『만해 한용운』(위대한 한국인 ⑧, 1972)을 집필하였다. 이후 그는 이 책을 근간으로 하면서 다소간의 구성적 변화를 주며 한용운 평전을 지속적으로 발간하였다. 1974년에 정음사에서 펴낸 『한용운 일대기』는 같은 출판사에서 1979에 다시 재출간되었다. 또한 1993년에는

때, 이 단체는 민족주의를 근간으로 정신주의 내지는 문화주의 노선을 취하고 있다고 하겠다. 따라서 이 특집에서 한용운을 다룬 방식도 이와 유사하였다. 여기서 눈여겨볼 수 있는 점은 많은 인물들 가운데 외솔을 다룬 다음호에 바로 만해를 조명하였다는 점이다. 특집호(『나라사랑』 2, 외솔회, 1971)에 실린 글은 다음과 같다. 석청담, 「고독한 수련 속의 구도자」; 김종해, 최범술 감수, 「만해 한용운 선생 해적이(年譜)」; 신석정, 「시인으로서의 만해」; 조종현, 「불교인으로서의 만해」; 정광호, 「민족적 애국지사로 본 만해」; 염무웅, 「님이 침묵하는 시대」; 최범술, 「철창철학(鐵窓哲學)」; 한영숙, 「아버지 만해의 추억」; 장호, 「풍난화 매운 향기」(라디오를 위한 세미다큐멘터리).

출판사 명지사에서, 2000년에는 범우사에서 『만해 한용운』이라는 제목으로 평전이 발간된 바 있는데, 이 평전들은 모두 『한용운 일대기』를 저본으로 하여 부분 개정으로 출간된 것이다. 임중빈의 한용운 평전은 한용운을 대중에게 널리 알린 대표적인 평전이라 할 수 있다.

이와 함께 1975년에는 시인 고은이 '그 시詩와 저항抵抗과 운명運命'이라는 부제를 단 『한용운평전』을 민음사에서 출간하였다. 한 인간으로서 한용운이 지닌 내적 충동에 주목하며 집필된 이 평전은, 개정 없이 2000년에 출판사 고려원에서, 2004년에는 출판사 향연에서 재출간되기도 하였다. 이처럼 1970년대에는 본격 평전이 발간되면서 한용운에 대한 대중적 인식이 확고해진 시기라 할 수 있다.

1980년대와 1990년대에는 작가론과 작품론을 중심으로 한용운에 대한 문학적 관심이 압도적으로 많아진 시기이다. 또한 한용운의 불교사상에 대한 연구가 심도 있게 진행되기도 하였다. 하지만 활발한 연구에 비해 평전 발간은 상대적으로 위축된 시기였다. 이 시기에 한용운에 대한 평전쓰기가 주춤했던 이유는, 이 시기가 한용운에 대한 이해를 다양하게 심화시켜 나간 시기라는 점과 깊이 연관된다. 전반적으로 보면 이 시기에 진행된 한용운 연구는, 조지훈이 제시한 한용운에 대한 인식 방법을 심화시킨 측면도 있지만 이에 대한 반성적 거리갖기를 시도한 시기라 할 수 있다. 그에 대한 조명이 일종의 성숙기를 거친 시기라고 볼 수 있겠다. 하지만 이 시기에 평전과 관련하여 주목할 만한 사실은 제5차 교육과정의 중학교 국정 국어 교과서에 한용운의 약전이 수록되었다는 점이다. 김재홍이 쓴 「만해 한용운」은 중학교 3학년 1학기 국어 교과서에 '독서와 인생'이라는 대단원에 수록됨으로써, 한용운에 대한 인상을 전 국민적 차원에서 각인시킨 계기가 되었다. 이 글에서 김재홍은 한용운을 민족독립을 위해 뜻을 굽히지 않은 지사적 인물이자 민족시인으로 형상화함으로써 조지훈이 제시한 한용운의 면모를 전 국민의 심상에 각인시켰다. 이후 이 약전은 검인정체제로 바뀐 후에도 중학교와 고등학교 교과서에 재수록되면서 한용운에 대한 국민적 인식을 만드는 데 결정적 역할을 하였다.

이렇게 성숙기를 거친 후 한용운에 대한 평전 발간은 2000년대 이후 다시 한번 활기를 띠기 시작한다. 고명수의 『나의 꽃밭에 님의 꽃이 피었습니다』(한길사, 2000)를 필두로, 김광식의 『첫키스로 만해를 만난다』(장승, 2004), 고재석의 『한용운과 그의 시대』(역락, 2010), 김삼웅의 『만해 한용운 평전』(시대의창, 2006; 2011 개정판), 박재현의 『만해, 그날들』(푸른역사, 2015)로 이어지는데, 이들 평전을 통해 한용운에 대한 시각은 비범한 영웅적 인물에서 서서히 평범한 인간적 인물로 전환되는 양상을 보이게 된다.

이 밖에도 문학계와 불교계를 중심으로 발표된 연구서와 평론 성격의 글들에서 만해의 문학과 삶,[13] 불교와 삶을 집중 조명하면서 한용운의 생애를 다룬 평전 형식의 글을 찾아보기는 어렵지 않다. 하지만 이들 연구는 대체로 본격적인 평전에서 다루는 내용을 요약적으로 제시하는 수준을 넘지 못하고 있다. 또한, 그동안 위인전기 형식으로 발간된 아동용 평전도 상당한 수가 발간되었다.[14] 하지만 이들 아동용 평전

---

13 신동욱, 『님이 침묵하는 시대의 노래』, 문학세계사, 1983.

14 근자에 발간된 아동용 한용운 평전의 대표적인 예만 살펴보아도 적지 않은 목록이 된다. 신종철, 『만해 한용운』(만화), 세상모든책, 2004; 우봉규, 『한용운』, 주니어RHK, 2006; 조정래, 『한용운』, 문학동네, 2007; 이규희, 『한용운』, 파랑새어린이, 2007; 이광열, 『한용운』, 흙마당, 2009; 정수일, 『만해 한용운』(만화), 운주사, 2012; 이정범, 『저항시인들과 한용운』(다큐동화로 만나는 한국 근현대사 8), 주니어김영사, 2012; 조한서, 『겨레의

은 교육적인 계몽의식을 주로 담고 있어 평전작가의 고유한 시각을 포착하기는 어렵다. 이러한 개괄적인 사실을 염두에 두고, 다음 절에서는 한용운 평전 가운데 서로 다른 시각을 보이는, 비교적 주목할 만한 평전을 중심으로 한용운 평전이 기술되는 서사전략을 읽어 보고자 한다.

3. 한용운 평전의 서사전략들

1) 임중빈의 『만해 한용운』 분석

약전 형식에서 벗어나 한용운에 대한 본격평전을 집필한 이는 문학평론가 임중빈[15]이다. 임중빈은 4·19정신을 자신의 비평정신의 근저에 두고 활동한 1960년대의 대표적인 비평가이다. 그는 1960년대에 전개된 순수참여논쟁에서 참여문학계열에 가담하며 활발한 비평활동을 해 나갔다. 하지만 1968년에 발생한 간첩단 사건인 통혁당 사건과 관련한 『청맥』지 폐간과 1970년에 발생한 『다리』지 필화사건으로 그는 군사정권의 정치적 탄압 대상이 되면서 비평의 장을 떠나게 된다.

큰 산 한용운』, 마우랜드, 2013; 양영아, 『한용운』, 한국헤밍웨이, 2014; 미추홀 역사편찬위원회, 『한용운』(교과서와 함께 하는 365한국위인 38), 세종, 2014.

15 임중빈(1939~2005)은 충남 보령 출생으로 문학평론가이자 인물연구가이다. 1963년 성균관대 국문학과를 졸업하고 1964년에 『조선일보』 신춘문예 문학평론 부문에 「사회소설론 서설」로 입선하였고, 1965년에는 『동아일보』 신춘문예 문학평론 부문에 「김유정론」이 당선되어 문단활동을 시작하였다. 1960년대 전개된 참여문학논쟁을 촉발시킨 인물로서, 참여론을 내세우며 최일수, 홍사중, 김우종 등과 함께 논쟁에 적극 참여하였다. 이후 그는 한국 근대인물 연구에 관심을 가지고 평전작업에 열을 올렸다. 저서로는 『부정의 문학』(한얼문고, 1972), 『만해 한용운』(태극출판사, 1972), 『한용운 일대기』(정음사, 1974), 『단재 신채호』(명지사, 1990) 등이 있다.

"그에게서 문학의 장은 새로운 가치를 발견하고 혁신을 추구할 수 있는 자유의 공간이었으며, 대지 위에 살고 있는 인간의 위기를 증언할 수 있는 투쟁의 공간"[16]이었다. 이처럼 임중빈에게 비평은 부정한 현실에 저항할 수 있는 치열한 언어적 투쟁공간이었다. 따라서 정권의 탄압에 의해 비평의 장을 떠난 그에게 치열한 현실비판 의지와 자유로운 정신을 투사할 수 있는 공간의 부재는 새로운 글쓰기의 공간을 요구하게 되었고, 이 순간 그가 찾은 새로운 글쓰기 양식이 평전이었다. 시대와 역사에 맞서 주체적으로 삶을 살아낸 역사적 인물을 현재의 공간에 호명해내는 일, 이를 통해 당대 현실의 문제를 우회적으로 비판할 수 있는 장이 임중빈에게는 평전이었던 것으로 보인다. 한용운 평전쓰기는 이런 저자의 암담한 현실이 열어젖힌 또 다른 문학적 도전이었다. 실제로 임중빈은 자서自序에서 이렇게 밝히고 있다. "가능하다면 만해선사萬海禪師의 뒤를 따르겠다는 비장한 일념에서 앞으로 나는 자유自由와 평화平和의 실현을 위해 끝까지 쓰면서 살아 나가고자 다짐할 뿐"[17]이다. 쓰는 자로서 저자가 처한 현실이 평전이라는 양식을 선택하는 데 있어 중요하게 작용했음을 짐작하게 하는 고백이다. 군사정권에 의한 탄압이 점차 심화되어 가는 시기에 임중빈은 만해를 통해 암울한 시대를 정신으로 맞서고자 한 인물을 되살리고, 이로써 저자 자신이 부정한 현실을 견디는 방책으로 삼고자 한 것으로 판단된다.

그렇다면 그가 어떻게 한용운을 만나게 되었을까? 실제로 그의 비평이

---

16 박근예, 「임중빈 비평의 정치성 연구」, 『서강인문논총』 29, 서강대 인문과학연구소, 2010, 211쪽.

17 임중빈, 「自序」, 『만해 한용운』(위대한 한국인 ⑧), 태극출판사, 1972, 9쪽.

출발하는 시기인 1960년대 초반에 이미 그는 한용운의 시세계에 대한 각별한 애정을 갖고 있었다. 그는 1964년에 「절대絶對를 추구追求한 길—한용운론」(『성균成均』 18, 1964)이라는 글을 통해 한용운의 삶에 대한 관심을 적극적으로 드러낸 바 있다. 그는 이 평론에서 주체적인 자기인식의 예이자 "시정신詩精神의 영원한 건강健康"[18]성을 지닌 시인으로 한용운을 파악하고 있으며, 그가 전개한 참여문학의 전형적인 예로 한용운을 인식하였다.

이 평전에는 한용운의 삶에서 민족적 주체성을 부각시키고자 하는 저자의 의도가 강하게 드러나 있다. 3·1운동으로 투옥되어 심문을 받는 장면부터 시작되는 평전의 도입부나 '민족혼'을 보여주는 일화들을 내세움으로써 한용운의 강인한 저항의지를 드러내는 방식이 저자의 이러한 의도를 보여준다. 연대기적 구성을 따르면서도, 대화를 중심으로 소설적으로 재구성한 일화들을 열거하면서 저자는 한용운을 의지와 신념에 찬 인물로 그려낸다. 이처럼 어둠의 시대에 굴복하지 않는 의지적 인간상으로 한용운을 그려내는 데 있어서 중심에 놓이는 부분은 민중적 혁명가의 이미지이다. 이러한 이미지는 자연스럽게 3·1운동에 있어서 민족의 정신적 지도자 역할을 하는 한용운을 형상화하는 쪽으로 전개된다. 이처럼 이 평전은 민족적 위인으로 한용운을 그려냄으로써 인물이 지닌 개인적 아픔과 고뇌는 의도적으로 간과되고 있다. 이 과정에서 소설적 각색을 거친 일화의 삽입은 사건의 사실성과 인물의 진정성을 동시에 확보하는 서사적 효과를 낳는다. 전지적 작가 시점으로 쓰인 임중빈의 한용운 평전은 무엇이 한용운의 삶을 추동한 힘인가를 질

18 임중빈, 「절대를 추구한 길」, 『부정의 문학』, 한얼문고, 1972, 145쪽.

문하기 전에 그의 위대함이 선험적으로 전제되는 형국이어서 전형적인 영웅서사가 그러하듯 기이한 탄생과 탁월한 능력을 지닌 인물로 한용운을 그려놓고 있다. 이런 시각은 한 인물에 대한 신화를 만들어내는 전형적인 방식이라 할 수 있는 바, 저자가 처한 현실적인 고통이 과도하게 한용운에게 투사됨으로써 저자가 인물과 객관적 거리 갖기에 실패한 경우라고 할 수 있다. 군사정권의 암울한 억압하에서 '쓴다'는 행위를 통해 존재를 증명하고자 한 임중빈에게 평전쓰기란 시대에 대한 저항의 의지를 실천하는 장으로 전유되었다고 볼 수 있다. 따라서 이 평전에서 한용운은 임중빈의 고뇌를 대행하는 인물이라고 하겠다. 이러한 점은 그가 개정판을 내며 만해의 동학혁명 가담설을 그대로 반영하고 있다는 사실에서도 확인할 수 있다. 학계에서 그동안 만해의 동학혁명 가담에 대한 의구심이 제기되어 왔고, 그가 개정판을 낼 때는 자료를 통해 이 사실이 부정된 상황임에서도 불구하고 임중빈은 한용운이 동학에 가담한 것을 사실화하고 있다. 한용운의 동학 참가를 사실적으로 그려낸 이면에는 혁명적 의지를 가진 민중혁명가로 한용운을 그려내고자 하는 평전작가로서의 개인적 열망이 놓여 있다. 이처럼 임중빈의 한용운 평전은 한용운을 영웅과 위인의 전형으로 형상화하고 있으며, 영웅의 삶을 서사화하기 위해 대화를 적절하게 삽입하여 구체적 정황을 강조함으로써 사실성을 강화하는 서사전략을 구사하고 있다.

2) 고은의 『한용운평전』 분석

기존에 출간된 한용운 평전이 연대기적 사실 나열과 위대한 인물의 전형화라는 방식을 보였다면, 고은은 여기에서 벗어나 철저히 개성적인 한 인물로 한용운을 그려내고자 하였다. 고은은 1970년대 중반에 들어서면서 『이중섭평전』(1974), 『이상평전』(1974)을 연이어 발표하며 한국 근대사에서 신화화된 예술인들에 대한 탈신화화를 시도한다. 1975년에 출간된 『한용운평전』은 고은의 근대문화예술인에 대한 일련의 평전쓰기 과정에서 집필된 텍스트이다. 이러한 일련의 평전쓰기는 승려였던 고은이 환속한 이후 자신이 겪게 되는 인식의 변화와 연관된다. 고은은 1960년대를 극단적인 허무주의로 일관해 나갔다. 하지만 1970년대로 접어들면서 그는 이러한 허무주의에서 벗어나 사회의식과 역사의식을 갖기 시작한다. 1970년에 발생한 노동자 전태일의 분신사건으로 현실에 대한 인식을 갖기 시작하였다는 고백도 있었지만, 실제로 고은은 1973년에 박정희 3선 개헌 반대운동에 참여하면서 역사의식을 강하게 표출하기 시작하였다. 이러한 변모 과정에 평전쓰기가 놓여 있고, 탈신화화라는 서사전략을 통해 그는 역사를 위대한 영웅의 것으로 파악하지 않고 지극히 인간적인 것의 내부에 놓인 삶의 충동으로 파악해 나간다. 이러한 맥락에서 집필된 한용운 평전은, 한용운 신화에 대한 탈신화화를 위해 철저한 자료조사와 주변인물과의 인터뷰를 시도함으로써 사실성을 보완하고, 예술가의 내적 충동을 섬세하게 포착함으로써 진정성을 담아내고 있다.

물론 이러한 태도는 평전작가인 고은의 정신적 모색과도 무관하지 않다. 고은의 문학적 혹은 생애사적 변화와 평전의 내용을 연관시켜 볼 때, 이 평전은 삶과 세계에 대한 허무주의적 태도와 역사적 실천의지가 충돌하는 지점에 서 있었던 저자가 한용운의 삶에 자신의 내적 갈등을 투사하면서 역사와의 대결로 나아가는 정신의 모색 과정을 보여준다고 할 수 있다. 실제로 이 평전에는 역사와 문학의 만남을 어떻게 구체화할 것인가 하는 저자 자신의 문제의식이 깊게 녹아들어 있다.

평전의 서문에서 "역사를 살아가는 것보다 큰 것이라고 말할 수 없다"[19]라고 전제하며, 고은은 영웅이 아닌 한 인간으로서 식민지시대를 정신의 강인함으로 견뎌 나간 한용운의 모습을 그리고자 한다. 하지만 인간적인 면모에 주목하다 보니 고은의 이 텍스트는 역사, 사상, 문학에 드러난 한용운의 전체상을 조망하는 데는 얼마간의 문제점을 드러내고 있다. 기본적으로 고은의 이 평전도 조지훈의 것과 마찬가지로 한용운의 삶을 역사와 사상과 문학을 아우르는 전인성 내지는 포괄성이라는 관점에서 파악해 나가고자 한다. 하지만 이 평전은 세 영역 간의 내적 연관성이나 시대와의 관련성을 중심에 두고 한용운의 삶을 그려내기보다는, 오히려 행위의 내적 동기를 지나치게 한용운의 기질 혹은 성격에서 찾으면서 역사와 삶의 균형을 잃어버리는 문제점을 드러낸다. 고은은 과도한 주관적 해석과 폭로성의 에피소드를 평전의 여러 곳에 삽입하여 한용운의 기질이나 성격을 부각시킨다. 예를 들면 한용운의 삶의 동인動因을 당대 지성과의 대결의식으로, 또 시집 집필의 동기를 한 여성과의 연정으로 단정한다. 또한 한용운의 내적 충동을 극적으로 그려내고자 한 저자 고은의 강한 욕망으로 인해 기본적인 역사적 사실을 과장하고 왜곡하기도 한다. "그는 서여연화를 그 님의 대상으로 삼고 있다. 그녀의 사랑을 발전시켜서 겨레와 여래의 우주 공간을 낳은 것이다. 『조선불교유신론』의 승려 결혼 주장 역시 이러한 그와 그녀 사

19 고은, 「序章, 萬海와 더불어」, 『한용운평전』, 민음사, 1975, 10쪽.

이의 관계를 반영하고 있다"[20]라는 기술에서 알 수 있듯이, 고은은 남녀 간의 사랑이라는 개인적 차원을 지나치게 확대해석함으로써 한용운의 행위동기를 과장하고 왜곡한다. 또한 고은은 "한용운의 이기적인 성정", "원한이 살아 있는 감정적인 품성", "완벽한 집념과 그에게 결여되었던 회한의 미덕과 덕의 실명"[21]이 감옥 체험을 통해 극복된다고 보는데, 이러한 발상은 역사적 경험을 통해 개인적인 성정이 급격하게 변화되는 과정을 극적으로 포착하려는 의도를 보여준다. 이처럼 고은은 한용운의 삶을 기질적인 면과 극적인 전개에 주목하여 그려내다 보니, 때로는 이 둘이 충돌하면서 상호 모순적인 인식을 드러내기도 한다. 시집 『님의 침묵』의 여성적 애절함을 작가 일반이 지닌 모순의 양면성으로 일축하며 "한용운의 시가 인격이나 개성과는 상반되는 것"[22]이라고 단정하면서도 동시에 이를 작가적 이중성의 표출로 설명하는 논리적 모순이 그 한 예이다. 그 결과 이 평전은 한용운의 삶이 갖는 역사성을 축소시켜 버리고, 이 텍스트가 갖는 미덕인 성실한 취재와 자료 확보가 갖는 의미조차도 약화시키는 결과를 초래하고 있다. 이러한 태도는 평전작가가 견지해야 할 사실성과 진정성의 조율이라는 기준에서 보면 평전기술의 기본적 태도에서 상당히 벗어났다고 할 수 있다.

이러한 고은의 한용운 평전쓰기의 전략은 일종의 탈신화화demythologizing로 볼 수 있으며, 이러한 전략을 통해 고은은 영웅이나 위인이 아닌 지극히 인간적인 한용운을 그려내고자 하였다. 하지만 이 평전은 저자가 지

20 위의 책, 213쪽.
21 위의 책, 233~234쪽.
22 위의 책, 309쪽.

나치게 주관적인 관점에서 인물의 삶을 재단함으로써 오히려 저자 자신에 대한 신화화의 욕망을 드러내고 있다는 혐의로부터 자유롭지 못하다. 고은의 한용운 평전처럼 인물의 기질이나 성정에 초점을 맞추는 전기문학의 경우, 인물에 대한 개성적인 조망은 어느 정도 가능하나 평전이란 무엇인가 하는 본질적인 질문으로부터는 멀어질 수 있음을 고은의 텍스트는 잘 보여주고 있다. 전반적으로 고은의 한용운 평전은 인물의 내적 욕망에 주목하는 성격비평을 서사전략으로 삼고 있으며, 전지적 작가 시점을 견지하면서 인물의 삶에 대한 저자의 거리 갖기가 최소화되는 특징을 보인다.

3) 김광식의 『첫키스로 만해를 만난다』와 고재석의 『한용운과 그의 시대』 분석

역사학자 김광식과 문학연구자 고재석의 한용운 평전은 연구자로서의 시각이 압도적으로 우위에 있는 평전쓰기의 예를 보여준다. 김광식은 『첫키스로 만해를 만난다』(장승, 2004)에서 자료에 근거한 실증주의를 표방하고 있는데, 상상력은 최소화하는 동시에 한용운의 신화화도 경계하면서 그의 인간적인 면모를 부각시키고 있다. 특히 김광식의 텍스트는 시인이라는 점이 강조되었던 기존 한용운 평전과 달리 불교근대화를 이끌 개혁승이자 민족독립을 위해 싸운 독립운동가라는 면을 강조함으로써 한용운을 입체적인 인물로 형상화하는 특징을 보인다. 무엇보다 김광식은 불교사학자라는 저자의 강점을 살려 불교계 인물로서의 한용운을 충실하게 그려 나간다. 여기에는 한용운의 일생에서 자료적 검증을 거치지 못한 채 풍문으로 남아 있던 부분인 가계家系의 문제, 동학혁명에의 가담 여부, 출가 시기 문제, 불교 입문 후의 수학 과정, 불

교 내 인사들과의 교류관계 등이 매우 상세하게 밝혀져 있다. 하지만 이 평전은 연구비평의 범주에 머무르고 있어 연대기적 나열을 통해 한용운의 행적을 좇는 방식에서 크게 벗어나지 못하는 한계를 보인다.

고재석의 『한용운과 그의 시대』(역락, 2010)도 치밀한 고증 자료들을 제시하며 동시대의 인식론적 토대와의 관련성을 고려하여 한용운의 행적을 추적하는 특징을 보인다. 특히 그는 역사도 하나의 기억하기의 일환이므로 기억 주체에 의해 왜곡이 가능하다는 전제하에 한용운의 기억에 대한 자료적 검증을 수행한다. 한용운의 회고적 글쓰기에 담긴 심리적 방어기제나 민족주의적 입장에서 과장된 「독립선언서」에 '공약삼장'을 한용운이 추가했다는 주장, 중추원 건백서에 대한 지나친 부정적 평가 등이 갖는 문제점을 제기하면서 한용운에 대한 신화화와 과도한 비난이라는 두 극단으로부터 일정한 거리두기를 시도한다. 이처럼 객관성에 충실하면서 일종의 균형감각을 유지하고자 하는 고재석의 평전은 당대의 인식지평 및 한용운과 당대 지성 간의 교류사에 주목한 텍스트라 할 수 있다. 여기서는 전집에 빠져 있는 자료인 『매일신보』에 실린 한용운의 「고서화의 삼일」(1916.12.7~12.15)을 상세하게 분석하고 있는데, 이 자료를 통해 당대의 문화장文化場 안에서 활동하며 정신주의적 문화주의를 수용하게 되는 한용운의 내적 변화에 주목한다. 이처럼 이 평전에서는, 한용운을 방외자적 지성이자 돌출된 예외로 인식하는 기존의 평가방식을 지양하고 당대 지성과의 교류를 통해 한용운이 살았던 '그의 시대' 안에 한용운을 위치시키고 있다. 이 평전은 출가에서부터 『님의 침묵』이 집필된 시기까지를 다루고 있는데, 이는 평전 집필의 궁극적인 의도가 시인으로서의 한용운 이해에 있지 않을까 하는 추측을 가능하게 한다.

이상에서 살펴본 바와 같이, 김광식과 고재석의 평전은 연구자로서의 시각을 앞세운 대표적인 평전이라 할 수 있다. 이들 평전에서는 인물과의 객관적 거리를 확보하는 삼인칭 관찰자 시점이 활용되고 있으며, 해석의 풍요로움에 비해 인물의 서사는 최소화되고 있다. 또한 두 텍스트는 대체로 불교인으로서의 한용운에 주목한다는 공통점과 함께, 연구서와 평전의 중간적 성격을 갖는다는 점에서도 유사성을 보인다. 건조하게 기술된 이들 평전은 서사성의 약화로 인해 평전이 주는 흥미는 다소 부족하며 따라서 대중적 가독성도 떨어진다. 따라서 이 두 텍스트는 평전작가가 갖추어야 할 시각의 객관성은 갖추고 있으나 진실성을 만들어내는 서사전략은 부족했다고 평가할 수 있다.

4) 박재현의 『만해, 그날들』 분석

위인에 대한 평전쓰기와 탐구대상으로서의 평전쓰기가 모두 외부자적 시선으로 대상인물을 바라보고 있다면 이들과는 달리 인물의 내부로 들어가 인물의 시점에서 쓰인 평전 역시 가능할 것이다. 박재현의 『만해, 그날들』(푸른역사, 2015)은 내부자적 시각인 한용운의 입장에서 그의 생애를 그려 나간다. 불교철학을 전공한 저자는 만해의 눈과 귀로 쓰겠다는 각오로 일인칭 주인공 시점에서 한용운의 일대기를 써내려간다. 저자는 간화선 연구자로서, 마치 참선에 든 자의 시각을 담아내듯 간결한 문체를 구사하며 이미지만으로 한용운의 내면을 그려냄으로써 여타의 평전에 비해 높은 문학성을 성취하고 있다. "평전을 쓰려고 했다. 하지만 흔한 평전의 형식을 갖추지 않았다. 모든 사실은 진술되는 순간 선택되고, 선택하는 행위에는 이미 평評이 내재되어 있을 수밖에 없다. 선택하면서 평하고, 선택된 것을 다시 평하는 것이 내게는 동어반복이나 중언부언처럼 보였다"[23]는 저자의 말에서도 알 수 있듯이, 저자는 인물의 생애에 대한 논평을 최소화함으로써 저자의 직접 개입을 줄이고자 하였다. 일인칭 주인공 시점을 활용한 이 평전은, 한용운의 내면을 말하기telling가 아니라 보여주기showing의 기법으로 그림으로써 선승으로서의 면모를 도드라지게 부각시키고 있다.

이 평전에서 한용운은 욕망이 불러일으키는 고통으로부터 일정한 거리를 둔 채, 암울한 시대를 절제와 견인의 자세로 살아가는 선승의 이미지로 재탄생된다. 이러한 인물묘사는 저자가 간화선 연구자라는 점과 깊은 연관성을 갖는 것으로 보이는데, 불교연구자라는 저자의 위치는 한용운이라는 인물의 전기적 사실을 최소화함으로써 축소된 서사의 위치에 이미지를 부여하고 한용운의 내면을 선명하게 포착하는 데 의미 있게 기능한 것으로 판단된다. 또한 이 평전은 연대기적인 사건의 나열을 통해 인물의 행위를 좇아가는 방식을 취하지 않는다. 전반적으로 이 평전은 한용운의 내면적 고뇌를 이미지를 통해 담담하게 형상화함으로써 한용운에 대한 정서적 이해의 폭을 넓히는 방식을 취하고 있다. 이 과정에서 한 개인으로서 자신에게 주어진 삶을 감당해 가는 한용운이라는 인물이 오롯하게 윤곽을 드러낸다는 점에서, 이 평전은 개성적인 평전의 한 예를 보여준다.

이 평전은 우리 사회가 과도한 민족주의적 시각에서 벗어나 탈민족주

---

23 박재현, 「후기」, 『만해, 그날들』, 푸른역사, 2015, 351쪽.

의적 시각을 확보해 나간 시기에 집필되었다. 따라서 한용운을 영웅이나 위인으로 그리면서 민족주의적 시각을 견지했던 기존 평전과는 달리 개성적인 시각으로 한용운을 형상화하고 있다. 고은 역시 민족주의의 시각을 벗어버리고 한용운을 그리고자 했다는 점에서는 박재현과 문제의식을 공유하고 있다. 하지만 그가 그려낸 한용운과 박재현이 그려낸 한용운 사이에는 상당한 격차가 존재한다. 그 이유가 무엇일까? 박재현의 평전이 그려낸 한용운은 역사의 시간 안에서 지속되는 서사를 최소화하고 그 비워진 자리에 비유와 상징을 통해 충만한 내면을 가진 한용운이라는 인물을 새기고 있다. 고은의 평전이 극적 서사와 해석에 치중한 것과 비교해 보면 개성적인 전기문학의 한 사례를 보여주는 이 평전은, 해석의 차원과 사실의 차원을 평전작가의 관점이나 시각 안에서 충분히 녹여내는 승화된 서사전략을 보여준다. 이를 통해 전형적인 위인의 인물상을 반복적으로 그려낸 한용운 평전을 새로운 지평으로 옮겨놓는다. 이것은 서사전략의 승리이지만 다른 한편으로는 평전작가가 추구하는 작가로서의 개성의 문제이기도 하다.

4. 만해 한용운, 그 인간의 얼굴을 찾아서

한용운 연구는 아직도 사실의 차원이 명백하게 밝혀지지 못한 채, 전대의 맹목이 강제하는 신화들로부터 자유롭지 못한 것이 사실이다. 평전은 그간의 이러한 사정을 가장 극명하게 보여주는 사례라 할 수 있다. 한용운 평전들은 대체로 위대한 인간이며 전인적인 인간으로 한용운의 면모를 입체화하려는 의도에서 집필되어 왔다. 이러한 위대한 인간상의 범주를 벗어나지 않던 한용운 평전은 최근 삶의 진정성이라는 차원에서 새로운 접근 양상을 보이는 단계로 조금씩 전환되고 있다. 이러한 변화는 우리 현대사에 대한 재인식 과정과 그 궤적을 같이한다. 하지만 이런 변화에도 불구하고 한용운에 대한 우리의 인식은 해방 이후 민족이라는 이름으로 호명된 한용운상像으로부터 크게 벗어나지는 못하고 있다. 대표적인 사례가 그의 죽음과 관련한 일화이다. 대다수 평전들은 한용운이 일제 말기에 창씨개명을 거부함으로써 배급을 받지 못해 영양실조로 죽었다고 기술하고 있다. 하지만 한용운의 딸 한영숙의 증언에 의하면, 한용운과 그의 가족들은 일제 말기에도 "풀죽 먹은 적 없고 밥 세끼 먹고 살았다"고 한다. 그녀는 그 시절에 "주변에서도 도와주셔서 그렇게 어렵게 산 게 아니라고 내가 몇 년을 이야기를 해도 그런 게 안 고쳐져요. 내가 이러니까 인터뷰를 하기가 싫어. 뭐든지 너무 흥미 위주로 만들어 버리니까"[24]라며 한용운을 민족주의적 관점에서만 소비하려는 시각을 질타하고 있다. 그의 죽음을 둘러싼 이러한 과장과 왜곡은 우리의 인식에 뿌리 깊게 자리 잡고 있는 민족주의적 욕망과 내밀하게 연관될 것이다. 한용운은 저항시인이여야 하고 저항시인은 당연히 일제로부터 박해받다 비장한 최후를 맞이해야 한다는 고정관념은 그의 죽음을 지속적으로 미화하고 왜곡해 왔다.

이러한 현실을 고려할 때, 우선 해방 이후 한용운이 재발견되는 기원적 자리에서 구성된 혁명가, 선승, 시인의 삼위일체는 재고될 필요가 있

24 「서화숙의 만남—만해 한용운의 딸 한영숙 씨」, 『한국일보』, 2012.2.26.

다. 이들을 일체화하고 총체화하는 방식으로는 한용운이 그의 시대와 만나는 과정에서 겪은 고민과 모색이 돌올하게 드러나기 어렵기 때문이다. 또한 민족 혹은 불교라는 시선이 필요에 따라 한용운을 과도하게 영웅화하면서 야기한 기억의 과잉 혹은 왜곡은 한용운의 인간적 결을 감지하지 못하게 함은 물론이거니와 역사를 삶으로부터 지나치게 유리시킨다는 점에서 극복되어야 할 것이다. 이 누적된 기억으로부터의 탈출을 제대로 감행하지 못한다면 한 시대를 살아낸 고뇌하는 인간이었던 한용운은 영원히 발견되지 못한 채 역사의 미아迷兒로 남게 될 수밖에 없다. 우리가 역사 속에서 하나의 인물을 호명해내는 것은 그가 시대와 어떻게 대화하며 인간다운 삶을 모색해 나갔는가를 제대로 인식하는 데 목적이 있다. 또한 이 대화와 모색의 과정에 동행함으로써 우리 앞에 던져진 삶의 문제를 해결하기 위함이다. 이런 점에서 인간의 얼굴을 한 한용운은 여전히 미래를 향해 열린 텍스트로 우리 앞에 놓여 있다.

2장

한용운 시의 정전화 과정

1. 인식의 공백을 찾아서

한용운의 시에 대한 연구는 그동안 다양한 접근을 통해 양적 축적과 질적 수준을 확보해 왔다. 그 결과 한용운은 일제강점기를 대표하는 민족저항시인이라는 인식이 확고해졌으며, 이러한 인식은 오늘날 한용운에 대한 실체적 진실로 지지받고 있다. 하지만 한용운이 처음부터 우리 근대시사에서 저항시인이자 민족시인의 한 사람으로 인식되고, 그의 시가 민족저항시로 평가된 것은 아니다. 선승이었고 독립운동과 사회운동에 관심을 집중하였던 한용운이라는 인물이 갖는 독특한 입지와 경력으로 인해, 한용운에 대한 문학적 평가에는 항상 문단외적 인물이라는 인식이 전제되어 있었다. 이러한 전제는 시인으로서의 정체성이 어떻게 형성되었으며 대표작이 어떤 과정을 거쳐 결정되었는가에 대한 면밀한 검토를 간과하게 만들었고, 따라서 한용운 시의 정전화 과정은 인식상의 공백으로 남겨지게 되었다. 이런 문제의식을 가지고 여기에서는 오늘날 우리가 알고 있는 한용운의 대표시편들이 어떤 정전화[1] 과정을 거치며 대표작으로서의 위상을 갖게 되었는지 면밀하게 검토해 보고자 한다.

한용운의 문학이 본격적인 연구대상이 된 것은, 1960년에 발간된 박노준·인권환의 『한용운연구』부터이다. 이 연구서의 발간에 결정적인 산파 역할을 한 이는 조지훈으로, 그는 1950년대에 한용운에 대한 글을 몇 차례 발표하면서[2] 그에 대한 연구를 촉발시키는 데 크게 기여하였다. 1960년대 이후 한용운과 그의 시는, 우리 역사와 문화를 민족주의에 입각하여 파악하려는 공고해진 시각으로 인해 서서히 저항시인과 저항시로서의 위상을 갖게 되었다. 이후 창비계열이 대표적인 저항시인으로 한용운의 문학사적 위상을 구축해 나감에 따라 그는 일제강점기를 대표하는 민족저항시인으로 인식되기에 이르렀다. 그렇다면 1960년을 기점으로 형성된 민족저항시로서의 인식이 형성되기 이전에 한용운과 그의 시에 대한 평가는 어떠했는가라는 물음이 남는다. 특히 그의 대표시가 어떤 과정을 거쳐 정전으로서의 위상을 확보해 나갔는가는 1960년대에 공고하게 자리 잡은 민족저항시라는 인식론을 가능하게 하는 조건이라는 점에서 면밀하게 살펴볼 필요가 있다. 따라서 여기에서는 박노준·인권환의 연구서가 출간되기 이전인 1950년대까지 한용운에 대한

---

1 하루오 시라네는 텍스트가 정전화되는 데는 여러 기관과 제도들의 실천이 광범위하고 중첩되게 진행되지만 이들은 ① 특정 텍스트 또는 이본의 보존·교합·전달, ② 해박한 주해·해석·비평, ③ 학교 교육과정에서의 텍스트 사용, ④ 말씨·문체·문법 모델로서의 사용 또는 인용·참조의 공급원으로서의 텍스트 사용, ⑤ 역사상, 그리고 제도상의 선례에 관한 지식 공급원으로서의 텍스트 사용, ⑥ 일련의 종교적인 신앙을 구체적으로 표현하고 있는 텍스트 채택, ⑦ 선집으로서의 텍스트 채택, ⑧ 가계(家系) 계보의 구축, ⑨ 문학사의 구축, ⑩ 제도적 담론, 특히 텍스트의 국가 이데올로기로의 편입으로 정리될 수 있다고 보았다. 하루오 시라네 편, 왕숙영 역, 『창조된 고전』, 소명출판, 2002, 22쪽.

2 조지훈은 1950년대에 한용운에 대한 두 편의 중요한 글을 남긴 바 있는데, 「한용운선생」(『신천지』 9(10), 1954)과 「한용운론」(『사조』 5, 1958)이 그것이다. 이 글들은 일종의 약전(略傳)에 해당하는 글로서 그의 문학에 대한 본격연구로 보기는 어렵다.

문학적 평가와 대표작이 정전화되는 과정을 집중 조명해보고자 한다. 약전을 포함한 평전류에서 한용운에 대한 인물비평이 어떻게 진행되었는가[3]가 한용운에 대한 대중적 인식 형성 과정을 보여준다면, 작품의 정전화가 어떻게 진행되었는가는 그의 시에 대한 문학적 평가 과정을 보여주게 될 것이다. 따라서 그동안 관심의 대상이 되지 못했던 1960년대 이전의 시각을 복원함으로써, 한용운 시의 정전화 과정을 전반적으로 조감할 수 있는 토대를 마련하고자 한다.

여기에서는 시집『님의 침묵』이 발간된 이후부터 1950년대까지를 대상으로, 이 시기 시단의 정전화 과정을 압축적으로 보여주는 주요 문학선집, 현대문학의 사적 전개를 담고 있는 문학사, 국어교과서 및 교재를 통해 한용운 시의 정전화 과정을 추적해 보고자 한다. 이때 일차적으로 고려해야 하는 점은, 대표시 선정과 그 문학적 승인절차를 보여주는 작품의 정전화 과정은 시인에 대한 평가와 내밀하게 결부되어 있다는 사실이다. 시 자체의 평가와 시인에 대한 평가는 내밀한 상호 연관성을 갖기 때문에 이 둘은 분리해서 논의될 수 없다. 따라서 여기서는 대표시 정전화 과정과 함께 시인의 약력 제시 및 시적 경향에 대한 평가 과정을 동시에 살피고자 한다. 다음으로 고려할 점은, 교육정전은 일반적으로 문학정전을 반영한 결과이지만 돌연하게 맞이한 해방과 미군정하의 혼란상으로 인해 반드시 선후관계로 설명할 수 없는 것이 우리의 현실이라는 점이다. 실제로 이 시기에 대부분의 교육정전과 문학정전은 정전을 결정하는 인식을 상호견인했다고 보는 것이 타당할 것이다. 이러한 점들을

3 한용운에 대한 대중적 인식확산에 크게 기여한 평전류에 대해서는 앞서 제3부 1장「한용운 평전의 과거 · 현재 · 미래」에서 살폈다.

고려하면서 1960년대 이전 한용운 시의 정전화 과정을 밝히고자 한다.

한국 근대시의 정전화 과정에 대해서는 그간 몇몇 연구가 제출된 바 있다.[4] 이들 연구는 대체로 문학선집류와 교과서를 분석 대상으로 정전화의 실제를 밝히는 방식으로 진행되었다. 하지만 이러한 연구가 개별 시인의 정전화에 대한 연구로 심화되지는 못하였으며 이는 한용운의 경우에도 예외는 아니다. 또한 기존의 연구는 문학선집과 중등교과서를 중심으로 진행되고 있어서, 문학 내적 인식의 기준이 되는 문학사적 평가를 고려하면서 대학의 교재들까지 종합적으로 살피지는 못하였다. 따라서 여기서는 정전화를 추동한 다양한 텍스트를 다층적으로 분석하여 한용운의 시가 정전화되는 과정을 입체적으로 조망하고자 한다. 이를 통해 한용운 시의 정전화 과정에 대한 실체적인 접근을 시도하는 동시에 1960년대 이후 인식과의 같고 다른 점을 명확하게 하고자 한다.

4 대표적인 연구로는 심선옥의 「1920~30년대 근대시의 정전화 과정 – 시인선집을 중심으로」(『상허학보』 20, 상허학회, 2007), 「제도로서의 "독자", 해방기 시의 정전화 양상 – 『시집』과 『현대조선명시선』을 중심으로」(『현대문학의 연구』 40, 한국문학연구학회, 2010)와 최지현의 「근대 문학 정전의 형성과 소월시의 탄생」(『독서연구』 22, 한국독서학회, 2009), 천정환의 「한국문학전집과 정전화 – 한국문학전집사(초)」(『현대소설연구』 37, 한국현대소설학회, 2008)와 강석의 「시교육 정전체계의 분석과 재구성」(한국교원대 박사논문, 2009), 문혜원의 「텍스트의 재발견과 한국 문학의 정전 형성 과정 – 해방기 국어 교재를 통해 본 국어와 정전의 형성」(『우리어문연구』 51, 우리어문학회, 2015) 등을 꼽을 수 있다.

2. 문학선집을 통해 본 정전화 과정

문학선집 출간 시에는 선집 발간에 관여하는 편자, 편집인, 출판사의 입장 등이 중요한 변수가 되면서 어떤 작가와 작품을 선정할 것인가에 대한 복합적인 요인으로 작용할 수 있다. 이 과정에 개입될 수 있는 복합적인 요소에도 불구하고 이렇게 출판된 문학선집류는 결과적으로 선정 대상이 된 작품에 대한 당대적 가치평가를 전제한다는 점에서 정전화의 기능을 담당한다. 우리의 경우, 문학선집은 1920년대부터 발간되기 시작하였는데 이들 선집류는 우리 근대시의 정전화 과정을 보여주는 대표적인 텍스트가 된다. 1920년대부터 1950년대까지 발간된 주요 문학선집 가운데 한용운의 작품을 수록하고 있는 텍스트는 다음과 같다. 『조선명작선집』, 『현대조선문학전집－시가집』, 『현대서정시선』, 『시집』(조선문학전집 제10권), 『현대조선명시선』, 『현대시인선집』, 『세계명시선』, 『한국시인전집』(제1권), 『현대서정시선』, 『작고시인선』, 『시집』(상, 한국문학전집 제34권) 등이 그것이다.[5] 이 밖에도 당시 조선에서 발간된 시선집은 아니지만 우리 근대시의 대표작을 엄선하여 일어로 번역한 『乳色の雲(젖빛 구름)』과 이를 보완한 『朝鮮詩集(조선시집)』[6]은 대표시 선정의 실제를 살필 수 있는 중요한 텍스트이다. 또한 시감상서이지만 시선집의 성격을 띤 『세계현대시감상』도 이 시기에 근대시의 정전화 과정을 읽어낼 수 있는 중요한 텍스트로 참고할 만하다. 이들 텍스트에 수록된 한용운의 작품 목록

---

5 이 밖에도 일제강점기에 발간된 대표적인 시선집으로 『조선시인선집』(조태연 편, 조선통신중학관, 1926)과 『현대조선시인선집』(임화 편, 학예사, 1939) 등이 있으나 한용운의 작품은 수록되지 않았다.

6 김소운이 펴낸 『朝鮮詩集』은 전기(1943.8.2)와 중기(1943.10.25)로 나누어 발간됐다.

〈표 1〉 한용운 시가 수록된 문학선집 및 수록 작품 목록(1920년대~1950년대)

연도	도서명	편집자	출판사	작품 목록
1936	『조선명작선집』	김동환	삼천리사	「당신의 편지」(일부만 수록됨), 「님」(시 「알 수 없어요」의 오기(誤記), 일부분만 수록됨)
1938	『현대조선문학전집 –시가집』	조선일보사 편집부	조선일보사	「예술가」, 「사랑의 측량」, 「복종」, 「꿈과 근심」, 「심은 버들」
1939	『현대서정시선』	이하윤	박문서관	「하나가 되여 주서요」, 「예술가」, 「비밀」, 「나룻배와 행인」
1940	『乳色の雲』	김소운	河出書房(일본)	「비밀」, 「예술가」
1943	『朝鮮詩集』	김소운	興風館(일본)	「알 수 없어요」, 「비밀」, 「예술가」, 「나룻배와 행인」, 「쾌락」
1949	『시집』(조선문학전집 제10권)	임학수	한성도서 주식회사	「예술가」, 「사랑의 측량」, 「복종」, 「꿈과 근심」, 「심은 버들」
1950	『현대조선명시선』	서정주	온문사	「님의 침묵」, 「알 수 없어요」, 「수의 비밀」
1954	『현대시인선집』(상)	김용호 이설주	문성당	「님의 침묵」, 「비밀」
1954	『세계현대시감상』	김춘수	산해당	「당신을 보았습니다」
1954	『세계명시선』	김춘수	산해당	「님의 침묵」
1955	『한국시인전집』(제1권)	유정・이봉래	학우사	「님의 침묵」, 「알 수 없어요」, 「나의 꿈」, 「예술가」, 「나룻배와 행인」, 「떠날 때의 님의 얼골」, 「비밀」, 「최초의 님」, 「복종」, 「당신이 아니더면」, 「수의 비밀」, 「명상」, 「거문고 탈 때」, 「꽃싸움」, 「논개의 애인이 되어서 그의 묘 앞에」, 「금강산」, 「산촌의 여름저녁」(일부만 수록됨)
1955	『현대서정시선』	최해운 외 3인	범조사	「님의 침묵」
1955	『시집』(현대문학전집 제4권)	이하윤	한성도서 주식회사	「님의 침묵」, 「사랑의 측량」, 「복종」, 「꿈과 근심」, 「심은 버들」, 「하나가 되어 주서요」, 「비밀」, 「나룻배와 행인」
1957	『작고시인선』	서정주	정음사	「님의 침묵」, 「알 수 없어요」, 「나룻배와 행인」, 「당신이 아니더면」, 「비밀」, 「수의 비밀」, 「명상」, 「거문고 탈 때」, 「금강산」, 「논개의 애인이 되어서 그의 묘 앞에」
1959	『시집』(상, 한국문학전집 제34권)	김광섭 백철 외 3인	민중서관	「님의 침묵」, 「알 수 없어요」, 「예술가」, 「최초의 님」, 「당신이 아니더면」, 「거문고 탈 때」

과 서지사항을 정리하면 〈표 1〉과 같다.

우선, 문학선집에 수록된 대표시 목록을 보면 오늘날 우리가 한용운의 대표시로 알고 있는 「님의 침묵」, 「나룻배와 행인」, 「복종」, 「당신을 보았습니다」와 같은 시편들이 일제강점기에는 대표시로 인식되지 않았다는 사실을 알 수 있다. 최초로 한용운의 작품을 수록한 『조선명작선집』의 '시가편'에는 21명의 시인이 쓴 대표시 35편이 수록되어 있다.[7] 이 선집은 한용운의 작품 수록 자체에 의미를 두었지 대표작 선정에 대한 고민은 다소 부족했던 것으로 보이지만, 오늘날에도 한용운의 대표시로 평가받는 시 「알 수 없어요」가 대표시 목록에 이름을 올리고 있음은 눈여겨볼 대목이다. 이보다 2년 후에 발간된 『현대조선문학전집-시가집』은 33명의 시인과 그 작품이 수록되어 있는데, 여기에는 시 「예술가」, 「사랑의 측량」, 「복종」, 「꿈과 근심」, 「심은 버들」이 수록되었다. 이들 시편 중 시 「복종」을 제외한 시편들은 오늘날 그의 대표작으로 평가되는 작품이라고 보기는 어렵다. 특히 이 시선집에 수록된 대표작은 십년 후인 1949년에 발간된 임학수 편의 『시집』에 수록된 대표시와 동일하다는 점에서 시기적으로 뒤에 발간된 시선집들이 전 시기에 발간된 시선집을 참조하기도 하였음을 확인할 수 있다.

1939년에 이하윤이 엮은 『현대서정시선』은 제목에서부터 서정시를 시의 본령으로 삼는다는 입장을 명확히 한 경우로, 시 「하나가 되어 주서요」, 「예술가」, 「비밀」, 「나룻배와 행인」을 한용운의 대표작으로 선

7 이 시선집에 수록된 한용운의 시편에는 두 가지 오류가 발견된다. 먼저 시의 제목이 잘못 표기되어 있는데, 시 「님」은 시 「알 수 없어요」의 오기(誤記)이다. 또한 두 편의 시 모두 시의 전반부 3연만을 수록해 놓는 오류를 범하고 있다. 제목의 오기와 부분 발췌로 시를 수록한 것으로 판단할 때, 이 책은 엄밀한 편집 과정을 거치지는 못한 것으로 보인다.

정하였다. 시 「나룻배와 행인」이 대표작으로 수록되었다는 점을 제외하고는 특별한 점은 없지만, 서정시에 중점을 둔 편집자 이하윤의 시적 취향이 반영된 결과라는 점에서 민족의식이나 사상성을 크게 고려하지 않은 편자의 시각에서 이런 시편들이 한용운의 대표시로 인식되었음을 알 수 있다. 한편 김소운이 일본에서 발간한 번역시집인 『乳色の雲』에는 당시 조선의 대표시인 40여 명의 시가 수록되었는데, 한용운의 시가 맨 앞에 수록되어 있다. 그는 시 「비밀」, 「예술가」를 대표작으로 소개하였는데, 3년 뒤에 이 시선집을 보완하여 발간한 『朝鮮詩集』에는 시 「알 수 없어요」, 「비밀」, 「예술가」, 「나룻배와 행인」, 「쾌락」을 수록하였다.[8] 김소운 역시 이하윤과 같이 서정성이 짙은 시를 주로 선정하고 있는 것이 특징적이다. 이상 5권의 문학선집에서 가장 많이 수록된 시는 「예술가」(5회)이고, 「비밀」(3회), 「알 수 없어요」(2회), 「나룻배와 행인」(2회)이 그 다음을 차지하고 있다. 이러한 결과로 볼 때, 일제강점기와 해방기에 한용운의 대표작들은 오늘날 우리가 그의 대표작으로 평가하는 작품 목록과는 일정한 차이를 보이고 있음을 알 수 있다.

한편, 한용운 시의 정전화 과정에서 서정주의 역할이 매우 지대했음을 확인할 수 있다. 1950년에 발간된 『현대조선명시선』에서 서정주는 시 「님의 침묵」, 「알 수 없어요」, 「수의 비밀」을 한용운 시의 정전 목록에 올려놓는다. 이전 시기에 시 「알 수 없어요」에 대한 평가는 있었지만

8 김소운은 조선의 대표시를 일본어로 번역하면서 한용운의 시를 제일 앞자리에 소개하였다. 특히 시 「알 수 없어요」를 가장 먼저 소개하는데 이를 「오동의 잎(桐の葉)」으로 번역하였다. 양동국은 김소운의 이러한 번역이 그의 문학적 스승인 기타하라 하쿠슈의 가집 『桐の花』를 연상시킨다고 보기도 한다. 양동국, 「제국 일본 속의 '조선 시 붐'－유학생 시인과 김소운의 『조선시집』을 중심으로」, 『아시아문화연구』 23, 가천대 아시아문화연구소 2011, 125쪽.

이후 발간된 시선집들에 이 시가 반영되지 못한 점을 감안할 때, 이 시에 대한 제대로 된 평가는 서정주로부터 비롯한다고 볼 수 있다. 『조선명작선집』에서는 제목의 오기와 시의 누락으로 인해 제대로 된 대표시로서의 인식이 이루어지지 못하였고, 김소운의 『乳色の雲』은 일본에서 발간되었다는 점에서 한용운 시에 대한 우리 시단의 문학적 평가를 적극적으로 담아내고 있다고 보기는 어렵다. 따라서 서정주 편의 『현대조선명시선』이 발간되기 전까지는 한용운의 대표시 목록은 혼란스러운 양상을 보이며 오늘날의 인식과는 상당한 차이를 보였다고 할 수 있다. 하지만 서정주에 의해 시 「님의 침묵」과 「알 수 없어요」가 한용운의 대표작으로서 확고하게 자리매김되었고, 따라서 서정주의 평가는 한용운 시의 정전화 과정에서 주목할 만한 변곡점이 된 것으로 볼 수 있다. 이 시선집은 해방 이후 남한 시단의 경향과 이데올로기를 담아낸 텍스트로 평가되는데, 여기에는 언어민족주의적 성격을 강하게 드러내면서 직접적인 저항시보다는 상징적인 차원에서 저항성을 담아낸 경향이 주류가 되고 있다. 이는 향후 진행될 남한 시단의 보수화 경향을 예고하고 있다고 하겠다.[9] 서정주는 이러한 기준에 입각하여 주로 시어의 유려함과 상징의 밀도가 높은 작품을 대표작으로 선정하고 있다. 한편 서정주는 1957년에 『작고시인선』을 엮어내면서 열 명의 작고한 시인[10]의 대

9 심선옥은 「제도로서의 "독자", 해방기 시의 정전화 양상—『시집』과 『현대조선명시선』을 중심으로」(『현대문학의 연구』 40, 한국문학연구학회, 2010)에서 이 시집의 관점을 이러한 관점으로 파악하고 있다. 이 글에서 논자는 직접적인 진술에 의거한 시를 제외하고 상징적 차원의 저항시로 이상화의 「빼앗긴 들에도 봄은 오는가」를 꼽고 있다. 논자의 관점은 한용운의 「님의 침묵」에도 적용되며, 따라서 「님의 침묵」도 상징적 저항의 대표적인 예가 될 수 있을 것이다.

10 여기에 수록된 시인은 한용운, 이상화, 홍사용, 이장희, 김소월, 박용철, 오일도, 이육사, 이상, 윤동주이다.

표시를 소개한다. 그는 이 시선집에 한용운의 시를 수록하면서 앞서 『현대조선명시선』에 수록한 작품과 함께 시 「나룻배와 행인」, 「당신이 아니더면」, 「비밀」, 「명상」, 「거문고 탈 때」, 「금강산」, 「논개의 애인이 되어서 그의 묘 앞에」를 대표작에 추가한다. 서정주가 펴낸 이 두 권의 시선집은 가장 먼저 시 「님의 침묵」을 대표시에 반열에 올려놓았다는 점, 「알 수 없어요」, 「나룻배와 행인」, 「수의 비밀」 등 서정성과 종교적 형이상학을 결합한 명상시편들을 대표시로 선정하는 특징을 보인다.

한편, 서정주와 함께 한용운의 시가 정전화되는 데 있어서 일정한 역할을 담당한 이로는 김춘수를 꼽을 수 있다. 그는 1954년에 세계 각국의 현대시 가운데 대표시를 엄선하여 감상을 덧붙인 『세계현대시감상』을 발간한다. 이 책에서 그는 불란서편, 독일편, 영미편, 남북구편과 더불어 한국편을 별도의 장으로 설정하고 최남선, 김소월 등 13명의 시인의 시를 소개하고 한다. 여기에 한용운의 시 「당신을 보았습니다」가 대표시로 수록된다. 처음으로 이 작품을 대표시로 선정한 김춘수는, 『님의 침묵』을 시사에 남을 시집이라고 고평하면서 한용운을 "종교가이고 애국자였으면서 누구보다도 시인"[11]이라고 평가하며, 특히 그의 시적 성취에 주목하여 현대시의 정신과 기법을 보여준 현대적인 시인으로 한용운을 평가한다. 또한 그는 『세계명시선』에서 시 「님의 침묵」을 한국의 대표 명시로 소개하기도 한다. 이처럼 서정주의 『현대조선명시선』 발간 이후에 발간된 시선집은 빠짐없이 시 「님의 침묵」을 대표시로 수록하고 있음을 확인할 수 있다.

---

11 김춘수, 『세계현대시감상』, 산해당, 1954, 244쪽.

1955년에 발간된 유정·이봉래의 『한국시인전집』(제1권)에는 「떠날 때의 님의 얼골」 등이 새롭게 수록된다.[12] 총 17편의 수록 작품은 그 이전의 대표시편들과는 일정한 차이점을 보인다. 이전 시기에 선정된 시편들이 주로 상징성이 높거나 서정적이라는 점과 비교할 때, 「논개의 애인이 되어서 그의 묘 앞에」나 「금강산」 같은 시편은 직접적 진술을 위주로 하면서 애국적인 메시지를 담아내고 있기 때문이다. 또한, 1955년에 이하윤은 다시 현대문학전집 발간의 일환으로 『시집』을 엮어내는데, 이는 1949년에 발간된 임학수 편의 『시집』을 증정하고 개정하기를 의뢰받아 편집한 텍스트이다. 그는 1939년에 자신이 펴낸 바 있는 『현대서정시선』과 임학수 편의 시선집을 합본하는 형식으로 이 시선집을 엮는다. 따라서 여기에 수록된 한용운의 시는 두 개의 시선집이 합본되는 과정에서 취사선택된 결과로 볼 수 있는데, 시 「님의 침묵」이 수록되고 시 「예술가」가 제외된다. 이상의 흐름을 조감해 볼 때, 1950년대에 와서 한용운의 대표시는 「님의 침묵」과 「알 수 없어요」가 정전화되고 여기에 「나룻배와 행인」, 「비밀」, 「수의 비밀」 등이 추가되는 양상을 보이고 있음을 알 수 있다.

그렇다면 이들 문학선집에서 한용운은 어떻게 소개되는지를 살펴보자. 이들 시선집에는 작가의 약력이 소개되고 있어서 시인 한용운에 대한 인식의 변화를 살필 수 있다. 한용운 시가 수록되어 있는 시선집 중에 시인 소개가 제시된 텍스트는 『현대조선문학전집－시가집』, 『乳色の雲』, 『시

12 여기에 실린 시 가운데 「산촌의 여름저녁」은 시의 일부만이 수록되어 있다. 시집에 수록된 시도 아닌데 대표시로 수록한 점, 시의 일부가 누락된 점으로 보아 특이한 경우로 보인다. 대표시 선정 시에 시집 이외의 시를 싣고자 한 편집자의 분명한 의도가 있었는지는 알 수 없다.

집』(조선문학전집 제10권), 『현대조선명시선』, 『현대시인선집』(상), 『한국시인전집』(제1권), 『작고시인선』, 『시집』(상, 한국문학전집 제34권, 이하 『시집』(상))이다. 가장 먼저 한용운의 약력이 소개된 『현대조선문학전집–시가집』을 살펴보면, 약력의 내용은 출생지, 현재의 주소, 성명과 출생일, 학력, 경력, 대표 저서 및 작품으로 구성되어 있다. 여기에서 출생지는 충남 홍성읍 남문리로,[13] 현주소는 경성부 성북정 222로 밝혀져 있으며, 출생일은 명치 12년 7월 12일로 되어 있다. 학력과 경력 및 주요 작품 소개를 보면, 학력별무, 승려생활, 작품으로 『불교유신론』, 『불교대전』, 『십현담주해』, 시집 『님의 침묵』, 소설 「흑풍」 등이 적시되어 있다. 여기에서 밝힌 한용운의 약력은 한용운이 직접 작성했거나 한용운의 확인을 거쳤을 가능성이 매우 높다. 왜냐하면 한용운은 시선집을 펴낸 조선일보사와는 각별한 인연을 맺고 있었고, 특히 이 책이 발간된 1938년 전후에는 『조선일보』에 왕성하게 글을 발표하던 시기였기 때문이다. 제시된 약력은 대표 저서를 제외하고는 그가 승려라는 점, 별다른 학력사항이 없다는 점 이외에 특별한 정보를 담고 있지는 않다. 여기에 소개된 한용운의 약력은 김소운의 일어 번역 시선집에 실린 약력과도 거의 같다. 약력에 실린 경력과 대표 저술 등으로 짐작해 볼 때, 이 시기까지 한용운에 대한 인식은 학승으로서의 면모가 도드라졌다고 할 수 있다. 하지만 이러한 인식이 1950년에 서정주 편의 『현대조선명시선』에 오면 3·1운동 참가 기록이 첨가되고 선승으로서의 면모가 문학과 결합되기 시작한다.

---

13 한용운의 출생지는 충남 홍성군 결성군 성곡리이고 8세 무렵 남문리로 이주하였음.

> 한용운 : 호, 만해. 1879년, 충남 홍성 출생. 학력별무. 청년기부터 종생토록 승려생활을 계속하였고, 1919년 기미삼일운동에는 불교계를 대표하여 삼십삼인 중의 한사람이 되였었다. 면벽참선을 계속하는 한편 시와 소설에도 손을 대어 시집으로 「님의 침묵」, 장편소설 「흑풍」을 남기었다.
>
> 시를 전문하는 시장(詩匠)은 아니었으되, 든든한 불교적 세계관과 깊은 관조에서 '사랑'의 복음을 전파한 점—인도의 시인 '타고아'에 비할 만한 종교시인의 면모가 있었다.[14]

서정주 편의 약력에서 부각된 3·1운동 참가 경력은 이후 김용호·이설주 편의 『현대시인선집』(상),[15] 유정·이봉래 편의 『한국시인전집』(제1권)[16]에서는 '다년간의 옥중생활'이 첨가되면서 다소 부각되는데, 반면에 선승으로서의 면모는 약화되는 경향을 보인다. 서정주도 1957년에 엮은 『작고시인선』에서는 앞서 『현대조선명시선』에서 강조한 선승의 이미지를 배제하고 '옥중생활'을 강조하고 있다.[17] 하지만 해방 이후 최초

---

14 서정주 편, 『현대조선명시선』, 온문사, 1950, 5쪽.

15 이 책에서 약력으로 소개된 내용은 다음과 같다. "한용운 (아호(雅號) 만해) 4212~4277. 본적 충남 홍성. 청년시대에 출가하여 승이 되었는데 용운은 그의 승명이다. 4252년 「삼일운동」에는 불교계를 대표하여 독립선언서 서명자 삼십삼인 중의 한 사람으로 참가하여 다년간 옥중생활을 하였다. 저서로는 시집 『님의 침묵』과 소설 「흑풍」 외에 『불교유신론』, 『불교대전』, 『십현담주해』 등이 있다." 김용호·이설주 편, 『현대시인선집』 상, 문성당, 1954, 35쪽.

16 이 책에서 약력으로 소개된 내용은 다음과 같다. "용운은 그의 승명, 심우장이란 별호도 있다. 1879년 충남 홍성에서 출생. 학력은 별로 없다. 청년기에 출가, 승려생활을 계속 중, 기미삼일운동에는 불교계를 대표하여 독립선언서 서명한 삼십삼 인의 한 분으로서, 다년간 옥중생활을 하였다. 작품 발표는 거의 없다가 시집 『님의 침묵』 을 돌연히 내놓은 후, 소설로도 붓을 대어 장편 「흑풍」을 썼다. 그 밖에 『불교유신론』, 『불교대전』, 『십현담주해』 등의 저서가 있다. 1944년 별세." 유정·이봉래 편, 『한국시인전집』 1, 학우사, 1955, 128쪽.

17 이 책에서 약력으로 소개된 내용은 다음과 같다. "한용운—용운은 그의 승명. 서기 1879

의 한국문학전집인 민중서관에서 간행한 『시집』(상)[18]에는 저항시인의 이미지보다는 종교적인 명상시인으로서의 이미지가 강하게 부각되고 있다. 즉 1950년대를 거치는 동안 선승의 이미지와 독립운동에 참가한 투사로서의 이미지가 각축을 벌이고 있음을 알 수 있다. 하지만 전반적으로 볼 때 이 시기에 한용운의 시인으로서의 이미지에는 선승의 이미지가 저항시인의 이미지보다는 우위에 놓여 있으며, 따라서 대부분의 약력에서 그를 '종교시인'으로 호명하고자 하는 욕망을 강하게 드러낸다. 특히 이 시기까지는 종교시인과 저항시인의 이미지가 상호 연관성을 보이지는 않으며 각각이 독립적으로 인식되며 단편적인 인식을 생산하고 있었다고 하겠다. 무엇보다 저항의 약력을 강조한 시선집에서도 실제로 그의 대표시는 저항에 강조점을 두고 선정하지는 않았고, 대체로 서정시인으로서의 면모를 앞세웠다는 점에서 이 시기까지는 '저항시인'보다는 종교적인 명상을 담아낸 '종교시인'으로 한용운이 인식되었음을 알 수 있다.

년 충남 홍성에서 출생하여, 청년기부터 출가해서 승이 되었었다. 1919년의 삼일운동에는 전불교계를 대표해 조선독립선언서 서명자 삼십삼인 중의 한 사람으로 참가하여 다년간 옥중생활, 문학 방면의 저서는 1925년에에 발행된 시집 『님의 침묵』과 장편소설 「흑풍」 등이 있다. 1944년 별세 입적." 서정주 편, 『작고시인선』, 정음사, 1957, 12쪽.

18 이 책에서 약력으로 소개된 내용은 다음과 같다. "○1879년 충남 홍성 출생. 호 만해. ○일찍이 출가하여 승직에 몸을 바치다. ○기미삼일운동에 불교계를 대표하여 삼십삼인의 일인이다. 그로 인해 다년간 옥중생활을 하다. ○그는 Tagore의 영향을 많이 받았으며 불교도로서 자연몰입과 깊은 관조에서 오는 신비적인 시를 씀으로써 철학적이며 명상적인 시상이 함유되어 있다. ○시집 『님의 침묵』이 대표작품이며 장편소설 「흑풍」이 있으며 이외에 『불교유신론』, 『불교대전』, 『십현담주해』 등 저서가 있다. ○1944년 서거하다." 백철 외편, 『시집』 상, 민중서관, 1959. 이 전집은 1976년에 크라운판으로 판형을 바꾸어 재발간되었는데, 이때 한용운의 약력에는 '1896년 동학군에 가담하여 투쟁하다가 실패한 후 1905년 출가'한 내용과 '1924년 불교청년회 총재에 취임, 1926년 시집을 간행하여 문단에 큰 파문을 던졌다'는 내용, '1927년에 신간회의 발기인으로 경성지부장에 취임하였고 1929년 광주학생사건 때는 민중대회를 열어 독립운동을 도왔다'는 내용이 부가되었다. 이러한 내용으로 볼 때, 1970년대 중반에 한용운에 대한 인식이 저항성 강화 쪽으로 쏠린 점을 분명하게 알 수 있다.

3. 문학사를 통해 본 정전화 과정

임화가 「개설 신문학사」(『조선일보』, 1939.9.2~10.31)를 발표한 이래 한국 근현대문학사에 대한 체계적 인식은 수정과 보완을 거듭하며 지속되어 왔다. 특히 우리 근대문학사의 경우, 동인지로 대표되는 매체 중심의 문학사 기술과 유파나 사조 중심의 문학사 기술이 중심이 되면서, 여기에 참여하지 않는 문인에 대한 문학적 평가가 배제됨에 따라 그 전모를 파악하는 데는 일정한 시간이 요구되었다. 하지만 문학사의 체계화와 종합화가 진행되면서 점차적으로 근대시사에서 배제되었던 단편적 인식들이 축적되었고 이러한 인식이 문학사에 반영되어 나갔다. 이러한 축적 과정을 검토해 보면 한용운의 시에 대한 시사적 인식이 어떻게 변화되어 왔는지 살필 수 있다.

먼저, 이하윤은 시선집 『현대서정시선』의 「서문」에 30년간의 근대시사를 간략하게 정리한 글을 실었다. 그는 '조선신시운동의 발아기'에서부터 시기별로 주요 시인과 잡지를 중심으로 30년간의 근대시의 흐름을 소략하게나마 정리하여 그 전모를 밝혔다. 이 글에서 이하윤은 한용운에 대해 "별로 잡지에 그 작품을 발표하는 일이 없이 『님의 침묵』(대정大正 15년 5월)을 내놓은 한용운"[19]이라고 한 줄로 짧게 언급해 두었다. 사조나 유파 중심으로 문학사를 파악하는 것이 일반적이었던 당대의 경향으로 볼 때, 문단 밖에 있었던 한용운은 적극적인 기술대상이 되지 못하였을 것이다. 하지만 이하윤의 이러한 언급은, 시집 『님의 침묵』이

19 이하윤, 『현대서정시선』, 박문서관, 1939, 166쪽.

시사적 의미망에 포착되고 있었음을 보여준다는 점에서 일정한 의미가 있다.

해방 이후에 가장 먼저 발간된 문학사인 백철의 『조선신문학사조사』의 개정판인 『신문학사조사』에서도 한용운과 그의 시에 대한 평가가 드러나 있다. 백철은 여기에서 신경향파 출현 이전의 근대문학사를 사조 중심으로 정리하였는데, 그는 1924년과 25년이 신문학사조사를 양분하는 분수령이라고 보면서 신경향파에 대한 본격적인 논의를 시작하기 전에 '주조主潮 밖에선 제경향諸傾向의 문학'이라는 별도의 장을 설정하여 주류에 속하지는 않지만 중요한 문학적 성취를 보이는 작가를 소개하고 있다. 그가 여기서 소개하고 있는 시인은 변영로, 남궁벽, 김소월, 김형원 등으로 한용운도 여기에 포함시키고 있다.

> 한용운은 자연몰입과 신비주의적인 색조가 농후한 점에서 타골의 영향을 받은 시인으로서 '나는 서정시인이 되기에는 너무도 소질이 없나봐요'를 자인한 시인이요 이땅의 시인치고는 드물게 명상적이요 철학적인 구원에 대한 시상을 노래한 시인이었다. 대표작의 하나인 「님」을 읽으면 한씨의 시에 깊이 담긴 그 유원한 의미와 심오한 동경을 음미할 수 있으리라.[20]

백철은 여기서 한용운을 명상적이고 철학적인 시인으로 평가한다. 한용운의 시세계가 갖는 특징을 자연몰입과 신비주의적이라고 본 그는 한

20 김동환이 엮은 『조선명작선집』에서 볼 수 있었던 제목의 오기가 여기서도 그대로 나타난다. 백철도 시 「알 수 없어요」를 시 「님」이라고 하는 오류를 범하고 있다. 백철, 『신문학사조사』(개정판), 민중서관, 1952, 234쪽.

용운의 대표작으로 시 「알 수 없어요」의 일부를 제시해 두고 있다. 해방 이후 가장 먼저 발표된 문학사인 백철의 『신문학사조사』에서 한용운은 '명상적이고 철학적인 시인'으로 규정되고, 대표시로는 「알 수 없어요」가 언급되고 있음은 이 시기까지 그의 시세계에 대한 평가에서 저항의 코드는 발견되지 않았음을 말해준다.

또한 해방공간에서 박영희는 한국 현대문학사를 집필하는데[21] 그는 여기서 한용운과 그의 시를 다음과 같이 평가한다.

> 이와 같이 민족, 계급의 양 문예진의 혼란한 논쟁과 거치른 분위기와는 아무 관계도 없이 현세를 초월한 경향의 시집이 돌연히 나왔었으니 그것은 승려 한용운의 『님의 침묵』이라는 시집이었다. 이 시집은 1926년 5월에 출판된 것으로 종교적인 신비성과 풍부한 상상력에서 '타고르'의 시풍을 생각하게 하는 시편들이었다. 당시 무기력한 시단은 적지 않은 충동을 받았었다.[22]

박영희는 시인과 평론가로 활발한 활동을 전개하며 문단의 중심에서 일제강점기를 살아낸 생애의 이력이 문학사 기술에도 그대로 드러나는데, 현대문학사를 문단사적 측면에서 기술하고 있어서 한용운의 시에 대한 문단의 반응을 가장 실감나게 보여준다고 할 수 있다. 그는 한용

21 이 글은 바로 책으로 묶이지 못한 채 시간이 흐른 후에 발표되었다. 1958년에 『사상계』에 연재한 「현대한국문학사」(1958~1959)가 그것인데, 실제로 이 글은 해방 직후에 집필되었고 1948년에 탈고가 이루어진 것으로 밝혀져 있다.

22 박영희, 「현대조선문학사」, 이동희 · 노상래 편, 『박영희전집』 2, 영남대 출판부, 1997, 476쪽.

운의 시세계가 갖는 특징을 '현세를 초월한 경향'으로 보았으며 한용운을 '종교적인 신비성과 풍부한 상상력'을 지닌 시인으로 규정하고 있다. 하지만 박영희가 말하는 '무기력한 시단은 적지 않은 충동을 받았었다'는 것이 구체적으로 어떤 반응을 의미하는가는 명확하게 파악할 수는 없다. 다만 한용운의 시집이 '초월적 경향'을 가졌다고 본 점에서 여전히 종교적 명상을 시적으로 담아낸 시인으로 한용운을 파악하고 있음을 알 수 있다.

현대문학을 사적으로 조망한 전후 시기의 대표적인 문학사는 조연현의 『한국현대문학사』[23]이다. 여기서 조연현은 동시대의 다양한 경향 속에서 한용운의 시적 경향을 파악하고자 한다. 그는 동인지시대라 불리는 1920년대 초반을 거쳐 다양한 양상을 보인 1920년대 시단을 낭만주의적 풍조가 압도한 시기로 보고, 이 시기의 시적 경향을 아홉 개의 경향으로 구분하였다. 그의 구분에 따르면, 노자영・홍사용으로 대표되는 감상적 경향, 황석우로 대표되는 퇴폐적 경향, 주요한・김안서・김소월 등으로 대표되는 서정적 경향, 변영로로 대표되는 정신주의적 경향, 이장희로서 대표되는 감각적 경향, 오상순・한용운・남궁벽으로 대표되는 관념적 경향, 이상화로 대표되는 저항적 경향, 박종화・박영희로 대표되는 탐미적 경향, 이형원・김동환・양주동 등으로 대표되는 민중적・민족적 경향 등으로 이 시기의 시적 경향은 나뉜다.[24] 여기서 '관념적 경향'이 구체적으로 어떤 시적 특징을 의미하는지는 명확하게

23 조연현은 1955년 6월부터 1956년 12월까지 『한국현대문학사』를 『현대문학』에 발표했다.

24 조연현, 『한국현대문학사』, 인간사, 1957, 249~250쪽.

짐작하기 어렵지만 주로 철학적이고 사상적인 내용을 시적으로 탐구하고 있다는 의미로 파악한 것이 아닌가 싶다. 또한 조연현은 한용운 시의 특징을 '신비성'으로 파악하고 그를 '종교적인 시인'으로 규정한다. 하지만 이러한 조연현의 평가는 주체적인 의견이라기보다는 서정주의 관점을 가감 없이 수용한 결과라 할 수 있다. 조연현은 한용운의 시를 논의하면서 서정주가 제시한 한용운 시의 평가를 참조항으로 삼고 있는데, 참조대상이 된 서정주의 글은 『현대조선명시선』의 부록인 「현대조선시략사」에서 발췌한 부분이다. 서정주는 이 글에서 한용운에 대한 시사적 평가를 간략하게 언급하고 있는데, 그 요점은 한용운이 문단권외의 시인이라는 점과 어느 유파에도 속하지 않지만 "종교시인으로서의 가치는 결코 적은 것이 아니"[25]라는 점이다. 근대시사를 평가하는 이들 논자들의 인식의 참조항이 어떠하였던, 이들의 평가는 대체로 한용운을 '종교시인'으로 규정하고 있다는 점에서 의견의 일치를 보인다. 백철, 박영희, 조연현, 서정주 등의 인식을 종합해 볼 때, 1950년대까지 시인으로서 한용운에 대한 문학사적 인식은 '종교시인'으로 보는 관점이 지배적이었음을 알 수 있다. 따라서 그의 시세계는 초월적, 명상적, 신비적 특징을 지니는 것으로 파악되었고, 식민지 현실에 대한 시적 저항은 크게 부각되지 않았다.

25 서정주, 「현대조선시략사」, 서정주 편, 『현대조선명시선』, 온문사, 1950, 267쪽.

4. 국어교과서 및 문학교재를 통해 본 정전화 과정

한용운 시가 정전화되는 과정에서 교육정전으로서 그의 시가 활용된 것은 중요한 의미를 갖는다. 일반적으로 교육정전은 문학정전화가 이루어진 이후에 그 평가가 투영된 결과로 볼 수 있지만, 일제강점기를 지나 해방공간과 전후의 시기는 이러한 일반적인 경향에서 벗어난 일종의 예외적 현실에 해당된다. 식민지 현실과 이념적 대립 및 남북문단으로의 재편이 급박하게 진행됨에 따라 교육정전은 문학정전으로서의 추인 후에 사후적으로 구성되었다고 보기 어렵기 때문이다. 이런 예외적인 상황에서 교육정전의 구성에 있어서는 편집자의 성향이 중요한 잣대가 된다. 또한, 교육정전에는 교육이라는 제도화된 영역의 특수성으로 인해 지배이데올로기가 강하게 작동하고 있어서, 해방 이후 우리의 교육정전은 분단으로 인해 편향된 지배이데올로기가 정전 선정의 내적 기준이 되었다. 교과서와 교재에 수록된 한용운의 시가 정전화되는 과정을 살피는 데 있어서, 정전화를 둘러싼 이러한 역사적 정황은 간과할 수 없는 인식의 전제로 자리하고 있다. 시집 발간 이후부터 1950년대까지 발간된 중등 과정 국어교과서 및 교재 가운데 한용운의 작품이 수록된 텍스트는 〈표 2〉와 같다.

한용운의 작품이 수록된 독본류의 교재 중 일제강점기에 발간된 텍스트는 1938년에 조선일보사에서 펴낸 『조선문학독본』이 유일하다.[26] 해방 이후에는 『현대국문학정수』(제1집), 『대학국문선』(고전편 · 현대편), 『표

26 근대공간에서 교과서 형태로 등장한 독본이 근대적 인식을 전파한 매개였음은 널리 알려진 사실이다.

〈표 2〉 한용운 시가 수록된 교과서 및 교재와 수록 작품 목록(1930~1950년대)

연도	교재명	편집자	출판사	작품 목록
1938	『조선문학독본』	조선일보사	조선일보사	「산거」(시), 「낙일」(시), 「유민」(시조)
1946	『현대국문학정수』(제1집)	이하윤	중앙문화협회	「비밀」
1946	『중등국어교본』(상)	군정청문교부	조선교학도서 주식회사	「복종」
1948	『중등국어』 1	군정청문교부	조선교학도서 주식회사	「복종」
1954	『고등국어』 II	문교부	대한교과서 주식회사	「알 수 없어요」
1954	『현대시 감상』	장만영	산호장	「알 수 없어요」
1954	『대학국문선』(고전편 · 현대편)	서울대학교 교양과목교재 출판위원회	을유문화사	「님의 침묵」(1959년 개정판에는 수록되지 않음)
1955	『표준문예독본』	이병기 · 백철 · 정인승	신구문화사	「나룻배와 행인」
1955	『교양국문선』	이화여대	이화여대 출판부	「예술가」
1956	『대학교양국어』	고려대 문리과대학	고려대 출판부	「나룻배와 행인」
1959	『표준대학국어』	국어국문학회 국어교재편찬위원회	신구문화사	「나룻배와 행인」

준문예독본』, 『교양국문선』, 『대학교양국어』, 『표준대학국어』와 건국기 중등교과서와 1차 교육과정 시기(1954.4~1963.2)에 발행된 중등 국어교과서에 한용운의 작품이 수록되었다.

조선일보사에서 1938년에 펴낸 『조선문학독본』에는 시집 『님의 침묵』에는 없는 세 편의 시가 수록되어 있다. 당시 문학독본이란 문학을 배우는 일종의 교과서라 할 수 있는데, 여기에 수록된 시 「산거」와 「낙일」, 시조 「유민」이 어떤 기준에서 대표작으로 선정되었는지, 그 선정 경위를 분명하게 알 수는 없다. 같은 시기에 동일한 출판사에서 펴낸 『현대조선문학전집-시가집』에 수록된 한용운의 대표작과 비교할 때, 이러한 결과를 단순히 편집자의 시각차로 보아야 할지 아니면 문학독본의 구성상 자유시보다는 의고취향이 강한 시나 시조가 요구되었는지는 명확하지 않다. 다만 당시 문학독본과 문학선집이 갖는 사회적 기능의 차이가 이러한 결과로 나타났다고 볼 수밖에 없을 듯하다. 그러므로 이 문학독본이 한용운 시의 정전화에 일정한 기여를 하였다고 보기는 어렵다. 하지만 문학독본에 수록될 정도로 당시 한용운이 문학계에서 일정한 인지도를 갖고 있었음을 이 텍스트는 분명히 보여주고 있다.

해방이 되자 초중등 교육과정에서 교과서가 발간되기 시작하였다. "식민지 교육의 잔재를 불식하고 국가 교육을 재건하기 위해 1945년 9월에 발족된 조선교육심의회 제9분과 위원회가 교과서 업무를 담당하면서, 국어교과서 편찬이 본격적으로 시작"[27] 되었다. 이를 위해 위원회는 조선어학회에 국어교과서 편찬을 위임하게 된다. 당시 미군정청 학무국 편수관으로 들어간 이병기와 함께 집필위원인 이숭녕·이태준·이희승이 국어교과서 편찬을 주도한 것으로 알려져 있는데, 이렇게 하여 발간된 『중등국어교본』(상)에 시 「복종」이 수록된다. 이 교과서는 조선어학회가 위임받아 편찬을 하였지만 수록된 시의 면면을 보면 좌우문단을 아우르는 포괄적 입장을 견지하고 있음을 알 수 있다. 여기에는 이병철, 임화, 조명희 등의 카프계열 시인의 작품과 모더니즘계열에 속하는 김기림의 작품, 국민문학파계열에 속하는 주요한, 이은상의 작품이 함께 수록되어 있다. 교과서 편찬 과정에서 조선어학회 중심의 편찬이 진행되자 이에 반발한 여러 단체들이 위원회를 결성하여 이의를 제기함에 따라 범문단적 참여를 통한 내용의 수정과 보완이 진행되었다[28]는 점을 상기해 보면, 이 교과

27 사단법인 한국검인정교과서 공식사이트, 'http://www.ktbook.com/info/info_02_2.asp(검색일 2016.3.31)' 참조.

서에 수록된 시는 당시 논의의 장에 참여한 단체와 집필자 및 편수관의 상이한 입장이 정략적 합의의 과정을 거친 결과로 볼 수 있다. 이렇게 볼 때, 한용운의 시는 조선어학회 쪽에서 추천했을 가능성이 높은데 당시 조선어학회에서 교과서 편찬을 도왔다는 조지훈의 적극적인 추천이 있었을 것으로 추측해 볼 수 있다.[29] 시 「복종」은 이후 학제의 과도기에 일시적으로 사용된 바 있는 『중등국어』 1에도 수록된다. 한편, 시 「알 수 없어요」는 1954년에 발간된 1차 교육과정의 국어교과서인 『고등국어』 II에 수록된다. 이 시는 여러 차례 문학적 평가의 대상이 되어 왔다는 점에서 교과서 수록을 이례적인 것으로 볼 수는 없다. 이처럼 해방 이후 1950년대에 한용운의 시는 「복종」과 「알 수 없어요」가 중등 과정 국어교과서에 수록되면서 정전의 지위를 획득해 나갔다.

한편 해방이 되자 중등교육 및 대학교육에 사용할 국어교재들이 개발 및 발간되기 시작하였다. 1946년에 이하윤이 펴낸 『현대국문학정수』(제1집)는 당시 고등학교 및 대학 저학년을 위한 국문학 교재였다. 여기에는 몇 편의 시가 수록되어 있는데 시 「비밀」이 그 가운데 하나이다. 문학선집에서부터 시 「비밀」을 한용운의 대표시로 선정해 온 이하윤의 시적 취향이 반영된 결과라 하겠다. 또한 중등생을 위한 시감상서를 펴낸 장만영은 『현대시 감상』에 시 「알 수 없어요」를 수록해 두고 있다. 이 두 텍스트에 수록된 시 「비밀」과 「알 수 없어요」는 당시 문학사에서 한용운을

28 이 과정에 대해서는 정영훈의 「미군정기 국어 교과서의 편찬 과정 재론—조선어학회와 조선문화건설중앙협의회의 관계를 중심으로」(『배달말』 50, 배달말학회, 2012)에 자세한 과정이 상술되어 있다.

29 정영훈은 중등국어교본을 만드는 일에 이병기와 조지훈이 관계한 사실에 주목하고 있다(위의 글, 202쪽). 하지만 현재로서는 한용운의 시가 여기에 수록된 구체적인 정황에 대해서는 좀 더 면밀한 고찰이 필요한 상황이다.

종교적인 명상과 신비주의적 성향의 시인으로 평가한 관점과 일치하는 선정 결과라 할 수 있다.

중등교육에서 요구되는 교재와 함께, 한국전쟁이 끝난 직후인 1954년에는 대학들이 교양국어 교재를 본격적으로 편찬하기 시작하였다. 초창기 대학교재에서 시 「님의 침묵」을 수록한 서울대 교재를 제외하고는 이병기·백철 등이 펴낸 『표준문예독본』, 고려대의 『대학교양국어』, 국어국문학회 산하의 국어교재편찬위원회의 『표준대학국어』에는 모두 시 「나룻배와 행인」이 수록되었다. 이처럼 시 「님의 침묵」과 「나룻배와 행인」이 주로 대학교재에서 대표시로 수록되었던 반면, 중등과정에서는 시 「복종」과 「알 수 없어요」가 지속적으로 한용운의 대표시로 수록되었음을 확인할 수 있다.

5. 맺음말

문학에 있어서 정전이란 암묵적 합의를 통해 공유되는 위대한 작품과 작품을 통칭하는 개념이다. 한용운의 경우, 문단외적 인물로 활동한 생애사적 이력으로 인해 이러한 암묵적 합의의 과정이 상당히 오랜 시간에 걸쳐 진행되었다. 그의 대표시에 대한 서로 다른 평가가 시선집, 문학사, 국어교과서와 문학교재라는 상호 연관되는 인식장을 통해 느슨하게 공유되면서 정전화의 과정을 거쳐 왔다고 할 수 있다.

여기에서는 1960년대 이전 한용운 시의 정전화 과정을 살펴보았다.[30] 이 시기에 한용운 시의 정전화를 주도한 세 층위의 텍스트들을 검토해

본 결과, 1960년대 이후부터 오늘날까지 한용운의 시를 논의하는 데 있어서 하나의 공식이 되고 있는 불교사상과 독립사상의 결합이나 두 사상이 만들어내는 저항문학의 가능성은 이 시기에는 본격적으로 논의되지 않았음을 알 수 있었다. 이 시기까지 한용운의 시세계는 종교적이고 명상적인 경향을 보이는 것으로 인식되었으며, 한용운 시인은 '종교시인'으로 호명되고 있었다. 또한, 그의 시편들 가운데 지속적으로 평가된 작품은 시 「알 수 없어요」였으며, 1950년대 접어들면서 시 「님의 침묵」이 서서히 평가받기 시작하였다. 이 밖에도 해방 이후 중등국어 교과서에 시 「복종」이 수록되면서 그의 시는 중등 교육과정에서 근대시의 한 정전으로 자리 잡게 되었다. 1950년대 중반에 접어들면서 시 「복종」과 「알 수 없어요」가 주로 중등 교육과정에서, 시 「나룻배와 행인」과 「님의 침묵」이 대학 교양교육과정에서 대표작으로 정전화되어 나갔다. 또한 이러한 정전화 과정에서 서정주와 김춘수의 역할이 적지 않았음도 확인할 수 있었다. 향후 이 시기에 발간된 개인 저작의 국어교과서나 시감상서까지 참고한다면 논의를 보다 명확하게 할 수 있을 것으로 기대된다.

이상의 논의를 통해 1950대까지 한용운 시의 정전화 과정을 간략하게 살펴보았다. 이 논의를 바탕으로 1960년대 이후에 민족저항시로 그의 시가 호명되는 과정도 면밀하게 규명해 본다면 한용운의 시가 어떻

---

30 1970년대에 접어들면 한용운의 시는 정전으로서의 확고한 입지뿐만 아니라 대중적 인기를 누린 것으로 보인다. 1926년 5월에 회동서관에서 『님의 침묵』 초판본이 발간되었고 1934년 7월 한성도서에서 재판이, 1950년 4월에 한성도서에서 3판이 발간되었다. 그 후 1972년에 진명문화사와 삼성문화재단, 정음사에서 4판이 나올 때까지 20여 년의 간격이 있었다. 진명문화사에서 발간된 시집은 10여 판이 발행될 정도로 독자층의 호응을 얻었다고 한다. 판본에 대한 구체적인 서지사항과 판본 간 차이에 대해서는 김용직의 『님의 침묵 총체적 분석연구—한용운의 시, 새롭게 읽기』(서정시학, 2010, 15~23쪽)에 자세하게 언급되어 있다.

게 현대시사에서 정전화되었는지 그 전체상을 조망해 볼 수 있을 것이다. 특히 명상적이고 초월적인 경향의 '종교시인'에서 저항적인 '민족시인'으로 전환되는 과정에서 새롭게 조명되는 시의 정전화 과정을 밝히고 기존의 대표시가 다르게 해석되는 양상도 비교해 볼 필요가 있을 것이다. 이는 추후의 과제로 남긴다.

3장

조지훈의 한용운 인식 방법 비판

1. 만해와 지훈

계보학적 사유는 인식의 기원을 추적하지만 기원을 확인하는 데 궁극적 목적이 있는 것은 아니다. 실제로 기원이란 언제나 가정적으로 합의될 뿐 확정적일 수는 없다. 따라서 계보학적 사유 자체는 과거를 향한다기보다는 지금-이곳의 사유를 문제 삼는 방식으로 볼 수 있다. 그것은 당대의 지배적 인식을 의문시하며 통념화된 사유의 이정표들을 교체하는 일련의 과정이 될 때 진정한 의미를 가질 수 있기 때문이다. 이러한 전제를 우리 시사에서 민족시인으로서 확고한 위상을 갖고 있는 만해 한용운에 적용해 본다면 어떻게 될까? 남북문학사 모두에서 일제강점기를 대표하는 저항적 민족시인으로 손꼽히는 한용운의 경우, 이러한 확고한 문학사적 평가만큼이나 그의 시를 읽어내는 독법에도 '저항'과 '민족'이라는 두 수사는 견고한 해석의 잣대로 자리하고 있다. 그렇다면 '저항'과 '민족'으로 수렴되는 이 견고한 해석의 준거는 어떤 논리화 과정을 통해 형성되었으며, 이러한 해석이 그의 시를 읽어내는 데 온당하게 작용하고 있는가라는 질문이 제기될 수 있다.

한용운이 저항적 민족시인으로 호명되면서, 이를 실제적으로 입증할 수 있는 그의 시도 일정한 해석의 프레임을 통해 민족시의 계보 안에서 인식되어 왔다. 여기서 일정한 해석의 프레임이란 시집 『님의 침묵』을 유기적인 시각으로 파악하며 서로 다른 이질적인 층위들을 통일시키는 전일적全一的 관점을 지칭한다. 이러한 관점에 의하면 시집의 중심 시어인 '님'에 대한 해석은 연인과 부처(깨달음)와 민족독립으로 범주화되고 이들 범주가 하나로 종합되는 유기적 통일체로 인식되면서 저항적 민족시로서의 성격을 강화시켜 왔다. 시인으로서 한용운이 독립운동가, 선승, 시인이 혼융일체를 이룬다는 논의 방식과 동일한 방식으로 그의 시에 대한 인식에서도 총체적이고 포괄적인 관점이 작동하며 저항적 민족시의 전형화를 지향해 온 것이다. 이처럼 한용운에 대한 시인론과 시연구는 이질적인 요소나 층위가 전일적 시각하에서 유기적으로 결합됨으로써 균열과 틈을 허용하지 않은 채, '민족'이라는 가치로 봉합되어 왔다. 이 과정에서 조지훈이 문제적인 것은 이러한 지배적 인식의 정당성을 제공한 기원의 자리에 그가 위치하고 있기 때문이다.

조지훈趙芝薰(1920~1968)은 해방 이후 한용운을 일제강점기를 대표하는 시인의 반열에 올려놓으며, 그를 근대시사에서 민족시인으로 호명하는 데 주도적인 역할을 담당한 인물이다. 실제로 그는 해방 이후 교과서 발간에서 일정한 역할을 담당하면서 한용운의 시 「복종」이 교과서에 수록되는 데 기여한 것으로 추정된다. 또한 당시 문학계 쪽에서는 주로 종교시인으로 평가되던 한용운에 대한 인식[1]을 민족시인 쪽으로

1 1960년대 이전에 발간된 문학선집, 문학사, 문학교과서 및 문학교재를 분석하여 한용운 시의 정전화 과정을 논의하면서, 저자는 해방 이후 최초의 교과서에 한용운의 시가

이동시키면서 전인적 인간상의 한 전범으로 그를 그려내고자 노력하였다. 특히 중요한 점은 그가 해방 이후 한용운 연구에 불을 지피며, 한용운에 대한 학술적 연구의 발판을 마련하였다는 사실이다. 그는 고려대 문과대학에 재직하며 학생들에게 한용운을 연구하도록 독려하였다.[2] 이러한 조지훈의 노력이 결실을 맺어, 1950년대 중반에 접어들면서 '고대문학회' 학생들은 한용운의 글을 수집 및 정리하고 이를 토대로 한용운 연구를 시작하였다. 이 노력의 결과로 한용운 연구의 다양한 층위를 보여준 최초의 연구서인 『한용운연구』[3]가 발간되었다. 이 책에는 조지훈이 제시한 한용운 인식 방법이 그대로 적용되어 있다. 한용운 연구의 범주를 불교, 문학, 독립투쟁으로 나눈 이 책의 체계나 조지훈이 덧붙인 책의 서문만으로도 이 연구서 발간 과정에서 그가 한 역할은 짐작하고도 남음이 있다. 한용운에 대한 최초의 연구서인 『한용운연구』의 저자이자 조지훈의 제자인 인권환의 회고에 따르면, 조지훈은 "저자들의 교열 요청을 흔쾌히 수용, 약 1개월에 걸친 정독을 통해 오류를 지적하고 문장을 수정하도록 하였으며, 약 100매의 원고를 삭제하도록 하였다"[4]고 한다. 이처럼 조지훈은 한편으로는 해방 이후 한용운 문학을 재조명할 학문적 발판을 만들었고, 다른 한편으로는 민족시인이라는 시각을 생산하며 한용운 인식의 방향성을 제시한 인물이라

수록되게 된 경위와 1950년대까지 한용운에 대한 문학계의 인식에 대해 주목해 보았다. 조지훈은 해방 후 교과서 편찬을 위임받은 '조선어학회'에 관여하고 있었고, 그 과정에서 수록할 시작품 선정에 일정한 기여를 했을 것으로 추정된다. 이에 대해서는 이 책의 제3부 2장 「한용운 시의 정전화 과정」에서 자세히 논의하였다.

2 조지훈, 「서문」, 박노준 · 인권환, 『한용운연구』, 통문관, 1960, 5~7쪽 참조.

3 위의 책.

4 인권환, 「만해학의 전개와 그 전망적 과제」, 『한국문학의 불교적 탐구』, 월인, 2010, 245쪽.

할 수 있다.[5]

따라서 여기에서는 조지훈이 남긴 세 편의 '한용운론'을 중심으로, 한용운을 민족시인으로 인식하고 그의 시를 민족시로 파악하는 논리가 조지훈의 인식체계 안에서 어떻게 논리화되었는지 살펴보고자 한다. 이를 위해 시인과 작품에 대한 조지훈의 인식을 분리하고, 각각의 인식이 조지훈의 역사인식 및 문학인식과 어떤 정합성을 갖는지에 대해 추적해 보고자 한다. 이 과정에서 한용운이 민족시인으로, 그의 시가 민족시로 인식되는 논리의 실상을 포착할 수 있을 것이며, 민족民族과 선禪과 시詩라는 서로 다른 범주가 어떻게 논리적으로 봉합되는가를 살피게 될 것이다. 이러한 작업은 서로 다른 차원에 있는 불교와 민족이 만나는 방식에 대한 모색이면서 보다 본질적으로는 시란 무엇인가를 되묻는 일이 될 것이다. 도덕적 편견의 기원을 밝히면서 니체가 던진 아포리즘은 오늘날 한용운을 이해하는 데도 그대로 적용된다. "모든 사람은 자기 자신에 대해 가장 먼 존재이다. 우리 자신에 대해 우리는 결코 '인식자'가 아닌 것이다."[6] 만해 한용운에 대한 인식의 계보학을 문제 삼는 일은 이러한 니체적 아포리즘에서 출발한다.

---

5 김광식은 한용운전집 발간의 경위를 밝힌 논문 「『한용운전집』 발간과 만해사상의 계승」(『만해학보』 17, 만해사상실천선양회, 2017)에서 전집 출간 과정에 대해 상술하고 있다. 또한 그는 『만해 한용운 연구』(동국대 출판부, 2011)의 부록에 전집 간행에 참여했던 박노준 교수의 기고문을 수록해 두고 있다. 이 기고문은 『고대교우회보』 426(고려대 교우회, 2006.1)에 수록된 「『한용운전집』과 고대문학회」라는 글이다. 박노준은 전집 간행에 크게 기여한 박광과 조지훈의 기여를 밝히면서, 이들의 사후에 전집이 출판되면서 편집위원이나 간행위원에 이들이 빠졌다고 애통해 하고 있다.

6 프리드리히 니체, 김태현 역, 『도덕의 계보/이 사람을 보라』, 청하, 1982, 22쪽.

2. 순일한 정신과 시인지사론詩人志士論의 논리

조지훈은 한용운의 생애와 문학을 집중적으로 다룬 세 편의 글을 남겼다.[7] 「한용운 선생」(『신천지』 9(10), 1954), 「한용운론—한국의 민족주의자」(『사조』 1(5), 1958), 「폭풍·암흑 속의 혁명가—한국의 민족시인 한용운」(『사상계』 155, 1966)이 그것이다. 이 글들은 발표시기로 볼 때 수년씩의 간극이 있지만, 내용이나 표현에 있어서 적지 않은 반복과 중첩을 보이며 하나의 일관된 논지를 담아내고 있다. 세 편의 글에서 조지훈은 신념을 고수해 나간 지사적志士的 인간상의 전형으로 한용운의 면모를 포착해 나갔다. 특히 여기에서 조지훈은 오늘날 한용운 이해의 통념이 된 독립운동가, 선승, 시인의 삼위일체를 주장하면서, 민족과 불교와 문학이 종합된 전인적 인간으로 그를 그려낸다. 그렇다면 조지훈의 인식체계 안에서 어떻게 이러한 일체론이 가능했으며, 조지훈의 논리 속에 내포되어 있는 시인론의 핵심은 무엇이었는지 살펴볼 필요가 있다.

조지훈이 한용운의 생애와 문학에 대해 최초로 쓴 글은 「한용운 선생」[8]이다. 이 글은 분량은 소략하지만 한용운에 대한 조지훈의 인식 방법이 전반적으로 드러난 최초의 인물비평이라는 점에서 일정한 의미를 갖는다. 이 글에서부터 일관되게 조지훈은 한용운을 '지조志操의 높이'를 지녔으며 '민족정신의 정절'을 지킨 인물로 평가하며 그를 민족주의

---

7 이 밖에도 자신의 시적 여정을 정리한 「나의 역정(歷程)」(『고대문화』 1, 고대문화편집위원회, 1955), 제자인 박노준·인권환이 집필한 『한용운연구』(통문관, 1960)의 「서문」, 노작 홍사용(露雀 洪思容)을 추모하며 쓴 글인 「人間露雀」(『동아일보』, 1947.1.14)에서도 한용운의 삶에 대해 언급하고 있다.

8 조지훈, 「한용운 선생」, 『신천지』 9(10), 서울신문사, 1954.

자이자 지사志士로 규정해 나간다.

> 한용운 선생(韓龍雲 先生)의 평생의 '임'은 '민족(民族)'이었다. 석가(釋迦)의 임이 중생(衆生)이 듯이, 마찌니의 임이 이태리(伊太利)이 듯이, 선생의 임은 중생(衆生)이요 또 한국(韓國)이기 때문에 한국(韓國)의 중생(衆生) 곧 우리 민족(民族)이 그 임이었다. (…중략…) 폭악(暴惡)한 일제(日帝)의 발굽 아래 비틀어진 세상에 국내(國內)에서 끝까지 민족정신(民族 精神)의 정조(貞操)를 지킨 분 속에 진실로 그 매운 향내의 면(面)에서 누가 능히 선생(先生)과 어깨를 겨눌 수가 있었을가.[9]

조지훈은 한용운의 생애를 추동한 힘은 '민족'에 대한 사랑이라고 보고 그를 일제강점하에서 '민족정신의 정조'를 지킨 민족시인으로 평가한다. 한용운이 3·1운동에 민족대표로서 참여한 후 민족주의자로서 평가된 바는 있지만, 시인으로서 한용운의 입지를 민족시인으로 명명하며 그의 시를 민족문학의 중심에 두는 평가는 조지훈이 개척한 것이다. 실제로 1950년대까지 문학계의 한용운에 대한 평가는 종교시인의 범주에서 인식되고 있었다. "시를 전문하는 시장詩匠은 아니었으되, 든든한 불교적 세계관과 깊은 관조에서 「사랑」의 복음을 전파한 점－인도의 시인 「타고아」에 비할 만한 종교시인의 면모"[10]가 있다고 본 서정주의 평가는, 이 시기에 문학계의 한용운에 대한 인식을 보여주는 대표적인 예이다. 또한 해방 이후 발간된 최초의 문학사에서 백철은 "이 땅

9 위의 글, 43~44쪽.

10 서정주 편, 『현대조선명시선』, 온문사, 1950, 5쪽.

의 시인치고는 드물게 명상적이요 철학적인 구원에 대한 시상을 노래한 시인"[11]이라 한용운을 평가하며 그를 철학적이고 종교적인 시인으로 인식하였다. 따라서 조지훈의 이러한 주장은 종교적 시인으로 인식되던 한용운을 민족시인으로 인식하게 만드는 결정적 전환점이 되었다고 하겠다. 그렇다면 조지훈이 한용운을 민족시인으로 인식해 나간 논리는 어떤 맥락에 근거하고 있는 것일까?

개인사의 측면에서 볼 때, 조지훈은 한국전쟁 와중에 부친이 납북되는 아픔을 겪었고 또한 참전을 통해 동족상잔의 비극을 직접 목격하였다. 따라서 그에게 '민족'은 분단극복의 이념태라는 당위성을 내포한 특별한 의미를 가졌다. 하지만 이러한 개인사적 경험이 아니라도 지향해야 할 이념태로서 '민족'에 대한 인식은 해방공간과 1950년대를 가로지르는 중요한 비평사적 의제이기도 하였다. 해방 이후에 '민족'이라는 이념이 분열을 아우르는 통합적 인식을 견인하고 있었다는 점은 임화와 같은 대표적인 좌익계열 문인의 민족문학론에서도 찾아볼 수 있다.[12] 따라서 이런 양상은 비단 조지훈에 국한된 문제는 아니라 할 수 있다. 당시 '민족'을 이해하는 방식은 진영에 따라 일정한 차이를 보이지만 '민족'을 추구해야 할 궁극적인 이념으로 상정한 것은 진영을 떠나 일정하게 공유된 가치였기 때문이다. 이런 비평사적 맥락으로 볼 때, 민족정신을 강조하며 한용운을 민족시인으로 호명해내는 방식은 자연스러운 시대정신의 반영으로 볼 수 있다. 하지만 우파 민족주의 진

11 백철, 『신문학사조사』(개정판), 민중서관, 1952, 234쪽.

12 이 시기 임화는 계급성보다는 대중성에 대한 모색을 내세우며 분열보다는 통합에 강조점을 두고 민족문학에 관한 논의를 진척시켜 나가고자 하였다. 김영민, 『한국 현대문학 비평사』, 소명출판, 2000, 11~118쪽 참조.

영에 선 조지훈의 '민족'에 대한 인식은, 다른 논자들의 주장과는 내용상 분명한 차이를 보이는 것도 사실이다. 조지훈은 표면적으로는 우파 민족주의계열에 선 논자들과 동일한 방식으로 전통의 재인식을 강조하면서 정치에 예속되지 않은 순수한 개념으로서 '민족'을 인식하였다. 하지만 그는 여기에 문학의 사회적 비판기능을 더하였다는 점에서 여타의 우파 논자들과 일정한 거리를 보인다.[13] 그가 한용운을 민족시인의 전형으로 부각시키는 데는 이러한 민족에 대한 나름의 인식이 자리하고 있었다.

또한 조지훈은 민족시인으로 한용운을 인식해 나가는 동시에 그를 유가적儒家的 의미를 지닌 '지사志士'로 규정해 나간다. 이러한 인식은 「한용운론—한국의 민족주의자」에서 보다 강조되는데, "만해 한용운 선생은 근대 한국이 낳은 고사高士였다"로 시작되는 이 글에서 그는 지사로서의 한용운의 면모를 앞세우며 '혁명가와 선사와 시인의 일체화'로 한용운의 삶과 문학을 특징짓는다.

> 혁명가(革命家)와 선승(禪僧)과 시인의 일체화—이것이 한용운 선생의 진면목이요, 선생이 지닌 바 이 세 가지 성격은 마치 정삼각형과 같아서 어느 것이나 다 다른 양자(兩者)를 저변(底邊)으로 한 정점을 이루었으니, 그것들은 각기 독립한 면에서도 후세의 전범(典範)이 되었던 것이다. (…중략…) 무위한 채로 민족정기의 지표가 되고 강개하면서도 방광

13 이런 점에서 보수주의자이면서도 사회적 비판의식을 가진 조지훈을 한국의 보수주의자 가운데 나름의 합리성을 가진 인물이었다고 보는 김윤태의 평가는 음미해 볼 만하다. 김윤태, 「한국의 보수주의자 조지훈」, 『역사비평』 57, 역사비평사, 2001 참조.

(放曠)에 떨어지지 않고 정신의 기둥이 될 수 있었다는 이 하나만으로 선생은 지사(志士)의 평생행약(平生行躍)에 일말의 의아(疑訝)를 허(許)하지 않고 초발심(初發心)의 정과(正果)를 증득(證得)한 것이다.[14]

이처럼 '혁명가와 선승과 시인의 일체화'로 한용운을 인식하는 방식은 조지훈이 일관되게 견지한 관점이었다. 그렇다면 이러한 일체화의 논리는 어떤 논리적 근거에 기인하는 것일까? 이를 온전하게 이해하기 위해서는 조지훈의 사유의 틀 안에서 어떤 논리화의 과정을 통해 한용운에 대한 이러한 관점이 정립되었는지를 살펴볼 필요가 있다.

조지훈은 일제강점기에서부터 지속적으로 한국문화사를 사상사와 예술사를 통해 정립하려는 학문적 지향을 견지했으며,[15] 이를 구체화한 한국문화사 연구를 통해 한국적 미의식의 계보화와 한국적 사유의 계보화를 시도하였다. 그는 고유한 미의식으로 '멋'을 호명해내면서 한국적 미의식을 체계화하는 한편, 한국적 사유의 실체를 밝히기 위해 민족정신의 계보화를 시도하였다.[16] 이 과정에서 그는 한국적 사유의 특징을 휴머니즘에서 찾고 휴머니즘의 형성과 전개 과정으로 한국사상사를 설명해낸다.[17] 물론 이러한 조지훈의 논의는 해방 이후 우파계열 문인을

14 조지훈, 「한용운론–한국의 민족주의자」, 『사조』 1-5, 1958, 84~87쪽.

15 1964년에 발간된 『한국문화사서설』(탐구당)의 서문에서 조지훈은, 정신사를 통해 한국의 문화사를 파악하고자 하는 관점을 일제말기부터 지속적으로 가져왔다고 밝히고 있다.

16 이에 대해서는 이선이, 「조지훈의 민족문화 인식 방법과 그 내용」(『한국시학연구』 23, 한국시학회, 2008)에서 구체적으로 살핀 바 있다.

17 한국비평사에서 휴머니즘 논의의 출발에 대해서는 김영민이 「파시즘에 대한 저항과 휴머니즘 이론 논쟁」(『한국 근대문학비평사』, 소명출판, 1999, 453~502쪽)에서 상술하고 있다.

대표하는 김동리의 휴머니즘론과 그 맥을 같이한다. 김동리는 「순수문학의 진의」에서 '민족문학은 민족단위의 휴머니즘'[18]이라고 전제하고 민족정신을 앞세운 민족문학론을 전개한 바 있다. 조지훈의 휴머니즘론도 민족과 순수와 휴머니즘을 등가화하는 방식으로 초계급적, 탈이념적 문학론을 내세운 김동리의 민족문학론의 자장 안에서 전개되었다.[19] 하지만 조지훈은 역사적인 저항성을 휴머니즘론 안에 담아내고자 했다는 점에서 김동리와 일정한 차이를 보인다. 지사志士와 지조志操의 문제가 휴머니즘을 구현하는 실천론으로 배치된 것은 이러한 차이의 전략을 드러낸 결과로 볼 수 있다. 조지훈은 휴머니즘이 가장 찬란하게 꽃피는 극적인 순간을 '의義에 대한 신념, 불의에 대한 반항으로서의 지조와 순절殉節'에서 찾아볼 수 있다고 보고, 이를 대표하는 인물로 정몽주, 신채호, 한용운을 제시한다. 조지훈은 이들을 '절의적 인간상'으로 명명하며 민족정신사의 중심부에 이들을 놓고 정신의 계보화를 시도한다. 그가 「지조론」에서 정의한 "지조志操란 것은 순일純一한 정신을 지키기 위한 불타는 신념이요, 눈물겨운 정성이며, 냉철한 확집確執이요, 고귀한 투쟁이기까지 하다"[20]라는 인식은, 기실 조지훈이 한용운에 대한 최초의 논평에서부터 지속적으로 한용운의 삶에 투사해낸 인식이었다.

그렇다면 조지훈이 한국정신사의 중심에 세우고자 한 지사적 삶에서 지사가 지켜야 할 정신이란 구체적으로 무엇을 의미하는 것일까? 환언

18 김동리, 「순수문학의 진의」, 『서울신문』, 1946.9.15.

19 이들의 휴머니즘론은 1930년대 중반 서구에서 휴머니즘이 제기될 당시의 파시즘체제에 대한 저항이라는 역사적 의미는 탈각된 상태였고, 전후의 탈이념적 성격을 우회적으로 표출하면서 인간 보편의 문제를 담아내고자 하는 피상적인 관념론으로 흘렀다고 할 수 있다.

20 조지훈, 「지조론」, 『지조론』(조지훈전집 5), 나남출판, 1996, 93쪽.

하면 조지훈이 지사가 끝끝내 지키려 한 것이 '순일한 정신'이라고 했을 때, 순일한 정신이 담고 있는 함의는 무엇일까라는 질문이 가능해진다. 조지훈은 한국정신사를 논구한 글에서 한국의 휴머니즘은 "인권과 민족적 주권과 문화적 주체 옹호를 합일한 기본적 휴머니즘"[21]을 기조로 한다고 밝히고 있다. 여기서 인권이 인간의 보편적 권리로서 개인이 가져야 할 최소한의 존엄에 대한 권리라면 민족주권은 국민국가의 주권 확보라는 측면에서 이해될 수 있는 성질의 것이다. 이 둘은 개인과 국가의 문제로서 인권과 주권을 동일한 차원에서 논의하기는 어렵다. 여기에 더해진 문화적 주체성이 다분히 민족주권과 결합되는 민족주의적 차원을 의미한다면 이 같은 인권과 민족주권의 결합은 어떻게 가능한가가 문제로 남겨진다. 인류 보편의 문제인 인권의 문제와 민족주권이 합일되는 문제는 매끄럽게 봉합될 수 없는 논리적 균열을 갖고 있다. 이 둘이 반드시 상충하는 개념은 아니지만 언제나 합치될 수도 없는 개념이라는 점도 부정할 수 없기 때문이다. 하지만 이 둘이 균열 없이 합치될 수 있는 시기가 있는데, 외세에 의해 인권과 민족주권이 유린될 때가 이 둘의 행복한 합치를 가능하게 하는 필요조건이라 할 수 있다. 실제로 조지훈은 민족주권이 위기에 처하거나 이를 강탈하는 현실에 대해 저항해 온 '대이민족對異民族 투쟁사鬪爭史'를 '민족의식民族意識 발달사發達史'와 등치시킴으로써[22] 인권이 민족주권과 자연스럽게 결합되는 민족운동사로 우리의 역사를 파악한다. 즉 그는 보편적 인권이 외세의 침략에 의해 유린되는 상황에서 외세에 항거하며 투쟁을 벌여온 저항과

21 조지훈, 「한국 정신사의 문제」, 『한국문화사서설』(조지훈전집 7), 나남출판, 1996, 246쪽.
22 조지훈, 『한국민족운동사』(조지훈전집 6), 나남출판, 1996.

투쟁의 역사를 한국사의 중심에 놓고자 한 것이다.[23] 따라서 그가 한국적 휴머니즘의 내용으로 파악한 순일한 정신은, 민족주권을 우위에 두고 보편적 인권을 여기에 결합시켜낸 논리로 볼 수 있다. 조지훈에게 민족주권의 상실은 인간의 보편적 권리를 훼손하고 억압하는 현실에 해당하며, 이에 대한 저항정신이야말로 바로 '순일한 정신'의 내용에 해당된다. 이러한 정신의 역사에서 역사적 주체는 인식의 분열을 허용하지 않는 완결성을 요구받는다. 그러므로 일체화의 논리는 정신사로 역사를 파악할 때 갖게 되는 필연적인 논리적 귀결이라 할 수 있을 것이다. 이처럼 조지훈의 정신사로서의 역사인식이라는 시각 안에서 한용운은 '혁명가와 선사와 시인의 일체화'를 통해 '순일한 정신'을 지키는 '지사志士'로 포착되어 나간 것이다.

이처럼 정신사의 관점에서 지조를 지키는 지사로 한용운을 이해한 것이 조지훈의 기본적인 한용운 인식이었다면, 혁명가와 선승과 시인은 어떻게 지사와 연결될 수 있었을까 하는 물음은 여전히 해소되지 않은 채 남게 된다. 즉 일체화가 세계인식의 방법이 낳은 결과였다면 이를 한용운에게 적용할 때, 이러한 일체화를 가능하게 하기 위해서는 혁명가와 선승과 시인에게 '순일한 정신'이 발견되어야 한다. 자기 신념을 지키는 인간을 지사로 보았다면 그가 지키려 한 신념은 무엇인가라는 질문이 가능하고, 조지훈의 한국사상사에 대한 인식을 고려한다면

---

23 강만길은 『한국민족운동사』를 평가하는 글에서 조지훈이 일제강점기 민족운동사를 인식하는 데 있어서 대외적 측면만을 강조한 것은 한계라고 지적하고 민족운동사를 전반적으로 조망하기 위해서는 이와 동시에 공화주의운동도 함께 보아야 한다는 시각을 제시하였다. 강만길, 「지훈과 『한국민족운동사』」, 『조지훈연구』, 고려대 출판부, 1978, 350쪽 참조.

그것은 민족애라는 신념에 가장 가까울 수 있을 것이다. 이런 전제에서 볼 때, 그가 주장한 '진실로 시인은 지사여야 한다'[24]는 시인지사론詩人志士論은 민족을 주어로 하는 술어에 해당한다고 할 것이다.

> 그의 혁명가적 종교가적 또는 예술가적 생명의 일원상(一元相)의 구현은 시(詩)로서 나타나게 되었고 그의 생애의 면목은 지절시인(志節詩人)이란 이름으로 일컬어지게 되었으며 이 지절시인(志節詩人)으로서의 바탕은 다름 아닌 그의 혁명가적 정신과 경력(經歷), 선승적(禪僧的) 기질과 수련의 소치임을 알 수 있기 때문이다.[25]

조지훈은 한용운이 지닌 혁명가적, 종교가적, 예술가적 특징이 일체화되어 나타나는 '일원상一元相의 구현'이 그의 '시'라고 보고 있다. 불의의 현실에 저항하는 혁명가적 열정과 초월적 세계에 대한 종교적 열망이 예술적 형상화로 표출된 것이 한용운의 시라고 평가하고 있는 것이다. 따라서 한용운에 대한 평가도 지사와 시인의 결합으로 귀결된다. 조지훈의 논리 안에서 '순일한 정신'은 민족정신을 지키는 것이었으므로, 시와 정신을 결합시키고자 한 조지훈에게 한용운은 마침내 '지절시인志節詩人'으로 호명된다. 여기서 '지절'은 민족애의 다른 기표라 할 수 있는데, 민족지사로서 한용운은 지조와 시의 결합을 통해 정신사의 계보에서 문학사적 계보로 이동된다. '지절시인'은 이러한 인식의 결과라

---

24 조지훈, 「폭풍 · 암흑 속의 혁명가—한국의 민족시인 한용운」, 『사상계』 155, 사상계사, 1966, 329쪽.

25 위의 글, 327~328쪽.

하겠다. 이러한 결합에는 혁명가적 정신과 선승적 기질이 바탕이 되었다고 보고 있지만 '지절시인'이라는 기표에서 선승의 이미지를 찾기는 쉽지 않다. 따라서 혁명가와 선승의 결합에는 인권과 민족주권의 결합에서 발견되는 논리적 비약이 그대로 재현되고 있다고 하겠다. 민족에 대한 사랑과 시의 결합이 가능하고 선적인 경향과 시의 결합 또한 가능하지만, '민족'과 '선禪'이 어떻게 접목될 수 있는가 하는 문제는 '지절시인론'으로는 봉합되지 않는 지점이다. 실제로 호국불교[26]라는 말이 불교철학의 입장에서 성립되기 어렵다는 점을 염두에 두고 보면, 조지훈이 '민족'과 '선'을 이처럼 쉽게 결합시키는 방식은 민족을 우위에 둔 일방적인 위계화로 이해할 수밖에 없다. 따라서 '혁명가와 선승과 시인의 일체화'와 '시인이 곧 지사'여야 한다는 '시인지사론'은 예술의 문제, 좁혀서 말하면 시에 대한 인식으로 고스란히 이월되면서 다른 방식의 해명을 요구한다고 할 수 있다.

26 심재관에 따르면 호국불교라는 개념은 최남선이 원효사상에 주목하여 한국불교의 특징을 통불교(通佛教)로 보면서 시작되었으며, 이러한 원효인식이 불교사학자인 조명기로 이어져 총화불교(總和佛教)로 변형되면서 불의의 현실에 대한 비판력을 상실하고 무비판적 회통을 강조함에 따라 호국불교로 변질되었다고 한다. 심재관, 『탈식민시대 우리의 불교학』, 책세상, 2001, 83쪽 참조.

3. 민족시의 논리와 시인의 사명

조지훈이 '혁명가와 선승과 시인의 일체화'로 한용운의 생애를 포착하고자 했고 시인지사론을 제기하며 이 시각을 문학으로 옮겨놓았다면, 한용운의 시세계에 대한 평가는 어떤 방식으로 논리화되었는지 살펴볼 필요가 있다. 그는 한용운에 대한 인물비평의 대전제로 "한용운 선생의 평생의 '임'은 '민족'이었다"는 명제를 제시했고, 이러한 전제에 따라 이질적 범주들이 종합되었다면, 이와 동일하게 한용운의 시에 대한 인식에서도 이러한 전제가 적용된다.

> 지사로서 선생의 강직한 기개, 고고한 절조(節操)는 불교의 온축(蘊蓄)과 문학작품으로써 빛과 향기를 더했고, 선교쌍수(禪敎雙修)의 종장(宗匠)으로서의 생애의 증득(證得)은 민족운동과 서정시로써 표현되었으며, 선생의 문학을 일관하는 정신이 또한 민족과 불(佛)을 일체화한 '님'에의 가없는 사모였기 때문이다.[27]

조지훈에게 '님'은 한용운의 문학정신이 온축된 핵심적인 시어로 인식된다. 정신사로서 한국사를 파악하는 방법과 동일한 방식으로 조지훈이 문학작품을 평가하는 준거에는 문학정신이 자리하고 있다. 그에게 시와 시인은 비분리의 상태로 인식되었고, 이러한 비분리가 가능할 수 있는 것은 시와 시인 모두를 정신의 작용으로 설명하고자 한 결과이

---

27 조지훈, 「한용운론—한국의 민족주의자」, 『사조』 1-5, 사조사, 1958, 84쪽.

다. 이러한 인식에 따라 민족시인인 한용운의 시는 민족시의 전형으로 파악된다. 그렇다면 이러한 인식은 조지훈의 문학관과 논리적으로 어떤 정합성을 갖는 것일까?

조지훈은 한국문화에 관한 많은 저술과 함께 문학과 관련한 적지 않은 글들을 남겼다.[28] 그는 한국문화사연구에 있어서 정신사를 강조했던 것처럼 문학에 있어서도 문학정신을 강조한다. '문학정신이란 무엇인가'라는 물음을 던지면서 조지훈은 문학의 본질을 아는 문제가 문학정신과 관련된다고 전제하고, 그것은 문학의 독자성과 자율성을 인정하면서 예술이 예술 이외의 것에 종속되지 않는 독자성을 확보하는 태도를 견지하는 것이라고 보았다. 따라서 그는 "문학은 오직 문학적 가치판단에 의거할 것이요, 문학 이외의 여하如何한 가치판단에도 복종할 수 없다"[29]는 입장을 명확히 한다. 이러한 문학에 대한 그의 입장은 고전주의와 유미주의를 아우르며 예술의 공리성이 아닌 예술 자체의 자율성을 추구하는 경향을 따른 것으로 볼 수 있다. 따라서 조지훈의 문학관에 의하면 민족을 위한 시나 종교를 위한 시로 한용운의 시를 파악해서는 안 되며, 시 자체를 독자적이고 자율적인 실체로 상정하고 이를 파악해야 문학에 대한 그의 인식과 한용운의 시를 파악하는 방식이 논리적으로 정합성을 가질 수 있다. 하지만 조지훈이 문학을 인식하는 또 다른 논리에는 문학은 곧 민족문학이라는 전제가 놓여 있다. 그는 한국근대문학의 이념을 '민중의식-평민의식'과 '민족의식-독립의식'으로

---

28 조지훈의 문학관을 살필 수 있는 시론과 문학론은 『시의 원리』(조지훈전집 2)와 『문학론』(조지훈전집 3)에 수록된 다수의 글을 통해 확인할 수 있다.

29 조지훈, 「문학의 근본과제」, 『문학론』(조지훈전집 3), 나남출판, 1996, 20쪽.

보고 이를 중심축으로 전개되는 민족문학의 전통으로 우리의 근대문학사를 인식해 나간다. 조지훈이 한국문화를 파악하는 방법은 정신사에 입각한 민족문화의 계보화였고, 한국문학을 파악하는 방식 또한 민족정신을 중심에 둔 민족문학의 계보화였다.[30] 이처럼 한편으로는 문학의 독자성 내지는 자율성을 인식하면서도 다른 한편으로는 한국문학을 민족문학으로 파악하는 두 개의 당위가 충돌하는 지점에 그의 민족시에 대한 인식이 자리하고 있다. 그는 문학의 개성을 옹호하는 한편, 역사적으로 민족의 운명을 자각한 시로서 민족시를 한국시의 본도로 상정하고자 하는데, 이러한 인식은 순수시에 대한 논의를 통해 구체적으로 표출된다.

> 순수시의 운동은 곧 시의 본질적 계몽운동인 동시에 그의 발전이 그대로 민족시의 수립이기 때문이다. 시(詩)가 시로서 가진바 그 본질의 가치와 사명을 몰각하고 시의 일부인자(一部因子)요, 오히려 그 부수성인 공리성을 추출 확대함으로써 시의 전체를 삼고 자신의 문학적 창조와 개성의 무력(無力)을 엄폐(掩蔽)하고 정치에의 예속, 정당과의 야합의 당위를 부르짖는 수다한 시인은 기실 시인이 아니므로 (…중략…) 본질적으로 순수한 시인만이 개성의 자유를 옹호하고 인간성의 해방을 전취(戰取)하는

30 이러한 입장에서 조지훈은 체계적으로 「한국현대시문학사」를 기술하고자 했다. 하지만 이 논의는 개화가사까지만 진행된 채 미완의 상태로 연재가 끝나버렸다. 다만 그가 인식한 민족문학과 그 하위범주로서 민족시 전개의 중심에 한용운을 두었음을 「한국의 시는 이렇게 자라 왔다」라는 글을 통해 추측해 볼 수 있다. 이 글에서 조지훈은 우리 시의 형성 과정을 요약적으로 제시하면서 글의 말미에 시 「나룻배와 행인」을 소개한다. 그는 최남선 이래 시도된 새로운 근대시의 추구는 1920년대 시단에 이르러 여러 권의 시집 발간으로 표출되었으나 예술적 완성도를 보인 경우는 드물었는데 그 예외적 경우가 한용운의 시라고 평가하고 있다. 위의 책, 152~153쪽.

혁명시인이며, 진실한 민족시인만이 운명과 역사의 공동체로서의 민족을 자각하고 정치적 해방을 절규하는 애국시인일 수 있는 것이다.[31]

조지훈에게 순수시란 용어는 정치적 예속으로부터 시의 영역을 분리시켜 예술(시)의 고유한 입지를 마련하고자 하는 전략적 개념이었다. 하지만 이때 그가 제기한 순수시의 개념은 개성의 자유를 옹호하고 인간성의 해방을 전취할 수 있다는 점에서 민족시와 등가를 이루어야 한다는 당위에 포박된 인식이기도 하였다. 순수시의 논리가 탈정치의 상태를 지칭하는 개념으로서 정치적 현실로부터 자유로운 예술의 영역을 확보하고자 했지만, 순수의 개념 안에는 이미 민족정신이 확고하게 자리 잡고 있다는 점에서 순수시는 곧 민족시여야 한다는 당위가 전제되어 있었던 것이다. 이는 그가 언급한 "순수한 민족정신과 순수한 시정신詩精神의 합일"이 시인의 지상명제[32]라는 관점과도 그 맥을 같이한다. 이러한 조지훈의 민족시 인식은, 해방을 맞이하여 예술이 곧 정치라는 주장을 강하게 내세운 계급문학 진영에 대립각을 세우면서 조형된 논리이지만, 그것이 곧바로 순수라는 탈이념적, 탈사회적 아성에 함몰되지 않고 현실에의 참여를 강조하는 논리로 전환된다는 점에서 여타의 순수시 주장과는 다른 지점에 놓인다고 하겠다. 하지만 조지훈에게 민족정신은 절대적 가치로 상정된 것이어서, 비록 문학의 독자성과 자율성을 논의하는 경우에도 이는 다시 민족정신의 자각과 표출이라는 논리 안으로 포섭되는 형국을 벗어나지 못한다. 그렇다면 이러한 민족시

31 조지훈, 「순수시의 지향－민족시를 위하여」, 위의 책, 226~227쪽.
32 조지훈, 「민족시의 밤 개회사」, 위의 책, 238쪽.

의 논리가 한용운의 시에 적용될 경우는 어떠할까.

> 선생의 문학은 주로 비분강개와 기다리고 하소연하는 것과 자연관조(觀照)의 세 가지에 나눌 수 있는데, 비분강개는 지조에서, 자연관조는 선(禪)에서 온 것이라 한다면, 그 두 면을 조화시켜 놓은 사랑과 하소연의 정서에서 가장 높은 경지를 성취했던 것이다.[33]

조지훈은 한용운의 시세계가 비분강개와 자연관조와 사랑과 하소연의 정서이라는 세 개의 층위로 나뉜다고 보았다. 이러한 구분은 조지훈이 「시의 세 가지 기본 성격—우아와 비장과 관조에 대하여」라는 글에서 분류하고 있는 미의 종류와 상응하는 면이 있다. 시의 기본적인 성격을 해명하는 조지훈의 설명에 따르면, 한용운의 시에서 비분강개와 연관되는 지조는 민족적 현실에 대한 참담한 심경을 정서화한 비장미를 의미하며, 이에 반해 자연관조는 선가에서 본래 자아를 인식하기 위한 정신수련으로서의 관조를 정서화한 것으로서 감정의 절제를 보이는 주지적인 경향의 관조미와 연관된다.[34] 그렇다면 한용운의 시에서 가장 높은 경지를 성취했다고 평가하는 '사랑과 하소연의 정서'는 어떻게 이해될 수 있을까? 이것은 그의 미학적 삼분법을 그대로 적용하면 우아미가 되겠지만, 실제로 조지훈은 우아미를 '동양적 정신미의 한 최고

33 조지훈, 「한용운론—한국의 민족주의자」, 『사조』 1-5, 사조사, 1958, 84쪽.

34 이러한 세 가지 정서는 조지훈이 「시의 세 가지 기본 성격—우아와 비장과 관조에 대하여」에서 논의한 우아미, 비장미, 관조미와 관련하여 논의해 볼 수 있을 것이다. 조지훈은 이 글에서 관조미란 지적인 것으로서 철학적이고 종교적인 의미에 도달한 것을 의미한다고 보았다. 조지훈, 『시의 원리』(조지훈전집 2), 나남출판, 1996, 86~100쪽 참조.

경지'라고 파악하면서, 상반되는 것의 조화와 균형을 이룬 상태로 이를 인식했다는 점에서 '사랑과 하소연의 정서'와는 다른 차원의 정서로 보고 있다. 그의 논리에 따르면 우아는 비장과 관조와 다른 미적 특징을 지칭하는 개념이지 이 둘을 결합한 것은 아니다. 따라서 한용운 시가 함유한 최고의 경지는 온전히 해명되지 못한 채 여전히 하나의 물음으로 남는다. 이런 점에서 조지훈이 인식한 한용운 시의 정서는 미학적 해명의 대상이라기보다는 차라리 현실인식과 예술적 형상화의 문제를 결합시킨 것으로 보는 것이 옳을 것이다. 여기서 '비분강개'의 정서와 '자연관조'의 결합은, 암울한 민족현실에 대한 분노와 시적인 직관을 통한 예술적 형상화의 결합으로 설명될 수 있다. 이는 순수시의 논리화에서 보여준 민족정신과 시정신의 결합과 맥을 같이한다. 결국 한용운의 시세계가 성취한 가장 높은 경지란 역사적 현실과 예술적 개성을 동시에 포섭해 나가고자 한 조지훈의 균형감각이 만들어낸 미적 차원이라 할 수 있다. 하지만 이 영역은 구체적으로 명명되지 못한 채 논의는 마무리되고 만다. 이러한 논리의 서툰 봉합지점에 '시인지사론'과 다른 차원에서 해명되어야 할 시인의 사명에 대한 인식이 놓여 있다. '혁명가와 선승과 시인의 일체화'로 한용운을 인식했지만 이 가운데 하나를 선택한다면 '나는 서슴없이 시인이란 이름을 택'[35]하겠다는 조지훈에게 시인은 어떤 존재였을까?

시인의 본질은 천벌(天罰)을 받고 인간에 유적(流謫)한 이데아계(界)

35 조지훈, 「폭풍 · 암흑 속의 혁명가—한국의 민족시인 한용운」, 『사상계』 155, 사상계사, 1966, 327쪽.

의 나그네요, 천계(天啓)를 듣고 이데아계(界)를 동경하는 인간계(人間界)의 기수란 말이다. 그러므로 시인은 항상 현실에서 괴로워하고 이단(異端)으로 버림받지만 모든 혁명은 시인(詩人)이 먼저 심흉(心胸)으로 예견하고 그 풍조를 불러일으키는 법이요 (…중략…) 영원한 마음의 안테나에 새 역사(歷史)의 소리를 실어 보내는 신념의 지하방송국(地下放送局) 아나운서 그것이 시인의 사명이다. 그러므로 이러한 역사의 내면의 진실을 보지 못하고 시인(詩人)의 본질을 이해하지 못하여 시인의 사회참여와 혁명에의 열정을 당치 않는 잠꼬대가 아니면 치인(痴人)의 꿈으로 보려하는 일반(一般)의 오해야 말로 무지한 단견이라 하지 않을 수 없는 것이다. 시인(詩人)만이 혁명을 성취한다는 것이 아니라 민족운동에, 혁명(革命)에 시인(詩人)이 차지하는 가치를 재인식하려는 것이다.[36]

여기서 조지훈은 시인의 사명을 현실 속에서 새로운 역사로서 미래를 예견하고 형이상학적 진리를 기억하는 자로 인식한다. 시인은 현실의 어둠을 감지하고 그 변화를 예견하는 일종의 예지자로 그려진다. 조지훈은 현실을 변화시키려는 혁명가나 구도적 열정을 보이는 선승이라는 이름만으로는 포착할 수 없는, 훨씬 본질적인 이미지를 시인의 사명으로 파악하고 있는 것이다. 같은 글에서 조지훈은 이러한 시인의 사명을 한용운에 대한 인식으로 투사하면서 그를 "암흑 속에서 새 역사의 바람에 귀를 세운 사람, 새 역사의 물결에 해도海圖를 꾸민 사람"이라고 규정한다. 이때 혁명가는 당대의 민족적 현실의 직접적 저항을 넘어서

36 위의 글, 325쪽.

는 본질적이고 근원적인 문제에 귀 기울이는 자로 심화된다. 이처럼 암흑 속에서 그 자신이 빛이 되어 새로운 역사를 찾아나서는 자로서 시인은, 마치 하이데거가 규정한 "모든 예술은 존재자로서의 존재자의 진리의 도래가 일어나게 함으로써 그 본질에 있어 시 짓기이다"[37]라는 명제와 상응한다고 하겠다. 이때 진리의 도래는 역사성과 초월성을 동시에 아우르는 개념으로서, 조지훈이 말한 '사랑과 하소연'이 가장 높은 경지로 나아가는 것은 이러한 시와 시인에 대한 이해에 근거할 때 비로소 해명될 수 있을 것이다. 민족과 불교라는 관념의 세계가 '님'과 등가를 이룬다면, 시는 '님'에 대한 사랑과 하소연을 담아내는 예술적 방식이 되기 때문이다. 예술은 이 지점에서 일체화의 방식을 이탈한다.[38] 이러한 인식은 민족시인이자 지절시인으로 호명된 한용운이 민족과 지절을 넘어 '역사의 내면의 진실'을 감당하는 존재일 수 있음을 예기하고 있다. 조지훈은 여기에서 한용운에 대한 인식을 멈추고 만다. 그가 진정한 시인을 민족지사로 한정하고 진정한 시를 민족시로만 규정하는 한, 이러한 시인의 사명은 더 이상 그 촉수를 뻗어나갈 수 없기 때문이다. 조지훈의 한용운 인식에 녹아 있는 이러한 미완의 인식은 민족시인의 전형이자 민족시의 전형으로만 이해되는 한용운에 대한 인식에서 벗어나 적극적으로 새롭게 발굴해야 할 지점이라 할 수 있다. 하지만 그것

37 마르틴 하이데거, 신상희 역, 「예술작품의 근원」, 『숲길』, 나남, 2008, 104쪽.

38 조지훈은 "예술에 나타난 사상이란 대개가 어떤 주의(主義)를 표방함을 가리킨 적이 많았으나 시에서의 사상이란 이런 좁은 곳에 국한시킬 것이 아니라 인간성의 기미(機微)를 건드리는 것이라면 우리는 작은 서경시(敍景詩)에서도 능히 사상성을 파악할 수 있을 줄 압니다. 그러므로 시의 사상성은 어떤 주의(主義)의 편당성(便黨性)에보다도 전인간적(全人間的) 공감성에 그 뿌리를 두어야 할 것입니다"라며 예술이란 인류의 보편적 공감대에 근거한 활동이라고 보았다. 조지훈, 『문학론』(조지훈전집 3), 나남출판, 1996, 223쪽.

이 하나의 시인론으로 어떻게 자리 잡을 수 있는가는 의문으로 남긴 채 조지훈은 길지 않은 생애를 마감하고 말았다. 후학들이 한용운의 이름 앞에 민족시인이라는 관형어를 덧씌울 때 조지훈이 시인의 사명에 투영해 둔 원대한 물음은 망각되고 말았다. 실제로 조지훈 자신도 시인의 사명을 현실역사의 부름 앞에서 실천하는 지성으로 한정지을 수 없다는 자각을 명징한 논리로 전개하지는 못하였다. 다만, 그의 민족시인이라는 논리 안에는 실천적 지성의 면모와 더불어 형이상학적 존재부름을 통한 역사의 예기가 희미하게나마 새겨져 있다는 점은 새롭게 환기해 볼 점이다.

하이데거의 논리 속에 숨은 정치성을 새롭게 읽어내고자 한 프레드 달마이어Fred Dallmayr의 논의는 이러한 조지훈의 보론補論으로 남는다. 1933년 4월에서 1934년 2월까지 대학 총장으로 나치즘에 협력했다는 사실로 생애의 가장 큰 오점을 안게 된 하이데거는 1934년에 횔덜린의 시에 대한 강의를 진행한다. 프레드 달마이어는 하이데거가 횔덜린에 대한 자신의 몰두를 정치로부터의 단순한 은둔으로 기술하지 않았으며 오히려 "정치적 경로에 대한 과감한 변화의 신호를 보내는 일종의 반정치counter-politics로 묘사"한 점에 주목한다. 그의 분석에 따르면 이 강의에서 하이데거는 횔덜린 시의 기본 주조가 "신들의 도피로 인한 신성한 슬픔의 주조"였음을 강조하며, 신들이 철회된 세계에서 신을 기억하는 방식으로서 슬픔의 정조가 갖는 정치성을 확인하였다.[39] 시집 『님의 침묵』이 갖는 정치성은 이런 맥락에서 반정치의 정치성으로 다시 읽혀져야 할 필

39 프레드 달마이어, 신충식 역, 「하이데거, 횔덜린, 그리고 정치학」, 『다른 하이데거』, 문학과지성사, 2011, 225~250쪽 참조.

요가 제기된다. 민족시인이 독립운동가라는 생애사에 의거한다면 그의 시가 가진 근원적인 물음, 어쩌면 보다 정치적인 물음을 망각하는 일이 되기 때문이다. 조지훈의 한용운 인식의 한계이자 가능성은 이 지점에 놓여 있다. 따라서 조지훈이 주장한 '혁명가와 선승과 시인의 일체화'는 한용운의 시가 어떻게 '새 역사의 소리'를 감지하고 있는가라는 좀 더 깊은 존재론적 물음과 연결될 필요가 있을 것이다.

4. 다른 '님'을 찾아서

해방 이후 한용운에 대한 인식을 생산하고 견인하는 데 맨 앞자리에 선 논자는 조지훈이었다. 그는 시인지사론을 주장하며 민족시인과 민족시의 한 전형으로 한용운의 삶과 문학을 평가해 나갔다. 하지만 이러한 인식 방법에는 두 가지 문제가 내재해 있다. 우선 표면적으로는 시와 시인의 삶을 일치시킨 채 하나로 인식하는 시와 시인의 비분리 문제가 그것이다. 시와 시인의 분리와 비분리 문제는 문학작품, 특히 시작품에 대한 해석의 문제에 있어서 해묵은 논쟁의 하나이다. 그것은 양자택일의 문제라기보다는 선택의 합리성으로 고려해야 할 사항이라 할 수 있는데, 그러므로 시와 시인의 삶을 하나의 기준으로 평가하느냐 아니냐의 문제는 작품을 평가하는 평자의 입장으로 환원될 수밖에 없다. 다만 그것이 일치라는 방식으로 획일화될 때에는, 일치 혹은 합일을 강제하는 힘들의 위계화에서 배제되는 것들이 분명 존재할 수 있음을 기억할 필요가 있다. 실제로 종합적이고 포괄적이며 유기적인 시각을 통해 한용운이라는 인물을 전일적으로 포착해 나간 조지훈의 논리에는 민족적인 것을 절대가치로 삼는 민족주의적 시각이 하나의 전제로 놓여 있었고, 이로 인해 예술이 추구해야 할 보다 보편적 가치는 민족이라는 가치 안에 봉인되고 말았다. 이러한 조지훈의 인식은 시인 김수영이 시 「김일성만세」에서 그를 비판한 지점과 맞닿아 있다. "김일성만세 / 한국의 언론자유의 출발은 이것을 / 인정하는 데 있는데 // 이것만 인정하면 되는데 // 이것을 인정하지 않는 것이 한국 / 언론의 자유라고 조지훈이란 / 시인이 우겨대니 // 나는 잠이 올 수밖에"[40]라는 김수영의 탄식에는, 견고한 반공주의의 지형 안에서 체제 내적으로 민족을 논리화해 나간 조지훈의 한계가 고스란히 담겨져 있다. 한편 이렇게 민족을 절대적인 가치화로 삼는 조지훈의 인식이 갖는 또 다른 문제는, 공존 가능성이 확연하게 해명될 수 없는 두 범주가 아무런 모순 없이 합일됨으로써 작품이 함축하고 있는 보다 근원적인 목소리를 봉인해버린다는 점이다. 한용운의 생애와 문학을 관류하는 민족 독립의 열망과 구도적 갈망은 하나의 지향점으로 합치될 수 있는 범주인가 하는 문제가 그것이다. 공空과 무상無常에 천착하며 영원불변하는 실체를 부정하는 불교의 논리는 민족을 실체화하고 이를 이념화하는 민족주의의 자장을 넘어서는 사유지평을 향하고 있다는 점에서, 불교와 민족이 어떻게 봉합될 수 있는가 하는 점은 여전히 질문으로 남는다. 결국 한용운을 선승이자 독립운동가로 평가할 때, 이 둘은 어떻게 합치될 수 있는가 하는 물음은 그의 시세계에 대한 다른 이해 방식으로 인식을 전환할 때 비로소 해명될 수 있을 것이다.

40 『창작과 비평』 140(창비, 2008)에 게재되었으며 1960년 10월 6일에 퇴고한 김수영의 미발표 유고작이다.

한용운은 생전에 자유시의 형식으로 쓴 단 한권의 시집인 『님의 침묵』을 발간하였고, 이 시집의 서문에 해당하는 「군말」은 시집의 창작 동기를 밝혀줄 안내자로 자주 인용되어 왔다. 이 글은 "'님'만 님이 아니라 긔룬 것은 다 님"이라는 진술로 시작되며 "나는 해 저문 벌판에서 도러가는 길을 일코 헤매는 어린 양羊이 긔루어서 이 시詩를 쓴다"라는 진술로 끝을 맺는다. 한용운은 여기에서 핵심시어인 '님'을 개방적인 의미로 규정하면서 목자牧者의 심정으로 길 잃은 어린 양을 위해 이 시집을 창작했음을 밝히고 있다. 기독교적 비유로 된 이 서문에 따르면 시인은 일종의 성직자로서 스스로를 인식하고 있다. 이러한 시인의 자기인식으로 볼 때, 시집 『님의 침묵』은 초월적이고 절대적인 존재와 세속적이고 비루한 인간을 잇는 복음과 기도의 언어들로 채워진 시집이라 할 수 있다. 이처럼 다른 '님'에 대한 인식이 텍스트 자체에서 충분히 발견될 수 있음에도 불구하고, 한용운을 민족시인으로 호명하며 시인은 곧 지사여야 한다는 조지훈의 인식 안에서는 새로운 '님'을 찾아 나서기가 쉽지 않아 보인다. 즉 '민족'과 '선'과 '시'의 일체화로 한용운을 인식하는 방식에는 그 속에 논리적 위계화가 반복됨으로써 한용운의 삶과 문학을 보다 열린 지평에서 읽어내지 못하는 한계가 노정되어 있다. 따라서 이러한 인식의 전환을 위해서는 조지훈이 제시한 일체화라는 프리즘에서 벗어날 필요가 있으며, 이러한 시각전환이 이루어질 때 비로소 우리는 다른 '님'을 찾아 나설 수 있을 것이다. 진정한 시인은 지사여야 하고 '혁명가와 선승과 시인의 일체화'라는 인식에 대한 비판적 거리두기가 필요한 것은, 한용운 문학의 새로운 가능성이 이 비판적 거리 갖기에서 시작되기 때문이다.

4장

『증보한용운전집』에 수록된 몇 편의 글에 대한 재고

한용운의 전집은 두 번에 걸쳐 간행되었다. 1973년에 처음으로 간행된 『한용운전집』은 이후 수정과 보완을 거쳐 1979년에 『증보한용운전집』으로 다시 출간되었다.[1] 증보판에는 한용운의 글이 아니라고 밝혀진 글들이 삭제되고 새롭게 발굴된 글이 추가되었다. 현재로서는 1979년판이 연구의 기본 자료로 활용되는 것이 일반적이다. 하지만 증보판 전집에 수록된 글 가운데도 한용운이 쓴 것으로 볼 수 없는 몇 편의 글이 있어 논의가 필요하다. 여기서는 『전집』 제2권에 수록되어 있는 『동아일보』 사설 두 편과 『전집』 제1권에 수록되어 있는 「한갈등閒葛藤」과 「만화漫話」, 그리고 이 밖에도 재고가 필요한 몇 편의 글에 대해 살펴보고자 한다.

먼저 『동아일보』 사설부터 살펴보자. 『전집』에 수록되어 있는 「불교유신회佛教維新會」(『동아일보』, 1921.12.16, 1면)와 「불교개신佛教改新에 대對하야」(『동아일보』, 1922.5.31, 1면)는 한용운의 글로 보기 어렵다. 이 두 편의 글은

1 기존 전집은 절판되었고 책을 구하기 어렵게 되자 2006년에 불교문화연구원에서 전집을 다시 출간했다. 하지만 1973년판을 재출간하면서 이를 자료로 활용하는 연구자들은 초판과 증보판의 차이를 인식하지 못하고 있다.

한용운이 『조선불교유신론』에서 주장한 바와 내용상 맥을 같이하고 있어서 한용운이 쓴 글로 오판한 것이 아닌가 싶다. 하지만 글의 성격이나 발표 시기, 해당 사설에서 구사하고 있는 어휘 등으로 볼 때 한용운의 글로 볼 근거가 희박하다. 우선, 두 편의 글은 모두 『동아일보』 사설이라는 점에서 외부 필진인 한용운이 썼다고 보기 어렵다. 일차적으로 사설의 특성상 외부 필진이 썼다고 보기 어려울 뿐만 아니라 이 시기에 외부 필진이 쓴 경우도 찾아보기 어렵다. 또한 만약 외부 필진이 썼다면 당연히 필자명이 제시되었을 터인데 이 글에는 필자명이 제시되지 않았다. 더욱이 「불교유신회」의 경우, 한용운이 출옥한 시기가 1921년 12월 22일이라는 점을 감안할 때, 이 글을 한용운이 썼다면 옥중에서 쓴 것으로 보아야 하는데 정황상 이렇게 추측하는 데는 무리가 있다. 또한 「불교개신에 대하야」의 경우, 논지는 한용운이 『조선불교유신론』에서 주장한 바와 크게 다르지 않으나, 이 사설에서 주장하고 있는 사찰령 폐지와 자치 및 통일 기관 조직은 1921년 12월 20일에 발기총회를 개최한 '불교유신회'에서도 주장한 바 있어서 이를 한용운의 주장으로만 보기에는 무리가 있다. 특히 당시 『동아일보』의 기사나 다른 사설과 비교해 볼 때 이 글을 한용운의 글이라고 보기는 어렵다. 『동아일보』 1922년 4월 25일 자 사설인 「불교유신회佛教維新會의 사찰령폐지운동寺刹令廢止運動」에도 이와 유사한 내용이 담겨 있어서 「불교개신에 대하야」를 한용운의 글로 보아야 할 개연성은 매우 낮기 때문이다. 「불교유신회佛教維新會의 사찰령폐지운동寺刹令廢止運動」에 보면 사찰령 폐지의 정당성에 대해 다음과 같이 주장하고 있다.

조선불교유신회(朝鮮佛教維新會)에서 사찰령폐지(寺刹令廢止)에 관

(關)하야 그회원유석규씨외이천이백팔십사명(會員劉碩圭氏外二千二百八十四名)의 연서(連署)로장문(長文)의 건백서(建白書)를 조선총독(朝鮮總督)에게 제출(提出)하얏다함은 본지(本紙)에 이미 보도(報道)한바어니와 오인(吾人)은 자(玆)에 대(對)하야 그이유(理由)의 정당(正當)함을 인정(認定)하며또한그악법(惡法)이일일(一日)이라도 폐지(廢止)되기를 요망(要望)하노라

이 시기에 『동아일보』 사내에는 사찰령 폐지를 포함한 조선불교의 유신에 대한 관심을 가진 인물이 있었던 것으로 판단된다. 또한 이러한 문제의식은 당시의 많은 불교인들이 가졌고, 이 글의 논지는 1922년 11월과 12월 사이 『조선일보』에 연재된 이영재의 「조선불교혁신론朝鮮佛教革新論」의 논지와도 일맥상통한다. 따라서 『동아일보』에 게재된 두 편의 사설을 한용운의 글로 보아야 할 특별한 이유는 없다. 또한 이 두 편의 글은 기존의 한용운의 글에 비해 관념적 어휘 사용량이 많고 문어체적인 글쓰기에 능숙한 필자가 쓴 것으로 보인다는 점도 필자를 한용운으로 보기 어려운 이유가 된다. '참생명', '광명적 생명' 등의 어휘는 이전 시기에 한용운이 쓴 논설류에서는 찾아보기 어려우며, '환언하면' 등의 문어체적 어휘는 한용운의 글에서 찾아볼 수 없기 때문이다.

다음으로 『전집』에 수록된 글 가운데 재론의 여지가 있는 글은 「한갈등閒葛藤」이다. 「한갈등」은 『불교』지에서 기획한 난欄으로 여기에 연재된 글을 모아두고 있다. 이 글들은 『불교』지에 '만인萬人'이라는 필명으로 수록된 글로, 『전집』에는 이 글들을 모두 한용운의 글로 판단하여 수록하고 있다. 『전집』에 실린 글은 『불교』 제88호, 제89호, 제90호,

제94호, 제95호, 제97호, 제98호, 제99호에 수록된 글인데, 제89호에만 목차 필자명에 '만인萬人', 본문 필자명에 '만해萬海'로 되어 있고 나머지는 모두 '만인'으로 되어 있다.[2] 제89호를 근거로 이 글들을 모두 한용운의 글로 추정한 것으로 판단된다. 하지만 글의 실제 내용을 살펴보면 한용운의 글로 보기 어렵다.

글의 필자가 '만인'으로 제시된 제94호, 제95호, 제97호, 제98호의 내용을 살펴보면, 당시 러시아의 반종교운동을 소개하는 무신론지無神論紙의 내용을 그대로 소개하거나 인용하여 내용을 전달하고 있어서 이 글의 필자는 러시아어 독해가 가능한 사람으로 보인다. 제95호에서 언급한 "노국무신논지露國無神論紙의 전傳하는 바에 의依하면 반종국反宗國인싸베트의 소학교원중小學教員中에는", "누누해지屢屢該紙에 의依하여 전傳하고 잇다"는 내용으로 볼 때, 러시아어를 몰랐던 한용운이 이 글들을 썼다고 보기는 어렵다. 또한 제97호를 보면 "좌기左記는 국영출판국國營出版局「모스코노동자勞動者」의 출판出版인 노동자급종교교육독본제구장勞動者及宗教教育讀本第九章「쏘베트에의전투적戰鬪的 무신론자동맹급반종無神論者同盟及反宗프로파간다의방법方法」 중中에서 초역抄譯한 것"이라며 구체적인 러시아어 텍스트를 소개하고 있어서 러시아어를 모르고는 쓸 수 없는 글임이 분명하다. 이 밖에도 비슷한 시기에 한용운이 쓴 글인「세계종교계世界宗教界의 회고回顧」(『불교』 93, 1932.3)를 보면, 로마 교황을 로마 '법왕'으로 지칭하고 있는데 필자가 '만인'으로 제시된 제94호의「한갈등」에는 '교황'으로 지칭하고 있다. 이런 점을 고려할 때,「한갈등」의 필

2 제89호에는 만해라는 필자명이 제시되어 있어서 목록에는 기재함.

자인 '만인'을 한용운의 필명으로 보기는 어렵다. 다만, 제89호의 경우에 목차에는 '만인'이 본문에는 '만해'로 필자가 제시되어 있는데, 필자명의 이와 같은 혼돈이 단순한 오기誤記로 인해 초래된 것인지, 해당 호에만 한용운이 이 난의 글을 쓴 것인지는 알 수 없다. 내용도 소략하여 내용상으로도 이를 확인하기는 어려운 형편이다.

『전집』에 수록된 글인 「만화漫話」도 「한갈등」의 경우와 유사하다. 이 글들은 『불교』지의 「만화」라는 난에 짧은 기간 연재된 글인데 제84·85합호, 제86호, 제87호에 실려 있는 글을 한용운의 글로 추정하여 『전집』에 수록해 두었다. 이 가운데 제86호에는 필자명으로 '만해'가 밝혀져 있으나 나머지 두 편은 추정이다. 하지만 필자명이 밝혀져 있지 않은 제87호를 보면 "영자지英字紙의 보도에 의하면"이라는 언급이 있어 한용운의 글로 볼 수 있을지에 대해 의문이 든다. 제86호에 수록된 글이 다른 두 호에 실린 글보다 한자어 사용량이 많다는 점에서도 차이를 보인다.[3]

이 밖에도 『전집』에 수록한 글의 출처와 발표날짜가 잘못된 경우가 많은데, 예를 들면 1934년 『중앙中央』 2월호에 수록된 것으로 밝힌 「구차한 사랑은 불행不幸을 가져온다」의 경우 해당 호에는 이 글이 없다. 또한 『중앙』지 현존본 전체를 찾아보아도 이 글은 찾을 수 없었다. 글의 성격도 언론사에서 독자상담을 해주고 있는 내용을 담고 있어서 한용운이 쓴 글인가에 대해 의구심을 갖게 한다.

『전집』에 수록된 글은 아니지만 이후에 발굴된 글에 대해서도 재고가 필요하다. 『한용운사상연구』(제2집)에는 잡지 『시대상時代像』에 수록

3 현재로서는 명확한 판단이 어려워 부록에 첨부한 목록에는 기재함.

된 「동상銅像」, 「손문孫文은 어떤 사람인가」, 「유태 민족과 건국운동」을 새로 발굴한 한용운의 글로 소개하고 있다. 이 글들은 필자명이 '목부牧夫'로 되어 있어 한용운의 글로 판단한 것으로 보인다. 하지만 이 잡지에 '목부'라는 필명으로 쓴 또 다른 글인 「한식寒食」과 「부업강좌副業講座—송이재배松茸栽培」의 내용으로 볼 때 세 편의 글을 한용운이 쓴 글로는 보기 어렵다. 특히 이 잡지의 성격이 취미와 상식을 중심으로 하는 대중잡지이며 한용운과 관련된 필자가 눈에 띄지 않아서 한용운의 글이 아닌 것으로 판단된다.

이처럼 『증보한용운전집』에도 여러 가지 문제가 발견되고 『전집』 발간 이후에 추가로 발굴된 글도 있어서 전면적인 개정판 작업이 절실히 요청된다. 한용운에 대한 추모사업을 진행하는 기관이 늘어나고 있지만 한용운 연구의 기초가 되는 『전집』부터 제대로 만드는 작업이 절실히 요청되는 시점이다.

| 부록 1 |

한용운 연보

1879년, 1세

- 8월 29일(음력 7월 12일)에 충청남도 홍성군 결성면 성곡리 491에서 한응준韓應俊의 둘째 아들로 태어났다. 아버지 한응준은 정5품에 해당하는 충훈부도사를 역임하였으며 양반 가문에서 태어난 그는 경제적으로는 중인 정도의 가정 형편에서 성장했다. 본관은 청주淸州, 호적에 올린 이름은 정옥貞玉, 아명은 유천裕天이며, 법명은 봉완奉玩, 법호는 용운龍雲, 아호雅號는 만해萬海이다.

1886년, 8세

- 아버지를 따라 홍성읍 오관리 212번지로 이사했다. 만해의 친필 이력서에 출생지로 기록되어 있는 홍주군 주북면 옥동은 이곳을 지칭한다. 만해의 회고와 풍문에 따르면 홍성의 서당에서 『통감通鑑』, 『서경書經』, 『대학大學』, 『서상기西廂記』 등을 배우며 한학의 기초를 다졌다 한다.

1896년, 18세

- 남문리의 서당에서 아이들을 가르쳤다는 설이 있으나 명확한 기록은 전하지 않는다.

1898년, 20세

- 2월 10일에 당시 19세인 전정숙全貞淑과 결혼했다.

한용운의 결혼에 관해서는 서로 다른 두 기록이 남아 있다. 아들 한보국이 1940년 7월 18일 대전지방법원 홍성지청의 허가로 취적할 당시 기록에 따르면, 1898년(광무2년) 2월 10일에 결혼한 것으로 되어 있다. 또한, 1932년 『동광』지에 실린 한용운의 자필 이력에 의하면 17세(1895년)에 결혼한 것으로 되어 있다. 이 두 기록으로 볼 때, 전집에 나와 있는 1892년 14세의 결혼설은 잘못된 것으로 보인다. 또한 동학군 토벌에 참여한 아버지 한응준이 1895년 3월에 사망했다는 사실을 고려할 때, 1895년 결혼설도 신뢰하기 어렵다. 따라서 한용운의 결혼 시기는 아들 한보국의 취적 당시 기록이 신뢰할 만한 자료로 보인다.

1903년, 25세

- 한용운의 회고에 따르면 갑진년(1904) 한 해 전인 1903년에 서울로 올라가던 중 인생이 무엇인지를 알고 싶다는 생각으로 보은 속리사(지금의 법주사)를 거쳐 강원도 오대산의 월정사로 갔고 다시 백담사로 가서 탁발승이 된다. 오대산 월정사에 머문 시기나 백담사로 간 시기는 정확하지 않다.

한용운이 자신의 출가와 관련한 사실을 밝힌 글은 「승려의 단결」(『조선불교유신론』, 1913), 「죽다가 살아난 이야기」(『별건곤』 8, 1927), 「나는 왜 승(僧)이 되었나?」(『삼천리』 6, 1930), 「남 모르는 나의 아들」(『별건곤』 25, 1930), 「시베리아 거쳐 서울로」(『삼천리』 5(9), 1933), 「북대륙의 하룻

밤」(『조선일보』, 1935.3.8~3.13)과 불교사 사장으로 일하던 당시 한용운이 밝힌 자신의 이력(『동광』 38, 1932.10.1)이다. 이들 글과 자료를 살펴보면 기억의 혼란으로 인해 출가 연도가 18세, 19세, 25세, 27세로 다르게 기록되어 있다. 하지만 회고에서 언급하고 있는 출가 당시의 시대상황을 참작해 볼 때, 1903년에 출가한 것으로 판단된다. 이렇게 추정한다고 하더라도 이 시기의 출가가 최초의 출가인지 재출가인지는 명확하지 않다. 왜냐하면 1904년 12월에 아들 한보국이 태어났다는 점을 고려한다면, 아내의 회임을 알고 출가했다는 점에서 출가 시기는 1904년 봄에서 여름 사이가 되기 때문이다.

여기서 참조해 볼 수 있는 것은, 김광식이 『첫키스로 만해를 만난다』에서 밝힌 내용이다. 이 책에 따르면, 한용운이 19세인 1897년에 홍성 근처의 사찰에서 『주역』을 공부하던 중 불경에 심취하여 불교에 귀의하기로 결심하였다는 소문이 있다는 것이다. 이로 보아 18세나 19세 무렵에 불교에 대한 관심을 가지고 출가를 시도한 것이 아닐까 추정해 볼 수 있다.

이와 함께 한용운의 출가와 관련하여 눈여겨볼 자료로는 1904년 건봉사에 건립된 「건봉사만일연회연기비(乾鳳寺萬日蓮會緣起碑)」이다. 여기에는 '용운봉완(龍雲奉玩)'이라는 법호와 법명이 새겨져 있다. 당시 건봉사에 있던 만화선사(萬化禪師)에게 법을 인가받고 그 법제자로서 이름을 올리면서 용운(龍雲)이라는 법호를 받은 한용운은, 이 비가 건립될 때 26세였으므로 출가는 훨씬 이른 시기에 했을 것으로 추정해 볼 수 있다. 또한 건봉사에서 동진출가한 황연진 스님이 『범문해설관음경(梵文解說觀音經)』에서 밝힌 비에 따르면 19세에 고향을 떠나 은신생활을 시작하고 21세에 출가한 것으로 되어 있다. 한편, 한용운의 친필 이력서에는 1905년인 27세에 출가한 것으로 되어 있다. 여기에는 날짜까지 구체적으로 명시되어 있다. 이 자료들을 두루 참고해 보면, 19세 무렵에 불교에 관심을 가지고 절문을 드나들었으며, 이십대 초반에 출가하여 몇 년간의 사미승 기간을 거쳤을 것으로 추정된다. 하지만 한용운 자신은 본격적인 구도의 출발 시기를 백담사에서 김연곡을 스승으로 삼아 전영제에게 계를 받은 1905년부터로 인식한 것으로 보인다.

1904년, 26세

- 12월에 아들 보국이 태어났다. 한용운은 출가 전에 아내가 회임 중이라는 사실을 알고 있었다고 밝힌 바 있다.

1905년, 27세

- 1월 26일에 백담사 조실인 김연곡金蓮谷을 스승으로 하여 불교에 귀의했고 전영제全泳濟에게 수계受戒했다.
- 4월부터 백담사에서 학승인 이학암李鶴庵을 스승으로 『기신론起信論』, 『능엄경楞嚴經』, 『원각경圓覺經』을 공부하였다.
- 한용운의 회고에 따르면, 『영환지략瀛環志略』을 읽고 조선 이외에도 넓은 천지가 있다는 것을 알게 되어 3월경 무전여행으로 세계여행을 계획하고 백담사를 출발하였다. 경성과 원산을 거쳐 블라디보스토크海參崴에 도착하여 하룻밤을 보내게 되는데, 그곳에서 '일진회원'으로 오인받아 죽음의 위기를 맞고 구사일생으로 살아서 두만강을 건너 귀국하였으며 안변 석왕사에 잠시 머물

렀다. 전집 연보에는 1899년에 블라디보스토크로 갔다고 되어 있으나 '일진회원'으로 오인을 받았다는 것으로 보아 일진회가 설립된 1904년 8월 이후의 일로 보아야 하며, 계절이 봄이었다는 점으로 볼 때 1905년 혹은 1906년으로 추정해 볼 수 있다. 그의 또 다른 회고에는 시베리아에서 몇 해 동안 방황했다는 기록도 있는데 과장된 기억으로 보인다.

1906년, 28세

- 불교의 근대적 교육기관으로 세워진 명진학교의 보조과에서 3개월 과정으로 일어日語와 측량 강습을 공부했다는 증언은 있으나 기록으로는 남아 있지 않다.

1907년, 29세

- 4월 15일 강원도 건봉사에서 최초의 선禪 입문인 수선안거首禪安居를 수행하였다. 이 무렵 만화선사로부터 법을 인가받아 법제자가 되었는데, 건봉사의 만화당대선사비명萬化堂大禪師碑銘에 적힌 제자의 명단에는 법손法孫의 한 사람으로 '용운'이 기록되어 있다.

1908년, 30세

- 유점사에서 서월화徐月華를 스승으로 『화엄경華嚴經』을 공부하였다.
- 4월에 일본의 마관, 궁도, 경도, 동경 등지를 여행하며 일본의 근대문명을 접하고, 조동종에서 설립한 조동종 대학림曹洞宗大學林(현재 고마자와대학駒澤大學)에서 5월 9일부터 9월 1일까지 머물면서 불교와 서양철학을 공부하였다. 조동종 청년 승려들이 주축이 된 '화융회和融會'의 기관지 『화융지和融誌』에 6월호부터 9월호까지 12편의 한시를 발표하였다. 3·1운동을 함께 주도해 나간

유학생 최린을 일본에서 만났다.

- 10월에 건봉사에서 이학암李鶴庵을 스승으로 『반야경般若經』과 『화엄경』을 공부하였다.
- 12월 10일에 명진학교 부속기관인 경성명진측량강습소 소장을 맡았다.

1909년, 31세

- 7월 30일에 강원도 회양군 금강산 표훈사의 불교강사에 취임하였다.

1910년, 32세

- 3월에 '중추원 헌의서中樞院獻議書'를, 9월에 '통감부 건백서統監府建白書'를 제출하여 승려의 결혼 허용을 청원하였다.
- 조선불교의 개혁을 주창하여 불교근대화의 이론적 초석이 된 『조선불교유신론朝鮮佛敎維新論』을 백담사에서 집필하고 12월 8일 밤에 서문을 썼다.
- 9월 23일에는 젊은 승려들의 교육을 위하여 경기도 장단군 화장사華藏寺에 문을 연 화산강숙華山講塾에 강사로 초빙되어 가르쳤다.

1911년, 33세

- 친일 승려 이회광이 주도한 '한일불교동맹조약' 체결에 반대하는 승려 궐기대회를 박한영朴漢永 등과 주도하였다. 친일 불교 단체인 원종에 반대하며 조선불교의 선맥을 잇는 '임제종臨濟宗'을 설립하고 3월 15일에 종무원의 서무부장을, 16일에 관장을 맡아서 활동하였다.

1912년, 34세

- 1월 25일에 『매일신보』 문원文苑란에 한시 「관낙매유감觀落梅有感」을, 3월 12일에 한시 「춘규원기신해음사春閨怨寄辛亥唫社」를 발표하면서 만해萬海라는 아호雅號를 사용하였다.
- 불교 경전을 대중화하기 위해 『불교대전』 편찬을 계획하고 통도사에 소장되어 있는 '고려대장경' 천여 권을 열람하여 체계적으로 교리를 정리하였다.
- 조선 임제종 중앙포교당이 설립되자 체계적인 승려 교육을 위하여 해서체로 직접 쓴 『불교교육 불교한문독본』을 펴냈다. 본문에 인용된 연도들로 볼 때, 이 독본은 1909년에서 1911년 사이에 쓴 것으로 보이며, 포교당이 1912년 5월에 설립되었다는 점을 감안할 때, 포교당 개설 이후에 펴낸 것으로 추정된다. 조선 임제종 중앙포교당 주무를 맡았다. 임제종 중앙포교당을 경성에 설치하고자 1911년 10월에 계획을 세우고 같은 해 11월부터 기부금 모금을 시작하여 현금 3천 원을 포함한 약 4천 원의 기부금을 모금하였다. 하지만 이 모금으로 인해 조선총독부 관련 법령 위반으로 기소되었으며 6월 21일에 경성지방 법원으로부터 30원의 벌금형에 처해졌다.
- 가을에 서간도로 가서 독립운동 기지가 건설되는 현장을 둘러보고 귀국하였다.

한용운의 회고에 따르면 1911년 가을에 만주로 가서 나라 잃은 동포가 의지할 기관과 보호할 방법을 동지들과 상의하였다고 한다. 조선 청년에게 조선서 정탐하러 온 자로 오해를 받아 만주의 산간에서 총을 맞고 죽다가 겨우 살아났다. 만주로 가서 누구를 만났는가에 대한 정확한 기록은 없지만 이회영의 부인인 이은숙의 수기와 만당 당원이었던 이용조의 증언, 해방

후 김법린과 만난 김구의 증언, 조지훈의 글 등을 참고할 때, 독립운동가 이회영, 김동삼, 이시영, 이동녕 등을 만나고 귀국한 것으로 추정해 볼 수 있다. 만주행과 관련한 그의 회고에서 제시한 일정은 기억의 착오로 볼 수 있는 기사가 1913년 1월 7일 『매일신보』에 실려 있는데, 「한화상(韓和尙)의 피상(被傷)」이라는 제목의 기사에는 한용운의 만주행에 대한 동정이 소개되고 있다. 이 기사에 따르면 1912년 음력 8월경에 불교를 포교할 목적으로 북간도와 서간도로 간 한용운은 그곳에서 향마적을 만나 전신의 세 곳에 총을 맞고 사경을 헤매다 치료를 받고 살아나 귀국하여 경성에 머물다 범어사로 내려갔다고 전한다. 이 기사에서 '중부 사동에 있는 불교포교당'의 한용운 화상으로 언급한 점과 이 포교당이 1912년 5월 26일에 개교식이 거행되었으므로 1912년 가을에 만주로 건너간 것으로 볼 수 있다.

1913년, 35세

- 5월 19일에 통도사 불교강사에 취임하였다.
- 5월 25일 『조선불교유신론』을 불교서관에서 출간하였다.
- 12월부터 통도사에서 대장경 천여 부를 열람하였다.

1914년, 36세

- 4월 30일에 『불교대전』을 범어사에서 출간하였다.
- 4월에 '불교강구회佛教講究會'를 조직하여 총재가 되었다.
- 8월에 '조선불교회'를 조직하여 회장을 맡고 일제의 사찰령이 강요하는 구속에서 벗어난 조선불교의 통일된 기관을 조직하고자 노력하였다. 그러나 이회광을

중심으로 하는 친일 성향의 본산 주지들의 반대와 일제의 방해로 무산되었다. 9월에는 '불교동맹회'를 조직하였으나 일제의 방해로 중단되었다.

1915년, 37세

- 10월에 조선선종중앙포교당朝鮮禪宗中央布敎堂 포교사에 취임하였다.

1916년, 38세

- 「고서화古書畵의 삼일三日」을 『매일신보』에 12월 7일에서 15일까지 5회에 걸쳐 연재하였다.

1917년, 39세

- 4월 4일에 동양의 대표적인 고전 중 하나인 『채근담菜根譚』에 해설을 붙인 『정선강의 채근담精選講義菜根譚』을 신문관에서 출간하였다.
- 12월 3일 10시경, 오세암에서 좌선하던 중 바람에 물건이 떨어지는 소리를 듣고 진리를 깨우쳐 "사나이 가는 곳 어디나 고향인 것을 / 그 누가 객수 중에 오래 머무를 수 있겠는가 / 한 소리 크게 질러 삼천세계 뒤흔드니 / 흰 눈 속 복사꽃 송이송이 붉어라"라는 「오도송悟道頌」을 남겼다.

1918년, 40세

- 9월 1일에 월간지 『유심惟心』을 창간하여 편집인 겸 발행인이 되었다. 총 3호의 발간으로 끝난 이 잡지에 다수의 논설과 자유시 형식의 글 「심心」을 발표하였다.
- 불교계 교육기관인 중앙학림(동국대의 전신)의 강사로 임용되었다.

1919년, 41세

- 3·1운동에 불교계 대표로 참가하였다. 최남선이 작성한 「독립선언서」의 자구를 수정하고 '공약삼장'을 추가했다는 증언이 불교계 내에는 많으나 기록으로는 이에 대한 자료를 확인할 수 없고 이 주장에 대한 반론도 만만치 않다. 3월 1일 명월관 지점 태화관에서 33인을 대표하여 기념사를 하고 만세삼창을 선창하였다. 참가한 민족대표들과 함께 변호사를 대지 말 것, 사식私食을 넣지 말 것, 보석保釋을 요구하지 말 것을 결의하고 일경에게 체포되었다.
- 7월 10일에 서대문 형무소에서 경성지방법원 검사장의 요구로 장문의 「조선독립에 대한 감상의 개요」를 작성하여 제출하였다. 이 글은 비밀리에 외부로 전달되어 상해 임시정부의 기관지인 『독립신문獨立新聞』(1919.11.4)에 「조선독립朝鮮獨立에 대對한 감상感想의 대요大要」라는 제목으로 전문이 실렸다. 투옥 중에 전향서를 제출하면 사면해주겠다는 일제의 회유를 끝까지 거부하였다.

1921년, 43세

- 12월 22일에 출옥하였다.

1922년, 44세

- 3월 30일에 친일 성향의 사판계事判系에 조직적으로 대응하고, 민족불교 수호를 위한 임제종의 숭고한 정신을 계승하고 선풍을 진작하기 위해 설립된 선학원禪學院의 '선우공제회禪友共濟會'에 발기인으로 참여하였다.
- 9월에 불교의 대중화와 불교경전을 우리말로 번역하는 역경사업을 목적으로 '법보회'를 조직하였다.
- 11월에 민립대학 기성준비회에 참여하였다.

1923년, 45세

- 3월 29일에 민립대학 기성회 중앙부 집행위원으로 선출되었다.
- 4월 2일에 민립대학 기성회의 상무위원으로 선출되었다.

1924년, 46세

- 1월 6일에 사찰령 폐지를 일제에 적극적으로 요구하고 불교개혁운동을 주도할 '조선불교청년회' 총재에 취임하였다.
- 10월 24일에 장편소설 「죽음」을 탈고하였다. 이 소설 창작을 통해 집중적이고 본격적으로 근대문학에 대한 창작 의지를 드러냈다.
- 민중계몽과 불교대중화를 위해 일간신문의 발행을 구상하던 중 『시대일보』가 운영난에 빠지자 이를 인수하려 하였으나 뜻을 이루지 못하였다.

1925년, 47세

- 6월 7일에 오세암에서 중국 당나라 상찰선사常察禪師의 선화禪話인 『십현담十玄談』을 주해한 『십현담주해十玄談註解』를 탈고하였다.
- 8월 29일에 백담사에서 한국 근대시사의 기념비적 시집인 『님의 침묵』을 탈고하였다.

1926년, 48세

- 5월 15일에 『십현담주해』를 법보회에서 출간하였다.
- 5월 20일에 시집 『님의 침묵沈默』을 회동서관에서 출간하였다. 이 시집에 대해 유광렬이 『시대일보』(1926.5.31)에, 주요한이 『동아일보』(1926.6.22・26)에 짧은 평을 발표하였다.

- 6월 7일에 6·10만세운동 예비검속으로 선학원에서 일제에 검거되었으나 약 일주일 후에 풀려났다.

1927년, 49세

- 민족주의와 사회주의로 분열된 민족운동을 통합하고자 발족된 '신간회新幹會' 발기에 적극 가담하여 6월 10일 신간회 중앙집행위원 겸 경성지회장에 선출되었다. 민족주의와 공산주의 노선 간의 치열한 주도권 다툼 속에서 양 진영의 대통합을 추구하면서 일제와의 비타협주의를 견지하던 그는, 지회장인 자신의 동의 없이 경성지회 선전강연회 개최를 위해 박완朴浣이 경찰에 청원서를 제출한 것을 이유로 12월 3일에 사임하였다.

1928년, 50세

- 11월에 『건봉사급건봉사말사사적乾鳳寺及乾鳳寺末寺史蹟』을 편찬하여 발간하였다. 기초적인 자료 조사는 김일우와 최관수(최금봉)가 담당하였으며, 이 자료를 토대로 사지寺誌의 편찬을 맡았다.

1929년, 51세

- 12월에 광주학생운동에 대한 결의문을 권동진, 홍명희, 조병옥 등 10인의 명의로 발표하여 보안법 위반 혐의로 서대문형무소에 구속되었다 이듬해 1월 6일에 기소유예로 석방되었다.

1930년, 52세

- 한용운에게 정신적인 감화를 받은 조학유, 김법린, 김상호, 이용조, 최범술

등의 불교청년들이 항일 비밀결사 조직인 '만당卍黨'을 조직하고 그를 당수로 추대하였다. 조직을 만든 과정이나 명단 및 운영 방식 등에 대해서 그 전모를 알 수는 없다. 다만, 이용조와 박영희(법명 응송應松)의 회고, 박설산의 증언 등을 참조할 때, 이 조직은 표면적으로는 불교개혁을 도모했지만 비밀리에 항일운동도 전개한 비밀결사로 볼 수 있다. 1933년 4월에 조직의 내분으로 해산되었지만 1938년과 1942년에 김법린, 장도환, 최범술 등의 당원이 일제에 검거되어 옥고를 치렀다.

1931년, 53세

- 6월에 불교계의 종합지인 『불교佛敎』를 인수하여 통권 84·85호 합본부터 1933년 7월 통권 108호까지 편집인 겸 발행인이 되었다. 여기에 해외 불교를 소개하는 글과 조선불교의 개혁을 주장하는 많은 논설을 발표하였다.
- 7월에 삼백여 년 전에 소각所刻되었으며 한글로 된 불경판佛經板으로는 가장 완비한 것으로 보이는 경판을 전주 안심사安心寺에서 발견하고 조사하였다. 이 경판은 세조 때에 새긴 것으로 조선불교와 한글 연구에 귀중한 자료로서 이듬해 3월 불교사佛敎社에서 불경언해판佛經諺解版으로 발간되었다.

1932년, 54세

- 3월에 『불교』 93호에 실린 조선불교계 대표인물을 선정하는 투표 결과에 따르면, 한용운이 총 477표 중 422표를 얻는 압도적인 지지를 받았다.

1933년, 55세

- 충남 보령 출신으로 간호사인 36세의 유숙원 씨와 재혼하였다.

1934년, 56세

- 9월에 딸 영숙英淑이 태어났다.
- 백양사 승려인 김벽산으로부터 땅을 얻고 부족한 비용은 방응모, 박광 등 지인의 도움을 받아 서울 성북구에 '심우장尋牛莊'(경성부 성북정 222)을 짓기 시작하여 이듬해 이곳으로 거처를 옮겼다. 이 집은 조선총독부를 바라보지 않겠다는 그의 뜻에 따라 북향으로 지어졌다.
- 정확한 시기는 알 수 없지만 대략 이 무렵부터 중생의 아픔이 곧 자신의 아픔이라고 생각한 재가거사 유마힐의 사상이 담긴 『유마힐소설경維摩詰所說經』(흔히 『유마경』이라고 부름)을 번역 및 주해하기 시작한 것으로 보인다.

1935년, 57세

- 4월 9일에 장편소설 『흑풍黑風』을 『조선일보』에 연재하기 시작하여 이듬해 2월 4일까지 계속하였다. 이 시기부터 본격 신문연재 소설을 쓰기 시작하였다.
- 7월 16일에 정인보, 안재홍 등과 발기인으로 참여하여 태서관에서 '다산 정약용의 서세백년기념회茶山逝世百年記念會'를 개최하였다.

1936년, 58세

- 6월 27일에 장편소설 『후회後悔』를 『조선중앙일보』에 연재하기 시작하였으나 9월 4일에 신문의 폐간으로 인해 55회 연재로 중단되었다.

1937년, 59세

- 3월에 옥중에서 서거한 독립운동가 일송一松 김동삼金東三의 유해를 받아와 심우장에서 5일장으로 장례를 치렀다.

▪ 3월 1일에 재정난으로 휴간되었던 『불교』지를 속간하고 고문이 되었다. 여기에 성북학인城北學人이라는 필명으로 소설 『철혈미인鐵血美人』을 연재하기 시작하나 2회 연재 후 중단하였다.

1938년, 60세

▪ 5월 18일에 장편소설 『박명薄命』을 『조선일보』에 연재하기 시작하여 이듬해 3월 12일까지 223회로 완결하였다. 정현웅鄭玄雄 화백이 삽화를 그렸다.
▪ 김법린, 장도완 등 만당 당원들이 일제에 검거되지만 기록으로 남겨둔 문건이 없어 풀려났다. 하지만 이 일로 인해 감시가 점점 강화되었다.

1939년, 61세

▪ 8월 26일(음력 7월 12일)에 회갑을 맞아 서울 '청량사'에서 회갑연을 열었다. 여기에 오세창, 권동진, 홍명희, 이경희, 박광 등이 참석하였다.
▪ 11월 1일부터 『삼국지』를 번역하여 『조선일보』에 연재하기 시작하였으며 이듬해 8월 11일에 『조선일보』가 폐간되면서 중단되었다.

1940년, 62세

▪ 속간한 『불교』지 2월호(新第21輯)와 5월호(新第23輯)에 「유마힐소설경강의維摩詰所說經講義」를 발표하였다.

1941년, 63세

▪ 해인사에 세운 '용성대선사사리탑龍城大禪師舍利塔'의 비문을 7월에 지었다.

1942년, 64세

- 최범술, 박광, 신백우와 함께 신채호의 유고집 발간을 추진했으나 뜻을 이루지 못하였다.

1943년, 65세

- 경허선사의 문집인 『경허집鏡虛集』을 편집하였으며 여기에 서문을 쓰고 경허의 약력을 작성하였다.

1944년, 66세

- 6월 29일에 자택인 심우장에서 입적하였다. 미아리 화장장에서 다비한 후 망우리 공동묘지에 안장되었다. 『매일신보』 7월 1일 자에는 '한용운대사입적韓龍雲大師入寂'을 알리는 기사가 실렸고 사인은 뇌일혈로 밝혔다.

| 부록 2 |

한용운의 작품, 논설, 설문, 인터뷰 목록*

1908년, 30세**

「고향을 그리며(思鄕)」, 『화융지』 제12권 제6호, 1908.6.(韓龍雲)

「산사에서 홀로 지새는 밤(山寺獨夜)」, 『화융지』 제12권 제6호, 1908.6.(韓龍雲)

「빗속에 홀로 읊조리며(雨中獨唫)」, 『화융지』 제12권 제7호, 1908.7.(韓龍雲)

「봄꿈(春夢)」, 『화융지』 제12권 제7호, 1908.7.(韓龍雲)

「한가로이 읊다(閑唫)」, 『화융지』 제12권 제7호, 1908.7.(韓龍雲)

「제목 없는 시(失題)」, 『화융지』 제12권 제7호, 1908.7.(韓龍雲)

「날 개이자 읊다(唫晴)」, 『화융지』 제12권 제8호, 1908.8.(韓龍雲)

「생각 많은 밤에 빗소리를 들으며(思夜聽雨)」, 『화융지』 제12권 제8호, 1908.8.(韓龍雲)

「홀로 있는 창가에 비바람 부는데(獨窓風雨)」, 『화융지』 제12권 제8호, 1908.8.(韓龍雲)

「어느 가을 새벽에(秋曉)」, 『화융지』 제12권 제9호, 1908.9.(韓龍雲)

「가을 밤 빗소리를 듣다 느낀 바가 있어(秋夜聽雨有感)」, 『화융지』 제12권 제9호,

---

* 발표 당시의 필자명을 명기하였다. 필자를 밝히지는 않았지만 한용운의 글로 판단할 수 있는 글은 '추정'으로 표기하였다. 해당 글의 필자를 한용운으로 추정하기에는 문제의 소지가 있다고 판단되는 경우 목록에서 제외하였다. 이 기준에 따라 전집에 수록된 글 가운데 제외된 글도 있다. 이와 관련해서는 이 책의 제3부 4장 「『증보한용운전집』에 수록된 몇 편의 글에 대한 재고」에서 상술하였다. 전집에 수록된 글 가운데 발표 당시와 제목이 다른 경우는 발표 시의 제목으로 제시하였다. 전집에 수록한 글의 출처와 발표 일시 등에 오류가 많아 원본 확인 후 수정하였다. 『불교』지에 발표한 글은 별도로 제시하였다. 해당 글은 1931년 7월부터 1933년 7월까지, 1937년 3월부터 1930년 5월까지 『불교』지에 발표된 것이다.

** 일본 조동종대학림에서 수학할 때 '화융회'의 기관지인 『화융지(和融誌)』에 한시 12편을 발표함.

1908.9.(韓龍雲)

「교외로 나갔다가(郊行)」, 『화융지』 제12권 제9호, 1908.9.(韓龍雲)

1910년, 32세

「중추원 헌의서(中樞院獻議書)」, 1910.3.(韓龍雲)

「동계록(同戒錄) 발문」, 1910.4.29.(雪嶽山人 韓龍雲識)

「통감부 건백서(統監府建白書)」, 1910.9.(韓龍雲)

1912년, 34세

「관낙매유감(觀落梅有感)」, 『매일신보』, 1912.1.25.(萬海 韓龍雲)

「춘규원기신해음사(春閨怨寄辛亥唫社)」, 『매일신보』, 1912.3.12.(萬海 韓龍雲)

「관낙매유감(觀落梅有感)」, 『신해음사(辛亥唫社)－신해집(辛亥集)』 제1호, 1912.3.15.(萬海 韓龍雲)

「춘규원(春閨怨)」, 『신해음사(辛亥唫社)－임자집(壬子集)』 제2호, 1912.5.18.(萬海 韓龍雲)

「범어사우후술회(梵魚寺雨後述懷)」, 『신해음사(辛亥唫社)－임자집(壬子集)』 제2호, 1912.5.18.(萬海 韓龍雲)

『불교교육 불교한문독본(佛教教育 佛教漢文讀本)』, 1911(발간연도 추정).(韓龍雲編纂)

1913년, 35세

「원승려지단체(原僧侶之團體)」, 『조선불교월보』 제13호, 1913.2.25.(萬海生)

「원승려지단체・속(原僧侶之團體・續)」, 『조선불교월보』 제14호, 1913.3.25.(萬海生)

『조선불교유신론(朝鮮佛教維新論)』, 불교서관(佛教書館), 1913.5.25.(韓龍雲君著)

1914년, 36세

『불교대전(佛教大典)』, 범어사(梵魚寺), 1914.4.30.(韓龍雲)

1916년, 38세

「고서화의 삼일(古書畫의 三日)」, 『매일신보』(1916.12.7・8・13・14・15)에 5회 연재.(萬海)

1917년, 39세

『정선강의 채근담(精選講義菜根譚)』, 신문관(新文館), 1917.4.6.(韓龍雲撰)

「오도송(悟道頌)」, 1917.12.3.(遺稿)

1918년, 40세

「권두언－처음에 씀」, 『유심』 제1호, 1918.9.(추정)
「심(心)」, 『유심』 제1호, 1918.9.(萬海)
「조선청년과 수양(朝鮮青年과 修養)」, 『유심』 제1호, 1918.9.(韓龍雲)
「고학생(苦學生)」, 『유심』 제1호, 1918.9.(韓龍雲)
「전로를 택하여 진하라(前路를 擇하여 進하라)」, 『유심』 제1호, 1918.9.(五歲人)
「생의 실현(生의 實現) ①－인도철학가 타쿠르 원저」, 『유심』 제1호, 1918.9.(추정)
「고통과 쾌락(苦痛과 快樂)」, 『유심』 제2호, 1918.10.(主管)
「권두－일경초의 생명(一莖草의 生命)」, 『유심』 제2호, 1918.10.(추정)
「마는 자조물이라(魔는 自造物이라)」, 『유심』 제2호, 1918.10.(추정)
「생의 실현(生의 實現) ②－인도철학가 타쿠르 원저」, 『유심』 제2호, 1918.10.(추정)
「권두언-천애의 악로(天涯의 惡路)」, 『유심』 제3호, 1918.12.(추정)
「자아를 해탈하라(自我를 解脫하라)」, 『유심』 제3호, 1918.12.(추정)
「천연의 해(遷延의 害)」, 『유심』 제3호, 1918.12.(추정)
「전가의 오동(前家의 梧桐)」, 『유심』 제3호, 1918.12.(추정)
「무용의 노심(無用의 勞心)」, 『유심』 제3호, 1918.12.(추정)
「훼예(毁譽)」, 『유심』 제3호, 1918.12.(추정)*

1919년, 41세

「권두언－방아머리」, 『신청년』 창간호, 1919.1.20.(추정)**
「조선독립에 대한 감상의 개요(朝鮮獨立에 對한 感想의 槪要)」, 1919.7.10.(韓龍雲)
「조선독립에 대한 감상의 대요(朝鮮獨立에 對한 感想의 大要)」, 『독립신문』 제25호, 1919.11.4.(옥중아대표자(獄中我代表者))

1921년, 43세

「지옥에서 극락을 구하라(地獄에서 極樂을 求하라)」, 『동아일보』, 1921.12.24.(韓龍雲－인터뷰)

---

* 1918년 12월 18일 자 『매일신보』 신간소개란에는 「자아를 해탈하라」, 「천연의 해」, 「무용의 노심」, 「훼예」 등의 필자로 한용운을 소개하고 있음.

** 『신청년』 창간호에 실린 권두언은 류광렬의 회고에 따르면 한용운이 쓴 글임.

1922년, 44세

「무궁화(無窮花)를 심으과저」, 『개벽』 제27호, 1922.9.(韓龍雲－獄中詩)

「현해가 동하는 만세성중 안창남군의 부산 착발(玄海가 動하는 萬歲聲中 安昌男君의 釜山着發)－철저한 후원을 간망(徹底한 後援을 懇望)」, 『동아일보』, 1922.12.6.(韓龍雲氏談－인터뷰)

1923년, 45세

「양춘을 면한 신생조선의 배주(陽春을 面한 新生朝鮮의 胚珠)－현제도를 타파하라(現制度를 打破하라)」, 『동명』 제2권 제2호, 1923.1.7.(朝鮮佛教法寶會 韓龍雲師談－인터뷰)

「조선급조선인의 번민(朝鮮及朝鮮人의 煩悶) (八)－영적결핍(靈的缺乏)으로 고통(苦痛), 번민과 고통은 밧게서 오는 것, 정신활동으로 번민(煩悶)을 제하자」, 『동아일보』, 1923.1.9.(韓龍雲氏談－인터뷰)

「민대기성의 대강연(民大期成의 大講演)－자조(自助)」, 『조선일보』, 1923.4.20.(韓龍雲)*

1924년, 46세

「내가 밋는 불교(佛教)」, 『개벽』 제45호, 1924.3.1.(韓龍雲－인터뷰)

「죽음」, 1924.10.24.(遺稿)

「생이냐 사이냐 기로에 입한 조선인의 금후진로는 하인가(生이냐 死이냐 岐路에 立한 朝鮮人의 今後進路는 何인가 : 사회각방면인사의 의견은 여하(社會各方面人士의 意見은 如何)－영육평행(靈肉平行) 삶을 각오하자」, 『조선일보』, 1924.11.1.(韓龍雲氏談－인터뷰)

1925년, 47세

「혼돈한 사상계의 선후책(混沌한 思想界의 善後策)－이천만 민중 당면한 중대문제(二千萬 民衆 當面한 重大問題) : 현실에 입각, 이론보다 실지(現實에 立脚, 理論보다 實地)」, 『동아일보』, 1925.1.1.(韓龍雲氏談－인터뷰)

「사회운동과 민족운동(社會運動과 民族運動)(一)－차이점과 일치점(差異點과 一致點)」, 『동아일보』, 1925.1.2.(韓龍雲氏談－인터뷰)

---

* 『조선일보』 1923년 4월 20일 자에는 민립대학 기성회 주최의 제1차 강연회에서 한용운이 강연한 내용을 발췌하여 게재함.

1926년, 48세

『십현담주해(十玄談註解)』, 법보회(法寶會), 1926.5.15.(韓龍雲)

『님의 침묵(沈默)』, 회동서관(滙東書舘), 1926.5.20.(韓龍雲)

「가갸날에 대(對)하야」, 『동아일보』, 1926.12.7.(韓龍雲)

1927년, 49세

「일인일화(一人一話)－여성의 자각이 인류해방요소(女性의 自覺이 人類解放要素)」, 『동아일보』, 1927.7.3.(韓龍雲氏談)

「죽엇다가 다시 살아난 이약이, 만주산간(滿洲山間)에서 청년(靑年)의 권총(拳銃)에 마져서」, 『별건곤』 제8호, 1927.8.(韓龍雲)

「의분공분심담구상(義憤公憤心膽俱爽) 통쾌(痛快)!! 가장 통쾌(痛快)하엿든 일－내가 생각하는 통쾌이삼(痛快二三)」, 『별건곤』 제8호, 1927.8.(韓龍雲－인터뷰)

1928년, 50세

「교외인사의 천도교에 대한 감상과 촉망(教外人士의 天道教에 對한 感想과 囑望)－더 심각(深刻)하게 종교화(宗教化)하라」, 『신인간』 제20호, 1928.1.1.(佛教 韓龍雲)

『건봉사급건봉사말사사적(乾鳳寺及乾鳳寺末寺史蹟)』, 건봉사(乾鳳寺), 1928.7.26.(韓龍雲)

「현하문제 명사의견(現下問題 名士意見), 생활개선안 제의(生活改善案 提議)－질소간결(質素簡潔)」, 『별건곤』 제16・17호, 1928.12.(韓龍雲－설문)

「나의 추억 ④~⑥－아슬아슬한 死地를 累經한 韓龍雲氏」(전3회), 『조선일보』, 1928.12.7・12.8・12.9.(韓龍雲－구술회고담)

「권두－성불과 왕생(成佛과 往生)」, 『일광』 창간호, 1928.12.28.(韓龍雲)

1929년, 51세

「조선청년(朝鮮靑年)에게」, 『조선일보』, 1929.1.1.(韓龍雲)

「새 정월(正月)에 생각나는 사람들－천하명기 황진이(天下名妓 黃眞伊)」, 『별건곤』 제18호, 1929.1.(韓龍雲)

「조선불교학인에 대한 제사의 기대(朝鮮佛教學人에 對한 諸師의 期待)－인격을 존중하라(人格을 尊重하라)」, 『회광』 제1호, 1929.3.6.(韓龍雲)

「근우운동에 대한 각방명인사의 기대(槿友運動에 對한 各方面人士의 期待)－적은 일부터」, 『근우』 제1호, 1929.5.10.(韓龍雲－설문)

「나에게 만일(萬一) 청춘(靑春)이 다시 온다면, 이러한 일을 하겟다－전문지식연구(專門知識硏究)」, 『별건곤』 제21호, 1929.6.(韓龍雲－설문)

「문침성(聞砧聲) 외 8수」, 『삼천리』 제1호, 1929.6.(韓龍雲－한시)
「명사십리행(明沙十里行)」(전10회), 『조선일보』, 1929.8.14~8.24.(韓龍雲)
「각 방면 명사의 축사와 희망(各方面名士의 祝辭와 希望) ④－가려운 곳을 긁어 주라」, 『중외일보』, 1929.9.29.(韓龍雲)
「유림계에 대한 각방면인사의 희망(儒林界에 對한 各方面人士의 希望)－시대에 적응한 유교를 행하라(時代에 適應한 儒敎를 行하라)」, 『인도』 제3·4호, 1929.9.25.(韓龍雲氏談－설문)

1930년, 52세

「사회명사의 신년소감(社會名士의 新年所感)－소작농민의 각오(小作農民의 覺悟)」, 『조선농민』 제6권 제1호, 1930.1.1.(佛教 韓龍雲)
「이 때까지 아모에게도 아니한 이약이, 비중비화(秘中秘話)－남모르는 나의 아들」, 『별건곤』 제25호, 1930.1.(韓龍雲)
「정신부터 수양(精神부터 修養), 민중(民衆)에게 보내는 신춘(新春) 멧세이지」, 『별건곤』 제26호, 1930.2.(韓龍雲)
「각방면 인사의 시국문제에 대한 의견(各方面人士의 時局問題에 對한 意見)」, 『동아일보』, 1930.4.4.(韓龍雲－인터뷰)
「나는 웨 승(僧)이 되엇나?」, 『삼천리』 제6호, 1930.5.(韓龍雲)
「제씨의 성명(諸氏의 聲明)」, 『삼천리』 제6호, 1930.5.(韓龍雲－설문)
「농민대중에 대한 기대와 촉망(農民大衆에 對한 企待와 囑望)－농업의 신성화(農業의 神聖化)」, 『농민』 제1권 제1호, 1930.5.8.(佛教 韓龍雲－설문)
「조선현실(朝鮮現實)에 잇서서 엇던 청년(靑年)을 요구(要求)하는가?－침착성과 지구성 있는 청년을(沈着性과 持久性 있는 靑年을)」, 『대중공론』 제2권 제5호, 1930.6.(韓龍雲)
「만십주년 기념축사(滿十週年紀念祝辭), 각계각방면의 제씨로부터(各界各方面의 諸氏로부터)－압일을 부탁」, 『별건곤』 제30호, 1930.7.(韓龍雲)
「새로운 세계적 불안(世界的 不安), 풍운점급(風雲漸急) 제이세계대전쟁(第二世界大戰爭)?!－계급전쟁(階級戰爭)으로」, 『별건곤』 제32호, 1930.9.(韓龍雲－설문)
「인생(人生)은 사후(死後)에 엇더케 되나?－만유(萬有)가 불성(佛性)으로 돌아간다」, 『삼천리』 제8호, 1930.9.(韓龍雲－대담)
「조선농민사 오주년 기념을 제한 각계인사의 축사(朝鮮農民社五週年紀念을 際한 各界人士의 祝辭)－농민의 고통제거와 전투적 준비(農民의 苦痛除去와 戰鬪的準備)」, 『농민』 제1권 제6호, 1930.10.(韓龍雲)
「조선(朝鮮)은 어데로 가나?－종교계(宗教界)」, 『별건곤』 제34호, 1930.11.(韓龍雲－설문)

1931년, 53세

「독자(讀者) 여러분께 보내는 명사제씨(名士諸氏)의 연두감(年頭感)」, 『별건곤(別乾坤)』 제36호, 1931.1.(韓龍雲)

「재만동포문제 시비소재와 해결방법(在滿同胞問題 是非所在와 解決方法), 대책은 여하 각방면의견(對策은 如何 各方面意見)―귀화자유(歸化自由), 무리(無理)한 국적법(國籍法)」, 『동아일보』, 1931.1.1.(韓龍雲―인터뷰)

「조선 삼대종교 신미 전망(朝鮮三大宗教辛未展望)―포교법(布教法)에 잇다」, 『매일신보』, 1931.1.3.(禪學院 韓龍雲)

「신간회 해소 가부론(新幹會解消 可否論)―용이(容易)치는 안타」, 『별건곤』 제37호, 1931.2.(韓龍雲―설문)

「조선운동은 협동호 대립호(朝鮮運動은 協同乎 對立乎), 신간회 「해소운동」 비판(新幹會 解消運動 批判)―시간적 협동은 필요(時間的 協同은 必要)」, 『삼천리』 제12호, 1931.2.(韓龍雲―설문)

「재옥 중 성욕문제(在獄中 性慾問題)―수도승과 금욕(修道僧과 禁慾)」, 『삼천리』 제13호, 1931.3.(韓龍雲―설문)

「민족적 대협동기관 필요와 그 가능성 여하(民族的大協同機關必要와 그可能性如何)―도시난언(都是難言)」, 『혜성』 제1권 제1호, 1931.3.1.(韓龍雲―설문)

「이대문제(二大問題)」, 『일광』 제3호, 1931.3.10.(韓龍雲―설문)

「지는 해」, 『삼천리』 제15호, 1931.5.(韓龍雲―시)

「신간회 해소 결정(新幹會解消決定)과 협동전선(協同戰線)의 전망(展望)―사회 각방면의 의견」, 『조선일보』, 1931.5.19.(韓龍雲氏談)

「사회의 정론(社會의 正論)―수모(羞侮)를 밧지 안토록 냉정(冷靜)히 하라」, 『매일신보, 1931.7.8.(朝鮮佛教社 韓龍雲氏談)

「축창간(祝創刊)」, 『불청운동』, 창간호, 1931.8.1.(韓龍雲)

「이민족과의 결혼시비(異民族과의 結婚是非)―재일 재만 동포문제와 국제주의(在日在滿 同胞問題와 國際主義)」, 『삼천리』 제3권 제9호, 1931.9.(韓龍雲)

「권두언(卷頭言)」, 『선원』 창간호, 1931.10.6.(萬海)

「중앙일보에 대한 각방면인사의 기대(中央日報에 對한 各方面人士의 期待)―신면목(新面目)으로 나온 것이 반갑다」, 『중앙일보』, 1931.11.27.(佛教社 韓龍雲氏談)

「겨울 밤 나의 생활공개(生活公開)」, 『혜성』 제1권 제9호, 1931.12.(韓龍雲氏)

『불교』 제84·85합호(1931.7)

「권두언(卷頭言)―환가(還家)」.(萬海)

「조선불교를 통일하라(朝鮮佛教를 統一하라)」.(추정)

「만화(漫話)」.(추정)

「반종교운동에 대하야(反宗教運動에 對하야)」.(雪嶽山人)
「성탄(聖誕)」.(萬海－시)

『불교』 第86호(1931.8)
「권두언(卷頭言)」.(萬海)
「불교청년총동맹(佛教青年總同盟)에 대하야」.(추정)
「만화 난외(漫話-欄外)」.(萬海)
「비바람(舊稿)」.(萬海－시)

『불교』 第87호(1931.9)
「권두언(卷頭言)」.(萬海)
「정교를 분립하라(政教를 分立하라)」.(韓龍雲)
「만화-난외(漫話-欄外)」.(추정)
「인도불교운동의 편신(印度佛教運動의 片信)」.(萬海)
「국보적(國寶的)인 한글경판발견(經板發見)의 경로(徑路)」.(韓龍雲)
「반달과 소녀(少女)」.(萬海－시)

『불교』 第88호(1931.10)
「권두언(卷頭言)」.(萬海)
「조선불교의 개혁안(朝鮮佛教의 改革案)」.(韓龍雲)
「중국불교의 현상(中國佛教의 現象)」.(萬海)
「산촌(山村)의 녀름저녁(舊稿)」.(萬海－시)

『불교』 第89호(1931.11)
「권두언(卷頭言)」.(萬海)
「섬라의 불교(暹羅의 佛教)」.(韓龍雲)
「한갈등(閒葛藤)」.(목차 萬人 / 본문 萬海)

『불교』 第90호(1931.12)
「권두언(卷頭言)」.(萬海)
「우주의 인과율(宇宙의 因果律)」.(韓龍雲)
「중국혁명과 종교수난(中國革命과 宗教受難)」.(萬海)
「세모(歲暮)」.(萬海－시)

1932년, 52세

「대성(大聖)이 오늘 조선(朝鮮)에 태어난다면?—한용운씨(韓龍雲氏)와 석가(釋迦)를 어(語)함」, 『삼천리』 제4권 제1호, 1932.1.(韓龍雲—설문)

「각방면 남녀인사 제씨(各方面男女人士諸氏)의 신춘포부와 계획과 감상(新春抱負와 計劃과 感想)—대중잡지를 경영해 볼 터(大衆雜誌를 經營해 볼 터)」, 『중앙일보』, 1932.1.2.(佛教社 韓龍雲—인터뷰)

「조선운동의 금후방향(朝鮮運動의 今後方向)—표현단체 재건설 필요(表現團體 再建設 必要)」, 『조선일보』, 1932.1.3.(中央佛教 韓龍雲談—설문)

「반생의 최대감격(半生의 最大感激)—평생(平生) 못잊을 상처(傷處)」, 『조선일보』, 1932.1.8.(韓龍雲)

「내가 만약(萬若) 군축회의(軍縮會議)에 출석(出席)한다면—근본으로 군비철폐를(根本으로 軍備撤廢를)」, 『혜성』 제2권 제2호, 1932.2.(韓龍雲—설문)

「권두언(卷頭言)」, 『선원』 제2호, 1932.2.6.(萬海)

「권두언(卷頭言)—사람은 앞으로 나아가는 것이 있을 뿐이오」, 『회광』 제2호, 1932.3.16.(韓龍雲)

「재분 이후의 천도교(再分 以後의 天道教)—제삼자의 엄정한 비판과 고언(第三者의 嚴政한 批判과 苦言): 근본적 원인제거가 필요(根本的 原因除去가 必要)」, 『신동아』 제2권 제6호, 1932.6.(韓龍雲—설문)

「명사십리(明沙十里)」, 『삼천리』 제4권 제7호, 1932.7.(韓龍雲—시)

「조선일보 중앙일보를 영구 완전하게 구출할 방책(朝鮮日報 中央日報를 永久 完全하게 救出할 方策)—대중의 신임을 밧는 인격자가(大衆의 信任밧는 人格者가)」, 『삼천리』 제4권 제7호, 1932.7.(韓龍雲—설문)

「궁민구제책(窮民救濟策)이 잇는가? 없는가?—대책이 별무(對策이 別無)」, 『농민』 제3권 제6호, 1932.7.5.(韓龍雲—설문)

「선우(禪友)의게」, 『선원』 제3호, 1932.8.6.(萬海—시조)

「옥중생활(獄中生活) 로-맨스—월명야에 일수시(月明夜에 一首詩)」, 『삼천리』 제4권 제10호, 1932.10.(韓龍雲)

「조선민족은 남진호, 북진호(朝鮮民族은 南進乎, 北進乎)—시베리아의 이농(西伯利亞의 移農)」, 『삼천리』 제4권 제10호, 1932.10.(韓龍雲)

「죽엇다가 다시 살어난 이야기 ①」, 『실생활』 제3권 제10호, 1932.10.(韓龍雲述)

「권두언(卷頭言)」, 『불청운동』 제7·8합호, 1932.10.25.(萬海)

「수양독본 제2과(修養讀本第二課)—고난(苦難)의 칼날에 서라」, 『실생활』 제3권 제11호, 1932.11.(韓龍雲)

「죽엇다가 다시 살어난 이야기 ②」, 『실생활』 제3권 제11호, 1932.11.(韓龍雲述)

『불교』 제91호(1932.1)
「권두언(卷頭言)」.(萬海)
「사법개정에 대하야(寺法改正에 對하야)」.(韓龍雲)
「원숭이와 불교(佛教)」.(萬海)

『불교』 제92호(1932.2)
「권두언(卷頭言)」.(萬海)
「선과 인생(禪과 人生)」.(韓龍雲)
「불교동(지나)점연대고(佛教東(支那)漸年代考)」.(萬海)

『불교』 제93호(1932.3)
「권두언(卷頭言)」.(萬海)
「세계종교계의 회고(世界宗教界의 回顧)」.(韓龍雲)

『불교』 제94호(1932.4)
「권두언(卷頭言)」.(萬海)
「신년도(新年度)의 불교사업(佛教事業)은 얻어할까」.(韓龍雲)
「만주사변과 일중불교도의 대치(滿洲事變과 日中佛教徒의 對幟)」.(萬海)

『불교』 제95호(1932.5)
「권두언(卷頭言)」.(萬海)
「불교신임 중앙간부에게(佛教新任 中央幹部에게)」.(韓龍雲)

『불교』 제96호(1932.6)
「권두언(卷頭言)」.(萬海)
「신앙에 대하야(信仰에 對하야)」.(韓龍雲)

『불교』 제97호(1932.7)
「권두언(卷頭言)」.(萬海)

『불교』 제98호(1932.8)
「권두언(卷頭言)」.(萬海)
「조선불교의 해외진전을 요망함(朝鮮佛教의 海外進展을 要望함)」.(韓龍雲)

『불교』 제99호(1932.9)
「권두언(卷頭言)」.(추정)
「교단의 권위를 확립하라(教團의 權威를 確立하라)」.(추정)

『불교』 제100호(1932.10)
「권두언(卷頭言)」.(萬海)
「불교청년운동에 대하야(佛教靑年運動에 對하야)」.(韓龍雲)
「본지 제백호 기념좌담회(本誌第百號記念座談會)」.(韓龍雲)
「해인사순례기(海印寺巡禮記)」.(萬海)

『불교』 제101호 · 102호 합호(1932.12)
「권두언(卷頭言)」.(萬海)

1933년, 55세
「나의 처세훈(處世訓)」, 『신동아』 제15호, 1933.1.1.(韓龍雲－설문)
「새해의 맹세－닥쳐오는 대로 일합시다」, 『삼천리』 제34호, 1933.1.1.(韓龍雲)
「신춘(新春)을 맞는 우리의 포부(抱負)와 희망(希望)－정명한 인식(正明한 認識) ○○○○○」, 『동아일보』, 1933.1.1.(韓龍雲－설문)
「그 인물(人物)의 심경타진(心境打診)－종교시인 만해 한용운씨」, 『조선일보』, 1933.2.15.(韓龍雲－인터뷰)
「달님 외 2편」, 『동아일보』, 1933.3.26.(韓龍雲－시)
「본보의 지면확장과 각방면인사의 기대(本報의 紙面擴張과 各方面人士의 期待) ②－경영자(經營者)로는 적지 안흔 희생(犧牲), 대중의 신문이 되어 달라」, 『조선중앙일보』, 1933.7.2.(韓龍雲氏談)
「권두언(卷頭言)」, 『불청운동』 제11호, 1933.8.15.(萬海)
「명사십리(明沙十里)」, 『삼천리』 제5권 제9호, 1933.9.(韓龍雲)
「처음 서울 오든 때－시베리아(西伯利亞)를 거쳐 서울로」, 『삼천리』 제5권 제9호, 1933.9.(韓龍雲)
「본지창간에 대한 각계인사의 축사(本誌創刊에 對한 各界人士의 祝辭)－자립역행의 정신을 보급시키라(自立力行의 精神을 普及시키라)」, 『신흥조선』 제1권 제1호, 1933.10.(韓龍雲)

『불교』 제103호(1933.1)
「권두언(卷頭言)」.(萬海)
「불교사업의 기정방침을 실행하라(佛教事業의 旣定方針을 實行하라)」.(韓龍雲)

「한글경인출(經印出)을 마치고」.(萬海)

『불교』 제104호(1933.2)

「권두언(卷頭言)」.(萬海)

「종헌발포기념식(宗憲發布記念式)을 보고」.(韓龍雲)

「재경불교유지간담회(在京佛教有志懇談會)」.(韓龍雲氏)

『불교』 제105호(1933.3)

「권두언(卷頭言)」.(萬海)

「현대(現代) 아메리가의 종교(宗教)」.(韓龍雲)

『불교』 제106호(1933.4)

「권두언(卷頭言)」.(萬海)

「교정연구회 창립에 대하야(教政研究會 創立에 對하야)」.(韓龍雲)

『불교』 107호−5 · 6월 합호(1933.6)

「권두언(卷頭言)」.(萬海)

「신러시아의 종교운동(新露西亞의 宗教運動)」.(韓龍雲)

『불교』 108호(1933.7)

「권두언(卷頭言)」.(萬海)

「선과 자아(禪과 自我)」.(韓龍雲)

1934년, 56세

「신년벽두(新年劈頭)에 보내는 우리의 새 신호(信號)−불요신신호(不要新信號)」, 『동아일보』, 1934.1.2.(佛教社社長 韓龍雲)

「신년에 제하여 조선청년에게(新年에 際하여 朝鮮青年에게)−정신적 동요가 없도록(精神的 動搖가 없도록)」, 『중앙』 제2권 제1호, 1934.1.(佛教社主幹 韓龍雲)

「한글의 통일과 보급에 대한 각계 여러분의 말슴−교과서로 언론기관으로 문필가로 강습회로」, 『한글』 제2권 제1호, 1934.4.(佛教界 韓龍雲)

1935년, 57세

「반도 신문단 이십년래 명작선집 ①, 명작 시편(半島 新文壇 二十年來 名作選集 ①, 名作詩篇)−「당신의 편지」, 「님」」, 『삼천리』 제7권 제1호, 1935.1.1.(韓龍雲)*

「지난날 잊히지 않는 추억−북대륙(北大陸)의 하룻밤」, 『조선일보』, 1935.3.8~

3.13.(韓龍雲)
「꿈과 근심」, 『신인문학(新人文學)』 제2권 제3호, 1935.4.3.(韓龍雲－시)
「흑풍(黑風)」, 『조선일보』, 1935.4.9~1936.2.4.(243회 연재)(韓龍雲)
「명산대찰순례(名山大刹巡禮) ①－국보 잠긴 안심사(國寶 잠긴 安心寺)」, 『삼천리』 제7권 제6호, 1935.7.(韓龍雲)
「우리님」, 『삼천리』 제7권 제6호, 1935.7.(萬海韓龍雲－시조)
「본사 신사옥 낙성식과 각계 축사(本社 新社屋 落成式과 各界 祝辭)－조선인 문화의 진보의 상징(朝鮮人 文化의 進步의 象徵)」, 『조선일보』, 1935.7.6.(韓龍雲)
「조선 대 동아 전에 대한 각계인사의 비판(朝鮮 對 東亞 戰에 對한 各界人士의 批判)」, 『쩌날리즘』 제1호, 1935.9.(韓龍雲)
「공학제와 각계 여론(共學制와 各界輿論) ②: 조선 본위 교육 필요(朝鮮 本位 教育 必要)－초등교육엔 조선어 사용 당연(初等教育엔 朝鮮語 使用 當然)」, 『조선일보』, 1935.10.8.(韓龍雲談－인터뷰)
「문자비문자(文字非文字)」, 『선원』 제4호, 1935.10.15.(韓龍雲)
「최후의 오분간(最後의 五分間)」, 『조광』 창간호, 1935.11.1.(萬海)

1936년, 58세

「전통에서 신경으로 생활개혁의 지표와 방안(傳統에서 新境으로 生活改革의 指標와 方案－생활의식(生活意識)부터 정확(正確)하게 파악(把握)」, 『동아일보』, 1936.1.1.(韓龍雲－설문)
「사회 각방면(社會各方面)에서 본 희망과 경륜의 신년(希望과 經綸의 新年), 새해엔 어떠한 준비(準備)가 있나 ①－불교의 생명의 이타주의, 사회사업 포기불가(佛教의 生命은 利他主義, 社會事業 抛棄不可」, 『조선중앙일보』, 1936.1.1.(京城禪學院 韓龍雲氏談)
「지면확장(紙面擴張)에 대(対)한 각계찬사(各界讚辞)－그 용기(勇氣)에 경하불기(慶賀不已)」, 『조선일보』, 1936.1.6.(韓龍雲氏談)
「한적잡고(漢籍雜考)(상)－천(天)」, 『조선일보』, 1936.3.6.(萬海)
「한적잡고(漢籍雜考)(하)－천(天)」, 『조선일보』, 1936.3.7.(萬海)
「한적잡고(漢籍雜考)(상)－일(日)」, 『조선일보』, 1936.3.8.(萬海)
「한적잡고(漢籍雜考)(하)－일(日)」, 『조선일보』, 1936.3.10.(萬海)
「한적잡고(漢籍雜考)(상)－월(月)」, 『조선일보』, 1936.3.11.(萬海)

---

* 「반도 신문단 이십년래 명작선집 ①, 명작 시편(半島 新文壇 二十年來 名作選集 ①, 名作詩篇)－「당신의 편지」, 「님」」에 수록된 시 「님」은 「알 수 없어요」이며, 두 편 모두 일부만 수록됨.

「한적잡고(漢籍雜考)(하)－월(月)」, 『조선일보』, 1936.3.12.(萬海)
「한적잡고(漢籍雜考)(상)－성한(星漢)」, 『조선일보』, 1936.3.13.(萬海)
「봄(상)」, 『조선일보』, 1936.3.17.(萬海)
「봄(하)」, 『조선일보』, 1936.3.18.(萬海)
「취직(상)」, 『조선일보』, 1936.3.19.(萬海)
「취직(하)」, 『조선일보』, 1936.3.20.(萬海)
「인조인(人造人) ①」, 『조선일보』, 1936.3.21.(萬海)
「인조인(人造人) ②」, 『조선일보』, 1936.3.24.(萬海)
「인조인(人造人) ③」, 『조선일보』, 1936.3.25.(萬海)
「인조인(人造人) ④」, 『조선일보』, 1936.3.26.(萬海)
「심우장산시(尋牛莊散詩) ① 산거(山居)・산꼴물」, 『조선일보』, 1936.3.27.(萬海)
「심우장산시(尋牛莊散詩) ② 모순(矛盾)・천일(淺日)」, 『조선일보』, 1936.3.28.(萬海)
「심우장산시(尋牛莊散詩) ③ 쥐」, 『조선일보』, 1936.3.31.(萬海)
「심우장산시(尋牛莊散詩) ④ 일출(日出)・해변(海邊)의 석양(夕陽)」, 『조선일보』, 1936.4.2.(萬海)
「심우장산시(尋牛莊散詩) ⑤ 강(江)배・낙화(洛花)・일경초(一莖草)」, 『조선일보』, 1936.4.3.(萬海)
「심우장산시(尋牛莊散詩) ⑥ 파리・모기・반월(半月)과 소녀(少女)」, 『조선일보』, 1936.4.5.(萬海)
「실제(失題)」, 『삼천리』 제8권 제6호, 1936.6.(萬海 韓龍雲－시)
「당대처사(當代處士) 찾어 ②－심우장(尋牛莊)에 참선(參禪)하는 한용운씨(韓龍雲氏)를 차저」, 『삼천리』 제8권 제6호, 1936.6.(韓龍雲－인터뷰)
「후회(後悔)」, 『조선중앙일보』, 1936.6.27～9. 4.(55회 연재 중 신문 폐간으로 중단)(韓龍雲)
「모종신범의 무아경(暮鐘晨梵의 無我境)」, 『조광』 제2권 제10호, 1936.10.(韓龍雲)
「환영!! 청추십월에 손선수귀래(歡迎 淸秋十月에 孫選手歸來)」, 『삼천리』, 제8권 제11호, 1936.11.(韓龍雲－설문)
「장편작가회의(長篇作家會議)」, 『삼천리』 제8권 제11호, 1936.11.(韓龍雲－좌담)
「교조찬미(教祖讚美)－만고(萬古)에 거룩한 석가의 정신(釋迦의 精神)」, 『삼천리(三千里)』 제8권 제11호, 1936.11.(韓龍雲－대담)
「채근담강의(菜根譚講義)」, 『삼천리』 제8권 제12호, 1936.12.(萬海 韓龍雲)

1937년, 59세

「남녀노소구별과 짬업는 남의 것 숭배. 채식하는 우리, 정신도 맑다」, 『조선일보』, 1937.1.4.(韓龍雲)

「빙호(氷壺)」, 『조선일보』, 1937.7.20.(韓龍雲)
「벽초(碧初)의 손에 재현(再現)되어 지하(地下)에서 웃을 임꺽정(林巨正)」, 『조선일보』, 1937.12.8.(韓龍雲)

『불교』 신제(新第)1집(1937.3)
「불교속간(佛敎續刊)에 대하야」.(萬海)
「철혈미인(鐵血美人)」.(城北學人)

『불교』 신제2집(1937.4)
「조선불교통제안(朝鮮佛敎統制案)」.(萬海)
「철혈미인(鐵血美人)」.(城北學人)

『불교』 신제3집(1937.5)
「역경의 급무(譯經의 急務)」.(萬海)

『불교』 신제4집(1937.6)
「주지선거에 대하야(住持選擧에 對하야)」.(萬海)
「심우장설(尋牛莊說)」.(牧夫)

『불교』 신제5집(1937.7)
「선외선(禪外禪)」.(萬海)

『불교』 신제6집(1937.8)
「정진(精進)」.(萬海)

『불교』 신제7집(1937.10)
「계언(戒言)」.(萬海)
「산장촌묵(山莊寸墨)」.(尋牛人)

『불교』 신제8집(1937.11)
「체논의 비시부동론(飛矢不動論)과 승조의 물불천론(僧肇의 物不遷論)」.(萬海)
「산장촌묵(山莊寸墨)」.(尋牛人)

『불교』 신제9집(1937.12)
「조선불교에 대한 과거 일년의 회고와 신년의 전망(朝鮮佛敎에 대한 過去一年의 回顧

와 新年의 展望)」.(추정)
「산장촌묵(山莊寸墨)」.(尋牛人)
「심우장(尋牛莊)」.(牧夫)

1938년, 60세

「조선특산품전람회 축사(朝鮮特産品展覽會 祝辭)－우리들 잔치 가운데 가장 뜻있는 잔치」, 『조선일보』, 1938.4.25.(韓龍雲)
「반종교운동의 비판(反宗教運動의 批判)」, 『삼천리』 제10권 제5호, 1938.5.(韓龍雲)
「작가의 말－장편소설 『박명(薄命)』」, 『조선일보』, 1938.5.10.(萬海韓龍雲)
『박명(薄命)』, 『조선일보』, 1938.5.18~1939.3.12.(223회 완결)(韓龍雲)
「어옹(漁翁)」, 『야담』 제36호(제4권 제12호), 1938.12.1.(韓龍雲－시조)

『불교』 신제10집(1938.2)

「불교청년운동을 부활하라(佛教青年運動을 復活하라)」.(萬海)
「산장촌묵(山莊寸墨)」.(尋牛人)

『불교』 신제11집(1938.3)

「공산주의적 반종교 이상은 과연 실현될 것인가(共産主義的 反宗教 理想은 果然實現될 것인가)」.(萬海)

『불교』 신제12집(1938.5)

「나치스 독일의 종교(獨逸의 宗教)」.(卍海)

『불교』 신제13집(1938.6)

「불교와 효행(佛教와 孝行)」.(卍海)
「산장촌묵(山莊寸墨)」.(尋牛人)

『불교』 신제14집(1938.7)

「인내(忍耐)」.(卍海)
「산장촌묵(山莊寸墨)」.(尋牛人)

『불교』 신제15집(1938.9)

「삼본산회의를 전망함(三本山會議를 展望함)」.(卍海)
「산장촌묵(山莊寸墨)」.(尋牛人)

『불교』 신제17집(1938.11)

「총본산창설에 대한 재인식(總本山創設에 對한 再認識)」.(卍海)

1939년, 61세

『삼국지(三國志)』, 『조선일보』, 1939.11.1~1940.8.11.(번역소설, 281회 연재 중 신문 폐간으로 중단)(韓龍雲)

『불교』 신제20집(1940.1)

「불교의 과거와 미래(佛敎의 過去와 未來)」.(卍海)

『불교』 신제21집(1940.2)

「유마힐소설경강의(維摩詰所說經講義) (一)」.(失牛)

『불교』 신제22집(1940.5)

「유마힐소설경강의(維摩詰所說經講義) (二)」.(失牛)

1941년, 63세

「명사십리(明沙十里)」, 김동환 편, 『반도산하(半島山河)』, 1941.(萬海韓龍雲)

1943년, 65세

「경허집서(鏡虛集序)」, 『경허집(鏡虛集)』, 중앙선원(中央禪院), 1943.9.(韓龍雲識)

| 부록 3 |

한용운 친필 이력서

履歷書

江原道 麟蹄郡 白潭寺 止住僧
韓龍雲
舊韓開國 四百八十七年 七月 十二日生

一. 出生地 : 忠南 洪州郡 州北面 玉洞 韓應俊의 二男

一. 得 度 : 舊韓光武 九年 一月 二十六日에 江原道 麟蹄郡 白潭寺에서 金蓮谷을 師로 하야 得度하니 時年二十七歲

一. 受 戒 : 舊韓光武 九年 一月 日에 江原道 麟蹄郡 白潭寺에서 全泳濟를 師로 하야 戒를 受함

一. 安 居 : 舊韓隆熙 元年 四月 十五日부터 江原道 杆城郡 乾鳳寺에서 首先安居를 成就한 爾來 法臘八歲를 成滿함

一. 修 學 :
舊韓光武 九年 四月부터 江原道 麟蹄郡 白潭寺에서 李鶴庵을 師로 起信論 楞嚴經 圓覺經을 修了함
舊韓隆熙 二年 四月부터 江原道 杆城郡 楡岾寺에서 徐月華를 師로 하야 華嚴經을 修함
舊韓隆熙 二年 十月부터 江原道 杆城郡 乾鳳寺에서 李鶴庵을 師로 하야 般若經과 華嚴經을 修了함
舊韓隆熙 二年 四月부터 日本 東京 曹洞宗大學林에서 佛教와 西洋哲學을 修함

大正 二年 十二月부터 慶尙南道 梁山郡 通度寺에서 藏經 一千餘部를 修閱함

一. 就 職:
舊韓隆熙 二年 十二月 十日부터 京城明進測量講習所長에 就함
舊韓隆熙 三年 七月 三十日부터 江原道 淮陽郡 表訓寺 佛敎講師에 就함
明治 四十三年 九月 二十日에 京畿道 長湍郡 華山講塾講師에 就함
明治 四十四年 三月 十五日에 朝鮮 臨濟宗 宗務院 庶務部長에 就함
明治 四十四年 三月 十六日에 朝鮮 臨濟宗 管長에 就함
大正 二年 五月 十九日에 慶尙南道 梁山郡 通度寺 佛敎講師에 就함
大正 三年 四月 日에 佛敎講究會 總裁에 就함
大正 三年 八月에 朝鮮佛敎會 會長에 就함

正 四年 十月 日에 朝鮮禪宗中央布敎堂 布敎師에 就함

一. 賞 罰: 無함
右와 如함

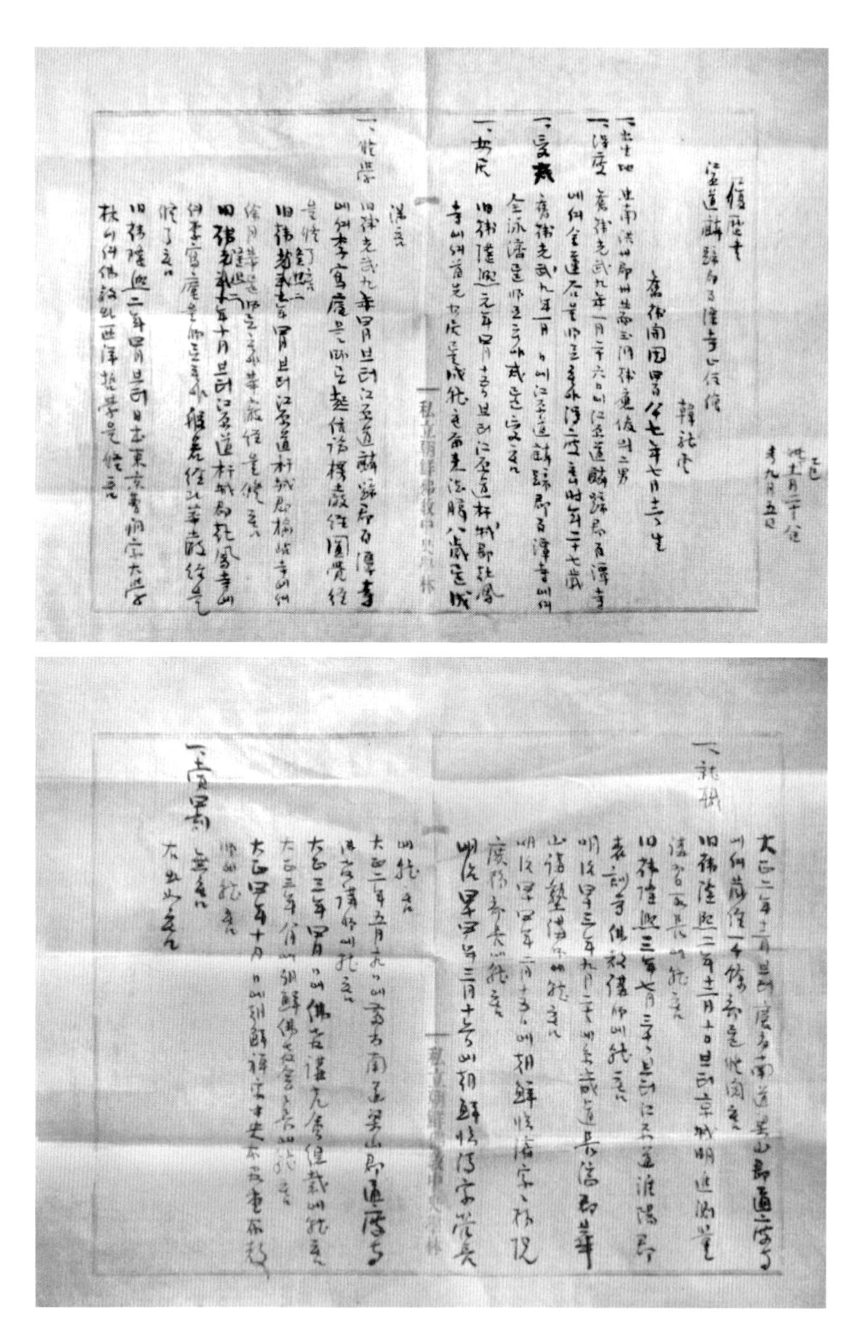

1918년 중앙학림(동국대의 전신)의 강사로 임용될 당시 제출한 것으로 추정되는 한용운의 친필 이력서

초출일람

「만해문학에 나타난 탈식민주의적 인식」, 『어문연구』 31-2, 한국어문교육연구회, 2003(「한용운 문학에 나타난 탈식민주의적 인식」으로 제목 수정).

「萬海의 불교근대화운동과 시집 『님의 침묵』의 창작 동기」, 『한국시학연구』 11, 한국시학회, 2004(「시집 『님의 침묵』 창작 동기와 한글체 습득 과정」으로 제목 수정).

「님과 얼, 그 매운 정신의 만남」, 『유심』 20, 만해사상실천선양회, 2005.

「구세주의와 문화주의」, 『유심』 22, 만해사상실천선양회, 2005.

「문명과 민족을 통해 본 만해의 근대 이해」, 『만해학연구』 3, 만해학술원, 2007.

「만해시와 당대시의 영양관계에 대한 일고찰—시어 '님'을 중심으로」, 『한국시학연구』 20, 한국시학회, 2007(「만해시와 당대시의 영향관계」로 제목 수정).

「『朝鮮佛教維新論』을 통해 본 만해의 근대불교 인식과 그 의미」, 『Comparative Korean Studies』 17-2, 국제비교한국학회, 2009(「만해의 근대불교 인식과 그 의미」로 제목 수정).

「'사랑'을 통해 본 萬海의 近代認識」, 『민족문화논총』 45, 영남대 민족문화연구소, 2010.

「만해의 근대인식 방법」, 『만해학연구』 7, 만해학술원, 2011(「자유에서 자존으로, 평등에서 평화로」로 제목 수정).

「한용운 평전의 과거·현재·미래」, 『만해학연구』 9, 만해학술원, 2015.

「1960년대 이전 한용운 시의 정전화 과정」, 『한국문예비평연구』 50, 한국현대문예비평학회, 2016(「한용운 시의 정전화 과정」으로 제목 수정).

「조지훈의 한용운 인식 방법 비판」, 『비교문화연구』 45, 경희대 비교문화연구소, 2016.

「만해문학과 생명가치의 구현 방식」, 『2018년 가을학술대회－불교문학과 생명존중사상』, 동방문화대학원대 불교문예연구소, 2018.

「한용운의 만주 체험과 그 의미」, 『제45차 한중인문학회 국제학술대회－일제강점기 韓·中지역 독립운동의 인문학적 가치와 전망』, 한중인문학회, 2019.